DIE PHANTASTISCHEN ROMANE
herausgegeben von Franz Rottensteiner

Bisher erschienen in dieser Reihe:

Otto F. Beer	Ich – Rodolfo – Magier
Paul Busson	Die Wiedergeburt des Melchior Dronte
Karel Čapek	Die Fabrik des Absoluten
Max Ehrlich	Der Mann der zweimal lebte
Guy Endore	Der Werwolf von Paris
Pierre Kast	Die Vampire von Lissabon
Sakyo Komatsu	Wenn Japan versinkt
A. Lernet-Holenia	Der Graf von Saint-Germain Der Mann im Hut Mars im Widder
Jack London	Die Zwangsjacke
Peter Motram	Der Tag der nicht im Kalender stand
Leo Perutz	Die dritte Kugel Zwischen neun und neun Der Meister des Jüngsten Tages Nachts unter der steinernen Brücke Der schwedische Reiter
Peter Straub	Wenn du wüßtest . . .
Abram Terz	Ljubimow
H. Valencak	Das Fenster zum Sommer
H. G. Wells	Die Insel des Dr. Moreau Wenn der Schläfer erwacht

DIE PHANTASTISCHEN ROMANE

MARC BRANDEL

Der Schwanz der Eidechse

PAUL ZSOLNAY

Berechtigte Übersetzung von
Liesl Nürenberger-Körbler und
Andreas Ch. Körbler

Umschlag und Einband: Tino Erben
Satz: Typostudio Wien
Druck und Bindung: Wiener Verlag
Printed in Austria
ISBN 3-552-03218-5

CIP-Kurztitelaufnahme der Deutschen Bibliothek
Brandel, Marc:
Der Schwanz der Eidechse / Marc Brandel.
(Berecht. Übers. von Liesl Nürenberger-Körbler u.
Andreas Ch. Körbler.) – Wien, Hamburg: Zsolnay, 1980.
(Die phantastischen Romane)
Einheitssacht.: The lizard's tail (dt.)
ISBN 3-552-03218-5

Für Joanne Vance
(1930–1977)

Wir sind, ich weiß nicht warum, innerlich gespalten, so daß wir glauben, was wir nicht glauben, und uns nicht befreien können von dem, was wir verdammen.

MONTAIGNE

1

Es war einer dieser grotesken Unfälle.

Alle waren sich darüber einig. „Mein Gott, Martin“, sagten sie. „O Gott, was für ein Pech.“ Es brachte ihnen zu Bewußtsein, daß alles passieren konnte.

Ich begann, bald nachdem ich das Krankenhaus verlassen hatte, diese Worte selbst zu gebrauchen; sie wurden zu einem solchen Reflex wie ein schmerzhaftes Stöhnen, wann immer ich darüber reden mußte. „Einer dieser grotesken Unfälle“, pflegte ich zu sagen. „Niemand war schuld daran ...“ Ich gab dann immer Erklärungen über die Verabredung zum Essen mit den Ryders ab, das kaputte Blinklicht, das Auto mit den Schiebefenstern, das wir von Frankreich mit herübergebracht hatten.

Es geschah an einem Freitag, Anfang Juli, einem jener glitzernden Sommertage, an denen es unmöglich zu sein scheint, daß es in Vermont jemals Winter geben könnte. Ich war knapp vor vier Uhr nachmittag damit fertig, *Miguel* mit Tusche auszuziehen. Ich schrieb meinen Namen in das letzte Bild jeder Episode, steckte meine Pfeife wieder an und sonnte mich in dem gewohnten angenehmen Gefühl, etwas vollbracht zu haben.

Später wurde es für mich wichtig, zu versuchen, meine Einstellung zu *Miguel* in jener Zeit zu verstehen. Daß ihn die *Village Voice* gleich am Anfang akzeptiert hatte, schien mir immer noch eine der wenigen Errungenschaften meines Lebens zu sein. Nachdem Karen meine Agentin geworden war und den Comic-Strip in mehreren Zeitungen zugleich untergebracht hatte, konnte ich meinen Job in der Werbung aufgeben und meine eigene Arbeit machen, etwas, woran ich glaubte. *Miguel*, Mann der dritten Welt, der sich unschuldig schlau an die Verrücktheiten und Widersprüche des amerikanischen Lebens wagte, war meine eigene Schöpfung, ein Ausdruck meines eigenen Unwillens und Protests.

Nach elf Jahren erbarmungsloser Termine gab es Stunden, manchmal Tage, an denen ich im Atelier umherging, am Fenster stand und hinausstarrte, ohne daß ich auch nur den geringsten Schimmer meiner ursprünglichen Begeisterung entfachen konnte. Die Notwendigkeit, neue Ideen zu finden, um alle vier oder fünf Wochen *Miguel* auf neue Abenteuer loszulassen, die Grundlinie der Story auszuarbeiten, so daß die tägliche Folge den Leser neugierig machte, wissen zu wollen, was als nächstes passierte, ironisch zu bleiben, ohne blasiert zu wirken, und die unterdrückte Angst, nicht durchhalten zu können, lähmte meinen Geist. Es gab andere Tage, an denen ich in Hochstimmung in das Atelier ging, erfüllt von der alten Sicherheit, daß das, was ich tat, der Mühe wert war. *Miguel* bedeutete etwas, nicht nur für mich; auf seine eigene triviale Weise beeinflußte er die Zeit, war Teil des Bewußtseins meiner Leser. An solchen Tagen erregte mich die Erkenntnis, was für ein Glück ich hatte; ich tat das, was ich tun wollte; ich konnte mir nicht vorstellen, daß ich jemals irgend etwas anderes tun wollte. Vor allem, glaube ich, gab mir *Miguel* ein ständiges Gefühl, etwas vollbracht zu haben; elf Jahre lang hatte ich niemals einen Termin versäumt. Wie öde manche Tage auch sein mochten, ich stellte den Comic-Strip stets Freitag abend fertig.

Ich steckte die Illustrationskartons in ein gefüttertes Kuvert und adressierte es an meine Agentin Karen Wager in New York. Sobald ich es abgeschickt hatte, konnte ich das Wochenende ungehindert genießen. Ich stand mit dem Kuvert unter dem Arm da und blickte durch das vergitterte Fenster hinaus zu den Ahornbäumen auf dem Hügel hinter meinem Atelier.

Acht Jahre lang hatten Ruth und ich uns keine Ferien gegönnt, keine Wochenendtrips nach New York, um eine weitere und noch eine Gruppe von diesen Bäumen zu räuberischen Preisen zu kaufen. Wir besaßen jetzt sechs Morgen; es war noch immer nicht genug, um uns Ungestörtheit zu sichern; eines Tages würde Harry Fortnum, dem der Rest des Hügels gehörte, dort Häuser bauen. Es machte uns nichts mehr aus. Wozu sollten wir isoliert sein? Im Winter würden wir vielleicht froh sein über Nachbarn. Vor zwei Jahren hatten wir uns das stillschweigend eingestanden. Sophie war sechs Jahre alt; es war der letzte Sommer, in dem wir alle zusammen während der günstigsten Monate in Europa reisen konnten, ohne die Sorge, sie aus der Schule herausnehmen zu müssen. Ich arbeitete an Abenden und Wochenenden, und so gelang es mir, mit dem Comic-Strip zwei Monate vor unserer Abreise fertig zu sein. Im Mai und Juni bummelten wir in dem kleinen Renault, den wir in Paris gekauft hatten, auf dem Kontinent umher.

Ich vergewisserte mich, daß alle Fenster verriegelt waren, bevor ich das Atelier verließ, und sperrte die Tür aus schwerem Zedernholz hinter mir zu. Auf Wiedersehen bis zum Montag. Als ich über den Hof zum Haus ging, fiel mir ein, daß ich Karen versprochen hatte, vor fünf anzurufen.

Das Telefon war im Wohnzimmer. Ruth ebenfalls. Sie lag auf dem Fenstersitz, hob und senkte langsam ein Bein nach dem anderen, dann beide zusammen – ihre Lockerungsübungen.

„Wie bist du vorangekommen?“

Ich schwenkte das Kuvert, das ich bei mir hatte; das war die Antwort, die sie wollte. Das Sofa war übersät mit Broschüren und hektographierten Briefen; ich schob sie zur Seite, setzte mich und beobachtete sie.

Sie trug Drillichhosen; wenn sie ein Bein hob, spannte sich der helle, glatte Stoff über der hinteren Seite ihres Oberschenkels; wenn sie beide hochhob, zeichnete sich ihr Hinterteil so klar ab, daß es wie nackt aussah. Vor zwei Jahren, sogar noch vor einem Jahr wäre ich hinübergegangen und hätte sie berührt; wir hätten uns gegenseitig erregt; wir hätten einander vermutlich auf der Fensterbank geliebt.

Ich fragte sie, ob es ihr gelungen sei, einen Babysitter für Sophie zu finden.

„Sie wird die Nacht bei Amanda verbringen." Ruths linker Fuß zeigte zum Plafond. „Sie freut sich darauf."

„Du dich auch?"

„Worauf?" Sie konzentrierte sich darauf, ihr Bein durchzustrecken, während es sich langsam senkte.

„Ob du dich darauf freust, zu den Ryders zu gehen."

„Das haben wir doch alles schon so oft getan."

„Magst du nicht gehen?"

„Magst du?"

„Ja." Charlie Ryder war einer der besten Illustratoren des Landes. Er und seine Frau Kate waren einmal unsere ganz besonderen Freunde gewesen, bei jedem neuen Zusammentreffen freudig empfangen.

„Es ist immer das gleiche. Du und Charlie, ihr redet über eure Arbeit. Kate und ich sitzen nur da und hören zu."

„Nichts könnte euch daran hindern, euch anzuschließen." Ich konnte mich an die Zeit erinnern, als Ruth und ich jede neue Idee für *Miguel* diskutiert hatten; bis vor zwei Jahren hatte sie die Schrift auf den Comic-Strips für mich mit Tusche ausgezogen.

Sie senkte ihr rechtes Bein; als nächstes kam das Heben beider Beine; ich wartete darauf, daß sie mir wieder ihr Hinterteil zeigte. Sie richtete sich auf dem Fenstersitz auf. „Diese Grundstücksmakler in New York haben heute morgen angerufen." Zum ersten Mal, seit ich aus dem Atelier hereingekommen war, klang Begeisterung in ihrer Stimme. „Da gibt es ein möbliertes Apartment in Brooklyn Heights, das perfekt zu sein scheint."

„Wieviel?"

„Bloß dreihundertfünfzig im Monat."

„Da muß irgend etwas nicht damit stimmen."

„Warum sagst du immer solche Sachen?"

Sie meinte, warum versuchte ich immer, ihr die Begeisterung zu vergällen; sie hatte mir die Freude am Besuch bei den Ryders vergällt; ich sagte das nicht; die Enttäuschung in ihrem Gesicht war zu offenbar, wie bei einem Kind. „In Ordnung, Liebling." Ich stand auf. „Wir werden später darüber reden."

„Wohin gehst du?"

„Ich muß zur Post zurechtkommen." Ich mußte auch zum Drugstore gehen und Karen vor fünf anrufen. Als ich mein Kuvert vom Sofa aufhob, sah ich, daß einer der hektographierten Briefe vom *Origin*-Institut in New York war. Ich hatte nie etwas vom *Origin*-Institut gehört; der Briefkopf kündigte Kurse für kreatives Leben an.

Ruth beobachtete mich immer noch vom Fenstersitz her; ich ging hinüber und küßte sie auf die Wange. Einen Augenblick lang war mir die Nähe ihrer Gegenwart so vertraut wie meine eigenen Hände. „Ich versuche nicht, auszuweichen", versprach ich ihr. „Wir werden die ganze Sache später besprechen."

„Wir müssen nicht vor acht bei den Ryders sein."

Sie lächelte. Wie immer veränderte es sofort ihre ganze Persönlichkeit. Im Zustand der Ruhe war ihr Gesicht irreführend; ihre leicht gebogene Nase, das volle rundliche Kinn und die großen, wachsamen Augen gaben ihrer Schönheit die Qualität eines Spätrenaissanceportraits, das Assoziationen mit Intellekt, Stolz hervorruft. In Wirklichkeit war sie ein eher zaghafter Mensch. Sie absolvierte ihr letztes Jahr auf der Schwesternschule, als wir einander kennenlernten; Ruth McFarlane, aus einer kleinen Stadt bei Toronto, so natürlich wie Heidekraut; das einzige, dessen sie sich in diesen Tagen sicher war – sie wollte nicht Krankenschwester sein. Ihr Lächeln war ein Eingeständnis ihrer Unsicherheit. Es begann scheu, widerstrebend und wurde dann plötzlich zu einem Bekenntnis. Ich küßte sie wieder.

„Ich werde Sophie in die Stadt mitnehmen und sie bei Amanda absetzen."

„Sie ist im Garten." Ruth rückte von mir ab, um die Briefe auf dem Sofa zu ordnen. „Ich hab' alle ihre Sachen bereitgelegt. Ich bringe sie dir ins Auto."

Sophie antwortete nicht, als ich sie rief. Schließlich fand ich sie auf dem Hügel, ihre rostbraunen Jeans und das gestreifte T-Shirt tarnten sie zwischen den Bäumen. Sie hockte, ganz ruhig, die Knie abgewinkelt, der Rücken gerade, mühelos auf den Zehen balancierend. Als ich mich ihr näherte, fiel mir auf, daß es eines der wunderbarsten Züge bei Kindern ist, wie perfekt jeder Teil ihres Körpers funktioniert: Sophies ganzer Körper war ein fehlerloses Instrument ihres Willens.

Ich beobachtete sie mit so großem Interesse, daß es einige Sekunden dauerte, bis ich sah, in was sie so vertieft war. Die Katze hatte eine Eidechse gefangen. Sie quälte sie mit viel Geschick, ließ sie von einer Pfote zur anderen schnellen, durchbohrte sie kurz mit den Zähnen. Die Katze hatte den Schwanz der Eidechse bereits abgetrennt, er wand sich, an die 30 cm vom Körper entfernt, um einen Stein. Sophie stieß mit dem Stock nach ihm.

„Woher weiß er, daß ich das tu, wenn er keinen Kopf hat?"

Ich besaß keine Theorien, wie man Kinder großzieht; es gab nur zwei Regeln, die ich zu befolgen mich bemühte: ich versuchte stets, Sophie das Gefühl zu geben, daß sie willkommen war – meine eigenen Kindheitserinnerungen waren von Zurückweisungen überschattet –, und ihre Fragen so wahrheitsgetreu zu beantworten, wie ich nur konnte. Ich beugte mich zu ihr herunter und legte meinen Arm auf ihre Schulter, während ich überlegte, ob der Eidechsenschwanz wirklich wußte, daß sie nach ihm stieß. Ich entschied, daß er es nicht wußte, er besaß vom menschlichen Standpunkt aus gar kein Bewußtsein.

„Er weiß es nicht, Liebling. Es ist bloß ein Reflex."

„Er bewegt sich schneller, wenn ich den Stock in seine Nähe bringe."

Sie zeigte es mir; der Schwanz der Eidechse schien durch die Nähe des Stockes zu noch wilderer Aktivität angestachelt zu werden.

„Er weiß es. Er weiß es wirklich." Für Sophie war der Schwanz ein Wesen, beinahe ein Mensch, er war sich ihrer so bewußt, wie sie sich seiner. Sie zog den Stock zurück und versteckte ihn hinter dem Rücken; sie wollte sich an ihn heranschleichen, wollte sehen, ob er ihr Näherkommen spüren konnte.

Sie erhielt nie die Chance, herauszufinden, ob er das konnte oder nicht. Der Katze wurde der sterbende Körper der Eidechse allmählich langweilig; sie hatte niemals vorgehabt, ihn zu fressen; die lebhaften Bewegungen des Schwanzes erregten ihre Aufmerksamkeit. Sie fegte ihn mit der Pfote vom Stein, verfolgte ihn einen Augenblick lang durch das Gras, dann, als Sophie eine Bewegung machte, um ihn zurückzuholen, packte sie ihn mit dem Maul und lief in den Wald.

„Ich glaube nicht, daß er wirklich lebendig war." Ich nahm Sophies Hand, während wir zum Auto gingen.

„Sind das die neuen Miguels?" Sie hatte jegliches Interesse an der Eidechse verloren; sie schaute auf das Kuvert in meiner Hand. „Hast du sie zugeklebt?"

„Ich muß sie abschicken."

Sie war enttäuscht; es würde Wochen dauern, ehe sie sie in der Zeitung sehen konnte. Ich hatte ihr am Anfang der Woche die Skizzen gezeigt, aber damals hatte ich die Dialoge noch nicht hineingezeichnet; sie wollte wissen, was Miguel sagte, als der Computer an Hand von Luft- und Wasserproben ausrechnete, daß in New York City kein Leben möglich sei. „Was geschah dann?"

Ich erzählte es ihr. Oft, wenn ich mit Sophie allein war, genoß ich ein Gefühl der Kameradschaft mit ihr, das einfacher war als jede andere Beziehung in meinem Leben. Ich wußte, daß unsere Kameradschaft verlorengehen würde; in sieben, acht, bestenfalls in zehn Jahren würde sie ein völlig anderer Mensch sein; sie würde sich nicht mehr für mich interessieren. Ich hatte mir immer geschworen, mich damit abzufinden, wenn es soweit war; ich würde nicht versuchen, mich an sie zu klammern.

Der Renault war in der Einfahrt, er stand verkehrt. Sophie setzte sich neben mich; ich startete den Motor.

„Sophie."

Ruth stand vor der Eingangstür, winkte mit beiden Armen. Ich stellte den Motor ab.

„Sophie, komm herein und zieh dir andere Schuhe an."

Ich blickte auf meine Uhr; es war zwanzig vor fünf. Als Sophie wieder ins Auto kletterte, war ich schon in Eile. Ungeduld machte mich unvorsichtig. Als ich reversierte, rutschte mein Fuß von der Kupplung ab; der Wagen schlitterte noch zirka einen halben Meter weiter zurück, ehe ich auf die Bremse treten konnte. Ich hörte das Krachen der Stoßstange, als sie gegen die niedrige Steinmauer anschlug, die die Ausfahrt begrenzte; es folgte ein klirrendes Geräusch. Der Stoß hatte Sophie erschreckt; sie sah mich vorwurfsvoll an.

„Entschuldige. Ist schon in Ordnung." Ich versuchte, einen Scherz daraus zu machen. „Dazu sind ja Stoßstangen da."

„Ich glaube, du hast was kaputtgemacht.“ Sie machte mir keinen Vorwurf mehr; sie teilte ein Geheimnis mit mir; sie würde Ruth nichts erzählen. „Ich glaube, du hast hinten was kaputtgemacht.“

Ich hatte das unangenehme Gefühl, daß sie recht hatte. Dieses klirrende Geräusch. Ich ging um den Wagen herum und sah ihn mir von hinten an, sobald ich ihn vor dem Postamt geparkt hatte.

Das linke rückwärtige Blinklicht war zerbrochen.

Nachdem ich die Zeichnungen abgeschickt hatte, nahm ich Sophie mit zum Drugstore und gab ihr einen Dollar, damit sie sich ein Eis kaufe; ich ging inzwischen in eine Telefonzelle. Es war kurz nach fünf; ich wußte, Karen würde in ihrem Büro auf meinen Anruf warten. Nach all den Jahren als meine Agentin, in denen sie die Verträge über die Veröffentlichung des Comic-Strip abwickelte und die gelegentlichen Karikaturen, die ich für Zeitschriften machte, unterbrachte, war sie viel mehr geworden als eine Berufskollegin. Sie war der einzige Mensch, mit dem ich über alles und jedes reden konnte.

„Wo bist du?“ Es war so ihre Art, sofort besorgt zu klingen, wann immer sie meine Stimme am Telefon hörte.

„Im Drugstore.“

„Warum hast du nicht ein R-Gespräch angemeldet?“

„Warum solltest du bezahlen, um dir meine Probleme anzuhören?“

„Was hat Ruth jetzt vor?“

„Sie will noch immer den Winter in New York verbringen.“

„Hat sie sich schon näher darüber ausgelassen?“

„Noch nicht. Nein. Nein, das hat sie nicht.“ Ich wollte Ruth gegenüber fair sein. „Aber ich fürchte, heute abend ist eines von diesen unseren Gesprächen fällig. Sie hat ein Apartment in Brooklyn Heights gefunden.“

„Was wirst du tun?“

„Es ist doch sinnlos, hier draußen zu bleiben, wenn Ruth hier unglücklich sein wird."

„Wirst du in New York glücklich sein?"

„Ich weiß nicht." Ein möbliertes Apartment, das dreihundertfünfzig im Monat kostete, ich versuchte es mir vorzustellen; den ganzen Tag in einem engen Hinterzimmer arbeiten; das einzige, was man sehen konnte, eine Mauer, meine Notizen und Mappen mit Photomaterial auf dem Bett gestapelt; das Telefon klingelt; Ruth, die ein- und ausgeht. Der einzige Teil meines Lebens, in dem keine Unterbrechung einträte, würden die allwöchentlichen Termine sein. „Ich kann nicht allein hierbleiben", sagte ich zu Karen. „Das ganze verdammte Haus ist voll von Echos. Jedes Möbelstück erinnert mich daran, wie die Dinge einst gewesen sind, die ganze Aufregung, die wir bei allem empfanden, als wir das Haus bauten . . ." Ich versuchte noch immer zu erklären, was ich empfand, als die Telefonistin unterbrach und weitere Münzen verlangte.

„Ruf mich am Sonntag an", schlug Karen vor. „Ruf mich zu Hause an."

Ich versprach es. Als ich auflegte, konnte ich Sophies lieblichen runden Kopf an der Theke über ihre Eiscreme gebeugt sehen. Vielleicht war das Apartment in Brooklyn Heights im Grunde gar nicht so übel; es würde Spaß machen, mit Sophie durch die Stadt zu spazieren und sie mit ihren Augen ganz neu zu sehen.

Ich hatte recht damit gehabt, daß an diesem Abend eines unserer Gespräche fällig war; ich konnte Ruths krampfhafte Entschlossenheit fühlen, während wir uns für unsere Verabredung zum Abendessen bei den Ryders umzogen und wie höfliche Fremde an der Schwelle zum Badezimmer aneinander vorbeigingen.

Sie gesellte sich unten zu mir, als ich mir meinen ersten Drink genehmigte. Sie trug ein langes Baumwollkleid mit einem Ledergürtel und einem bunten Bolero. Nach zwölf Jahren überraschte es mich manchmal noch immer, wie wunderhübsch sie war.

Ich goß ihr den Sherry ein. „Du siehst schön aus." Sie ging an mir vorbei zum Sofa, ließ sich darauf nieder, bereit, anzufangen.

„Wenn wir dieses Apartment nehmen wollen, müssen wir ihnen bis Montag eine Anzahlung schicken."

„Ohne daß wir es überhaupt gesehen haben?"

„Dorothy hat es gesehen. Sie hat sich's heute in ihrer Mittagspause für mich angesehen." Dorothy Willard war eine alte Freundin von Ruth aus ihren Krankenschwesterzeiten; manchmal kam sie uns besuchen und blieb kurze Zeit. Ich hatte sie nie gemocht.

„Was hat sie gesagt?"

„Sie meint, für diesen Preis ist es phantastisch."

Ich leerte mein Glas. „Du willst es nehmen, nicht wahr?"

„Ich will nicht noch einen Winter hier draußen verbringen."

„Nie mehr?" Ich blieb auf halbem Weg zu dem Tisch, auf dem die Flaschen standen, stehen. „Willst du nie wieder den Winter hier draußen verbringen?"

„Wie soll ich das wissen? Nie wieder? Wir brauchen nicht so weit vorauszudenken."

Ich schenkte mir noch einen Drink ein. „Du bist im Winter immer so gern hiergewesen". Mit Eis und Wasser hantierend, vermied ich es, sie anzusehen. „Du hast immer gesagt, das wäre die beste Zeit. Nach dem Sommer reisten alle Leute ab und alles sei für uns allein da." Ich wußte, es war dumm, ihr Vorwürfe zu machen; sie hatte sich verändert; keine Erinnerung an das Vergangene konnte sie wieder zurückverwandeln. Ich lächelte sie an, versuchte, den Vorwurf zurückzunehmen.

Sie sah mich nicht; die hektographierten Briefe waren neben ihr auf dem Sofa aufgestapelt; sie ließ ihre Finger dazwischen gleiten, als suche sie einen Hinweis.

„Es gibt so viele Dinge, die ich in New York tun will."

„Was ist das ‚*Origin*-Institut'?"

„Es ist ein neues – das ist eines davon. Das ist die Art von Dingen, die ich meine."

„Du willst einen Kurs über kreatives Leben besuchen?"

Das war auch dumm, so etwas zu sagen; es konnte ihr das Gefühl geben, daß ich sie herabzusetzen versuchte. Sie straffte sich herausfordernd.

„Ich muß etwas Selbständiges tun."

„Ich weiß."

Ich wußte es. Diese entschiedene Feststellung dessen, was sie brauchte, war eine Erklärung für all das, was uns seit einiger Zeit allmählich auseinandergebracht hatte. Sie hatte zu lange durch mich gelebt, hatte meine Arbeit, mein Leben mit mir geteilt, hatte eifrig von mir gelernt und auch meine Überzeugungen geteilt. War die Hälfte von meinem „Wir", aber niemals ganz „Ich", bis sie von dem Verlangen nach eigener Individualität überwältigt worden war. Es hatte, glaube ich, auf dieser Reise nach Europa vor zwei Jahren begonnen. Sie hatte damals angefangen, zu begreifen, daß sie gewisse Dinge tun wollte, die ich nicht tun wollte, daß es Leute gab, mit denen sie zusammen sein wollte und die mich langweilten oder mir widerstrebten. Als wir zurückwaren, sprach sie immer nachdrücklicher davon, daß sie ihre Interessen erweitern, sie selbst sein wollte. Sie begann sich für Dinge zu begeistern, die, wie sie wußte, mich kalt ließen, homöopathische Medizin, indische Musik, das *I Ging*.

Ich konnte ihr keinen Vorwurf daraus machen. Sie war vierunddreißig, zwölf Jahre jünger als ich. Für sie war es ein sehr wichtiges Alter; wenn sie jetzt keine Richtung, keinen eigenen Ansporn fand, würde es bald zu spät werden, irgend etwas mehr zu sein als meine Frau.

„In Ordnung." Ich leerte mein Glas; es war an der Zeit,

daß wir zu Ryders aufbrachen. „Wir werden das Apartment nehmen, wenn du willst. Ich werde dir morgen früh einen Scheck geben."

Ich erwartete, daß sie sich freuen würde. Als ich ihr in den Mantel half, konnte ich immer noch ihre hartnäckige Entschlossenheit spüren.

„Was ist los?"

„Nichts." Sie entfernte sich mit jedem Schritt immer mehr von mir, als wir zum Wagen hinausgingen. „Willst du, daß ich fahre?"

Ich hatte zwei Gläser getrunken; ich fühlte mich lustlos und geistesabwesend nach unserem Gespräch und nach der Eile, mit der ich *Miguel* an diesem Nachmittag fertiggestellt hatte.

„Wenn du willst. Ja. Danke." Ich stieg auf den Beifahrersitz.

Es war noch hell, die Blätter der Ahornbäume nahmen in der aufsteigenden Dämmerung eine metallisch-dunkle Färbung an. Ruth bog am unteren Ende der Straße von der Stadt ab, nahm die Straße nach East Dorpe, wo die Ryders wohnten, vierundzwanzig Kilometer von uns entfernt. Sie hatte nicht gesprochen, seit wir losgefahren waren; ihr Schweigen war wie eine Abfuhr. Ich wollte mich auf unsere gemeinsamen Winter in New York freuen, darüber sprechen, was wir dort tun würden.

„Erzähl mir von dem Apartment", schlug ich vor. „Was hat Dorothy Willard gesagt?"

„Es ist auf dem obersten Stock, in einem dieser alten roten Ziegelhäuser."

„Geht man da zu Fuß hinauf?"

„Ja."

„Wieviele Stockwerke?"

„Fünf, glaub' ich."

Wieder Schweigen. Ich spielte mit meinem Ehering; Ruth hatte ihn mir an dem Tag gegeben, als wir heirateten. Das Geschenk hatte mich gerührt und zugleich verlegen gemacht; ich konnte Eheringe bei Männern nie anders als mit Ehemännern in Pendlerzügen assoziieren, Selbstironie: „meine Frau, der Boß." Als Kompromiß trug ich ihn am Mittelfinger der rechten Hand. Daß ich mit meinem Daumen immer wieder daran herumdrehte wie ein Grieche an seinem Rosenkranz, war mir in der letzten Zeit zur Gewohnheit geworden.

„Sprich weiter." Ich hörte auf, an dem Ring zu drehen. „Was hat dir Dorothy Willard noch erzählt?"

„Es ist eher klein, fürchte ich."

„Wie klein?"

„Es hat nur ein Wohnzimmer, Küche und Schlafzimmer."

Ich wußte sofort, was sie mir damit sagen wollte; perverserweise mußte ich sie dazu bringen, es auszusprechen. „Wo soll ich denn arbeiten?" Ich fühlte, wie ich mich zusammenkrümmte, als ich auf die Antwort wartete.

„Ich dachte, du wolltest hier oben bleiben."

„Allein?"

„Allein?"

„Du hast doch gesagt, du willst den Winter nicht in Die höfliche Heuchelei dieser Worte versetzte mich in Wut; ich hatte zugestimmt, mitzukommen, das Apartment zu nehmen. „Du meinst, das ist, was *du* willst. Du willst mich nicht bei dir in New York haben."

„Ich will keine Trennung, nichts dergleichen. Nichts Dauerndes." Sie fuhr jetzt langsamer; vor uns war ein Farmlastwagen; sie konnte ihn auf der kurvenreichen Straße nicht überholen. „Ich habe einfach das Gefühl, ich sollte eine Zeitlang allein sein."

Sie hatte bei ihren Eltern gewohnt, bevor sie in die Schwesternschule kam; sie hatte nie ein Zuhause gehabt, das ihr allein gehörte, wo sie ihre Freunde einladen konnte, ohne zu überlegen, wie die anderen zu ihnen standen. Mein

Verständnis dafür schien es mir um nichts leichter zu machen. Auch wenn es nur ein weiterer Akt in dem langen Prozeß war, in dem sie sich von mir zurückzog, war diese neue Abweisung von plötzlicher, praktischer Endgültigkeit. So viele Jahre hindurch waren wir einander zu sicher gewesen. Ich versuchte, mich zu wehren.

„Was ist mit Sophie? Ich will nicht von ihr getrennt sein."

„Es ist nur für ein paar Monate. Du kannst an den Wochenenden kommen. Du kannst kommen, wann immer du willst."

Wochenendbesuche. An der Türe läuten wie ein Fremder; Sophie, die mir die Tür öffnet. Mein Geist wehrte sich gegen diesen Gedanken; wie ein Wasserlauf von einem Stein blockiert, suchte er einen Weg um ihn herum zu finden. Ich dachte daran, Karen zu bitten, mir ein Büro in der Stadt zu finden; Ruth konnte das Apartment den ganzen Tag für sich haben. Ich wollte das gerade vorschlagen.

Ich kam nie mehr dazu.

Wir hatten ein Straßenstück erreicht, das gerade verlief. Ruth blickte in den Rückspiegel. Ohne etwas zu sehen, war auch ich mir des Wagens hinter uns bewußt. Sie betätigte den Blinkhebel am Volant und setzte zum Ausscheren an, um den Lastwagen vor uns zu überholen. Sie steuerte gerade auf die Straßenmitte zu, als mir einfiel, daß das linke rückwärtige Blinklicht kaputt war. Ruth wußte das nicht. Das Schiebefenster neben wir war halb geöffnet. Ich streckte den Arm hinaus, um dem Wagen hinter uns ein Handzeichen zu geben. Ich sah, wie Ruth flüchtig zu mir hinblickte, durch mein Verhalten für einen Augenblick abgelenkt.

Das herannahende Auto raste in unseren linken vorderen Kotflügel hinein.

Die nächsten wenigen Sekunden waren die intensivsten

und dichtesten meines Lebens. Ruths Körper fiel mit dem ganzen Gewicht heftig auf mich, als sie durch den Zusammenstoß zur Seite geworfen wurde. Ich verspürte einen Stoß, vom Genick aus bis zum Schädel hinauf, meine Beine hatte ich in der Angst ausgestreckt; ich erwartete den krachenden Aufprall des Wagens hinter uns. Mein rechter Arm war immer noch teilweise aus dem Fenster gestreckt. Meine Angst konzentrierte sich augenblicklich darauf.

Ich versuchte, die Hand freizubekommen, während ich sah, wie das Glas des Schiebefensters zersprang.

2

Der Arzt sagte mir, ich hätte Glück gehabt. „Wenn Sie allein im Auto gewesen wären, wären Sie verblutet."

Ruth hatte bei dem Unfall nicht mehr als ein paar blaue Flecken abbekommen. Als der Wagen schließlich seitlich zum Stillstand kam, reagierte sie mit bewundernswürdiger Ruhe auf den Anblick des Blutes, das aus meinem Handgelenk spritzte. Ihre Schwesternausbildung half ihr, die Beherrschung wiederzugewinnen; sie nahm ihren Gürtel ab, um mich abzubinden und stoppte so die Blutung. Als die Rettung ankam, war ich immer noch bewußtlos, aber außer Gefahr.

„Sie rettete Ihr Leben." Dr. Sullivan behandelte mich mit unpersönlichem Humor; vielleicht hatte er darin die beste Verteidigung gegen die emotionellen Ansprüche seiner Patienten entdeckt. „Sie eine eine ungewöhnliche Frau."

„Ich weiß." Ich wollte mit ihm nicht über Ruths Charakter diskutieren. Ich beobachtete die Krankenschwester, wie sie den Verband aufrollte und den Stumpf meines Handgelenks entblößte.

„Ich habe saubere Arbeit geleistet."

„Gewiß, das haben Sie." Ich nahm an, daß ich auch insofern Glück gehabt hatte, als Dr. Sullivan bei meiner Einlieferung im Krankenhaus Dienst versah.

„Ist es da empfindlich?" Seine Finger berührten das deformierte Fleisch.

„Nein."

„Da?"

„Nicht besonders." Empfindlich war das falsche Wort.

Ich konnte nicht sagen, wieviel von dem Schmerz eingebildet war, verursacht vom qualvollen Widerspruch zwischen dem, was meine Augen sahen, und dem, was ich fühlte. Ich konnte sehen, daß mein Arm am Handgelenk mit einem doppelten Auswuchs der Knochen aufhörte, von transplantierter Haut bedeckt, ein widersinniges Ding, unausgegoren wie ein Fötus. Ich konnte dieses Ding überhaupt nicht spüren, egal, wie fest Dr. Sullivans Daumen darauf drückte. Was ich spürte, war die unsichtbare Hand außerhalb dieses Dings; mir war jedes Pulsieren des Blutes durch ihre Finger bewußt, jeder Wechsel der Temperatur ihrer Haut. Wenn es im Raum kühl war, schmerzte sie vor Kälte; an heißen Tagen kribbelte sie. Ich fühlte sie viel mehr als je, als sie noch da und sichtbar war. Ich wartete darauf, daß die Schwester das Handgelenk wieder unter einer Bandage verbarg.

„Von jetzt an werden wir den Verband weglassen."

„Heißt das, ich kann nach Hause gehen?"

„Wie fühlen Sie sich sonst?"

„Gut."

„Heutzutage macht man wunderbare effiziente Prothesen."

„Ja, ich dachte daran, mir so einen Piratenhaken zu besorgen."

„Wirklich?" Dr. Sullivan zog es vor, die Witze selbst zu machen. „Sie müssen ohnehin eine Zeitlang warten. Es wird mindestens einen Monat dauern, bis die Unterarmmuskeln sich zu einem mehr oder weniger dauerhaften Zustand zusammenziehen." Er zeigte mir, wie ich sie bewegen sollte, drehte an meinem Handgelenk, als ob ich einen Korkenzieher herumdrehte. Ich konnte fühlen, wie die Finger meiner fehlenden Hand sich ballten, die Unterarmmuskeln sich zusammenzogen, um bei dem, was Dr. Sullivan „Phantom"-Tätigkeit nannte, den Griff des imaginären Korkenziehers festzuhalten. Bevor er ging, sagte er noch, er wolle mit Ruth sprechen, wenn sie an diesem Nachmittag auf Besuch komme.

„Er sagt, du machst gute Fortschritte.“ Ruth legte das Buch, das sie mir gebracht hatte, auf den Tisch neben meinen Stuhl.

„Er meint, psychisch.“

„Ich weiß.“ Sie beobachtete mich erwartungsvoll.

„Er erzählt mir immer wieder, was für ein Glück ich habe.“

„Er will nicht, daß du Selbstmitleid entwickelst.“

„Hast du Angst, ich könnte das entwickeln?“

„Es wird eine schwierige Umstellung sein.“

„Hat er dir gesagt, wann ich nach Hause gehen kann?“

„Morgen, wenn du möchtest.“

„Ist das in Ordnung?“ Ich sah sie nicht an, als ich das fragte. Ruth hatte das Apartment in Brooklyn Heights nicht genommen; abgesehen davon, hatten wir es vermieden, über die Zukunft zu reden, was wir tun würden, ob wir gemeinsam in Vermont bleiben würden. Ich wandte mich zum Tisch, um zu sehen, was für ein Buch sie mir gebracht hatte. Ich griff mit der rechten Hand danach. Das war die erste Umstellung, die ich zu schaffen hatte, mich zu erinnern, daß ich keine rechte Hand besaß.

„Natürlich ist es in Ordnung. Ich sehne mich danach, daß du nach Haus kommst.“ Sie hatte einige Sekunden gebraucht, es zu sagen. Als ich mich näher zu dem Buch neigte, sah ich, daß es *A Separate Reality* war. Ich war nie imstande gewesen, Castaneda zu lesen. Irgendeine anthropomorphe Qualität in seinem Werk, ein Versuch, alltägliche Dinge mit einem Geheimnis zu erfüllen, störte mich.

Ruth holte mich am nächsten Nachmittag ab. Sie brachte einen Pullover mit, den ich zu Hause tragen sollte. Als ich ihn anzog, entdeckte ich, daß das Ende des rechten Arms zugenäht war.

„Ich dachte, es würde dein Handgelenk warmhalten.“

„Ist eine gute Idee.“

Ich trug meinen Koffer selbst zum Parkplatz; ich wollte nicht, daß Ruth anfange, mir zu helfen. Sie hatte einen gebrauchten Kombiwagen gekauft, der den zertrümmerten französischen Wagen ersetzen sollte. Ich stellte den Koffer ab, um die Tür zu öffnen; mir schien, daß mir so etwas mit der linken Hand recht leichtfallen müßte. Ich konnte den Griff nicht weit genug vorziehen, um den Schnapper aufzukriegen.

„Es ist abgesperrt.“

Ich wartete, erholte mich von dem Gefühl, versagt zu haben, während Ruth auf den Fahrersitz glitt und die Tür von innen öffnete.

„Heute morgen war viel mehr Post für dich da.“ Absichtlich brachte sie das Gespräch auf etwas Erfreuliches, während sie langsam aus dem Parkplatz herausfuhr.

Die Briefe waren nach dem Unfall stapelweise angekommen, Karen hatte sie weitergeleitet. Sie kamen aus dem ganzen Land, ermutigend, mitfühlend, manche überraschend persönlich, Fremde, die das Gefühl hatten, mich so gut zu kennen, wie sie *Miguel* kannten.

„Hast du sie angesehen?“ Es hatte auch Briefe gegeben, die nicht mitfühlend, die auf obszöne Weise schadenfroh waren.

„Ich dachte, du würdest sie gern selbst öffnen.“

Sie waren in einem Korb im Wohnzimmer für mich vorbereitet, an der Lichtleitung über ihnen war ein Schild aufgehängt. „Willkommen zu Hause.“ Sophie hatte sich die Mühe gemacht, mehrere verschiedene Buntstifte für ihre Botschaft zu benützen.

„Sie ist ganz verrückt danach, dich zu sehen.“

„Wo ist sie?“ Warum war sie nicht herausgelaufen, um uns zu treffen? Hatte sie den Wagen nicht gehört?

„Amanda hat Geburtstag. Sie hat Sophie zu ihrer Party eingeladen.“

Ich empfand eine kindische Enttäuschung. Ruth hatte sie nach der Transplantation zu mir auf Besuch mitgebracht. Sophie hatte sich tief besorgt benommen, was ich als eine Rolle erkannte, die sie spielte, die Haltung, die man von einem Besucher am Krankenbett erwartete. Ruth hatte das als Beklemmung verstanden, sie hatte Sophie nicht wieder ins Krankenhaus mitgenommen.

Ich nahm einen der Briefe aus dem Korb in die Hand; er war von einem staatlichen College in Saraville, Kalifornien; ich würde ihn zwischen den Zähnen halten oder mit dem Ellbogen auf den Tisch pressen müssen, um ihn zu öffnen. Ich ließ ihn in den Korb zurückfallen.

„Möchtest du, daß ich sie für dich öffne?"

„Es hat keine Eile."

Ruth ging im Zimmer auf und ab, ordnete Zeitschriften und Kissen. Ich ertappte mich dabei, wie ich sie bewunderte, ihre Beine, ihren Hintern, die klassische Linie ihrer Nase und ihres Kinns, so unpersönlich, wie ich die Frau eines anderen betrachtet hätte. Sie sah flüchtig auf ihre Uhr.

„Ich werde etwas einkaufen gehen, bevor ich Sophie abhole."

Ich ging zum Atelier hinaus, sobald sie fort war. Seine Wände schienen mich zurückzufordern, wie eine Muschelschale, von der ich mich für kurze Zeit gelöst hatte; all die Jahre, an denen ich morgens hierherkam, um an *Miguel* zu arbeiten; das vertraute Zusammenspiel von Hochstimmung und Streß ... Aber nun gab es keinen *Miguel* mehr; der Comic-Strip hatte mit der letzten Zeichnung, die ich am Unfallstag beendet hatte, aufgehört. Wenn es mir nicht gelungen wäre, diese Zeichnungen an jenem Nachmittag zu Ende zu bringen, hätte ich dann unsere Verabredung zum Abendessen mit den Ryders abgesagt?

Die Luft war schal, voll abgestandenem Pfeifenrauch. Ich öffnete das Fenster hinter dem Zeichentisch. Als wir anfangs die alte Scheune in ein Atelier umbauten, ließen wir Fenster aus Spiegelglas einsetzen, die mir eine ungebrochene Aussicht auf die Bäume gaben. In der ersten Woche starben fünf Vögel, weil sie gegen die Scheiben aufschlugen. Ich wartete ständig auf den nächsten und den nächsten. Ich mußte im Haus arbeiten, bis das Spiegelglas durch metallgerahmte Fenster mit kleinen Gitterscheiben ersetzt wurde.

Ich breitete ein sauberes Blatt Papier über das Zeichenbrett. Im Krankenhaus hatte ich mich darin geübt, so viele Dinge wie nur möglich mit der linken Hand zu tun; ich konnte mir die Pfeife stopfen und anzünden, alle meine Hemdknöpfe zumachen bis auf den einen an der linken Manschette, die Klinge in meinem Rasierapparat auswechseln und mich rasieren; ich konnte leserlich schreiben, wenn auch ein wenig zittrig; die Bank hatte mich gebeten, eine neue Kreditkarte zu unterschreiben. Den allerwichtigsten Test hatte ich bis jetzt aufgeschoben.

Meine Bleistifte waren in einem blauen Tonkrug aufbewahrt, den Sophie im Keramikunterricht für mich gemacht hatte. „Für Paps, in Liebe, Sophie", hatte sie in den Ton geritzt. An einfallslosen Tagen hatte ich ihn oft voller Hoffnung als Talisman betrachtet. Wenn ich ihn lang genug anstarrte, würde ich vielleicht fähig sein, mit der Arbeit zu beginnen. Jetzt starrte ich ihn fast eine Minute lang an, nahm dann einen gespitzten Bleistift und fing an, die vertraute Gestalt von *Miguel* zu zeichnen. Ich hatte ihn mehr als zehn Jahre lang achtundzwanzigmal in der Woche gezeichnet, insgesamt vielleicht fünfzehntausendmal, bis das Aufzeichnen der Linien, die meine Vorstellung von ihm auf das Papier übertrugen, so automatisch geworden war wie das Öffnen einer Tür. Hatte ich ihn einmal in einer bestimmten Haltung, den Ausdruck auf seinem Gesicht vor Augen, dann war ich mir kaum dessen bewußt, was ich tat; meine Hand besaß eine eigene Kraft;

die Anweisungen, die sie empfing, schienen nicht aus irgendeinem bewußten Bereich meines Geistes zu stammen. Konnte ich diese von keinem Gedanken diktierte Gewandtheit in meiner linken Hand entwickeln?

Nach einigen Minuten nahm ich ein Vergrößerungsglas und prüfte die Linien, die ich gezeichnet hatte; vergrößert waren sie hoffnungslos holprig. Ich versuchte es wieder, wohl wissend, daß ich mich zu sehr anstrengte. In den Bewegungen meiner Finger war keine Spontaneität.

Ich hatte die halbe Seite mit Zeichnungen bedeckt, als ich den Wagen in der Einfahrt hörte. Ich betrachtete mein Werk; es gab da einige erkennbare *Miguels*, aber die Qualität, die mir ein gewisses Ansehen als Comic-Strip-Zeichner eingebracht hatte, meine Fähigkeit, subtile Veränderungen des Ausdrucks zu vermitteln, fehlte bei ihnen allen. Die Figuren, die ich gezeichnet hatte, waren grobe, leblose Kopien meiner früheren Arbeit. Vielleicht mit der Zeit, dachte ich, während ich den Bleistift in den Krug zurücktat und zur Tür eilte. Oder vielleicht konnte ich mit der Zeit einen neuen Stil entwickeln, einen völlig neuen Comic-Strip. Ich würde das mit Karen besprechen müssen.

Sophie rannte über den Hof auf mich zu. Sie trug ein grünes Leinenkleid, das ich ihr auf einem New York-Trip gekauft hatte; sie hatte darin immer unnatürlich steif und erwachsen ausgesehen. Sie blieb einen Meter von mir entfernt stehen, ihre Augen prüfend im Sonnenlicht auf mich gerichtet. Der zugenähte Ärmel meines Pullovers war unter der Manschette der Jacke kaum zu sehen, dennoch drängte es mich, ihn in der Tasche zu verbergen. Sie lief zu mir; ich legte meine Arme um sie, kauerte mich auf den Boden und drückte meine Wange an die ihre.

„Daddy." Sie trampelte vor Aufregung.

Wir spielten Backgammon, während Ruth das Abendessen besorgte. Für gewöhnlich hatte Sophie aus dem Spiel ein Spiel gemacht, sie pflegte die Würfel in den Mund zu stecken und ließ sie mit ihrer Zunge auf das Brett plumpsen oder langte hinter ihren Rücken und verdrehte den Körper, um die Steine zu bewegen. Heute abend spielte sie so wohlerzogen wie ein Mandarin. Immer wieder warf sie einen Blick auf meinen rechten Ärmel.

„Du überlegst nicht, was du tust." Ich schickte eine ihrer Figuren auf den Querbalken.

„Kann ich's sehen?"

Es war überflüssig, zu fragen, was sie meinte; ich würde meinen Pullover ausziehen müssen. Ruth stand in der Türöffnung.

Ich hatte nicht das Gefühl, daß an Sophies Neugierde etwa Krankhaftes war. Sie hatte das gleiche intensive persönliche Interesse gezeigt, als Ruth sich im Frühling das Haar schneiden ließ; es gab bei den Eltern etwas Neues – sie hatte darauf bestanden, Ruths Nacken zu betasten.

Sobald wir gegessen hatten, folgte Sophie mir ins Wohnzimmer. Ich zog meinen Pullover aus.

„Tut es weh?"

„Nein." Sophies Finger waren leichter als die von Dr. Sullivan; ich konnte einen schwachen Juckreiz durch die Taubheit der aufgepflanzten Haut hindurch spüren.

„Es muß furchtbar sein, wenn man keine Hand hat."

„Es ist einfach etwas, das passiert ist. Es war einer dieser grotesken Unfälle." Ich wußte, Ruth konnte uns von der Küche aus hören; ich glaubte, ihre Mißbilligung zu spüren.

„Was bedeutet grotesk?"

„Ungewöhnlich. Absurd."

„Es sieht gar nicht absurd aus."

Ich irrte mich in bezug auf Ruths Mißbilligung. Als sie nach unten kam, nachdem sie Sophie einen Gute-Nacht-Kuß gegeben hatte, lächelte sie.

„Ich bin froh, daß du das gemacht hast, daß du ihr dein

Handgelenk gezeigt hast."

„Sie mußte es früher oder später ohnehin sehen." Sophie kam immer in mein Schlafzimmer hereinspaziert, wenn ich mich anzog.

„Für dich war es besser, es ihr zu zeigen." Besser für Sophie oder für mich, Teil der Umstellung, die ich bewältigen mußte?

„Heute nachmittag hab' ich versucht, ein paar Zeichnungen zu machen."

„Meinst du, du kannst wieder mit *Miguel* anfangen?" Ruth lag auf der Fensterbank schob ein Kissen unter ihrem Nacken zurecht. Sie hob ihr rechtes Bein.

„Ich weiß es nicht. Noch nicht. Nicht sofort."

„Es wird jedenfalls eine Zeit brauchen."

„Ich werde jeden Tag üben, mit der linken Hand zu zeichnen."

„Hast du mit Karen Wager darüber gesprochen?"

„Eigentlich nicht." Karen hatte mich zwei- oder dreimal in der Woche im Krankenhaus angerufen; wir hatten über alles geredet, nur nicht über meine Zukunft.

„Du hast doch *Miguel* ohnehin schon ziemlich satt gehabt, nicht?" Ruth senkte ihr linkes Bein, atmete aus.

„Ich muß irgend etwas tun, um Geld zu verdienen."

„Mußt du dir schon jetzt darüber Sorgen machen?" Als sie beide Beine hob, glitt ihr loser Jeansrock die Schenkel hinunter.

„Nein." Trotz meiner Versicherung hatte die Krankenhausrechnung beinahe die Hälfte unserer Ersparnisse verschlungen. Wir konnten mit dem, was übrig war, vier oder fünf Monate durchkommen, ohne eine Hypothek auf das Haus aufnehmen zu müssen. Ruth trug Strumpfhosen; sie hatte schöne Beine. „Nicht schon jetzt."

„Du hast einen Urlaub verdient, nach all diesen Jahren."

Was meinte sie mit einem Urlaub? Eine Reise irgendwohin? Gemeinsam? Ich konnte das kurze weiße Höschen durch den dunklen Glanz ihrer Strumpfhosen schimmern sehen.

„Wir müssen nicht heute abend darüber reden.“ Ihre Beine schwebten in der Luft, vertikal, zitterten ein wenig, über ihren Kopf gestreckt.

„Nein.“ Es war, als könnte ich die Wärme der Nylons spüren, als ich meine Hand zwischen ihre Schenkel gleiten ließ. Du bist ein wunderschönes zartes Mädchen, hatte ich ihr früher immer gesagt; die Zartheit ihres Körpers war natürlich, angeboren, unberührt davon, ob sie einige Kilo ab- oder zunahm. Mir war nicht bewußt, daß ich mich fortgerührt hatte; ich stand bei der Fensterbank. Das Material ihrer Strumpfhosen überraschte meine Finger; ich brauchte eine Sekunde, um zu verstehen, warum. Das Vorgefühl davon, das ich so lebhaft gespürt hatte, war in meiner rechten Hand gewesen.

Ich bückte mich und küßte sie. Sie hielt meine Schultern fest. Ich fühlte, wie es sie drängte, sich aufzusetzen, und ließ sofort von ihr ab.

„Nicht hier.“

Während ich auf dem Bett lag, auf sie wartete, versuchte ich, nicht an die Vorbereitungen zu denken, die sie traf. Mir fiel eine Szene aus irgendeinem Film ein, ein Soldat, der den Hals einer Flasche abbrach, gierig vom schartigen Rand trank; ich beneidete ihn, bereute die verlorene Spontaneität. Vor wenigen Jahren hätten wir gleich im Wohnzimmer geliebt. Es war nicht Ruths Schuld; auch ich wollte nicht, daß sie wieder schwanger wurde.

Ich vergaß meine Trauer in dem Augenblick, als sie zu mir kam. Sie hatte sich ganz ausgezogen, bis auf ihre Bluse. Sie knöpfte sie auf, als sie sich neben mich legte; ihre Hand war kühl und vertraut; ich begann meinen Pullover auszuziehen.

„Laß ihn an.“

Ich sah ihr ins Gesicht.

„Die Wolle fühlt sich angenehm an."

Einander lieben ist eine launische Sache; vielleicht finden wir darin, was wir suchen. Ein Mädchen sagte mir einmal, daß ich liebte, um Lust zu bereiten. Vielleicht hatte sie recht; ich liebte Ruths zarte, wunderbare Schreie; ich wollte sie ins Unendliche verlängern. Selbst in meinen eigenen Augenblicken äußerster Erlösung vergaß ich niemals, daß sie mein volles Gewicht auf ihrem Körper nicht gern hatte.

Ein paar Minuten lang, als wir so Seite an Seite lagen, ihr Bein über die meinen, waren wir einander so nahe, wie wir es immer gewesen waren. Ich fühlte mich ihrer sicher; ihre ruhige Zufriedenheit war, als hätte ich selbst sie geschaffen. Langsam machten sich unsere eigenen Ichs wieder selbständig. Die Gedanken, die mich zuvor gequält hatten, als ich darauf wartete, daß Ruth ihr Diaphragma einsetzte, kehrten zurück und entfalteten sich. Ich hatte insgeheim immer gedacht, wenn man fest und ausschließlich genug an etwas glaubt, würde man es bekommen. Die bloße Kraft des Verlangens würde den Umständen Gewalt antun und sie gefügig machen. Das Problem war, daß es mit zunehmendem Alter schwieriger wurde, sich seiner eigenen Absichten sicher zu sein. So viele Impulse, aufgeschoben und unterdrückt, bildeten eine Anhäufung unbekannter Begierden. Sie lagen in irgendeinem verborgenen Winkel des Geistes, eine geheime Macht, bereit, mich von etwas abzubringen und zu hintergehen. Ich stieg aus dem Bett.

„Geh nicht, Martin. Es ist angenehm, so hier zu liegen."

„Mir ist gerade eingefallen, daß ich das Atelierfenster offen gelassen habe. Wenn ich's nicht jetzt schließe, werd' ich es vergessen."

Die Wohnzimmerlampe warf ein Licht-Parallelogramm

auf den gepflasterten Hof. Ich vermied es, darauf zu treten, als ich zum Atelier hinüberging. Wußte Ruth, was sie wollte? Begriff sie ihre eigenen Beweggründe? Wenn ja, dann wußte sie, wie sie mir gegenüber sie hinzustellen hatte. Laß deinen Pullover an. Die Wolle fühlt sich angenehm an. Sie hatte Angst gehabt, sie könnte mein Handgelenk zu sehen bekommen, während ich sie liebte.

Als ich die Ateliertür öffnete, hörte ich von drinnen ein Krachen. Obwohl es ein kurzes, scharfes Geräusch war, vermittelte es den augenblicklichen Eindruck eines Tumults, eines Kampfes. Ich knipste schnell die Lichter an.

Der ganze Raum war blitzartig sichtbar; ich empfand eine momentane Sinnesverwirrung; alles hier schien unnatürlich ruhig. Es war wie ein Spiel aus meiner Kinderzeit, bei dem die anderen Spieler plötzlich in dem Augenblick in Reglosigkeit erstarrten, in dem ich den Kopf umwandte und versuchte, einen von ihnen bei einer Bewegung zu ertappen.

Ich erfaßte mit einem Blick alles in dem Raum: das offene Fenster, Sophies zerbrochenen Krug auf dem Fußboden neben dem Zeichentisch, die Bleistifte rundherum verstreut, die Katze, die einen Buckel machte und ihr Fell sträubte, aber stumm und wie zu Eis erstarrt, oben auf dem Bücherschrank am anderen Ende des Raumes. Dann sprang die Katze hinunter, heulte und war im Nu an mir vorbei, in den Hof und fort.

Ich hob die Scherben des zerbrochenen Kruges auf und tat sie in die Metalltrommel, die ich als Papierkorb verwendete. Ich war erschrocken und verwirrt.

Es war fast unglaublich, daß die Katze in der einen Sekunde, die ich für das Einschalten des Lichts gebraucht hatte, den Krug vom Schreibtisch gefegt und dann noch die oberste Platte des Bücherschranks erreicht hatte.

3

„Warum fährst du nicht allein?"

„Mit dem Bus?"

„Du kannst den Kombiwagen fahren." Ruth steckte noch einen Bleistift in den Spitzer und drehte den Griff. „Kannst du nicht?"

Warum nicht? Ich konnte die eigenen Bleistifte nicht spitzen; ich hatte Ruth bitten müssen, ins Atelier zu kommen und es für mich zu tun, aber es bestand kein Grund dafür, nicht einen Wagen mit automatischer Gangschaltung fahren zu können.

„Ich könnte es versuchen. Ich werd' sehen." Ich wünschte mir trotzdem, Ruth würde mit mir kommen. „Wir werden im Gramercy Park-Hotel wohnen. Es wird Spaß machen." Ich wollte nicht sagen, es werde so sein wie in alten Zeiten.

„Du wirst mit Karen Wager zum Abendessen gehen." Ruth stellte den letzten gespitzten Bleistift in die Kaffeebüchse, die ich gefunden hatte, um Sophies zerbrochenen Krug zu ersetzen. „Ich werd' nichts zu tun haben und es ist dumm, das Geld zu verschwenden."

Das klang recht vernünftig; ich wußte, es war eine Ausrede; sie wollte, daß ich allein fuhr. In den Tagen, seit ich aus dem Krankenhaus zurück war, hatte sie mir auf verschiedene Art gezeigt, wie entschlossen sie war, daß ich nicht von ihr abhängig werden sollte.

Sie saß an diesem Nachmittag neben mir, während ich versuchte, den Wagen zu steuern. Immer wieder wollte ich mit meiner fehlenden Hand nach dem Lenkrad greifen; ich entdeckte, daß es mir half, dem Impuls zu widerstehen, wenn ich den Unterarm darauf ruhen ließ.

Am nächsten Morgen fuhr ich kurz vor elf los. Ich hatte für sechs Uhr eine Verabredung mit Karen; mit der „Interstate" würde ich nur fünf Stunden nach New York brauchen. Ich hatte mir Zeit für das genommen, was ich zuerst tun wollte. Als ich am Ende der Einfahrt in Richtung East Dorpe fuhr, erinnerte ich mich sofort an die Dinge, die Ruth in der Unfallnacht auf dem Weg zu den Ryders gesagt hatte. Ich spürte wiederum den gleichen aufrüttelnden Schmerz; irgendwann bemerkte ich, wie ich laut dagegen protestierte. „Ich werd' dich nicht gehen lassen." Ich brüllte die Windschutzscheibe an.

Etwa sechs Kilometer vor East Dorpe wurde die Straße gerade; ich fuhr an den Rand und stieg aus dem Wagen. Es war ein stiller, heißer Tag; der Sommer verweilte in der Luft wie ein Abschiedswort. Ich wußte, ich mußte nur etwa hundert Meter entfernt sein von der Stelle, an der Ruth versucht hatte, den Lastwagen des Farmers zu überholen. Um mich zu vergewissern, ging ich zuerst vom Wagen ein Stück zurück, dann kehrte ich langsam zum Auto wieder und untersuchte bei jedem Schritt die Fahrbahn. Ich suchte nach Spuren auf der Schotterdecke, wo unser eingedrückter Kotflügel über sie geschleift worden war. Ich fand keine. Ich ging am Wagen vorbei, marschierte fast einen Kilometer weiter. Nichts. Ich stand da, blickte zum unruhigen Himmel hinauf und versuchte, mir jedes Detail jenes plötzlichen, überwältigenden Augenblicks des Zusammenstoßes ins Gedächtnis zu rufen. Ich verließ die Straße und machte mich den Wiesenrand entlang auf den Rückweg. Etwa hundert Meter vom Wagen entfernt sah ich im Unkraut etwas glitzern; ich kniete nieder und hob Glassplitter auf. Sie sahen zu flach aus, um von einer Flasche zu stammen, und eine der Scherben hatte eine abgerundete Kante, wie das Schiebefenster des Renault.

Ein Lastwagen kam vorbei, wurde langsamer, als der Fahrer sich umwandte, um mich zu beobachten. Ich wartete, bis er Gas gab und davonrumpelte, ehe ich mit der Suche fortfuhr. Noch immer auf den Knien, durchkämmte ich sorgfältig das Gras und das Unkraut rings um mich mit den Fingern meiner linken Hand. Ich veränderte meine Position immer wieder, bis ich ein Gebiet von mehreren Quadratmetern sehr genau durchforscht hatte. Ich fand sonst nichts!

Hinter dem Grasstreifen war ein Stoppelfeld. Die Reste der Halme, die aus der trockenen Erde ragten, wirkten so starr, bedrohlich wie die Zacken einer Falle. Ich überlegte, ob sie in der Unfallnacht genauso ausgesehen hatten; aber es war unwahrscheinlich, daß das Getreide damals schon abgeerntet worden war. Ich kroch ganz langsam vorwärts auf das Feld.

„Irgend etwas nicht in Ordnung, Mister?"

Ein älterer Mann beobachtete mich aus dem Fenster eines schäbigen grünen Ford. Ein kahler Kopf, ein verkniffenes rotes Gesicht; daß er offenbar den ganzen Sommer einen Hut trug, hatte ihm ein beunruhigend kubistisches Aussehen beschert; die tiefe Röte seiner Haut endete wenige Zentimeter über den Augenbrauen in einer geraden Linie auf seiner Stirn.

„Nein, ist schon in Ordnung. Ich hab' bloß was gesucht."

„Ha'm Sie im Feld was verloren?"

„Ja." Ich kniete noch immer. Mir wurde die Absurdität meiner Position bewußt: ein Mann in mittleren Jahren in einem Straßenanzug auf allen vieren zwischen Getreidestoppeln. Ich stand auf, den rechten Arm behielt ich auf dem Rücken.

„Wie is' Ihnen denn das passiert?"

„Ich hatte einen Unfall."

„Einen Unfall?" Er verrenkte den Hals, um auf den

geparkten Wagen zurückzuschauen.

„Ja.“ Das Mißtrauen in dem runzligen Gesicht irritierte mich. Ich wünschte, der buntscheckige Quälgeist würde weiterfahren; was zum Teufel ging ihn diese Sache überhaupt an? „Gehört Ihnen dieses Feld?“ fragte ich ihn.

„Ganz recht.“

Das knappe Eingeständnis änderte alles. Was ich sah, war nicht mehr Argwohn, sondern Verständnis. Der Farmer wußte, wonach ich suchte, er wußte es, weil er es gefunden hatte. Ich versuchte, meine Aufregung zu verbergen. „Wann haben Sie das Getreide gemäht?“ fragte ich vorsichtig.

„Vorige Woche.“

Die widerwillige Art, in der er es sagte, gab mir Gewißheit, daß ich recht hatte. „Haben Sie sie gefunden?“ Ich eilte auf seinen Wagen zu. „Als Sie das Getreide mähten. Was haben Sie damit gemacht?“

„Was? Was gefunden? Sie ha'm mir nicht gesagt, was Sie verloren haben, Mister.“

„Meine Hand.“ Ich hob den rechten Arm, zeigte ihm den zugenähten Ärmel meines Hemdes. „Haben Sie meine Hand gefunden?“

„Hat er sie gefunden?“ fragte Karen an jenem Abend, als ich ihr die Geschichte in ihrem Büro erzählte.

„Nein, ich glaub' nicht.“ Der ganze Vorfall erschien mir mittlerweile schon komisch.

„Was hat er – ?“ Karen wartete, bis die Sekretärin das Tablett mit den Drinks auf ihren Schreibtisch gestellt hatte. „Was hat er gesagt, als du damit herausgerückt bist?“

„Er hat gar nichts gesagt.“ Ich betrachtete das Mädchen, während sie zur Tür ging. Wie alle Sekretärinnen von Karen in all den Jahren, an die ich mich erinnerte, war sie ein hausbackenes Mädchen, sah solide aus und so, als lebte sie im Zölibat. „Er haute einfach ab. Sein Gesicht wurde so weiß wie eine Wand und im nächsten Augenblick war er weg. Ich suchte noch eine halbe Stunde lang weiter." Ich griff nach dem Drink, den Karen mir hingereicht hatte. „Ich hatte das Gefühl, daß ich weitersuchen müsse."

„Bist du sicher, daß sie die Hand nicht an dem Abend fanden, als es passierte?"

„Das hat mir Dr. Sullivan erzählt. Er sagte, sie hätten sie nicht gefunden."

„Ich nehme an, wenn jemand sie seither gefunden hätte, würde man die Polizei angerufen haben."

„Warum?"

„Würdest du's nicht tun? Wenn du den Körperteil von einem Menschen gefunden hättest."

„Da kann mittlerweile nicht mehr viel davon übrig sein. Die Vögel, Nagetiere, Insekten und alles auf diesem Feld. Da kann nichts mehr übrig sein, bis auf ein paar Knochenreste." Ich nahm einen schnellen, großen Schluck. „Ich hoffte, ich würde wenigstens meinen Ring finden."

Karen lehnte sich in ihrem Stuhl zurück, setzte ihre Füße auf das Bettkissen aus Leder neben ihrem Schreibtisch auf. Sie war eine imposante Frau, groß und breitschultrig, ihr schwarzes Haar rückwärts zu einem großen birnenförmigen Knoten gebunden. Anders als ihre Sekretärinnen, sah sie weder hausbacken noch nach Zölibat aus. Ich wußte, daß sie an die fünfzig war, aber bis auf die faltige Haut an ihrem Hals, verdeckt durch die Seiden- oder Chiffonschals, die sie immer trug, schien sie mir unverändert zu sein, seit ich sie zum erstenmal gesehen hatte. „Eine hochbusige Madonna", so hatte ich sie Ruth vor zehn Jahren beschrieben.

„Du hast diesen Ring nie gemocht."

„Ich hatte ihn lange Zeit."

„Du hast ihn nur getragen, weil er ein Geschenk von Ruth ist und du Schuldgefühle hattest."

Ich hatte vergessen, daß ich ihr das einmal erzählt hatte.

Ich überlegte, ob ich diesen Ring *wirklich* finden wollte. Was hätte ich mit ihm angefangen, ihn nun an meiner linken Hand getragen? Dazu war es ein wenig zu spät in meiner Ehe. Hätte ich es Ruth überhaupt erzählt, wenn ich ihn gefunden hätte, oder hätte ich ihn irgendwo versteckt?

„Mein Gott", ich wollte nicht mit Karen darüber sprechen. „Es war nicht bloß der Ring, wonach ich suchte. Natürlich wollte ich meine Hand finden. Sie ist ein Teil von mir." Ich sah, daß ich meine Hemdmanschette auf sie richtete. „Sie *war* ein Teil von mir, meine ich." Ich steckte das Handgelenk in die Jackentasche und streckte statt dessen die Handfläche meiner linken Hand aus. „Wenn man darüber nachdenkt, sind unsere Hände für uns die intimsten Dinge auf der Welt. Wir verlassen uns unbewußt jede Sekunde auf sie, was wir auch tun, das ganze Leben lang. Wir kennen sie viel besser als wir unser eigenes Gesicht kennen. Es ist, als ob man ein Kind verlöre. Selbst wenn du wüßtest, daß es tot ist, würdest du es finden wollen, oder nicht? Du würdest es begraben wollen oder sowas, es nicht in einem Feld herumliegen lassen." Ich hatte nicht die Absicht gehabt, so viel darüber zu reden; ich nahm meinen Drink vom Schreibtisch und leerte das Glas.

Wir aßen in einem kleinen französischen Restaurant auf der Third Avenue zu Abend. Ich verbrachte mehrere Minuten damit, die Speisekarte durchzulesen. Filet Mignon. Veau Provencal. Ich würde Karen bitten müssen, es für mich kleinzuschneiden. Könnte ich Coq au Vin mit einer Gabel schaffen? Ich begnügte mich mit einer Suppe, gefolgt von Omelette mit Pilzen.

Ich hatte Dutzende Male mit Karen zu Mittag oder Abend gegessen. Es lag darin ein Ritual, der eigentliche Zweck war, die weitschweifigen Gespräche, mit denen diese Mahlzeiten begannen und endeten, so vorhersagbar zu trennen, wie ein Werbetext eine Talk-Show unterbricht.

Sobald wir bestellt hatten, kam Karen zur Sache.

„Ich hab' mit Norman Kaufman über dich gesprochen.“ Kaufman war der Vizepräsident der Gesellschaft, die *Miguel* unter Vertrag hatte.

„Ich hätte nicht gedacht, daß es darüber viel zu reden gibt.“

„Die Zeitungen würden ihre Verträge gern erneuern, wenn du irgendeinen Weg findest, mit dem Comic-Strip weiterzumachen.“

Sie beobachtete mich, um zu sehen, wie ich auf diese gute Nachricht reagieren würde.

„Ich bekam eine Menge ermutigende Briefe“, gab ich zu.

„*Miguel* war nie eine Bombensache, aber er hatte Anhänger, so eine Art von Kultgemeinschaft, speziell im Westen.“

„Ich weiß.“ Es war unser alter Scherz. „Ich bin weltberühmt in der *Sacramento Bee*.“ Der Brief aus Saraville fiel mir ein. „Mir ist ein Job angeboten worden, da draußen zu lehren. Am staatlichen College in Saraville, Kalifornien.“

Karen ignorierte das. „Kaufman würde es sehr bedauern, sollte der Comic-Strip fallengelassen werden.“

„Ich schätze, die haben daran verdient.“

„Er ist ein großer Fan von dir.“

Ich schob die Gabel auf dem Tisch weg, brachte sie mit dem Messer auf gleiche Höhe. „Ich hab's versucht, Karen. Ich hab' jeden Tag geübt. Ich fürchte, es wird Monate dauern, bevor ich mit der linken Hand leidlich zeichnen kann.“

„Du würdest die Zeichnungen nicht selbst machen müssen.“

„Mit jemandem zusammenarbeiten?“ Ich konnte mir eine Menge Einwände dagegen vorstellen.

„Nicht so richtig zusammenarbeiten. Du würdest für den roten Faden sorgen und den Dialog machen. Du könntest sogar die Handlung entwerfen. Du brauchst jemanden für die künstlerische Ausführung."

Die Messerklinge war gezackt; ich drehte sie um, so daß die Zähne von der Gabel abgekehrt waren. Ich fühlte den zornigen Protest, der heute morgen auf dem Weg nach East Dorpe in mir aufgestiegen war. Ich konnte ihn jetzt wieder spüren.

„Es könnte schwierig sein, den Richtigen zu finden."

„Du würdest natürlich mit deinem Namen zeichnen. Das macht es aber eher zu einem aussichtslosen Job für den, der ihn annimmt ..." Nach elf Jahren kannte ich mich in Karens Geschäftstaktik aus; an der Art, wie sie sprach, als würde sie laut denken, merkte ich, daß sie schon jemanden für den Job gefunden, das ganze mit ihm schon ausgehandelt hatte. Mit Kaufman vermutlich auch. Es hatte stets eine rücksichtslose Trennung zwischen ihrem beruflichen Interesse und ihrem persönlichen Verhältnis zu mir gegeben. „Aber ich könnte vielleicht einen jungen Mann finden, der die Erfahrung braucht ..." Sie tat, als würde sie darüber nachdenken, wer zur Verfügung stünde. „Wir müßten wahrscheinlich so eine Art Steigerungsklausel ausarbeiten, falls der Streifen stärkere Verbreitung findet. Er würde – wer immer es ist – sagen wir mal, fünfzig Prozent von allen neuen Verträgen bekommen."

„Fünfzig Prozent?" Jetzt war ich an der Reihe, so zu tun, als überlegte ich.

„Jeder, der es annehmen würde, jeder, der etwas taugt, würde einen Anreiz brauchen, um es zu einem Erfolg zu machen."

Sie beobachtete mich wieder; im nächsten Augenblick würde sie mich fragen, was ich dachte; ich würde eine Entscheidung treffen müssen. Die Angst, ja zu sagen, übertrug sich in atavistische Spannungen, die meinen ganzen Körper umfaßten, bereitete ihn darauf vor, davonzulaufen oder zu kämpfen. Ich konnte keines von beidem, so wie die Dinge lagen, tun.

„Was denkst du, Martin?“

„Ich weiß nicht . . .“ Ich mußte meinen Lebensunterhalt verdienen, was immer auch mit Ruth geschah. „Es klingt nicht schlecht. Wenn du einen talentierten jungen Mann finden kannst . . .“

„Wie ist es dir ergangen?“ Karens Gesicht wurde weicher; der geschäftliche Teil war vorüber. „Wie hat Ruth den Unfall aufgenommen?“

„Sie rettete mein Leben.“

„Ich weiß. Das ist nicht das, was ich meine.“

„Das Problem ist“, ich löffelte die Suppe. Konnte ich mit einer Hand Brötchen mit Butter bestreichen? Ich beschloß, ohne Butter auszukommen. „Das Problem ist, daß es einem nach so einer Sache leichter fällt, andere Leute zu bitten, etwas für einen zu tun, als es selbst zu tun.“

„Ist das nicht überhaupt der ganze Sinn einer Ehe?“

„Ach, komm, Karen.“

„Du hast Ruth verwöhnt. Das hast du immer getan.“

Indem ich sie liebte? Es war nicht meine Liebe gewesen, gegen die sich Ruth aufgelehnt hatte; es war meine Dominanz ihr gegenüber.

„Ich erinnere mich, wie sie dieses Haus in Vermont kaufen wollte. Du hast die Vorstellung verabscheut, dort oben auf dem Land festgenagelt zu sein.“

„Ich liebte es, sobald wir uns dort eingerichtet hatten.“

„Du wolltest eines von diesen verschachtelten alten Apartments auf der Upper West Side finden.“

„Das hatte ich vergessen.“

„Du hast Ruth in allen Dingen ihren Willen gelassen.“

„Wir waren glücklich miteinander.“ Leute, deren Ehen schiefgingen, sagten das anscheinend immer. Wir hatten drei großartige Jahre, erzählte mir einmal eine geschiedene Frau in einem Flugzeug.

„Du hast nie so geredet, als wärst du es.“

Sie hatte vermutlich recht. Wenn ich glücklich war, hatte es nichts zu erzählen gegeben. Wenn ich es nicht war, hatte ich mich, weil ich jemanden brauchte, mit dem ich reden konnte, an Karen gewandt, um mich von jeder Sekunde der nervösen Unzufriedenheit mit meiner Ehe zu befreien. Es war mir nie vorgekommen, daß ich Ruth gegenüber illoyal wäre. Karen gehörte zu meinem Gefühlsleben wie ein Tagebuch. So wie man ein Tagebuch führt, war es immer ein einseitiger Vorgang gewesen; wenn Leute sagen, sie brauchten jemanden, mit dem sie reden können, meinen sie normalerweise genau das. Karen hatte zugehört; sie war in bezug auf sich selbst immer verschwiegen gewesen. Ich wußte, daß sie nie geheiratet hatte; ich hatte keine Ahnung, ob sie Affären mit Männern oder mit Frauen oder beides hatte. Ich betrachtete sie, wie sie in ihr Pfeffersteak hineinschnitt; eine hochbusige Madonna; es war eine ungenaue Beschreibung; in ihren Augen lag keine heitere Gelassenheit; ihr Mund war zu gierig. Blut von ihrem Steak befleckte die Rahmkartoffeln; ich blickte weg, als sie das in den Mund schaufelte. Bei allen unseren vorangegangenen Mittag- und Abendessen war es Karen als meine Agentin gewesen, die unsere Rechnung bezahlte. Heute Abend war ich entschlossen, sie selbst zu bezahlen.

Sie stritt mit mir darüber; ich bestand darauf. Ich hatte die Rechnung mittlerweile schon in der Hand; sie war gezwungen, nachzugeben.

„Komm mit und trink noch was mit mir, Martin."

Karens Apartment hatte mich immer ein wenig peinlich berührt. Es war wie eine von diesen angeberischen Wohnungen, wo einmal eine Berühmtheit logiert hat. Alles darin war arrangiert, um seine eigene Geschichte zu erzählen: die signierten Photographien, die auf den Tischen teilweise übereinander lagen, die gerahmten Briefe und Zeichnungen, die Einladungskarten auf dem Kaminsims. Ich hatte einmal zerstreut eine dieser Karten in die Hand genommen; ich war vom Namen des Richters vom Obersten Gerichtshof beeindruckt, der sie geschickt hatte; dann, als ich entdeckte, daß sie drei Jahre alt war, wurde ich verlegen.

Karen gab mir einen Drink und machte sich selbst einen zurecht. Ich setzte mich auf ein Ende des Sofas; sie ließ sich auf dem anderen Ende nieder, hob die Beine hoch und zeigte mir ihre Knie, die breit waren. Ich bemühte mich, nicht hinzusehen.

„Findest du die Idee nicht erregend, wieder mit *Miguel* anzufangen?"

„Natürlich."

„Lügner."

Ich wußte sofort, was sie meinte. Ich tat, als wüßte ich es nicht. „Es ist eine Frage der Zeit", erklärte ich. „Zeit, mich an das zu gewöhnen, was passiert ist, mir darüber klar zu werden, wie ich mich fühle, was ich tun will, nicht nur in bezug auf *Miguel*, sondern in bezug auf alles andere."

„Das kann ich verstehen. Aber es ist nicht –"

„Der Arzt im Krankenhaus sagte mir das. Er sagte, in manchen Fällen dauert es Monate, bevor der Patient versteht, bevor es ihm richtig zu Bewußtsein kommt, daß er sein Bein, oder was immer es ist, verloren hat, daß er für alle Zeiten ein veränderter Mensch ist."

„Gerade deshalb brauchst du jemanden, der –"

„Es gibt so etwas, was man Phantom-Schmerz nennt. Es kann jahrelang dauern." Ich wußte, daß ich jetzt langweilig war; alles war besser, als sie wieder anfangen zu lassen, von Ruth zu reden. „Es hat etwas mit den Nervenenden zu tun . . ."

Sie saß da, hielt ihren Drink in den reich beringten Fingern und hörte zu, bis ich nichts mehr zu sagen hatte.

„Martin." Es war, als würde sie mich zur Ordnung rufen. „Der Grund, warum du mit *Miguel* zögerst, mit der Wiederaufnahme der Arbeit an dem Strip, ist, weil du weißt, daß in dem Moment, da du deinen Lebensunterhalt verdienst –"

„Ich weiß gar nichts –"

„ – Ruth dich verlassen wird."

Mein ganzes Gerede über Phantom-Schmerzen hatte sie nicht abgelenkt. Sie hatte es erreicht, mich trotzdem damit zu konfrontieren. Mit der Wahrheit. Ich griff nach meinem Drink auf dem Kaffeetisch. Es war das erste Mal, seit ich das Krankenhaus verlassen hatte, daß ich mit der rechten Hand nach etwas griff. Ich versuchte, das Handgelenk in meine Tasche zurückzuschieben; Karen hielt meinen Unterarm fest; sie zog ihn sanft, zwingend. Ich war zu verwirrt, um Widerstand zu leisten. Sie stellte ihre Füße auf den Fußboden und glitt näher an mich heran; mein Arm war auf ihrem Schoß; ohne im geringsten zu zögern, schob sie den Ärmel meines Jackets zurück und streichelte den Stumpf meines Handgelenks durch den Hemdärmel. In ihren Augen lag ein Ausdruck von Zärtlichkeit, von Mitgefühl; ich dachte kurz an Sophie, an den Kontrast ihrer unsentimentalen Neugierde.

„Liebst du Ruth immer noch?"

„Ich weiß nicht." Ich wußte es nicht. „Es ist alles so verwirrt durch das, was ich einmal für sie empfand. Ich kann sie nicht so sehen, wie sie ist, ohne mich daran zu erinnern, was sie früher war."

„Als du glaubtest, du wärst glücklich."

„Verdammt nochmal, Karen, ich war glücklich. Was auch immer ich dir in Momenten der Ungeduld oder der Gereiztheit sagte, ich weiß, ich war glücklich. Manchmal, wenn ich irgend etwas tat, Kaffee kochte oder nach dem Abendessen herumsaß, da hatte ich plötzlich das Gefühl, mein Gott, ich bin glücklich."

„Es hat keinen Sinn, zu versuchen, in der Vergangenheit zu leben, Martin."

Dieser vereinfachte Rat schmerzte mich wie eine falsche

Anschuldigung. Ich antwortete nicht darauf.

„Du versuchst, dich an etwas zu klammern, was vorbei ist.“

Das Davonlaufen-oder-Kämpfen-Gefühl kam wieder. Ich wünschte, Karen würde meinen Arm loslassen. „Ruth will keine Trennung. Das hat sie mir gesagt.“

„Anderen Leuten sagt sie das nicht.“

„Wem?“ Es war eher ein Protest als eine Frage.

„Vorige Woche hab ich zufällig Dorothy Willard getroffen.“

„Dieses Biest.“

„Ich habe sie nicht ermuntert. Ich brauchte sie nicht zu ermuntern. Sie redete wie ein Wasserfall. Sie sagte mir genau, was Ruth über eure Ehe denkt.“

„Dorothy Willard versucht nur Unruhe zu stiften. Sie versucht immer Unruhe zu stiften.“

„Es ist das Ende eines Lebensabschnitts für dich, Martin. Du mußt dem ins Auge sehen. Wenn du's nicht tust, wirst du dort oben allein bleiben. In diesem Haus voller Echos, wie du es nanntest.“ Sie ersparte mir nichts, es gelang ihr, mir ein Bild davon zu suggerieren: über den Hof vom Atelier im Dunkeln in ein Haus zurückzugehen, wo keine Ruth, keine Sophie mich erwarten würden, nur hundert vertraute Erinnerungen an beide. „Ein Haus, das du selbst niemals haben wolltest. Du darfst dir das von Ruth nicht antun lassen. Besonders jetzt. Nach all dem.“ Sie streichelte immer noch mein Handgelenk; ich sah, wie sie es nahe zu sich hielt. Es gibt Zeiten, da verkrüppelt sein so ist, als erlebte man einen schlechten Witz. Hätte ich eine rechte Hand gehabt, so wäre sie in ihrem Schoß gekuschelt gewesen. „Du mußt an dich selbst denken, Martin. Mach jetzt reinen Tisch, bevor sie dir noch mehr weh tut. Werd' dieses Haus los, diese ganzen Echos. Vergiß die Vergangenheit und fang ohne Ruth neu an.“

„Was ist mit Sophie?“

„Das kannst du irgendwie arrangieren.“

„Du meinst, sie an den Wochenenden sehen.“

„Viele Leute tun das.“

„Ich nicht. Nicht, wenn ich es vermeiden kann.“ Es stimmte, daß die Vorstellung, allein in Vermont zu leben, eine besondere Angst barg – sie war für mich fast ein Horror –, weil es so sehr Ruths Haus war, aber ohne sie und Sophie wollte ich nirgends leben. „Es wäre um nichts besser, allein in New York zu sein.“

„Du würdest hier nicht allein sein.“ Sie lächelte. Auf einem ihrer Vorderzähne war ein Lippenstiftfleck; er erinnerte mich an das Blut auf ihren Rahmkartoffeln. Schließlich bekam ich mein Handgelenk frei.

„Du darfst nicht allein sein, Martin. Du brauchst jetzt jemanden, jemand, auf den du dich verlassen kannst. Du brauchst jemanden, der dir hilft, dein – dein Selbstvertrauen wiederzugewinnen. Weißt du, was ich meine?“

Ich wußte genau, was sie meinte. In all den Jahren unserer Freundschaft hatte ich sie nie verstanden – bis jetzt; sie war eine Frau, die das Bedürfnis hatte, Mitleid zu empfinden; es war die Basis ihres ganzen Charakters, ihrer Karriere. Mir fiel ein, mit welcher Wärme sie mir manchmal schlechte Nachrichten überbrachte, die Stornierung eines Vertrags; die Zärtlichkeit, mit der sie über das Versagen anderer Leute gesprochen hatte; über den Alkoholismus eines Kunden, die Blockierung der Kreativität eines anderen. All diese Jahre hindurch hatte sie auf die Zeit gewartet, da sie auch für mich Mitleid empfinden konnte, so daß sie mich nehmen, mich zwischen diese gewaltigen Schenkel nehmen und trösten konnte, mir wiedergeben konnte, was sie mein Selbstvertrauen nannte.

„Du warst wunderbar, Karen.“ Es stimmte. Als ich von ihr weg zum Kamin hinüberging, empfand auch ich Mitleid mit ihr. Die Einladung von dem Richter des Obersten Gerichtshofs war noch da, immer noch überraschend neu aussehend; ob sie mit einem feuchten Tuch abgestaubt wurde? Ich mußte einen Weg finden, Karen zurückzuweisen, ohne ihre Eitelkeit zu verletzen, jene preisgegebene und verwundbare Selbstachtung.

Wie?

Vor Jahren reiste ich vom Kunststudentenverband nach Los Angeles. Es gab da eine Chance für einen Job im Disney-Studio; wichtiger war für mich damals ein Mädchen, das ich in New York kennengelernt hatte. Sie hatte ein Apartment, ein Auto; sie kutschierte mich mit dem Stolz der gebürtigen Kalifornierin durch die Gegend, wir verbrachten einen glücklichen, zwanglosen Monat miteinander. Eines Nachmittags, auf dem Rückweg vom Strand, hielt sie bei einer Tankstelle am Sunset Boulevard an. Während der Tankwart den Tank füllte, ging sie in den Waschraum. Ich wartete neben dem Auto, ich bezahlte das Benzin.

„Fahren Sie ihn dort hinüber, bitte."

Der Tankwart war einer von jenen frischen blonden Jungen, die sie an der Küste so erwartungsgemäß aufzogen wie Kopfsalat; der Typ, der zu dieser Zeit „Oh-ho, yea" sagte.

„Ihn dorthin fahren?"

„Dort hinüber."

Ich sah ihn an. Einen wahnsinnigen Augenblick lang dachte ich daran, in den Wagen zu steigen, zu starten und zu sehen, was passierte. Ich wußte, was passieren würde; er würde wie besoffen in die Zapfsäule hineinschlittern. Gleichzeitig fand ich es unmöglich, hier an einer Tankstelle in Los Angeles, vor diesem Jungen, der vermutlich mit zwölf Jahren einen auffrisierten Wagen gefahren hatte, zuzugeben, daß ich nicht Auto fahren konnte. Kein Eingeständnis, schien mir, konnte demütigender sein als dieses.

„Ich darf nicht", sagte ich schließlich. „Ich darf kein

Fahrzeug betätigen."

Der Junge wartete wie eine stehengebliebene Uhr.

„Ich bin Epileptiker."

Als ich Jahre später eines Abends nach mehreren Gläsern Ruth die Geschichte erzählte, verstand sie nicht. „Aber so etwas ist viel demütigender, zu sagen, daß du Epileptiker bist, als daß du nicht fahren kannst", widersprach sie. „War es dir nicht peinlich, ihm das zu erzählen?"

„Natürlich nicht. Ich wußte, daß es nicht stimmte."

Karen stand da; sie kam auf mich zu. Ich spürte ihre Hand auf meiner Schulter; ich konnte mir die Zärtlichkeit in ihren Augen vorstellen; sie wartete auf meine Reaktion. Hier im Wohnzimmer?

„Ich kann nicht." Ich vermochte an ihr vorbei zu einem Platz neben dem Fenster zu gelangen; dort gab es einen kleinen Lehnstuhl aus Holz; ich setzte mich, beugte mich vor. „Der Arzt sagte, es ist ganz normal." Ich vermied es, Karen anzusehen. „Amputation ist eine Art psychischer Kastration. Jede Amputation. Er erzählte mir von einem Mann, der eine Zehe verlor. Sie war von einer Mähmaschine abgeschnitten worden. Er war monatelang total impotent."

„Bist du sicher?"

„Ja. Ja. Das bin ich. Absolut."

„Vielleicht ist Ruth schuld daran."

Der Kleine an der Tankstelle hatte wenigstens meine Epilepsie nicht in Frage gestellt. „Oh-ho, yeah." Seine Augen waren so ausdruckslos wie Kieselsteine, als er den Wagen selber wegbrachte.

Ich saß noch zehn Minuten auf dem kleinen Stuhl, und darin vor körperlicher Annäherung geschützt, beharrte ich auf meiner Impotenz. „Dr. Sullivan sagte –". „Er erzählte mir einen anderen Fall –" Ich hatte keine Schuldgefühle wegen meiner Lügen; ich hatte keine an der Tankstelle gehabt; diesmal hatte ich außerdem die Rechtfertigung, daß es nicht mein eigener Stolz war, den ich zu schützen versuchte.

Ich küßte Karen reumütig auf die Wange, als ich ihr gute Nacht wünschte. Während ich die Third Avenue hinunterging, fühlte ich mich beinahe schwerelos; das Bild dessen, dem ich entkommen war, Karens grenzenlose, allumfassende Besorgtheit, stand noch lebendig vor meinem Geist; die Klarheit dieses Bildes störte mich. Im Rückblick erscheint jede Flucht so, als wäre man um Haaresbreite davongekommen. Ich ging in die erste Bar, die ich erblickte; ich brauchte Zeit, Alkohol, um mir wieder Sicherheit zu verschaffen.

Das Lokal war voll, unruhig, mit all den jungen Leuten. Erst als ich einen Platz an der Bar gefunden und einen Drink vor mir stehen hatte, bemerkte ich die Absicht hinter dieser Ruhelosigkeit. Ich beobachtete einen jungen Mann in einer buntkarierten Jacke, der die ganze Länge des Raumes durchschritt, wie er so stehenblieb, um jedes Mädchen zu betrachten, an dem er vorbeikam, hätte er Waren in einem Laden prüfen können.

„Bist du nicht'n bißchen zu alt für so ein Lokal?", das Mädchen auf dem nächsten Hocker betrachtete mich in der gleichen bewußt taxierenden Art. „Aber vielleicht hast du dich gerade scheiden lassen oder so?"

„Nein."

„Mir wär's egal, wenn du ein Bigamist wärst." Lange Korkenlocken wanden sich von ihrem Kopf, schwangen um ihre Backen. „Du kannst mich auf einen Drink einladen, wenn du magst, aber nur unter einer Bedingung." Ihr grobes Wollkleid war über der Brust quadratisch ausgeschnitten; das lenkte meine Aufmerksamkeit darauf, wie kantig ihre Schlüsselbeine waren. „Eine Bedingung. Keine Namen. Ich will deinen Namen nicht wissen und ich werd' dir meinen nicht sagen."

„In Ordnung." Ich war ein verdammter Narr gewesen,

daß ich nicht im Augenblick, als ich hereinkam, die Absicht hinter der Ruhelosigkeit bemerkt hatte; wenige Häuserblocks weiter, und ich hätte einen Drink in Frieden in einer normalen, altmodischen Kneipe haben können. „Was trinkst du?"

Sie trank „Cold Ducks". Das kostete vier Dollar. Ich nahm das zusammengefaltete Geld aus meiner Tasche, fischte eine Fünfdollarnote mit dem Daumen heraus; seit dem Unfall hatte ich aufgehört, eine Brieftasche zu benützen.

„Du bist wahrscheinlich um die vierzig." Wieder dieser abschätzende Blick. „Aber du bist nicht fett. Oder kahl. Du bist recht attraktiv in einem normalen Sinn."

Das hatte ich schon früher gehört. „Du bist ein Gesicht in der Masse", hatte mir einmal ein Mädchen gesagt. „Genau das gefällt mir an dir. Es gibt dir so ein mysteriöses Aussehen."

„Natürlich ist niemand wirklich normal." Die Korkenzieherlocken schwangen wie Federn nach vorne, als sie sich zu mir beugte. „Ich warf das I GING, bevor ich heute Abend ausging, und es erzählte mir von dir. Weißt du, was es sagte?"

„Nein."

„Das Hexagramm, meine ich. Es sagte, wenn jemand nicht so ist, wie er sein sollte, hat er ein Mißgeschick erlitten. Was denkst du darüber?"

Ich dachte, das sei ein Haufen Scheiße; Handlesen, Kristallkugeln, alle Arten von Wahrsagerei haben mich immer abgestoßen, der Determinismus in ihnen ebenso wie der Aberglaube. Ich sagte ihr das nicht, sie erwartete ohnehin keine Antwort.

„Deshalb will ich, daß wir Fremde bleiben", erklärte sie. „Nicht daß ich versuche, zurückhaltend zu sein oder so, aber auf diese Weise könnten wir beide *irgendwer* sein, nicht?"

„Ja."

„Ich meine, dann kann man absolut alles tun, wozu man Lust hat, und nachher macht es nichts aus. Verstehst du, was ich meine?"

„Ja."

„Wohnst du hier in der Gegend?"

„Ich wohne außerhalb der Stadt. Ich übernachte hier bei Freunden." Ich fürchtete, die Flüchtigkeit eines Hotelzimmers könnte sie reizen.

„Pah . . ." Eine Krabbenschere hing an der Kette, die sie um den Hals trug; als sie damit zu spielen begann, bemerkte ich, daß sie an den Fingernägeln kaute. „Wenn wir zu mir gehen, ist es meine eigene Wohnung. Du würdest in meinen *Bereich* eintreten, wenn du verstehst, was ich meine. Es macht das Ganze irgendwie persönlich, nicht wahr?"

„Ich denke schon." Ich fragte mich, wie lange dieses Mädchen hier gesessen haben mochte, von den jungen Einkaufsbummlern inspiziert und links liegengelassen.

„Gefällt dir mein Haar?" Sie hatte bemerkt, daß ich es betrachtete.

Ich nickte.

„Du würdest es nicht glauben, nicht wahr? Es war früher absolut glatt."

Diese drahtähnlichen Spiralen waren Absicht. Ich fand das wirklich kaum zu glauben. Ich hatte mein Glas beinahe leergetrunken, ich konnte im nächsten Augenblick gehen. Sie hatte ihren „Cold Duck" nicht angerührt.

„Ist irgendwas daran nicht in Ordnung?"

„Ich trinke nicht."

„Nie?"

„Ich bekomme davon Migräne."

„Warum hast du das Zeug bestellt?"

„Ich kannte einmal einen Mann, der immer Mädchen mit in seine Wohnung nahm und ihnen südamerikanische Platten vorspielte. Diese Sorte von heulenden Liedern, die sie in den Bergen oben haben, in den Anden. Weißt du, es war überhaupt nicht wie Musik. Es war furchtbar." Sie rieb die Krabbenschere an ihrem Kinn. „Wenn das Mädchen ihn bat, sie abzuschalten, traf er sich nie wieder mit ihr."

„So eine Art von Test."

„Richtig." Sie schob den „Cold Duck" über die Bar von sich weg. „Das ist mein Test. Es ist das teuerste Getränk, das sie hier haben." Sie war von ihrem Hocker geglitten und stand nun neben mir; ich konnte ihren Hüftknochen spüren, wie er sich an meinen Schenkel preßte.

Erstaunlicherweise empfand ich ein momentanes körperliches Verlangen nach ihr. Es hatte keinen wesentlichen Einfluß auf mich; ich dachte gar nicht daran, zu ihr nach Hause zu gehen. Es war der direkte, irrationale Trieb eines Tieres oder eines Halbwüchsigen; ich wollte sie packen, meine Hand unter ihren Rock stecken. Auf die simpelste, direkteste Art wollte ich sie mir erzwingen.

„Wenn wir in meinen Bereich, meine Wohnung gehen, macht es dir etwas aus, wenn ich das Licht nicht anknipse? Ich meine, du kannst Streichhölzer anzünden, während ich die Tür zuschließe und so."

Ich blickte an ihr vorbei auf die Straße. Zum zweiten Mal innerhalb einer Stunde würde ich irgendeine taktvolle, ausweichende Art finden müssen, einer Frau zu sagen, daß ich nicht mit ihr ins Bett gehen wollte. Das war meine Nacht, kein Zweifel, eine Nacht der Gelegenheiten für den Einhändigen. Ich konnte mein Handgelenk aus der Jackentasche ziehen und es ihr zeigen; das würde sie doch wohl abkühlen? Ich befürchtete, es könnte vielleicht nicht so sein. Mit ihrem Tick in bezug auf Fremde, im Dunklen genommen zu werden, könnte es sie in Fahrt bringen.

„Es würde nicht funktionieren. Du würdest mich nicht

mögen."

„Ich will dich nicht mögen. Ich will dich nicht einmal kennen."

„Ich dich schon." Jede Lüge war mir recht. „Ich kann die Dinge nicht so beiläufig nehmen. Ich würde von dir etwas wissen wollen, deinen Namen. Alles. Ich würde dich wiedersehen wollen. Ich suche kein Abenteuer für eine Nacht. Ich suche eine Beziehung."

„In diesem Lokal?" Ich konnte ihr nicht übelnehmen, daß sie mir nicht glaubte; der Großteil der Jugendlichen an der Bar war mit „Kein Pfand, keine Rückgabe"-Stempeln übersät.

„Tut mir leid." Ich war schon an ihr vorbei, auf halbem Weg zur Tür. Sie ergriff meinen Arm; das hatte ich nicht erwartet. Mein Handgelenk glitt aus der Tasche. Sie blickte auf die zusammengenähte Manschette.

„Siehst du." Sie hatte nur Sekunden gebraucht, um darauf zu reagieren. „Genau das hat das *I Ging* gesagt. Wenn einer nicht ist, wie er sein sollte, hat er ein Mißgeschick erlitten." Sie war ganz aufgeregt. „Es bedeutet, ich soll dich heute Nacht zu mir mitnehmen."

„Nein, das heißt es nicht." Ich bekam meinen Arm frei. „Es heißt, du sollst dich von mir fernhalten."

„Warum?"

„Verstehst du nicht?" Es war mir bereits egal, was ich redete; solange ich mir nicht zu überlegen brauchte, wieviele Stunden, wieviele Nächte es dauern mochte, bis ihr jemand wieder einen „Cold Duck" kaufte. „Es bedeutet, daß wir beide Unglück hätten. Weil ich nicht bin, wie ich sein sollte." Ich winkte ihr mit dem Handgelenk; niemand stand zwischen mir und der Tür. Wie die Katze in meinem Atelier schlüpfte ich hinaus und war fort, bevor sie darüber nachdenken konnte, was ich gesagt hatte.

Draußen hielt ich das erste freie Taxi an und gab dem Fahrer den Namen meines Hotels in Gramercy Park an. Ich war wieder entkommen. Wovor dieses Mal? Warum? Ich wußte es nicht genau. Das Mädchen war gar nicht so unattraktiv, sie war jung, offenbar unter fünfundzwanzig, sie hatte hübsche lange Beine. Ihre Schmächtigkeit hatte sogar etwas Verletzliches und für mich Anziehendes nach einem Abend mit Karen.

Ich konnte nicht vorgeben, daß mich irgendwelche Skrupel in bezug auf Treue veranlaßt hatten, das Mädchen abzuweisen. Seit unserer Heirat war ich Ruth drei- oder viermal untreu gewesen. Ich achtete immer sorgfältig darauf, jemanden zu meiden, den sie kannte, und ging gelegentlich mit entgegenkommenden Unbekannten schnell ins Bett, wenn ich beruflich unterwegs war und in irgendeinem Frauenclub oder College Vorlesungen hielt. Später hatte ich Ruth sogar von diesen Begegnungen erzählt.

Nichts hätte zwangloser sein können als die sexuelle Verbindung, die mir dieses Mädchen anbot. Sie stellte keine der Gefahren dar, die es bei Karen gab. Es hätte bei ihr keine künftigen Komplikationen geben können, kein emotionales Engagement. Sie hatte das ganz klargemacht. Sie bot mir nichts anderes an als unpersönlichen Sex.

Vielleicht hatte mich gerade das an ihr geängstigt, die Hartnäckigkeit, mit der sie darauf bestand, sich auf eine Funktion zu reduzieren, auf ein Stück Arsch, ihr rührender Eifer, im Dunkeln benutzt zu werden, ihre offensichtliche Neigung, gedemütigt zu werden. Ich nehme an, die meisten Männer haben periodisch Phantasien über die Frau als reinen Ausdruck von Unterwerfung. Hier bin ich. Mach schon. Treibs mit mir. Von solchen Phantasien wimmelte es in meinem Jünglingsalter. Frauen, als Bauernmädchen aus dem 19. Jahrhundert, die sich in eifriger Selbsterniedrigung dem Verlangen ihres Herrn unterwarfen, ihre Unterröcke heben, ihre Rüschchenhöschen herunterziehen und sich gehorsam auf das nächste Lager werfen. Diese Bilder hatten bis zu meinem ersten sexuellen Erlebnis angehalten. Sie hatten meine Einstellung dazu bestimmt. Ich war achtzehn und im Studentenverband. Lisa, das Mädchen, war mehrere Jahre älter. Sie verführte mich ganz bewußt, nahm mich eines Abends mit in ihre Wohnung. Ich nahm sie dreimal, tolpatschig zuerst, dann mit wachsender Sicherheit, bis ich schließlich erschöpft und zutiefst mit mir zufrieden einschlief. Ich wachte eine Stunde später allein im Bett auf. Sie saß am Fenster, rauchte eine Zigarette. „Es ist besser, du gehst nach Hause.“ Die ruhige Verachtung in ihrer Stimme ließ mich sofort gehorchen. Einen Tag später fand ich im Verband ein Kuvert in meinem Spind. Darin waren ein paar Fotos von Warenhaus-Schaufensterpuppen, aus einer Zeitschrift herausgerissen. „Genau das brauchst du“, hatte sie quer darübergeschrieben. Wochenlang haßte und mied ich sie. Ich konnte nicht ohne Wut und Scham an sie denken. Dann sah ich allmählich ein, daß sie recht hatte. Was ich irrtümlich für Männlichkeit gehalten hatte, war eine Impotenz des Gefühls, eine Unfähigkeit, sie als Mensch anzuerkennen. Ich lernte nicht sie, sondern mich selbst verachten, meine Phantasien von Unterwerfung und Herrentum. Sie hatte mir beigebracht, daß ich, solange ich keine Rücksicht, keine Zärtlichkeit erlernte, Ablehnung herausforderte. Danach empfand ich augenblicklich Verlegenheit, sooft Männer über Frauen witzelten.

Das war vermutlich die Antwort, entschied ich, als ich das Taxi vor dem Hotel bezahlte. Der Grund, warum ich vor diesem Mädchen an der Bar flüchtete, war, daß sie mich drängte, genau jene Halbwüchsigen-Phantasien mit ihr auszuleben, deren Erinnerung für mich beschämend war.

Der Nachtportier überreichte mir zusammen mit meinem Schlüssel mehrere Botschaften. Abgesehen von der Uhrzeit, die auf jeder von ihnen vermerkt war, waren sie alle identisch. „Mrs. Trask hat angerufen.“ Ruth hatte mich seit neun Uhr jede halbe Stunde angerufen.

Die vergilbten Spiegelwände des Lifts schienen meine Angst zu verzerren, machten aus ihr einen bösen Scherz. Sophie war irgend etwas zugestoßen; das war die einzig mögliche Erklärung für diese Anrufe; wohin ich sah, alles bestätigte diese Gewißheit mit lautloser Bosheit. Ich drückte immer wieder den Knopf meiner Etage; die Türen wollten sich nicht schließen; endlich glitten sie aufeinander zu. Die Hand eines Mannes packte sie und zog sie auseinander. Er drängte sich mit einer Frau im Abendkleid in den Aufzug; sie lachten. Niemals hatte ich jemanden so spontan gehaßt, wie ich dieses Paar haßte. Ich haßte sie ihrer Sicherheit wegen; sie waren auf dem Weg ins Bett; nicht zu einem wartenden Telefon, zu einer von weitem kommenden Stimme. „Sie hat versucht, das Fenster in ihrem Zimmer zu öffnen –“ „Sie lief nach unten, um gute Nacht zu sagen –“ „Ich fuhr sie aus der Stadt zurück –“. Sie stiegen eine Etage unter der meinen aus; sie sagten gute Nacht zu mir; nichts hätte mich dazu bringen können, ihnen zu antworten.

Ich mußte mich hinsetzen, bevor ich den Hörer in meinen Zimmer abheben und der Telefonistin unsere Nummer in Vermont geben konnte. Ruth hob sofort ab; sie mußte neben dem Telefon gewartet haben.

„Martin?“

„Was ist ihr passiert?“

„Wo warst du?“

„Das ist doch unwichtig . . .“

„Ich versuche seit Stunden, dich anzurufen.“

„Ich bin von Karen zu Fuß zurückgegangen.“ Warum mußte Ruth immer, wenn sie mir etwas Wichtiges zu sagen hatte, durch ein Labyrinth irrelevanter Dinge hindurchgehen? „Also, mach schon, Ruth, sag mir, was ist mit Sophie passiert?“

„Nichts."

„Was?" Ich brüllte noch immer.

„Es ist wegen deinem Atelier. Es ist verbrannt. Die Feuerwehrmänner sind immer noch dort. Sie haben es unter Kontrolle, aber das ganze Dach ist weg –"

„Gott sei Dank."

„Martin?" Es klang verdrossen, beleidigt. „Hast du nicht verstanden –"

„Ja, natürlich hab' ich's verstanden." Es war, als versuchte ich, meine eigenen Worte aus einer Fremdsprache zu übersetzen. Zuerst mußte ich mir selbst erklären, was ich gesagt hatte.

„Ich meinte doch nur, Gott sei Dank, daß mit Sophie alles in Ordnung ist."

4

„Sie waren allein mit ihrer Tochter hier, Mrs. Trask?"

„Ja." In Ruths Stimme lag eine Herausforderung. Der Mann von der Versicherungsgesellschaft schien es nicht zu bemerken; er schrieb etwas in den Notizblock, den er auf den Knien hielt.

„War das Atelier abgesperrt?"

„Ja."

„Wo war der Schlüssel?"

Ich beschloß, auch diese Antwort Ruth zu überlassen.

„An einem Haken in der Küche."

„War er – am nächsten Morgen immer noch dort?"

„Er ist jetzt noch dort, Mr. Best." Ruth machte Anstalten, sich vom Sofa zu erheben. „Wollen Sie ihn sehen?"

„Nein." Eine weitere Notiz auf dem Block. „Nein, danke." Best blickte kurz auf, beinahe schüchtern. „Es tut mir leid, daß ich all diese Fragen stellen muß."

„Ist schon in Ordnung." Ruth sagte das so, daß es mehr nach einem Vorwurf als nach einem Entgegenkommen klang. „Ich nehme an, es ist eine Formalität, die Sie erledigen müssen."

„Nein, es ist keine Formalität." Best war ziemlich jung, Anfang dreißig. Er trug einen grauen Kammgarnanzug und ein leichtes blaues Hemd. Hätte ich ihn auf einer Party getroffen, hätte ich ihn für einen Lehrer auf einem kleinen New England-College gehalten; seine Fragen wirkten eher besorgt als forschend. „Es ist eher eine Prozedur als eine Formalität", erklärte er.

„Sie meinen, da ist irgend etwas komisch daran, wie das

Feuer ausbrach?“

„Nichts Komisches. Nein.“

„Ich hoffe, es macht Ihnen nichts aus, wenn ich das sage, Mr. Best, aber es scheint immer dasselbe mit Versicherungsgesellschaften zu sein. Ihr beeilt euch sehr, eure Prämien zu kassieren, aber wenn ihr auszahlen müßt, ist das ganz anders.“

„Wenn wir auszahlen müssen, tun wir das immer.“ Es klang bei Best wie ein matter konventioneller Scherz. „Was ist mit den Fenstern? Waren sie zu?“

„Ja.“ Ich begann diesen Mann zu mögen. „Ich selbst habe sie verschlossen, bevor ich an jenem Morgen fortging.“

„Und weder Sophie noch ich kamen danach in die Nähe des Ateliers.“

„Ich bin sicher, daß Sie das nicht getan haben, Mrs. Trask.“

„Dann muß es irgend etwas mit den elektrischen Leitungen zu tun gehabt haben, und Ihre Gesellschaft hat das alles untersucht, bevor Sie uns die Polizze gaben.“ Ruth stand auf; hätte Best einen Hut gehabt, würde sie ihm den jetzt gereicht haben.

„Die Leitungen waren es nicht. Das Feuer brach nicht in den Mauern aus.“ Best sprach ein wenig geistesabwesend, überflog noch einmal seine Notizen. Er steckte seinen Füllfederhalter weg und verfrachtete den Notizblock in seine Aktentasche. „Würde es Ihnen etwas ausmachen, zum Gebäude hinüberzukommen?“ fragte er mich. „Es gibt da ein oder zwei Dinge, die ich gern noch geklärt hätte, bevor ich gehe.“

„Ihre Untersuchungsbeamten, oder wie immer Sie sie nennen, sind hier tagelang überall herumgekrabbelt.“

„Wir werden Ihnen unseren Scheck heute mit der Abendpost zusenden, Mrs. Trask.“ Es klang etwas kleinlaut.

„Selbstverständlich", sagte ich zu ihm. „Ich komme gern mit Ihnen."

Ruth setzte sich auf das Sofa, als wir uns der Küche zuwandten. Ihr Widerstand war zusammengebrochen und sie sah jetzt sehr jung aus. Best nahm seine Aktentasche unter den Arm und folgte mir zur Hintertür. Ich deutete auf den Atelierschlüssel, der an seinem Haken hing, als ich daran vorbeikam; Best warf in seiner eifrigen Art einen flüchtigen Blick darauf; er nickte höflich. Ich war entschlossen, mich nicht für Ruths Feindseligkeit zu entschuldigen; ich liebte sie dafür; sie erinnerte mich an ihre hilflose, verletzte Entrüstung, als wir das Haus einst aufbauten und die Bauunternehmer irgendeinen Fehler machten, die falsche Art von Tür oder Fenster installierten. Eine Weile, als ich ihre Reaktion auf Bests Fragen beobachtete, hatte ich gespürt, wie wenig sie sich im Grunde verändert hatte.

„Diese Arbeit hat etwas Komisches an sich." Best lächelte, als wir den Hof überquerten. „Die Frauen scheinen einen immer zu hassen. Als ich anfing, machte mir das oft Sorgen. Ich konnte mich des Gefühls nicht erwehren, daß da etwas Persönliches mit im Spiel ist."

„Der Brand hat uns beide sehr bestürzt." Ich ärgerte mich über Bests Männer-Komplizenschaft; daß er Ruth zu den typischen Frauen zählte, denen er begegnet war. „Wir fühlen uns beide mit diesem Haus sehr stark verbunden. Als wir es kauften, war es kaum mehr als eine Ruine, ein verlassenes Bauernhaus. Wir bauten es selbst wieder auf. Das Atelier war die alte Scheune –"

Ich brach ab; wir waren bei dem angekommen, was von der Tür übrig war. Ich hatte mich im Atelier seit dem Feuer schon einige Male umgesehen; es war noch immer ein Schock für mich. Es lag etwas wie Absicht in der Zerstörung: die verkohlten Reste der Dachbalken; die Metallsplitter, Spiralen von der Couch, der Stahlrahmen meines Bürostuhls; die wenigen Habseligkeiten, eine Porzellanvase, die Ruth mir geschenkt hatte, eine blasige Zinnschale, ein ovaler Spiegel, die das Feuer überstanden hatten. Ich stand da, in Betrachtung von all dem, zwischen den geschwärzten Pfosten des Türrahmens, angeekelt, und hatte den Wunsch, für immer von hier fortzugehen.

„Was ich Sie fragen wollte." Best schritt an mir vorbei, bahnte sich seinen Weg durch die durchweichte Kompostasche, die den Fußboden bedeckte. „Was ich gern wüßte – wo bewahrten Sie normalerweise das auf?" Er deutete auf einen teilweise abgeflachten Zylinder, der, zur Seite gekippt, in einem Haufen Holzkohle und verbrannter Skizzenblöcke lag. Ich erkannte die Metalltrommel, die ich als Abfalleimer verwendet hatte.

„Neben meiner Zeichenstaffelei." Es war nichts davon übrig, bis auf verstreute Messingwinkel, die einst die Staffelei zusammengehalten hatten.

„Ungefähr dort, wo er jetzt ist?"

„Nein. Näher zu –" Ich ging hin und her, bis der Hügel, die Ahornbäume auf der Hügelkette, die ich durch das leere Metallgitterwerk in den Fensterrahmen sehen konnte, die genaue Perspektive der Aussicht annahmen, auf die ich so viele Stunden gestarrt hatte, während ich zu arbeiten versuchte. „Jetzt noch näher zu mir her. Meine Staffelei war hier, und das Ding stand normalerweise gleich rechts davon."

„Feuerwehrmänner." Best hob die Metalltrommel hoch, drehte sie um und leerte dabei ein paar Tropfen trüben Wassers aus. „Diese Arbeit wäre ja so viel einfacher, wenn man niemals Feuerwehrbrigaden erfunden hätte. Die schieben die Dinge. Die hacken mit ihren Äxten auf den Sachen herum. Die setzen mit ihren Schläuchen alles unter Wasser. Man könnte meinen, sie werden dafür bezahlt, daß sie Beweise vernichten." Er stellte die Trommel wieder auf den Boden. „Ich nehme an, Sie erinnern sich nicht, ob sie leer war oder nicht."

„Nein. Wahrscheinlich nicht." Ich war immer zu faul gewesen, ihren Inhalt in die Abfalltonnen am Ende der Einfahrt zu leeren, hatte die ausrangierten Zeichnungen, alte Briefe und Zeitungen hineingestopft, bis für nichts anderes mehr Platz war. „Sie meinen, dort hat der Brand begonnen, in diesem Papierkorb?"

„Nach dem, wie die Balken zusammenbrachen, sieht es so aus, als wäre das Dach zuerst weg gewesen. Eine Stichflamme aus diesem Gefäß hat möglicherweise die Staffelei angezündet und von dort ging es weiter nach oben."

Ich blickte auf die kalte Pfeife, die ich in der Hand hielt. Best betrachtete sie auch. „Das ist unmöglich." Ich steckte sie in die Tasche. „Wenn ich meine Pfeife an jenem Morgen in den Papierkorb ausgeklopft hätte. Und ich hab's nicht getan. Ich hab' das niemals getan. Ein Gefäß voll mit trockenem Papier würde nicht zehn Stunden lang schwelen, bevor es in Flammen aufgeht."

„Nein. Nur ein sehr langsames Zündmittel würde das." Best grinste mich in seiner beflissenen Art an. „Es sieht also so aus, als hätte jemand in jener Nacht ein Streichholz hineingeworfen."

„Ruth ist nicht hergekommen."

„Nein. Das hat sie mir gesagt."

„Sophie war im Bett. Das war ja das erste, was Ruth tat, als sie die Flammen aus dem Atelier kommen sah. Sie lief hinauf in Sophies Zimmer. Sogar noch bevor sie die Feuerwehr anrief. Sophie hat geschlafen."

„Ich habe nicht angedeutet, daß es jemand aus Ihrer Familie war. Und, bitte, glauben Sie nicht, daß das irgend etwas mit Ihrem Anspruch zu tun hat, diese Fragen, die ich Ihnen gestellt habe. Wenn irgend jemand in Ihr Atelier eingebrochen ist und es in Brand gesteckt hat, sind Sie durch Ihre Polizze gedeckt. Der einzige Grund, warum ich versuche, genau festzustellen, was geschah, ist, daß ich, falls irgendwer – ein Fremder – in jener Nacht hier einbrach, der Polizei Bericht erstatten muß."

„Natürlich, ich verstehe." Ich fing an, ihn wieder zu mögen. „Sie meinen, irgendein Landstreicher –"

„Es war eine kalte Nacht. Vielleicht wollte jemand im Wald schlafen und sah das leere Atelier. Die Frage ist, wie ist er hereingekommen?" Er betrachtete das, was von den Fenstern übrig war. „Die Quadrate zwischen diesen Gittern sind zu klein, als daß jemand durchkriechen konnte, selbst wenn er das ganze Glas herausbrechen müßte."

Ich dachte mir, daß er überraschend schwer von Begriff sei. „Wenn er das Glas herausbrach, konnte er einfach hereinlangen und den Fensterriegel aufmachen."

„Ja, das könnte er." Nun sah Best mich an. „Nur, daß alle Fensterrahmen den Brand überstanden haben und sie sind alle noch verriegelt."

Ich sagte nichts.

„Sind Sie sicher, daß die Türe versperrt war?"

„Ja." Mir kamen Dinge in den Sinn, die nichts mit dieser Sache zu tun hatten – die Katze, der zerbrochene Krug für die Bleistifte, die plötzliche, unnatürliche Stille im Zimmer, als ich es an jenem Abend betrat. „Ja, ich habe sie immer abgesperrt."

„O, na ja." Best seufzte. „Ich nehme an, er hätte es wieder hinter sich verriegeln können, als er fortging, als er vor dem Feuer davonlief."

Ich wußte, er glaubte das nicht. Ich konnte es ihm nicht übelnehmen. Es war schwierig, sich vorzustellen, daß irgend jemand so etwas tun würde.

5

Wir luden alles in den Fond des Kombiwagens.

Ich trug die Koffer einzeln hinaus, zwängte meine Kofferschreibmaschine zwischen sie; Ruth drapierte Kleider mit Plastiküberzügen darüber, Sophie tauchte immer wieder mit Tragtaschen voller Spielzeug auf und wählte spezielle, private Verstecke für ihre Besitztümer. Als ich die letzten Sachen hineingestopft hatte, Ruths Handköfferchen, die Katze in ihrem Korb, blieb nichts mehr zu tun als die Hecktüre zuzukriegen.

Ich hatte die Katze zurücklassen wollen. Seit jener Nacht im Atelier, als sie meinen Talisman zerbrach, den Krug für die Bleistifte, den Sophie für mich gemacht hatte, hatte ich eine unverständliche Abneigung gegen sie entwickelt. Das war völlig unvernünftig – der Brand hätte den Krug ohnehin zerstört – aber es behagte mir nicht, die verdammte Katze in meiner Nähe zu haben; sie beunruhigte mich. Anfangs hatte auch Sophie sie zurücklassen wollen; ich glaube, ihr gefiel die Vorstellung, daß die Katze dableiben und sie zu ihr zurückkommen würde; sie beschloß, sie bei ihrer Freundin Amanda zu lassen. Dann, in letzter Minute, änderte sie ihre Meinung; ich mußte mit ihr in die Stadt fahren und einen Reisekorb für die Fahrt nach New York kaufen.

Wir waren alle drei in freudiger Ferienstimmung, als wir losfuhren. Sophie war die einzige, die zurückblickte, als wir am Ende der Einfahrt wendeten. Sie hatte ein starkes Gefühl der Ortsverbundenheit, sie würde das Haus vermissen, ihr Zimmer, die Freiheit der Wälder, die kleine Stadt, in der jeder sie kannte. Aber die Erleichterung ihrer Eltern, das Gefühl, mit dem sie von uns angesteckt wurde, daß wir vor irgend etwas flüchteten, hatte auch sie erregt. Es war, als spielten wir ein Spiel.

Als die Ryders von dem Brand gehört und sich erbötig gemacht hatten, uns ihr Apartment in der 12. Straße zu leihen – „Wir werden es vor Weihnachten nicht benützen" –, hatte Ruth das Angebot sofort begierig annehmen wollen. Sie konnte jede Menge praktischer Gründe dafür finden. Es hatte keinen Sinn, weiter auf dem Land zu bleiben, wenn ich nicht einmal ein Atelier zum Arbeiten hatte; sobald Karen jemanden fand, der die Zeichnungen für *Miguel* machte, mußte ich in New York sein, um bei der Stange zu bleiben; es war furchtbar, jedes Mal, wenn wir aus dem Fenster blickten, diese ausgebrannte Ruine drüben auf dem Hof zu sehen. Ich war mit allem, was sie sagte, einverstanden. Später, als wir eines unserer Gespräche hatten, zeigte sie sich etwas ehrlicher mir gegenüber. Sie versuchte ihr Bestes, um zu erklären, wie sie unser Leben in New York sah. „Wir werden nichts von diesen üblichen Dingen tun, Leute zum Abendessen einladen, diese ganze gesellschaftliche Routine." Sie wollte mit den neuen Gruppen in Berührung kommen, einige von den Leuten kennenlernen, deren aufregende neue Ideen in diesen Tagen geradezu in der Luft lagen, Yoga, Meditation, Gruppentherapie, Bewußtseinserweiterung. Ich erwähnte mit keinem Wort, daß die meisten dieser Ideen so alt waren wie das Geld. Ich wußte, Ruth legte lebhafte Hoffnungen in die Herausforderung, die Fremde bedeuteten, neue eigene Freunde, denen gegenüber sie sich frei benehmen konnte, ohne immer daran denken zu müssen, daß man in ihr meine Frau sah. In New York zu sein, zu tun, was sie wollte, mochte ihr vielleicht helfen, dieses Gefühl der Rebellion gegen mich zu überwinden. Es war nur bis Weihnachten. Danach, das hing von *Miguel* ab, würden wir konkretere Pläne für die Zukunft machen müssen.

Meine eigene Ungeduld, die ich beim Weiterfahren durch die Stadt empfand, war auch begreiflich. Die Veränderung würde mir zu neuen Ideen für *Miguel* verhelfen; ich freute mich darauf, Karens talentierten jungen Mann kennenzulernen, wer immer es war, und wieder zur Arbeit am Comic-Strip zurückzukehren. Ich setzte meine Hoffnungen auf die Klinik, die Dr. Sullivan mir empfohlen hatte. War ich erst einmal mit einer Handprothese ausgestattet, konnte ich sie dort am Ende meines Handgelenks sehen, kleine, alltägliche Dinge mit ihr tun, dann würde ich vielleicht etwas von diesen Phantom-Schmerzen verlieren, wie Sullivan sie genannt hatte, dieses gespenstische Gefühl, daß meine eigene rechte Hand noch da sei.

Sophie, die neben mir saß, begann vor sich hinzusummen. Ich stimmte in die Melodie ein. Als ich auf die Interstate-Autobahn abbog, sangen wir schon alle drei.

6

Das Apartment der Ryders war die Dachterrassenwohnung eines zehnstöckigen Gebäudes gleich westlich der Fifth Avenue. Eine Glastüre ging vom Eßzimmer hinaus auf die Terrasse, auf der sie einmal versucht hatten, sich einen Garten anzulegen. Sträucher und Grünpflanzen sprossen freudlos in Holzkisten; mutiger Efeu rankte sich am eisernen Geländer der Terrasse; ein kleiner Baum hatte seine hartnäckigen Wurzeln in einem grün bemalten Faß verankert. Ich pflegte manchmal da draußen zu sitzen und zu lesen, wobei ich mich bemühte, die Katze zu ignorieren. Die Katze schien immer draußen zu sein, wenn ich da war.

Den größten Teil des Tages war ich allein. Ruth hatte schnell eine passende Schule für Sophie gefunden; sie setzte sie dort jeden Morgen ab, bevor sie zu ihren eigenen Kursen und Seminaren fuhr. Sie belegte mehrere Kurse am *Origin-Institut*; sie hatte sich einer Schar angeschlossen, die Gruppentherapie betrieb, und nahm an einem ihrer Workshops teil; sie nahm Unterricht in Meditation und in Yoga. All diese Aktivitäten bewirkten, daß sie sehr selten zu Hause war; die wenigen Male, die wir miteinander redeten, erzählte sie mir, wie sehr sie in all dem aufgehe; irgend etwas an ihrem Eifer erschien mir überstürzt und bedenklich.

Anfangs, wenn ich nachmittags Sophie von der Schule abholte, durchstreiften wir zusammen das *Village* (Greenwich Village, Künstlerviertel in New York – Anm. d. Übers.), schauten uns die Plakate und den handgemachten Schmuck in den Schaufenstern an. Ich zeigte Sophie das

Apartmenthaus ohne Fahrstuhl auf der Perry Street, in dem ich bis zu meinem zehnten Lebensjahr gewohnt hatte.

„Warum bist du fortgegangen? Wo hast du danach gewohnt? Was hat dein Vater gemacht?“ Sie interessierte sich immer für alles, was ich ihr aus meiner Kindheit erzählte.

Mein Vater war Chemielehrer. Ich stand ihm als Kind sehr nahe; er nahm mich nach dem Unterricht immer ins Schullaboratorium mit; dort verbrachten wir Stunden damit, gemeinsam Feuerwerke zu veranstalten. Als ich zehn war, nahm er einen Posten in einem Rüstungsbetrieb in New Jersey an, ich konnte mich an den plötzlichen Bruch durch die Übersiedlung nach Newark erinnern; sogar unsere eigenen Möbel schienen in der veränderten Umgebung fremd zu sein. Ich erzählte Sophie nichts über die Entfremdung von meinen Eltern nach dieser Übersiedlung; ich versuchte ihr die insulare Sicherheit des *Village* zu beschreiben, die ich als Kind gekannt hatte, und hoffte, daß auch sie es sehen werde als einen Ort, der ebenso als Gemeinschaft zu erkennen war wie die kleine Stadt in Vermont, die sie, seit sie lebte, gekannt hatte. Es war unmöglich, dieses *Village* existierte nicht mehr; es war durch Spekulantentum und Touristen in schreierische Fragmente zerstückelt worden.

Ich erzählte Sophie von einer anderen Zeit, die ich in der Stadt verlebt hatte, das Jahr, das Ruth und ich dort verbrachten, als wir frisch verheiratet waren, bevor wir nach Vermont gingen. Ich hatte eine Zeit in Erinnerung, die von Licht erfüllt war, das Wunder unserer gegenseitigen Entdeckung, der feierliche Glanz, den es allem verlieh, was wir taten. Die Frustrationen meiner Arbeit in der Werbung waren vergessen in der Erregung, jeden Abend zu ihr nach Hause zu gehen. All die einfachen Dinge, die wir taten, um die Freiheit unserer Wochenenden zu feiern – langes, spätes Frühstück, Bummel zum Tiergarten oder zum Modern Art Museum, waren verklärt von dem Glücksgefühl des Beisammenseins. Ein flüchtiger Blick, eine Berührung, Ruths Sanftheit; ihre begierige Unschuld; ich wußte, ich war noch nie zuvor verliebt gewesen.

Gegen Mitte dieses Jahres verkaufte ich *Miguel* an die *Village Voice*. Ganz plötzlich, mit fünfunddreißig, war ich eine kleine Berühmtheit geworden. Wir wurden zu Parties eingeladen von Leuten, denen wir nie begegnet waren. Ich wurde beglückwünscht, geschätzt, von Fremden beneidet. Eine Zeitlang genoß Ruth auf ihre schüchterne Art unsere Popularität. Sie war beeindruckt, als *Miguel* von anderen Zeitungen angekauft wurde, entzückt von unserer sich daraus ergebenden Freiheit. „Du bist der einzige Mensch, den ich je kennengelernt habe, der Dinge möglich machen kann", sagte sie mir.

„Was hat Mami damit gemeint?" fragte Sophie.

„Ich hatte *Miguel* möglich gemacht. Ich konnte meinen Job aufgeben. Wir konnten leben, wo wir wollten."

„Ich bin froh, daß ihr nach Vermont gegangen seid, bevor ich möglich geworden bin."

Es schien unmöglich, Sophie begreiflich zu machen, daß es in New York irgendeinen Zauber, ja, selbst irgendwelche Vorzüge geben könne.

Eines Nachmittags, als wir spazieren gingen, weigerte sie sich, beim Zeitungsstand an der Ecke neben der Untergrundbahnstation stehenzubleiben. „Ich hasse ihn", sagte sie immer wieder. „Ich hasse diesen Platz." Ich begriff, daß sie mir damit sagen wollte, sie haßte den Lärm und den Verkehr und das Gewirr der Menschen um sich herum; sie gaben ihr das Gefühl, bedroht und beengt zu sein. Danach gab ich unsere Spaziergänge auf; ich brachte sie in den Zoo und ins Naturhistorische Museum; ich durchforschte die Unterhaltungsspalten in den Zeitungen nach Kinderfilmen und -theatern. Es war überraschend schwierig, Dinge zu finden, die man in der Stadt gemeinsam tun konnte.

Am Ende der zweiten Woche in New York löste Sophie ihr Problem allein. Sie fand andere Kinder ihres Alters, die in dem Apartmenthaus wohnten. Ich war nicht fähig gewesen, sie an das Stadtleben anzupassen; nur die geheimen Rituale und das Verständnis ihrer Altersgenossen konnten das; sie klammerten sich an ihre neuen Freunde mit einer Abhängigkeit, die sie nie zuvor bei anderen Kindern gezeigt hatte. Sobald ich sie am Nachmittag nach Hause brachte und sie ihre Bücher in ihrem Zimmer verstaut hatte, lief sie zum Fahrstuhl und fuhr zum sechsten Stockwerk hinunter. „Ich geh' zu Angela und Terry. Ich hab's versprochen.“ Sie weigerte sich sogar, sich durch Filme von ihnen weglocken zu lassen.

„Du gehst jeden Tag hin. Bist du sicher, daß ihre Mutter nichts dagegen hat?“

„Sie mag es“, versicherte mir Ruth. „Ich hab' einmal in der Halle mit ihr gesprochen. Sie sagt, Angela und Terry streiten nicht so viel, wenn noch ein drittes Kind dabei ist.“

Ich hatte viele alte Freunde, die ich anrufen hätte können; da gab es Mädchen, mit denen ich Verhältnisse gehabt hatte, bevor ich Ruth kennenlernte; einige von ihnen, das wußte ich, waren noch in der Stadt, noch immer unverheiratet oder geschieden. Ich wollte keine von ihnen sehen. Es war nicht so, daß ich Angst hatte, sie könnten sich verändert haben; ich wußte, wie sehr ich mich verändert hatte. Ich kam mir jetzt wie ein völlig anderer Mensch vor. Dieser junge Mann, der in der Werbung gearbeitet hatte, war rücksichtslos gewesen, er ließ sich für ein paar Monate mit einem Mädchen ein, dann ließ er sich zu einer anderen treiben, fest entschlossen, seine eigenen Regeln und Bedingungen festzusetzen, die ich in der Ehe aufgegeben hatte. Ruth hatte mich gezähmt. Es gab auch Ehepaare, die wir gekannt hatten, bevor wir nach Vermont zogen, mit denen wir in Kontakt geblieben waren, die zu uns aufs Land zu Besuch kamen. Ruth blieb bei ihrem Entschluß, mit ihnen keine Verbindung aufzunehmen. „Sie werden uns nur zum Abendessen einladen und dann werden auch wir sie einladen müssen."

Dennoch rief ich einen Freund an, einen Journalisten, der von Long Island übersiedelt war. Wir aßen zusammen zu Mittag. „Wie ist es denn geschehen?" Sein Interesse und Mitgefühl waren so offenkundig echt, als er versuchte, nicht zuzusehen, wie ich ein Streichholz mit einer Hand anzündete, daß ich mich gezwungen sah, den grotesken Unfall zu erklären. „Niemand war schuld daran . . ." „Das Blinklicht . . ." „Die seitlichen Schiebefenster." Mein eigenes mir so wohlbekanntes Herunterleiern langweilte und deprimierte mich. Mein Freund, der die Niedergedrücktheit spürte, war entschlossen, die therapeutische Rolle des Zuhörers zu spielen. Seine unausgesprochene Annahme, es würde mir gut tun, darüber zu sprechen, verzerrte unser Gespräch wie eine falsche Telefonverbindung. Er fragte mich, wie ich „die Umstellung schaffte", welche Zukunftspläne ich hätte. Danach widerstrebte es mir ebenso wie Ruth, irgendwelche alten Freunde anzurufen.

Da wir nie Gäste empfingen und es für uns allein einfacher war, in der Küche zu essen, übernahm ich das Eßzimmer als Atelier. Ich verbrachte dort die Morgenstunden; übte Schriften, Zeichnen und Maschineschreiben mit der linken Hand. So wie es mich früher zu dem Fenster und den Ahornbäumen auf dem Hügel hingezogen hatte, zog es mich jetzt zur Terrasse. Ich ertappte mich dabei, wie ich an dem eisernen Geländer lehnte, über die Dächer auf die Souvenirladen-Silhouette des Empire State Building, eineinhalb Kilometer weiter nördlich, starrte. Jetzt war es einfach, meine Rastlosigkeit zu rechtfertigen; die einfachsten Handlungen, Kaffee kochen, ein neues Blatt in die Schreibmaschine spannen, eine Tintenflasche öffnen, all die

Dinge, die ich einst automatisch getan hatte, waren Betätigungen geworden, die sorgfältig geplant werden mußten, sie ließen nur wenig Energie in mir übrig, mich auf meine Arbeit zu konzentrieren.

Ich machte einen Termin an der Rehabilitationsklinik an der Einundachtzigsten Straße aus und verbrachte dort einen Nachmittag mit dem Therapeuten. Von meinem rechten Unterarm und Handgelenk wurde ein Gipsabdruck gemacht.

„Dann werden wir eine feste Form machen und einen leichten Plastiküberzug konstruieren, der daraufpaßt." Der Therapeut war ein zarter junger Mann mit schulterlangem Haar und einem leichten englischen Akzent. Er zeigte mir Muster der verschiedenen Vorrichtungen, unter denen ich eine Wahl treffen konnte.

„Die da ist bloß kosmetisch." Er nahm sie aus einem Glasbehälter und legte sie auf den Tisch zwischen uns. „Keine Arbeitshand, aber sie ist sehr bequem."

Ich hob sie auf; sie war erstaunlich leicht. Der hohle Plastikunterarm war an einem elastischen Strumpf befestigt, der über den Ellbogen paßte, um den Überzug festzuhalten. Bis auf ihre glatte, gleichmäßige Rosigkeit sah die gummiüberzogene Hand recht natürlich aus; auf der Handfläche waren Lebens- und Herzlinien; die Fingergelenke waren kreuz und quer von diskreten Fältchen durchzogen.

„Natürlich gleichen wir sie so genau wie nur möglich Ihrer anderen Hand an, und Sie können Haare auf dem Handrücken haben, wenn Sie wollen."

„Aber sie tut ja nichts? Man kann nichts mit ihr tun?"

„Sie können die Finger in jede natürliche Haltung bringen." Der Therapeut streckte den Zeigefinger aus und richtete ihn auf mich.

„Wollen viele Leute –?" Es fiel mir schwer, das zu glauben. „Wollen Sie einfach nur etwas haben, das wie eine Hand aussieht?"

„Leider ja." Das Bedauern machte seinen englischen Akzent noch deutlicher. „Viel zu viele. Sie wollen sich nicht mit einem Schultergurt herumplagen. Sie benutzen die Prothese nur, um Dinge auf ihren Platz zu rücken. Sie verlassen sich darauf, daß sie es erlernen, die Dinge mit einer Hand zu tun."

„Nein." Ich schob den ausgestreckten Finger von mir weg. „Ich möchte etwas, das ich benützen kann."

Der Therapeut lächelte; beifällig, wie mir schien. Er legte die bloß kosmetische Vorrichtung wieder in ihr Kästchen und wählte eine andere aus, wobei er ein langes Kabel vom Handgelenk abwickelte, ehe er es über den Tisch legte.

„Sie tragen eine Batterie in der Brusttasche", erklärte er. „Oder um Ihren Brustkorb geschnallt, wenn Sie wollen, und die Bewegungen der Finger werden durch Elektroden am Unterarm in Gang gesetzt."

Nach kurzer Überlegung lehnte ich auch diese Prothese ab. „Es ist die ganze Vorstellung von dem Motor-"

„Elektromagneten, eigentlich."

„Eine Kraft von außen."

„Es sind Ihre eigenen Impulse, von denen die Elektroden in Gang gesetzt werden."

„Ich hätte lieber etwas Einfacheres." Es fiel mir schwer, zu erklären, was ich gegen seine Elektroden hatte. „Etwas, das ich allein bewegen kann, ohne die Hilfe einer Batterie. Ich hätte nicht das Gefühl, daß ich dieses Ding wirklich beherrsche."

Ich war nicht sicher, ob der Therapeut das verstand oder nicht. „Sie erfordert eine ganze Menge Wartung", gab er zu, als er sie weglegte.

Schließlich wählte ich das, was er als Allzweck-Prothese bezeichnete. Äußerlich der kosmetischen Vorrichtung sehr ähnlich, war sie weitaus schwerer infolge ihres Funktionsmechanismus. Durch Anspannung einer Nylonschnur, die im Inneren meines Ärmels vom Schultergurt bis hinunter zu einem Hebel auf dem Metall-Handgelenk verlief, konnte ich die Finger zusammenpressen. „Je stärker Sie ziehen, um so fester der Griff." Der Therapeut zeigte es mir. Eine Sperrklinke hielt die Finger zusammengepreßt, bis er wieder an der Schnur zog; sie schnellten auseinander.

„Wenn Sie den Gurt tragen, werden Sie den Vorgang bald lernen, indem Sie die Stellung Ihres Arms oder Ihrer Schulter verändern. Mit ein wenig Übung werden Sie erstaunlich kleine Gegenstände aufheben können." Diesmal war sein Lächeln vertrauensvoll. „Ich hatte letztes Jahr einen Mann hier, der damit Fliegenfangen lernte."

„Zumindest könnte ich meine eigenen Bleistifte spitzen."

„O ja, leicht."

Ich war erfreut, daß er anscheinend der Meinung war, ich hätte eine kluge Wahl getroffen; nach einem kurzen Gespräch über die Wartung beschloß ich, keine Haare auf dem Handrücken zu haben.

„Wann wird es fertig sein?" fragte Ruth an diesem Abend beim Essen.

„Ich hab' übernächste Woche einen Termin für die Anprobe."

„Sieht sie aus wie eine richtige Hand?" wollte Sophie wissen.

„Nicht ganz, nein."

„Wie sieht sie aus?"

Ich dachte darüber nach, stocherte in dem braunen Reis auf meinem Teller, bevor ich antwortete. „Wie eine Hand mit einem sehr engen Gummihandschuh drauf."

„Ist sie rot?"

„Nein. Sie ist irgendwie hautfarben."

„Kannst du sie waschen?"

„Ja." Ich hatte das mit dem Therapeuten durchgesprochen, als er mir von der Wartung erzählte; eines der schwersten Dinge nach dem Unfall war, meine linke Hand sauberzuhalten. „Man kann sie mit dem Handschuh waschen, oder man kann den Handschuh abnehmen und ihn separat waschen, wenn man will."

„Ich werde zu spät kommen." Ruth stand auf und begann, die Teller abzuräumen. Sie hatte eine Verabredung zur Therapie mit irgendwem aus ihrer Gruppe; ich sagte ihr, sie solle sich nicht um das Abwaschen kümmern. „Sophie und ich können das machen." Es war wirklich die einzige Zeit, die ich jetzt mit Sophie allein verbrachte; wenn wir gemeinsam das Geschirr wuschen; und ich las ihr vor dem Einschlafen eine Geschichte vor.

Am nächsten Tag traf ich mich mit Karen. David Maddow, der junge Mann, den sie für das Zeichnen von *Miguel* ausgesucht hatte, war verreist gewesen. Ich sah ihn zum ersten Mal an diesem Nachmittag in ihrem Büro.

„Ich bewundere Ihre Arbeit ungemein, Sir." Maddow war sogar noch jünger, als ich erwartet hatte, klein und eher stämmig, mit einer Stupsnase und einem runden Gesicht.

„Danke." Ich hatte mittlerweile gelernt, dem Impuls des Händeschüttelns zu widerstehen; ich lächelte auf eine, wie ich hoffte, herzliche Weise.

Wir saßen rund um den Kaffeetisch beim Fenster – Karens Art, anzudeuten, daß dies ein freundschaftliches Treffen sein sollte; wir würden über das Projekt im allgemeinen sprechen; Geld würde nicht erwähnt werden. Ich nahm meine Pfeife heraus, bereit, Maddow zuzuhören; er lehnte sich in seinem Stuhl zurück, starrte zur Decke hinauf; sein helles Haar, über Ohren und Stirn hinuntergekämmt, verlieh ihm das Aussehen einer holländischen Puppe.

„Seid nett zueinander." Er richtete sich auf und lächelte mich an. „Glänzend. So großartig wie irgendwas, das

Feiffer oder Kelly je gemacht haben."

Es dauerte einen Augenblick, bevor ich verstand, wovon er redete. „Seid nett zueinander." Vor Jahren hatte ich eine Bilderfolge rund um diesen Satz aufgebaut, den Discjockeys und Komödianten von damals mit monotoner Unehrlichkeit wiederholten. In einem Abenteuer, in dem eine Reihe von Typen vom Central Park vorkamen, eine ältliche Schwarze, ein Schlitzohr, ein Polyp, hatte *Miguel* versucht, nett zu ihnen allen zu sein. Ich konnte mich nicht erinnern, wie diese Folge geendet hatte; meiner vagen Vorstellung nach hat sich *Miguel* verhaften lassen.

„Das war vor langer Zeit", sagte ich zu Maddow.

„Achtundsechzig."

„Sie wollen sagen, Sie erinnern sich daran? Aber Sie müssen –" Ich wollte sagen, Maddow mußte ungefähr fünfzehn Jahre alt gewesen sein. „Sie müssen sehr jung gewesen sein."

„Nein, es ist keine Erinnerung aus so lang vergangener Zeit." Maddows Offenheit war ebenso beabsichtigt wie sein Lob. „Ich habe bis zu dieser Woche Miguel nie gelesen. Ich hab' Norman Kaufman gebeten, mich Ihre ganze Sammlung durchlesen zu lassen."

„Alle elf Jahre?"

Maddow nickte; die weichen Ponyfransen schaukelten wie Quasten. „Ich hab' sie durchgeackert, seit ich von Kalifornien zurück bin. Ich muß sagen, es war ein faszinierendes Erlebnis. Es gab mir das Gefühl, daß ich Sie wirklich kenne, Sir."

Auf dem Heimweg in der U-Bahn wünschte ich mir, ich könnte das gleiche über Maddow sagen; ich hatte überhaupt nicht das Gefühl, ihn zu kennen; das einzige, was ich mit Sicherheit wußte, war, daß ich ihm nicht traute.

„Und ich wünschte, er würde aufhören, mich ‚Sir' zu nennen", sagte ich zu Ruth. „Es erinnert mich stets an einen Kellner, der auf sein Trinkgeld wartet."

„Vielleicht liegt es nur daran, daß er so jung ist und du – und er respektiert dich.“ Sophie war unten im sechsten Stock, wir saßen auf der Terrasse; ich genehmigte mir gerade einen Drink.

„Irgendwas geht da vor zwischen ihm und Karen. Sie hat irgendein besonderes persönliches Interesse an ihm.“ Ich dachte, wie jung und attraktiv Ruth aussah; seit sie in New York lebte, kleidete sie sich weniger nachlässig; sie gab sich mehr Mühe mit ihrem Haar. „Sie tut so, als wäre alles erledigt. Sie will, daß ich sofort einen Entwurf schreibe, damit er die Zeichnungen dazu machen kann.“

Ruth befühlte den Stengel einer verwelkten Kapuzinerkresse in der Holzkiste neben ihr; sie hatte einen Sherry abgelehnt; sie hatte das Trinken vollkommen aufgegeben, seit sie mit ihren Stunden am *Origin*-Institut begonnen hatte; sie dachte daran, Vegetarierin zu werden. „Hast du irgendwelche Ideen für einen Entwurf?“

„Ich weiß es nicht. Ich hab' nicht darüber nachgedacht.“

Ruth betrachtete mißmutig die Kapuzinerkresse. In letzter Zeit nörgelte sie an mir herum, an dem, was sie Mangel an Begeisterung in meiner Haltung zu den Dingen nannte, alle möglichen Dinge, von Astrologie bis zu ihren neuen Rezepten für braunen Reis. Jetzt zeigte ich einen Mangel an Begeisterung für David Maddow.

„Würdest du Gruppentherapie versuchen wollen, Martin?“

„Klar.“ Ich tat mein Bestes, um enthusiastisch zu wirken.

„Ich will sehen, ob ich jemanden finden kann, der es mit dir macht.“

„O.k.“ Es hörte sich langsam wie eine gute Idee an, wie eine Möglichkeit, wenigstens ein Stück ihres neuen Lebens mit ihr zu teilen. „Ich würd's gern versuchen.“

„Ich muß diese Pflanzen vor dem Abendessen gießen.“

„Gehst du heute abend aus?“

„Nein." Sie stand auf. „Einige Leute aus meinem Bewußtseins-Kurs kommen her." Sie sah mich in der gleichen herausfordernden Art an wie sie diesen Versicherungstyp, Best, angesehen hatte. „Wir werden dich nicht stören, falls du im Eßzimmer an deinem Entwurf arbeiten willst."

„Das ist schon in Ordnung." Warum sollte sie nicht ihre neuen Freunde in die Wohnung einladen? „In der Achten Straße gibt es einen Film, den ich mir ansehen möchte."

„Hast du keine Lust zu bleiben und sie kennenzulernen? Wenigstens ein paar Minuten?"

„Vielleicht." Ich konnte schon jetzt spüren, wie sie mich taxierten und ausschlossen, den Reaktionär, der noch immer an Ehepaare glaubte, dessen Bewußtsein so beschränkt war wie das eines Molches. „Vielleicht, bevor der Film anfängt." Ich näherte mich ihr; sie verhielt sich so abwehrend, daß es eine Zudringlichkeit gewesen wäre, sie zu küssen; ich berührte ihre Schulter. „Ich werd' dir helfen, die Pflanzen zu gießen, wenn du willst."

Ich nahm die Gießkanne, die neben dem Verandafenster stand, und begann, sie über dem Ausguß in der Küche zu füllen. Hoffentlich gab es in der Achten Straße einen Film, den ich sehen wollte.

„Martin." Ruths Stimme klang bestürzt, angstvoll. Ich drehte den Wasserhahn ab und eilte auf die Terrasse zurück; sie stand, die Fingerknöchel gegen den Mund gepreßt, vor dem Baum in dem grün bemalten Faß.

Ich blieb neben ihr stehen.

„Wer kann das getan haben?" Sie zitterte. „Wer?"

Die Katze lag seitlich auf der Erde unter dem Baum. Wie Sophie hatte sie Schwierigkeiten gehabt, sich an die Stadt anzupassen, und sie verbrachte die meiste Zeit auf der Terrasse, unruhig und erfolglos auf der Jagd nach Tauben.

„Wer könnte sie hier oben vergiftet haben?" Ruth hatte

die Hand vom Mund entfernt; sie rieb sich die Augen. „Niemand außer uns kommt jemals hier heraus."

Ich hob die Katze auf. Ihr Körper war kalt, aber noch weich; er war noch nicht steif geworden. Als ich sie unbeholfen mit einer Hand hochhob, fiel ihr Kopf in einem unnatürlichen Winkel zur Seite.

„Ich glaube nicht, daß sie vergiftet wurde." Ich legte sie über meinen rechten Unterarm und bog ihren Kopf gerade. „Das fühlt sich an, als wäre ihr das Genick gebrochen worden."

7

„Reich mir deine Hände."

Wir saßen einander in zwei Stühlen mit gerader Lehne im Eßzimmer gegenüber. Ich bemühte mich zu vermeiden, daß unsere Knie einander berührten.

„Meine Hände?" Schon wieder erlebte ich diesen schlechten Witz.

„Das ist das erste, was wir tun, wir halten uns an den Händen." Sie lächelte. Sie schien sich in einem Zustand unnatürlicher Heiterkeit zu befinden, seitdem sie in die Wohnung gekommen war. „Ich heiße Anne", sagte sie zwischen Lachanfällen, als ich ihr die Tür öffnete. „Anne mit einem *e*."

„Ich hab' bloß eine Hand." Ich hielt sie ihr entgegen; sie umschloß sie, beugte sich zu mir vor und blickte mir in die Augen, als wollte sie durch sie hindurchsehen. Sie kicherte. Ich tat, als bemerke ich es nicht und schaute ebenfalls in ihre Augen, mit einem Blick, von dem ich hoffte, daß er einfühlende Aufmerksamkeit ausdrückte.

„Wieviel Zeit möchtest du dir nehmen?"

„Ich weiß nicht –"

„Jeder von uns – du hast doch noch nie so eine Aussprache gehabt, oder?"

„Nein. Aber ich verstehe die Sache mit der Zeit." Ruth hatte es mir erklärt; jeder von uns hatte eine festgesetzte Zeit, um über alles zu sprechen, was uns beunruhigte, während der andere zuhörte und ihm mit einer gelegentlichen Frage weiterhalf. Dann würden wir die Rollen tauschen. Als Ruth diese Vorgangsweise beschrieb, war es mir wie eine glänzende Idee erschienen, einfach das, was wir alle brauchten, jemand, mit dem man reden konnte, freie Psychoanalyse.

„Fünfundvierzig Minuten?“ Ich glaubte an Annes Sprache zu erkennen, daß sie von irgendwo aus dem Mittelwesten kam.

„Eine halbe Stunde?“

„In Ordnung.“ Sie lächelte ihre Uhr an. „Willst du anfangen?“

„Nein, du –“

„Hmm.“ Sie schien sich zu sammeln, sprungbereit; ich sah ihr immer noch ins Gesicht. „Du mußt wirklich zuhören“, hatte Ruth mich gewarnt. „Sonst ist es völlig sinnlos.“ Ich war mehr als willig, zuzuhören; Anne sagte überhaupt nichts. Sie war um die fünfundzwanzig Jahre, hatte kurzes, lockiges Haar und ein eher langes Kinn. Sie gähnte.

Es war ein eindrucksvolles Gähnen, sie tat es mit dem ganzen Gesicht; sie öffnete den Mund wie ein lautlos brüllender Löwe und senkte die Augenlider, wie von Müdigkeit überwältigt. Ich wartete immer noch aufmerksam darauf, zu hören, was ihr Sorgen bereitete, sie gähnte weiter; ich konnte ihre Mandeln sehen, rosa und glänzend, kleine, lebendige Innereien. Ich versuchte, das zu übersehen.

Die Wirkung ihres Gähnens breitete sich auf ihren Körper aus und dehnte ihren Rumpf; ihre Schultern hoben sich erschauernd im Einklang mit ihrer überwältigenden Langeweile.

„Ich werd's nicht tun.“ Sie schüttelte sich; und zwar tat sie das ruckartig wie ein nasser Hund; das Schütteln begann beim Kopf und ging dann auf ihre Schultern über, auf die Brüste, die Hüften und schließlich auf die Beine. Ich konnte nicht anders als das Fortschreiten dieses Schüttelns zu beobachten; sie hatte Übergewicht, war aber eher kräftig als fett, mit einer massiven Taille, die ihr ein formloses Aussehen gab. Ich blickte verstohlen auf meine Uhr; fünf Minuten waren verstrichen. Sie hatte bisher nur vier Worte gesprochen.

„Ich werd's nicht tun." Sie sagte es noch einmal; sie sagte es immer wieder, zwischen Schütteln und Gähnen, einige Minuten lang; ihre Mandeln kannte ich nun schon so gut wie den braunen Reis; ich überlegte, ob ich ihr mit einer Frage weiterhelfen sollte.

„Was wirst du nicht tun?" Ich fragte es ernsthaft, mitfühlend, so wie ich es mir bei einem Psychiater vorstellte.

Sie kicherte. Ruth hatte mir erzählt, daß Anne Dolmetscherin bei den Vereinten Nationen gewesen war, bis es „ihr zu schwer fiel". Für einen solchen Job mußte sie rasch begreifen können, einfühlsam sein; wenn sie kicherte, konnte man sich weder das eine noch das andere vorstellen. Das Lachen raubte ihrem Gesicht jede menschliche Intelligenz; sie sah momentan wie ein hilfloser Idiot aus.

„Was wirst du nicht tun?" beharrte ich.

Sie sagte es mir schließlich. Es kostete sie den Rest ihrer halben Stunde und eine ganze weitere Reihe von Gähnen, Schütteln und Kichern, aber sie brachte es zuletzt doch heraus.

„Ich werde nicht Daddys Haushälterin sein."

In demselben Augenblick, als sie es gesagt hatte, sah sie auf ihre Uhr. Sie gab meine Hand frei und streckte die Arme über dem Kopf aus. „Das war gut", sagte sie mir. „Ich habe eine Menge abgeladen." Sie ließ die Arme sinken. „Willst du es jetzt versuchen?"

Ich wollte nicht; ich wußte, ich konnte niemals auf diese Art gähnen oder mich schütteln; Ruth hatte gesagt, man erwarte von mir, daß ich spreche.

„Also –" Ich räusperte mich. „Macht es dir was aus, wenn ich dich vorher etwas frage?"

„Frag nur."

„Ich verstehe nicht.“ Ich hatte bereits erkannt, daß ihr Kichern nichts mit mir zu tun hatte; es war nur ein Reflex, wie die Bewegungen jenes abgetrennten Eidechsenschwanzes im Wald. „Ich glaube, ich verstehe nicht, was ich tun soll.“

„Sag einfach alles, was du auf dem Herzen hast. Halte nichts zurück.“

Ich versuchte es. Was mich quälte, war natürlich Ruth, meine Ehe. „Ich hatte vorher nie jemanden wirklich geliebt“, erklärte ich. „Als ich ungefähr zehn Jahre alt war, übersiedelten meine Eltern nach New Jersey, und das zerriß irgendwie unser Familienleben. Sie gingen beide arbeiten, und ich war sehr viel allein. Wenn sie an den Abenden nach Hause kamen, waren sie müde und gereizt und ganz in ihre Arbeit versunken, und sie hatten nicht viel Zeit für mich. Ich fühlte mich plötzlich, na ja, völlig zurückgewiesen. Danach hatte ich immer Angst, mich gefühlsmäßig an jemanden zu binden. Ich war eher zurückhaltend Leuten gegenüber, vor allem bei Mädchen. Ich entwickelte da ein ganzes Verhaltensmuster. Sobald ich mit einem Mädchen ein Verhältnis anfing, begann ich, mich nach einem anderen umzusehen, um mich vor einer zu engen Bindung zu schützen. Ich hab' auch nie daran gedacht, daß ich heiraten würde.“ Ich erzählte ihr, wie Ruth mich verändert hatte. „Es war ein ganz neuer Gedanke, die Vorstellung, daß ich nicht mehr allein war. Ohne es zu bemerken, hörte ich auf, als Ich zu denken. Ich dies. Ich das. Ich begann, als Wir zu denken.“ Ich ließ mich weiter darüber aus. „Es war das Gefühl, daß ein anderer alles mit einem teilte. Man erlebte nie etwas so vollständig, ehe man nicht der anderen Person davon erzählt hatte. Ich erlebte es mit ihr im Geist, auch wenn sie nicht da war. Ich tat nun alles auf einer doppelten Ebene, als ob ich ihr gleichzeitig davon erzählen würde.“ Ich erwärmte mich immer mehr für das, was ich sagte, ich vergaß Anne, vergaß alles, bis auf das Bedürfnis, meine Gefühle zu erklären. Es war schwierig, das mit Worten zu tun, denn dieses Gefühl des Teilhabens, des Zusammenschmelzens der individuellen Persönlichkeit mit einer anderen war ein emotionaler, kein rationaler Prozeß. Ich war nahe daran, zu sagen, daß ich es niemals ertragen könnte, wieder als ein zentrales, einzelnes Individuum zu leben, daß ich niemals imstande wäre, diese leere Einsamkeit zu ertragen, als ich bemerkte, daß meine halbe Stunde um war.

Ich nahm meine Hand aus der ihren; ich streckte mich; sie kicherte. Ich fühlte mich wirklich besser, weil ich mit jemanden geredet hatte; es hatte mir geholfen, Dinge, die ich auf dem Herzen hatte, zu klären. Ich war mehr als bereit, eine weitere Sitzung mit Anne zu machen, wenn sie mir die Zeit widmen konnte; ich wollte es gerade vorschlagen. Sie war auf dem halben Weg zur Tür.

Ich hörte sie in der Küche mit Ruth sprechen. Als ich meine Pfeife gestopft und angezündet hatte, waren ihre Stimmen verstummt. Als ich zu Ruth kam, war sie allein; Anne war gegangen.

Ruth fragte mich nicht, wie ich vorangekommen sei. Ich begann es ihr zu erzählen. „Am Anfang ist sie ein bißchen schwer auszuhalten. Dieses Gekicher und dieser plötzliche schwachsinnige Ausdruck, aber nach einiger Zeit mochte ich sie sogar. Soll ich sie anrufen und fragen, ob sie wieder einmal am Nachmittag kommen möchte?"

Ruth war beim Spülbecken beschäftigt, füllte einen Topf mit Wasser, maß eine volle Tasse braunen Reis ab.

„Leider will sie nicht wiederkommen."

„Warum nicht? Was ist denn los?"

„Du hast in ihr ein Gefühl wiedererweckt."

„Was heißt das?"

„Als Anne sechzehn Jahre alt war, lief ihre Mutter mit irgendeinem Mann davon." Ruth stellte das Wasser auf den Herd. „Sie blieb allein mit ihrem Vater. Sie lebten in

Chicago. Er wollte, daß sie bei ihm blieb. Sie konnte es nicht. Der bloße Gedanke gab ihr das Gefühl, gefangen zu sein. Er war so besitzergreifend und abhängig von ihr. Als du deine Analyse hattest, kam das alles in ihr hoch, und sie spürte das alte Schuldgefühl und den ganzen damit verbundenen Groll."

„Ist das nicht der wahre Sinn davon? Man soll doch eine schmerzliche Erfahrung dadurch klären, daß man sich darüber ausspricht?"

„Sie sagte, mit dir wäre es für sie zu arg. Sie spürte, daß du die ganze Zeit etwas zurückgehalten hast. Du hast nicht einmal versucht, etwas loszuwerden. Du hast ihr einen Vortrag gehalten. Die Art, wie du gesprochen hast, hat sie ständig an ihren Vater erinnert."

8

„Französisches Brot speziell für SIE aus Paris eingeflogen.“

Das Reklamebild in einem nahen Delikatessenladen erregte meine Aufmerksamkeit wie eine herausgeschrieene Obszönität. Die Vergeudung. Die schwindenden Ressourcen der Welt für die verschwenderischste Transportform, die je erfunden wurde, damit irgendein Snob seinen Gästen erzählen konnte, das Stück altbackenen harten Brots, das er ihnen servierte, sei „echtes“ französisches Brot. Die Implikationen dieser Geschichte beschäftigten mich die ganze Zeit, während ich mit dem Camembert, den ich mir zum Mittagessen gekauft hatte, nach Hause ging. Die vollgestopften Kornspeicher Amerikas; die weitgehend ausgeschöpften Ölfelder des Mittleren Ostens; die Männer, die die „Spezial“-Holzkiste in Orly ins Flugzeug verladen hatten; der blanke Irrsinn des ganzen Unternehmens.

Als ich am Küchentisch mein Sandwich aß, kam mir in den Sinn, daß hier die Basis für einen Entwurf von *Miguel* war. Es paßte genau zu einer Idee, über die ich seit einiger Zeit nachgedacht hatte. Technik als unser Äquivalent zur Faustschen Legende; wir können, deshalb tun wir es; unsere teuflische Versuchung. Ich begann an jenem Nachmittag daran zu arbeiten. Ich tippte immer noch mit zwei Fingern der linken Hand im Eßzimmer, als Ruth nach Hause kam; an diesem Nachmittag war sie an der Reihe, Sophie von der Schule abzuholen; sie hatte sie im 6. Stock abgeliefert und bemühte sich, meine Arbeit nicht zu unterbrechen. Ich konnte sie in der Küche auf und ab gehen hören, und dann im Schlafzimmer; ich machte die

Seite fertig, an der ich arbeitete, und ging dann zu ihr.

„Du hast beschäftigt gewirkt.“ Sie stand vor dem großen Wandspiegel und trug ein Kleid, das ich nie gesehen hatte.

„Gehst du aus?“

„Ich habe dir ein paar Lammkoteletts gekauft, und wenn du keine Lust auf braunen Reis hast, gibt es noch Idaho-Kartoffeln. Du kennst diesen Kasten unter dem Ausguß?“

„Wohin gehst du?“

„Ich esse mit Pierre zu Abend.“ Sie schnallte den Gürtel enger und zupfte an dem Rock, rückte ihn um die Taille zurecht.

„Ist es einer von den Leuten, die neulich abends hier waren?“

„Du hast mir gesagt, du magst ihn.“

„Ich erinnere mich nicht, welcher es war.“ Ruths Freunde aus ihrer Bewußtseinsbildungs-Gruppe waren mir mehr als Gruppe in Erinnerung, nicht als Individuen. Sie alle schienen das gleiche private Eingeweihten-Lächeln aufzusetzen, wenn sie eintrafen; sie alle umarmten einander sehr häufig. Ruth stellte mich ohne Erklärung als „Martin“ vor; keiner von ihnen umarmte mich. Sie alle lehnten Drinks ab, als weigerten sie sich, an irgendeinem dummen Jux teilzunehmen, den ich vorgeschlagen hatte; dann saßen sie herum, einer tastete gelegentlich nach der Hand des anderen und, immer noch lächelnd, sprachen sie eifrig über Ernährung, tauschten vegetarische Rezepte aus, bis ich das Gefühl hatte, sie mußten wohl darauf warten, daß ich ging, ehe sie auf fesselndere, bewußtseinserweiternde Themen zu sprechen kamen. Ich ging in das Kino in der Achten Straße; ich hatte den Film schon gesehen.

„Er kam mit dem Fahrrad.“

Ich erinnerte mich an das Fahrrad; es stand angekettet in der Halle, als ich wegging; er mußte es im Lastenaufzug heraufgebracht haben.

„Was treibt er?“

„Er arbeitet für die Air France.“ Sie zupfte immer noch an ihrem Kleid herum. „Meinst du, es sieht besser aus, wenn der Gürtel enger ist oder lockerer?“

„Enger.“ Ich setzte mich aufs Bett, sah ihr zu, als sie es auf beide Arten versuchte. Sie beschloß ihn locker zu tragen; ich spürte eine vertraute Welle der Zuneigung für sie; ich hatte gewußt, daß sie es so machen würde.

„Was macht er bei der Air France?“

„Irgend etwas mit Computern.“ Sie setzte sich und begann ihre Augen zu schminken. „Aber das ist es nicht, was ihn wirklich interessiert.“

„Was interessiert ihn?“

„Organische Nahrung. Die Dritte Welt. Deswegen mochtest du ihn, hast du gesagt.“

Ich erinnerte mich jetzt undeutlich an ihn, klein und dunkel, mit diesem Akzent, den die Franzosen anscheinend nie loswerden, egal, wie gut sie englisch sprechen. Als Ruth mich vor dem Weggehen küßte, hielt sie mich einen Augenblick lang ganz fest, als ob sie mir für irgend etwas dankte.

Sophie kam um sieben Uhr herauf; ich machte Lammkoteletts und Kartoffeln; Sophie mochte auch keinen braunen Reis. Während ich danach abwusch, ertappte ich mich dabei, wie ich zu dem Baum in seinem Faß hinausblickte, der sich fahl gegen den Neonschein der Stadt abhob. Sophie hatte den Tod der Katze mit Gleichgültigkeit aufgenommen. Der Umzug hatte die Katze in ihren Augen verändert; sie war nicht mehr dasselbe Wesen, das in den Wäldern von Vermont ihr Gefährte gewesen war. Mit neuen Beziehungen, an denen sie hing, beschäftigt, hatte sie die Katze zurückgewiesen, und wie alles, was wir zurückweisen, war das Tier zur Last geworden, zu einem Vorwurf; sein Tod, dachte ich, war für sie vermutlich eine

Erleichterung.

Ich beendete den Entwurf am nächsten Tag und schickte ihn an Karen; sie rief mich sofort an.

„Er ist gut, Martin. Ich glaube, manches davon ist ein wenig zu subtil. Aber ich liebe die echten mexikanischen Bohnen, die für dich den ganzen Weg von Somora hierhergehüpft sind. David meint auch, daß es gut ist. Er hat schon mit den ersten Zeichnungen begonnen."

An diesem Abend lud Ruth Pierre ein, uns nach dem Abendessen zu besuchen. Er kam auf seinem Fahrrad, sie brachte ihm einen Kräutertee, der, wie er sagte, köstlich schmeckte. Ich mochte ihn ganz gern; er behandelte mich mit aufmerksamem Respekt, wie einen entfernten Verwandten, der die Familie nicht oft besuchte. Wir sprachen über die Unlogik des Wirtschaftswachstums; er wütete verächtlich über die Concorde. „Obwohl ich Franzose bin, stößt es mich ab, vielleicht gerade weil ich Franzose bin." Sein besonderes Interesse galt der alternativen Landwirtschaft; *Small is Beautiful* war sein Lieblingsbuch. Ich war überrascht, als ich merkte, daß Ruth es gelesen hatte; ich hatte jahrelang erfolglos versucht, sie dazu zu bringen, es zu lesen. „Also arbeite ich jetzt mit Computern für die Firma, die jene Concorde einsetzt." Er lächelte Ruth an, schloß sie in die Ironien der Existenz mit ein. Sie begleitete ihn zum Lift, als er fortging.

„Siehst du, du magst ihn doch." Ich war halb ausgezogen, als sie ins Schlafzimmer kam.

„Es wirkt schrecklich jung." Jeder unter dreißig kam mir in der letzten Zeit jung vor; kam ich mir selbst älter vor, seit ich meine Hand verloren hatte?

„Das ist aber komisch, daß du das sagst."

„Warum?"

„Schließlich bist du zwölf Jahre älter als ich."

David Maddow sah nicht so jung aus, wie ich ihn in Erinnerung hatte, als er am Sonntag abend die Zeichnungen ablieferte. Ruth öffnete auf sein Klingeln und führte ihn ins Wohnzimmer. Er trug einen Rollkragenpullover, eine taillierte Wildlederjacke und sehr enge Hosen. Sie ließen ihn aggressiver und weniger wie eine holländische Puppe aussehen. Ich bot ihm etwas zu trinken an.

„Würden Sie sie gern gleich ansehen?" Das grüne gefütterte Kuvert mit den illustrierten Kartons hatte er an seine Knie gelehnt. Er blickte kurz zu Ruth hin, schloß sie in sein Angebot mit ein; der kurze Blick erinnerte mich an Pierre.

„Macht es Ihnen etwas aus, sie hierzulassen?" Ich wollte mich nicht dazu drängen lassen, sofort ein Urteil abzugeben. „Ich würde mir gern Zeit nehmen und sie sorgfältig betrachten."

„Es ist schwer, den Stil eines anderen nachzuahmen." Er sprach jetzt direkt zu Ruth. „Besonders, wenn es ein so herrlicher, individueller Stil ist." Warb er sie als Verbündete an, weil sie ihm altersmäßig näher stand als ich? Oder hatte er irgendeinen Grund, sich mir gegenüber verteidigen zu wollen!

„Ruth hat früher mit mir gearbeitet. Sie zog immer die Schrift mit Tusche aus." Die ganze Atmosphäre belebte sich mit Nuancen, als ich an ihre frühere Loyalität appellierte.

„Das muß faszinierend gewesen sein."

„Es machte mir damals Spaß."

„Was tun Sie jetzt?"

„Ich belege Kurse im Origin-Institut."

„Sie meinen, Sie beschäftigen sich mit dem Neuen Zeitalter?" Er klang wie ein Mann, der einen grünen Baum in der Wüste gefunden hat. „Das ganze nichtkausale Paradigma?"

„Das interessiert mich wahnsinnig".

Er nahm sie beim Wort; er begann, eifrig über Koinzidenz, Jungs Synchronizitätstheorie, Psychokinese zu sprechen. Er hatte die ganze magische Mischung geschluckt, und sie hatte ihn vergiftet. Das war ein Aspekt seiner Persönlichkeit, den ich nicht erwartet hatte, diese Sehnsucht nach dem Übernatürlichen. Ich fand nicht, daß alles, was er sagte, Scheiße war, aber das meiste. Ich kann mir nicht helfen; ich besitze einen streng rationalen Geist. Für mich ist Realität alles, was ich mir erklären kann; ich hatte nie etwas erlebt, das ich mir nicht in Begriffen von Ursache und Wirkung erklären konnte. Ich gab ihm noch etwas zu trinken; ich hörte zu, doch weit weniger atemlos als Ruth.

„Er ist blendend", entschied sie, nachdem Maddow gegangen war.

Ich sagte nichts. Ich wußte, daß ich bei diesem Thema der Überzählige war.

„Kann ich seine Zeichnungen sehen?"

„Sicher." Ich reichte ihr das Kuvert; sie begann es zu öffnen. „Warum nimmst du sie nicht mit ins Eßzimmer?" Ich wollte sie mir nicht mit ihr ansehen, als Gefangener ihrer Begeisterung für Maddow.

Ich wartete, rauchte meine Pfeife, bis sie zurückkam.

„Sie sind wunderbar, Martin."

„Wirklich?"

„Absolut wunderbar."

Ich ging an ihr vorbei ins Eßzimmer und schloß die Türe.

Auf den ersten Blick hatte Ruth recht, es war Maddow bemerkenswert gut gelungen, meinen Stil nachzuahmen. Ich tat mein Bestes, das zuzugeben und seine Arbeit zu bewundern, aber als ich anfing, die Bildfolge zu betrachten, um der Geschichte zu folgen, wurde meine Bewunderung von Ärger hinweggeschwemmt. Er hatte meinen Entwurf zu nichts anderem als einem Sprungbrett verwendet; er hatte die Idee, die dahinterstand, völlig entstellt. Die Figur des *Miguel,* wie ich sie im Lauf der Jahre entwickelt hatte, seine unschuldige Schlauheit, seine Unfähigkeit zu lügen, die ihn zum Spiegel der Unehrlichkeit anderer gemacht hatte, war völlig über Bord geworfen worden. Miguel war halb Gauner, halb leichtgläubiger Clown geworden. In meinem Zorn erinnerte er mich an David Maddow selbst.

Ich konnte die Zeichnungen nicht akzeptieren; ich wußte das sofort. Wenn ich Maddow jetzt, am Beginn unserer Verbindung, seinen eigenen Weg gehen ließ, würde ich bald jede Kontrolle über den Comic-Strip verlieren. Mein eigener Beitrag dazu würde ebenso nominell sein wie der Titel *Miguel* und meine Signatur mit dem Gummistempel am Ende jedes Streifens.

„Findest du nicht, daß sie wunderbar sind?" Ich hatte Ruth nicht hereinkommen gehört.

„Sie sind phantastisch. Aber sie sind nicht Miguel." Ich versuchte, meinen Zorn vor ihr zu verbergen.

„Sie sind ganz genau wie Miguel. Er hat jeden Ausdruck eingefangen."

„‚Sprich nicht so laut vor den Pflanzen.'" Ich zitierte eine Zeile des Dialogs, die mir besonders zuwider war. „‚Sie können dich hören.' Meinst du, Miguel glaubt an so einen Mist?"

„Es wurde wissenschaftlich erwiesen, daß Pflanzen fühlen können –"

„Die ganze Geschichte ist grotesk." Ich wollte mich nicht in einen Streit über das Sprechen mit Pflanzen hineinziehen lassen; sie hatte das Buch darüber gelesen; ich nicht. „Nicht einmal die Handlung ergibt einen Sinn."

„Du hast den Entwurf geschrieben."

„Maddow hat ihn verändert."

Ruth setzte sich mir gegenüber an den Tisch. „Vielleicht meinte er, er hätte Veränderung nötig."

Sie sagte es sanft, im Ton der Überredung; es brachte mich in Wut. „Es ist nicht seine gottverdammte Angelegenheit, Dinge zu ändern." Ich hätte am liebsten die

Zeichnungen quer durchs Zimmer geworfen. „Dazu ist er nicht da. Dieser eingebildete kleine Scheißer wurde angestellt, um zu illustrieren, was ich geschrieben habe."

„Ich kann nicht mit dir reden, wenn du mich dabei anschreist." Ruth stand auf; sie hatte nie verstanden, wie unpersönlich mein Zorn war, welche wichtige Befreiung er manchmal für mich sein konnte, wie rasch er verraucht war. Ich streckte den Arm aus und berührte ihre Hand.

„Ich schrei' nicht dich an. Ich meine, nicht *dich*. Es ist David Maddow. Das ist nicht *Miguel*. Es ist eine Figur, die er erfunden hat."

„Wenn er den Comic-Strip übernimmt –"

„Er soll ihn nicht übernehmen, er soll –"

„Warum läßt du ihn nicht?"

Ich antwortete nicht sofort. „Ich habe *Miguel* erfunden", sagte ich ihr schließlich. „Ich habe mehr als zehn Jahre mit ihm gelebt. Er ist wie –" Ich wollte sagen, er sei wie mein Kind; das stimmte nicht; meine Gefühle für Sophie waren ganz anders, persönlicher, unendlich intensiver. „Es ist schwer zu erklären. Er gehört mir. Ich habe ihn geschaffen."

„Das heißt nicht, daß du ihn nicht aufgeben kannst."

„Warum sollte ich?" Es war ein impulsiver, kindischer Protest.

„Du wirst ein gutes Einkommen dabei herausschlagen und keine Arbeit tun müssen."

Ihr Zynismus erstaunte mich. Dahinter war eine Skrupellosigkeit, die sie mir nie zuvor so offen enthüllt hatte. Ich betrachtete die Zeichnungen auf dem Tisch zwischen uns.

„Ich weiß nicht." Das sollte heißen, ich wollte mich nicht sofort entscheiden. Ich steckte die Illustrationskartons wieder in das Kuvert. „Ich werde mit Karen sprechen." Ich ließ das Kuvert auf dem Eßtisch liegen. „Ich werde sehen."

Wir trafen einander am nächsten Nachmittag in Karens Büro, zu dritt. Diesmal saßen wir nicht rund um den Kaffeetisch; ich legte das grüne Kuvert auf Karens Schreibtisch, lehnte mich zurück und beobachtete David Maddow. Ich hatte mir seine Zeichnungen absichtlich nicht mehr angesehen. Ich fürchtete, wieder würde Zorn in mir aufwallen; ich wollte liebenswürdige Reserve bewahren, Maddow verteidigen lassen, was er getan hatte. Solange ich mich nicht auf eine Entscheidung festlegte, nicht einmal auf eine private, blieb ich Herr der Lage.

Maddow trug einen hellblauen Anzug, ein gestreiftes Hemd und eine von diesen strahlenden, kalifornischen Schönen-Tag-allerseits-Krawatten; er besaß offenbar eine reiche Garderobe.

„Na, was denkst du, Martin?" Karen zündete sich umständlich eine Zigarette an. Seit jenem Abend in ihrer Wohnung hatte sich unsere Beziehung verändert; sie kümmerte sich nicht mehr so persönlich um mich.

Ich gratulierte Maddow zu seiner Imitation meines Stils, zu der Art, wie er Miguels physische Merkmale eingefangen hatte.

„Danke. Ich bemühte mich sehr, ihn aus den Mappen zu kopieren." Er war nicht so locker, wie er zu erscheinen versuchte. „Haben Sie irgendwelche – was halten Sie von der Linie der Story?"

„Warum haben Sie sie verändert?"

„Ich hatte nicht wirklich die Absicht, sie zu verändern. Ich versuchte nur, sie ein bißchen auf den modernen Stand zu bringen."

„Wie?"

„Was war Ihrer Meinung nach der Sinn der Geschichte?"

„Vergeudung. Die verschwenderische Dummheit der Art, in der wir Dinge tun. Die Kurzsichtigkeit des Ganzen."

„Ja. Das ist gut. Ich stimme mit alldem natürlich überein." Er lehnte sich in seinem Stuhl zurück, sprach zur Decke hinauf; es verlieh ihm das Aussehen eines unpersönlichen Orakels. „Aber diese Art von direktem Protest gegen die Konsumgesellschaft ging in den sechziger Jahren zu Ende. Die Leute suchen heutzutage nach inneren Antworten. Sie versuchen, sich selbst zu erneuern, statt andere zu kritisieren. Sie ändern ihr ganzes Konzept vom Universum, erweitern ihr Bewußtsein –"

„Wir wollen uns nicht auf Philosophien einlassen. Bitte."

Ich wollte mir diesen ganzen Scheiß nicht noch einmal anhören. „Bleiben wir bei *Miguel*."

„Ich spreche über *Miguel*." Er blickte nicht mehr zur Decke hinauf. „Der Comic-Strip muß die Haltung der Zeit widerspiegeln, und diese Haltung hat sich in den letzten zehn Jahren geändert."

„Sie meinen also, *Miguel* auf den neuesten Stand zu bringen, bedeutet, ihn in einen abergläubischen Betrüger zu verwandeln." Weiß Gott, vielleicht hatte er recht; der Kult der profitbringenden Hexerei breitete sich wie Schlamm über das Land aus.

„Was meinen Sie mit abergläubisch?"

„Sie haben ihn tatsächlich an den Teufel glauben lassen."

„Natürlich habe ich das getan. Sie können die Idee des Satanismus heutzutage nicht von der Hand weisen."

„Ich kann es."

„Walt Kelly hätte es nicht getan." Er sprach selbstbewußt, ohne zu zögern, für den Toten. „Pogo war absolut zeitgenössisch. Eben das machte ihn so großartig."

„*Miguel* ist nicht Pogo."

„Er könnte es sein. Er könnte ein Riesenhit sein, wenn wir den ganzen alten Plunder der sechziger Jahre vergessen und ihn für das sprechen lassen, was heute vor sich geht.

Haben Sie eine Ahnung, wieviele Exemplare von Büchern wie Watsons *Supernature* verkauft wurden?"

„Genau das meint auch Norman Kaufman. Er mag die Art, wie David an den Comic-Strip herangeht."

Ich verstand sofort, warum Karen das gesagt hatte; sie versetzte ihre eigene Unterstützung von David Maddows mit dem Geschmack von Bestechung: soll David es doch auf seine Weise machen und Kaufman wird sich hinter den Comic-Strip stellen und die Verbreitung steigern; wir werden alle eine Menge Geld verdienen.

„Du meinst, ich soll die ganze Sache einfach euch beiden überlassen?" Ich verabscheute alles, was Maddow gesagt hatte; ich spürte, daß ich David Maddow haßte; ich war stolz darauf, wie ich das aus meiner Stimme heraushielt. „Du meinst, ich sollte mich einfach zurücklehnen, entspannen und meinen Anteil an den Profiten einstekken?"

„Natürlich nicht, Martin." Erst mußte ein höfliches Ritual durchgespielt werden, ehe sie zugeben würde, daß sie gerade das meinte. „Das Problem ist, wir haben in Allgemeinplätzen gesprochen. Wir sollten einfach Davids Zeichnungen durchsehen, und wenn es etwas Bestimmtes gibt, das du ablehnst, irgend etwas, das du verändert haben möchtest, bin ich sicher, daß David mehr als bereit wäre –"

„Natürlich." Maddow war mehr als bereit, die Formalität durchzuspielen, jeden Punkt im Detail zu diskutieren.

„Sollen wir das also tun?" Karen zog das Kuvert zu sich hin; sie öffnete den Verschluß und ließ die illustrierten Kartons herausgleiten.

Ich sah ihr in die Augen. Ich sah den Schock und dann den Zorn in ihnen. Ich stand auf, als sie den obersten Karton beiseite stieß, kurz auf den darunterliegenden blickte und ihn dann auch zur Seite stieß, bis alle vier über ihrem Schreibtisch ausgebreitet waren. Erst dann blickte ich auf die Zeichnungen.

Es war sorgfältig und mit eindeutiger Absicht geschehen. Die geraden, dicken Linien, anscheinend mit einem *Magic Marker* gezeichnet, vermittelten den Eindruck gnadenloser Ablehnung, ein zorniges Nein!

Alle Raster auf jedem Karton von Maddows Zeichnungen waren unrettbar mit einem großen schwarzen Kreuz durchgestrichen worden.

9

Ich lachte.

Ich konnte nicht anders. Ich fühlte mich diesen schwarzen Kreuzen gefühlsmäßig so nahe. Sie waren für mich so augenblicklich erkennbar. Am Abend zuvor hätte ich mir wenigstens mehrere Minuten lang den Genuß bereiten wollen, Maddows Travestien von *Miguel* mit einem *Magic Marker* durchzustreichen. Es kam kein langgezogenes kicherndes Lachen heraus; es war ein einziges Triumphgeheul der Rache.

Nach diesem Lachen war ich verurteilt, was immer ich auch sagte. Ich konnte nicht hoffen, Karen zu überzeugen, daß ich es nicht getan hatte, daß ich über die durchgestrichenen Zeichnungen ebenso überrascht und verblüfft war wie sie. Ich versuchte es wohl, kurz. In meiner Stimme lag sehr wenig Überzeugung und kein Bedauern. Karen beachtete mich nicht. „Es ist unverzeihlich", sagte sie immer wieder. „Absolut unverzeihlich."

Es gab einen furchtbaren Augenblick, als Maddow seine ruinierten Zeichnungen einsammelte und ich dachte, er würde zu weinen beginnen. Es brachte mich dazu, ihn zu verstehen; es brachte mich sogar so weit, daß ich ihn mochte, als ich zum ersten Mal sah, wieviel ihm dieser Job bedeutet hatte, die Hoffnung und der Ehrgeiz, die unter der kalkulierenden Keckheit zitterten, hilflos und verletzlich. Die Art, wie er seine verstümmelte Arbeit ansah, erinnerte mich an Sophie an einem Tag im Wald, als irgendwelche älteren Kinder ihren Wigwam zertrampelt hatten. Ich hatte Sophie umarmt und sie zu trösten versucht; ich konnte nur Maddows eingesunkenes Gesicht beobachten, als er seine Zeichnungen wieder in das Kuvert stopfte und aus dem Büro eilte.

„Wie konntest du *mir* das antun! Die Zeichnungen so *hierher* zu bringen?" Jetzt, da Karen und ich allein waren, war der unverzeihliche Akt zu einer persönlichen Sache zwischen uns geworden, ein Verrat an unserer langen Freundschaft. „Du bist hier gesessen, hast zugehört, wie er mit mir über seine Vorstellungen gesprochen hat, obwohl du genau wußtest –"

„Ich wußte nicht –"

Es war ein mechanischer, automatischer Protest. Als sie mit ihren Beschuldigungen fortfuhr, beschloß ich, nicht mehr meine Unschuld zu beteuern; ich wollte nicht erklären müssen, daß ich die Zeichnungen über Nacht auf dem Eßtisch gelassen hatte, daß jemand anderer sie dort gesehen und mit der gleichen Wut auf sie reagiert haben konnte wie ich. Meine Loyalität erlaubte es nicht; es war weniger verwirrend, die Schuld stillschweigend auf mich zu nehmen.

„Es ist der Egoismus. Die Arroganz. Du hättest Davids Arbeit nicht akzeptieren müssen. Aber du mußtest sie auch nicht zerstören." Sie sah mich an, als hätte sie mich nie zuvor gesehen. „Ich weiß, du hast eine schwere Zeit hinter dir. Dein Unfall. Aber ich kann absolut nicht verstehen, wie man sich so verhalten kann."

Ich konnte nichts anderes tun, als dasitzen und ihr zuhören. Sie erwähnte den Abend in ihrer Wohnung nicht, meine Zurückweisung ihres Angebots, meine Mutter-Geliebte zu sein, aber es hatte eine Menge mit dem zu tun, was sie sagte. „Ich war immer der Meinung, daß du ein total egoistischer Mensch bist, die Art, wie du oftmals mit mir über Ruth gesprochen hast. Aber ich habe nie erkannt, wie viel verkrampfte Wut in dir steckt. Nein, hör mir zu."

Ich mußte mich bewegt haben, sie stand auf, ihre

breiten Hüften über den Schreibtisch gebreitet, als sie sich zu mir hinüberbeugte. „Es ist an der Zeit, daß dir jemand die Wahrheit über dich sagt. Du kannst es nicht ertragen, jemandem nachzugeben. Wenn du nicht alles genau nach deinem Willen haben kannst, benimmst du dich wie ein verzogenes Kind. Es ist dir egal, wem du weh tust. Es ist dir egal, wieviel sie für dich getan haben. Du hast keinen Sinn für Loyalität oder Dankbarkeit für irgend jemanden. Du denkst nie an irgendwen, außer an dich."

Ich war nicht wütend; ich versuchte nicht, mich zu verteidigen. Ich wußte, manches von dem, was sie sagte, würde später unangenehm in meinen Gedanken widerhallen; es würde ein Teil jenes großen Bodensatzes von Erinnerungen werden, die sich seit der Kindheit angesammelt hatten, an die ich nie zurückdenken konnte, ohne Schmerz zu empfinden. Aber im Augenblick sah ich vor allem Karens Selbstmitleid; sie war gut zu mir gewesen; ich hatte mich von ihr abgewendet; sie war ebenso wütend auf sich selbst wegen ihrer langjährigen, vergeudeten Zuneigung, wie sie auf mich wütend war. Ich konnte das verstehen und sie tat mir leid.

„Das ist also das Ende." Ihr Blick streifte über den Schreibtisch. Sie suchte etwas, um es mir zu übergeben, eine Mappe mit Zeichnungen, irgend etwas Endgültiges; sie hatte mir nichts zurückzugeben. „Du wirst dir einen anderen Agenten suchen müssen. Und eine andere Firma, die deine Arbeit für dich an die Zeitungen verkauft, falls du jemals wieder zum Arbeiten kommst. Norman Kaufman wird darüber genauso denken wie ich. Er meinte, Davids Zeichnungen seien phantastisch. Besser als alles, was *du* jemals gemacht hast." Mittlerweile war ihr alles recht, um mich zu verletzen.

Ich nickte. Ich hatte ein Gefühl der Angst beim Hinausgehen, während Karens Augen jeden Schritt, den ich tat, mit Haß verfolgten; es war, als erwartete ich, geschlagen zu werden. Mit allem, was mir an Gleichgültigkeit noch geblieben war, gelang es mir, gar nichts zu sagen, nicht kurz zu ihr zurückzublicken, als ich die Türe schloß. Die Sekretärin, die aussah, als hätte sie nie mit einem Mann geschlafen, starrte auf ihre stumme Schreibmaschine, als ich vorbeiging. Ich wußte, dieses Büro würde ich nie wieder betreten. Es war, wie Karen über meinen Abschied von Vermont gesagt hatte, das Ende eines Lebensabschnittes.

Draußen auf der Straße konnte ich mich nicht für die U-Bahn entschließen. Ich wandte mich an der nächsten Ecke ostwärts und beschloß über die Third Avenue zu Fuß nach Hause zu gehen. Früher einmal hatte diese Straße etwas Vertrautes und Tröstliches für mich gehabt; ich war gerade alt genug, um mich zu erinnern, was für einen Lärm die Hochbahn oben gemacht hatte; und es gab immer noch ein paar verstreute Überreste des individuellen Charakters dieser Straße, ein Haus hier, eine Kneipe dort, die noch nicht zerstört war. An der Ecke Lexington blieb ich stehen, wartete bei der Ampel. Ein Mädchen, anfang zwanzig, wartete auch dort. Sie trug einen formlosen Pullover, der viel zu groß für sie war, die Ärmel bis zu den Ellbogen aufgerollt, und beugte sich über einen zerkratzten und schmutzigen Kinderwagen. Während ich sie beobachtete, griff sie mit beiden Händen hinein und hob das schlafende Baby leicht in die Höhe.

„Ich liebe dich." Ihre Stimme tönte deutlich durch den Lärm, mit dem der Verkehr seine Forderungen ungeduldig geltend machte. „Ich liebe dich."

Es war etwas, über das sie in einem Buch gelesen hatte. Ich konnte mir vorstellen, daß sie in einer Dachstube an der East Side hauste, Weizenkörner aß, Marihuana rauchte und ihre Yoga-Übungen durchexerzierte; sie tat das alles wohl mit dem gleichen positiven Gehorsam, entsprechend den Konventionen, denen sie sich verpflichtet fühlte. „Sag deinem Kind, daß du es liebst." In einem anderen Zeitalter hätte sie ein kitschiges Bildnis der Jungfrau Maria über dem Kinderbett aufgehängt.

Die Third Avenue wollte mir heute nicht helfen. Dieses Mädchen erinnerte mich zu stark an Ruths neues Eiferertum, ihren plötzlichen Glauben an ausgeliehene Ideen. War es die Zeit, in der wir lebten, oder irgendein Fehler in mir, der sie dazu gebracht hatte? Die Dinge, die Karen über meine Ehe gesagt hatte, mein egoistisches Bedürfnis, alles nach meinem Willen gehen zu lassen, meldeten sich hartnäckig wieder. Ich nahm mir für den restlichen Weg nach Hause ein Taxi.

Ich sah das angekettete Fahrrad im Korridor, sobald ich aus dem Lift stieg. Ruth und Pierre saßen auf dem Sofa im Wohnzimmer; sie hielten einander an den Händen; Ruths Augen und Wangen glitzerten vor Tränen. Sie weinte sich richtig und still aus, entlud weiß Gott welche vergangenen Kränkungen oder Empörungen. Sie blickte mich ungeduldig an, in die Gegenwart zurückgezerrt, als ich zum Eßzimmer ging.

Ich war schockiert, wie betrogen ich mich fühlte, als ich dastand und mich an die geschlossene Türe lehnte. Vor zwei Jahren hätte Ruth *mir* erzählt, was sie bedrückte, spät nachts, mit dem Rücken zu mir, meine Hände über ihren Brüsten. Es hatte damals nichts gegeben, was wir einander nicht sagen konnten. Worin hatte ich sie enttäuscht? Stimmten die Dinge, die Karen gesagt hatte?

Wie konnten sie stimmen? Sie waren alle auf einer falschen Anschuldigung gegründet. Ich hatte diese schwarzen Kreuze auf Maddows Zeichnungen nicht gemacht.

Ich betrachtete den Tisch und den Haufen von Skizzenblöcken, Töpfen und Plakatfarbe, die Bleistifte und Pinsel. Ein *Magic Marker* lag dazwischen. Als ich ihn aufhob, fiel die Verschlußkappe hinunter. Die Tatsache, daß sie so locker angebracht worden war, schien nicht viel auszusagen, allenfalls schuldbewußte Hast. Ich sah eine Bewegung auf der Terrasse. Sophie stand neben dem grünen Faß und klopfte die Erde rund um den Baum fest. Ich würde sie früher oder später fragen müssen; ich war gerade dabei, mich dazu aufzuraffen, als Ruth hereinkam.

„Wie ist es bei dir gelaufen?"

„Ist Pierre weg?"

„Ich hab' dich nicht so bald zurückerwartet. Was ist passiert?"

Ich hatte keine Lust, jetzt schon darauf einzugehen; es gab etwas, das ich vorher wissen wollte. „Warum hast du geweint?"

„Wir haben uns gegenseitig ausgesprochen."

„Ich weiß. Woran hast du dich denn erinnert?"

„Ich kann es dir nicht erzählen. Man darf nachher nicht darüber sprechen." Sie trug dasselbe Kleid mit dem Gürtel, das sie zum Abendessen mit Pierre getragen hatte. „Was hast du mit Karen Wager über *Miguel* gesprochen?"

Ich hätte ihr da die Wahrheit sagen können; es hatte eine Zeit gegeben, in der ich begierig gewesen wäre, es ihr zu erzählen; zu jener Zeit war sie nicht weinend und Händchen haltend mit jungen Franzosen dagesessen. Außerdem, entschied ich, wollte ich Sophie schonen, um es zuerst mit ihr auszumachen.

„Wir haben das Ganze besprochen und werden es fallenlassen."

„Warum?"

„Ich könnte mit David Maddow nicht auskommen. Ich würde nie mit ihm arbeiten können."

Ich erwartete, daß sie zornig sein, mich wegen meiner Intoleranz angreifen, mich zu überreden versuchen würde, meine Meinung zu ändern. Sie sagte eine Weile, die mir lang erschien, überhaupt nichts.

„Wo werden wir Geld hernehmen?"

„Darüber brauchen wir uns nicht sofort Sorgen zu

machen.“

„Wird Karen Wager versuchen, jemand anderen für dich zu finden?“

„Ich weiß es nicht.“ Meine erste Lüge führte mich zu weiteren.

„Wahrscheinlich nicht.“

„Wir werden vor Weihnachten eine andere Wohnung finden müssen.“ Sie dachte darüber nach, fügte die Miete zu unseren Ausgaben hinzu.

„Ich könnte vielleicht einen Job als Lehrer finden.“ Ich hatte das Angebot von Saraville, Kalifornien, nie endgültig abgelehnt, meine Pläne für die Zukunft, ihre Abhängigkeit von Maddows, waren so unsicher gewesen, daß ich geschrieben hatte, ich könnte möglicherweise irgendwann interessiert sein.

„Ist es für dieses Jahr nicht ein bißchen spät?“

„Wir haben das Versicherungsgeld für das Atelier.“ Ich wollte nicht mehr darüber sprechen. Nicht jetzt. Sophie war noch draußen auf der Terrasse. Ich fühlte ein Verlangen, mich ihr anzuschließen, mit ihr allein zu sein. Wenn Sophie zugab, die Zeichnungen beschädigt zu haben, mußte ich es dann Ruth erzählen? Ich fürchtete, ja, wegen Sophie; ich konnte sie nicht mit einer andauernden stillschweigenden Komplizität an etwas belasten, das so wichtig für so viele Erwachsene war.

„Soll ich versuchen, den Wagen zu verkaufen?“ Ruth war entschlossen, zu einer sofortigen Entscheidung zu gelangen, wie nebensächlich auch immer. „Wir benutzen ihn kaum jemals in der Stadt.“

„Einverstanden.“ Den Kombiwagen zu verkaufen, würde einen weiteren Bruch mit Vermont bedeuten; ohne Wagen konnten wir nicht dorthin zurückfahren. „Ich werde eine Annonce in den *Times* aufgeben. Ich besorge das morgen.“

Sie stand auf. Endlich. Sie würde mich jetzt in Frieden

lassen. Ich wartete, bis ich sie in der Küche den Wasserhahn aufdrehen hörte, ehe ich die Verandatür öffnete und auf die Terrasse hinausging.

Sophie hatte die Erde rund um den ganzen Baum geglättet, scharrte und klopfte mit einem Stück Holz daran, bis sie so eben war wie eine Steinfliese.

„Warum tust du das?" Ich versuchte, ihre Aufmerksamkeit auf mich zu lenken.

„Ich muß es tun. Für die Katze."

„Warum?"

„Sie hat ihre Pfotenabdrücke hinterlassen."

Das faszinierte mich. Sophie war normalerweise so sehr darauf bedacht, die logische Erwachsenenwelt um sie herum nachzuahmen, zu reflektieren, daß man leicht vergaß, wie grenzenlos ihre Phantasie sein konnte.

„Wollte sie nicht ihre Pfotenabdrücke hierlassen?"

„Nein. Nicht jetzt. Sie ist tot. Sie will gar nichts hinterlassen." Sie gab der Erde einen letzten Klaps und ließ das Holzstück neben das Faß fallen. „Sie will niemanden daran erinnern."

Ich hatte nicht vor, das in Frage zu stellen; wenn die Katze nicht wollte, daß Sophie sich an sie erinnerte, so war das eine Sache zwischen den beiden; ich nahm ihre Hand.

„Liebling, hast du dir diese Zeichnungen auf meinem Tisch angesehen?"

„In dem grünen Kuvert?"

„Ja."

Sie nickte. Ich kniete nieder und versuchte, sie dazu zu bringen, mich anzusehen.

„Wann? Wann hast du sie dir angesehen?"

„Gestern abend."

„Was hast du von ihnen gehalten, Sophie?"

„Ich mochte sie nicht."

„Warum nicht?"

„Er hat *Miguel* verändert." Sie hatte das Holzstück

aufgehoben; sie fing wieder an, die Erde plattzuklopfen.

„Liebling, bitte, hör zu."

„Ich höre zu."

„Wußtest du, daß ich sie nicht mochte?"

Sie nickte wieder. „Ich hörte dich und Mami reden."

„Hast du – ?" Ich hatte in diesem Moment die Absicht, sie zu fragen, ob sie etwas an den Bildern gemacht habe. Aber der Moment ging vorbei. Ruth kam mit der Gießkanne auf die Terrasse. Sobald ich sie sah, wußte ich, daß ich Sophie diese Frage niemals stellen konnte.

Wenn Sophie diese Zeichnungen beschädigt hatte und ich Ruth davon erzählte, würde sie darauf bestehen, daß ich irgend etwas unternahm: Karen anrufen! Sie überzeugen, daß ich keine Schuld hatte, mich bei Maddow entschuldigen, versuchen, ihn zu einem neuen Anfang zu bewegen.

Und ich wollte das nicht. Ich empfand nichts als Erleichterung, als ich Sophie nachblickte, wie sie von mir weglief, um Ruth Pflanzen gießen zu helfen.

10

„Wenn Sie so freundlich wären, Jacke und Hemd abzulegen."

Die Plastikarmhülle mit ihrem Metallanschluß am Handgelenk und die gummiüberzogene Hand lagen vor dem jungen Therapeuten auf dem Tisch. Ich konnte meinen Blick nicht davon abwenden, während ich mich auszog. Vielleicht empfindet jemand, dem ein künstliches Gebiß angepaßt wird, Ähnliches wie ich, obwohl wir beinahe von Geburt an daran gewöhnt sind, unnatürliche Dinge in den Mund zu stecken, und wir sehen unsere Zähne nicht, es sei denn, wir schauen in den Spiegel. Die Hand würde meine Erscheinung so verändern wie eine Brille; sie würde für viele Fremde das erste sein, was sie an mir bemerkten. Das kümmerte mich wenig. Was mich überwältigte, war das plötzliche Begreifen der Intimität, die wir, dieses fremdartige klinische Ding und ich, mein ganzes Leben lang teilen sollten. Von nun an würde es ein Teil von mir sein.

Die diskreten Finger des jungen Therapeuten paßten die Hülle auf meinen Unterarm an und den elastischen Strumpf, der das Verrutschen verhüten sollte.

„Wie fühlen Sie sich darin? Bequem? Nicht zu fest?"

Ich starrte sie an, wie sie aus meinem Arm herausragte. Sie schien mich einzuzwängen wie eine Fessel. Diese Phantom-Hand, die für mich noch immer so lebendig war, fühlte sich darin zermalmt und sträubte sich in zornigem Schmerz.

„Wollen wir den Gurt anprobieren?" Er schwang ihn über meine Schultern, um meinen Rücken und Brustkorb herum. Er zog die Nylonschnur an meinem Arm herunter und ließ die Spange durch den Ring hindurch an dem Metallhandgelenk zuschnappen.

„Probieren Sie, ob Sie die Finger krümmen können."

„Wie?" Die Frage entrang sich dem Schmerz wie ein nachträglicher Gedanke.

„Strecken Sie ihren Arm vor."

Ich dehnte das Ding über den Tisch; die Schnur spannte sich über meiner Schulter; ich sah, wie die Gummifinger sich krümmten. Ihre Bewegung schien nicht zu mir zu gehören: sie hatten aus eigenem Antrieb gehandelt.

„Gut. Nun öffnen Sie sie. Strecken Sie ihren Arm wieder aus."

Das tat ich. Die Schnur lockerte sich und ließ die Sperrklinke frei; die Finger wurden gerade.

„Sie werden bald dahinterkommen."

Ich glaubte ihm nicht. Ich würde es nie lernen, dieses Ding zu kontrollieren; es würde sein eigenes Leben führen, an mir befestigt, ein Parasit. Aber die Ermutigung und das Interesse des jungen Therapeuten waren so offensichtlich, daß es schwierig war, darauf nicht einzugehen.

„Wie lange dauert es normalerweise?" Die Worte kamen einzeln heraus, von Auflehnung zerteilt.

„Das variiert sehr stark von Mensch zu Mensch."

Ich wartete, versuchte, mir einzureden, der Schmerz sei nur in meinem Gedanken; es gab keine Hand, die in die Hülle gequetscht war.

„Es ist interessant. Ich bin nicht ganz sicher, welche Faktoren es sind. Intelligenz ist anscheinend einer davon. Die gebildetsten, die Leute mit geistigen Berufen, scheinen doch schneller Fortschritte zu machen. Anderseits hatte ich einen Jungen, der kaum lesen konnte. Er lernte innerhalb von wenigen Wochen, ein Spiel Karten zu mischen."

Ich wartete wieder. Ihm nur zuzuhören half schon. Es

gibt außergewöhnliche, selbstlose Menschen auf dieser Welt, und er war einer von ihnen; ich wollte mich fast buchstäblich an ihn klammern.

„Möchten Sie, daß ich Ihnen jetzt aus dem Gurt heraushelfe?"

„Also –" Ich sah mich selbst, wie ich mit der U-Bahn nach Hause fuhr und es immer noch trug, meine neue Identität in der Öffentlichkeit ausprobierte. „Kann ich es anbehalten?"

„Ist es nicht unbequem?"

„Es geht schon."

„Natürlich." Er war offensichtlich erfreut. „Je früher Sie sich gewöhnen, es zu tragen, um so besser."

Ich hatte vergessen, Ruth zu bitten, den rechten Ärmel von meinem Hemd aufzutrennen. Er machte es schnell und geschickt mit einer Nagelschere; er hatte wundervolle Hände; ich spürte kaum, wie er den Knopf an meinem linken Ärmelaufschlag festmachte. Wir vereinbarten einen Termin für die nächste Woche.

„Natürlich sollen Sie bis dahin zu Hause üben, soviel Sie können." Als er mich hinausbegleitete, durchquerten wir eine Halle, wo Männer, indem sie sich zwischen Barren abstützten, auf ihren Plastikbeinen gehen lernten. Ich war nie zuvor durch diese Halle geführt worden; es war Teil der Therapie, ein Hinweis darauf, daß ich nicht allein war.

Ich fühlte mich alleingelassen, als ich mit der U-Bahn nach Hause fuhr. In meiner Vorstellung hatte ich nicht an mein Publikum gedacht. Neben mir starrte eine Schwarze mittleren Alters starr vor sich hin, ab und zu schnalzte sie, erschöpft und verärgert, mit der Zunge gegen ihre Zähne; auf der anderen Seite des Mittelgangs waren zwei Teenager, die eine voller Aknenarben, die andere ganz hübsch, in einen intensiven, geflüsterten Streit verwickelt. Die künstliche Hand, auf meinen Knien offen zur Schau gestellt, erweckte nicht mehr Aufmerksamkeit als die Bonbonpapierchen auf dem Boden. Nach einiger Zeit schob ich sie in die Tasche; dort fühlte sie sich unförmig an, wie ein Paket, das Ruth mich für sie zu tragen gebeten hatte; zumindest ließ der Schmerz nach.

Er war weg, nichts weiter als ein vages Unbehagen, als ich aus dem Lift stieg. In der Halle stand kein angekettetes Fahrrad; dafür war ich dankbar; ich wollte Pierre nicht unter meinem Publikum haben. Ruth war auch nicht zu Hause; eine weitere Erleichterung; ich mußte allein sein, um mit meinem neuen, veränderten Ich einig zu werden.

Im Eßzimmer zog ich bei verschlossener Türe mein Jackett aus und rollte den Hemdsärmel hoch. Ich setzte mich zum Tisch und stützte den rechten Ellbogen auf.

Viele Jahre lang nach Sophies Geburt ging ich jede Nacht vor dem Schlafengehen in ihr Zimmer, stand neben ihrem Kinderbett, bestaunte das Wunder, das da schlafend vor mir lag, öffnete meine Seele ganz ihrem Hiersein, versuchte, alles was ihre Existenz bedeutete, in mich aufzunehmen.

In gleicher Weise versuchte ich nun, dem Plastik-, Metall- und Gummiding, das sich von meinem Ellbogen aus fortsetzte, meine Seele zu öffnen. Nur wenn ich das Gefühl verlor, daß es mir fremd war, würde ich es benützen können. Ich untersuchte jeden Teil davon, die willkürlichen Linien von Liebe, Charakter und Schicksal auf der Handfläche, die fabrizierten Fingerabdrücke, das lackierte Material der Nägel, den präzise ausgestalteten Mechanismus des Handgelenks. Ich versuchte, mir all das als „Ich" vorzustellen.

Nach ein paar Minuten fand ich eine Schachtel mit Küchenstreichhölzern und stellte sie auf den Tisch vor mich hin. Ich legte die Handfläche der künstlichen Hand daneben, preßte meine Schulter gegen die Schnur, um die Finger zu krümmen und die Schachtel aufzuheben. Immer und immer wieder stieß ich sie bloß um. Ich hatte nie zuvor begriffen, wie sehr ich mich auf den Tastsinn verließ, um meine Bewegungen zu kontrollieren; nun mußte ich ausschließlich mit der Sehkraft arbeiten; ich mußte hinschauen und sowohl sehen, wo die Streichholzschachtel war, als auch, wo die Hand war, ehe ich sie miteinander in Berührung bringen konnte.

Ich entschied, daß die Streichholzschachtel zu leicht war, allzu einfach zu verrücken. Ein Buch wäre besser. Auf dem Kaffeetisch im Wohnzimmer war ein Stapel von Ruths Büchern. Ich sah sie durch. *The Power of Total Living. Beyond the Human Condition. Change your Life through Love.* Ich spürte mich so getrennt von der Hand, daß ich ein Gefühl der Vertrautheit, der Identifikation mit dem Ding brauchte, das ich aufzuheben versuchen wollte. Ziemlich weit unten in dem Stapel befand sich eine in Leinen gebundene Ausgabe von *Small is Beautiful.*)*

Ich nahm das Buch mit ins Eßzimmer und ließ es aufrecht auf dem Tisch stehen. Langsam, peinlich genau, brachte ich die Hand in eine solche Stellung, daß vier Finger auf der einen Seite des Buchs waren, der Daumen auf der anderen. Der Trick dabei war, meine Schulter zu bewegen, ohne die Position der Finger zu verändern. Das erste Mal mißlang es mir; mein Arm schnellte nach vorn; das Buch fiel zur Seite, bevor Daumen und Finger einander trafen.

Und dann gelang es mir. Ich packte das Buch. Ich konnte es hochheben; ich trug es durch das Zimmer: eine Trophäe. Der nächste Schritt bestand darin, es wieder zurückzustellen. Ich senkte es, bis das Buch aufrecht an der Tischkante stand; ich krümmte die Schulter und öffnete die Sperrklinke. Das Buch fiel zu Boden.

Als ich es mit der linken Hand aufhob, glitt ein

*) Die Kraft des vollkommenen Lebens. Jenseits der menschlichen Natur. Verändere dein Leben durch Liebe. Klein ist schön.

Briefbogen heraus. Ich hatte nicht die Absicht, den Brief zu lesen. Zuerst einmal nicht; ich legte ihn in das Buch zurück, als ein Wort meine Aufmerksamkeit erregte. Liebe. Meine Augen schweiften zu dem vorangegangenen Wort. Ewige. Ewige Liebe. Ich ging zum Anfang zurück und las das Ganze.

Ruth, der erste und größte Anspruch an Dich ist der Anspruch Deines Geistes, mit anderen Worten, Deines Ich. Du mußt jenem strahlenden Geist treu sein, der Dein wahres Ich ist. Laß Dich durch nichts vom Streben Deiner Seele nach Wahrheit und Licht und ewiger Liebe ablenken.

Auf ewig Pierre

Meine unmittelbare Reaktion war Verachtung. Die Briefe, die ich Ruth geschrieben hatte, wenn wir getrennt waren, waren der echte spontane Ausdruck von Zärtlichkeit für sie gewesen, nicht diese scheinheilige Heuchelei. „Jener strahlende Geist, der Dein wahres Ich ist." Wie konnte sie diese Worte lesen, ohne davon peinlich berührt zu sein? Dann begriff ich, daß ihre Anmaßung möglicherweise ein Zeichen ihrer Ehrlichkeit war; Pierre und Ruth mochten einander tatsächlich in diesen Begriffen sehen; vielleicht *war* ihr wahres Ich für ihn ein strahlender Geist? Der Gedanke erschreckte mich; im Laufe des vergangenen Jahres war es mir immer schwerer gefallen, Ruth irgendwie klar zu sehen, auch wenn ich in ihr Gesicht starrte; aber wenn ich über sie nachdachte, dann immer noch über das sanfte, eher unsichere Mädchen, das ich geheiratet hatte. Ich liebte dieses Mädchen immer noch; ich wollte sie wiederhaben, physisch und vertraut, nicht einen strahlenden Geist. Mein erster Impuls war, den Brief in meiner Hand zusammenzuknüllen. Ich legte ihn wieder zwischen die Buchseiten.

Weitere Übungen mit meiner Hand kamen jetzt nicht

in Frage. Ich rollte den Hemdsärmel herunter, knöpfte die Manschette zu und zog mein Jackett an. Ehe mir bewußt war, die Verandatüre geöffnet zu haben, war ich draußen auf der Terrasse. Ich stand neben dem Baum und starrte auf die Erde im Faß hinunter.

Die glatte, ebene Oberfläche, die Sophie mit so viel Mühe der Erde gegeben hatte, in ihrer Entschlossenheit, alle Spuren der toten Katze zu verwischen, war weg. Sie war ganz zertrampelt. Die Spuren in der Erde – sie sahen wie Krallenspuren aus – waren zu wirr, als daß man sie als Fußspuren eines bestimmten Wesens identifizieren konnte. Aber irgend etwas, irgendein Tier, eine Ratte vermutlich, hatte dort unter dem Baum herumgescharrt.

Ich fand das Holzstück, das Sophie benützt hatte, stampfte die Erde wieder fest und glättete sie sorgfältig. Ich dachte an Sophie; wenn sie diese Ritzen in der Erde sah, fürchtete ich, könnte sie sich vorstellen, die Katze sei zurückgekommen und habe sie gemacht. „Sie will nicht, daß sich jemand daran erinnert." Sie würde vielleicht anfangen, der Katze nachzutrauern, wenn sie diesen Glauben verlor.

Ein Licht ging hinter mir in der Küche an und warf meinen Schatten über das Faß. Sophies Stimme drang zu mir, neugierig, aufgeregt. Ich verbarg das Holzstück hinter einer der Blumenkisten, als sie auf die Terrasse kam.

„Was tust du?"

„Nichts Besonderes."

„Hast du sie gekriegt?"

„Ja."

„Kann ich sie sehen?"

„Natürlich." Ich nahm sie aus der Tasche, wohin ich sie gesteckt hatte, während ich die Erde ebnete. „Gehen wir ins Eßzimmer." Als wir nun hineingingen, war es immer noch automatisch meine linke Hand, die ich auf ihre Schulter legte und die ich gebrauchte, um die Verandatür zu schließen und zu verriegeln.

Sie schaltete die schwenkbare Lampe auf dem Tisch ein. In dem Lichtkreis hätte es ebensogut etwas sein können, das ich an einem Strand gefunden hatte und ihr zum Anschauen hinhielt.

„Kannst du damit umgehn?"

Ich konnte ein Buch hochheben. *Small is Beautiful* lag auf dem Tisch, der Brief von Pierre zwischen seinen Seiten versteckt; ich schob es außer Sichtweite, unter einen Haufen loser Zeichnungen.

„Ich kann sie zusammenballen."

„Zeig's mir."

Ich krümmte die Schulter; Sophies Kopf schnellte zurück; das abprupte mechanische Zusammenballen der Finger hatte sie erschreckt.

„Wie?" Sie senkte wieder ihren Kopf. „Wie machst du es?"

Ich zog meine Jacke aus und zeigte ihr die Schnur; ich ließ sie selbst daran ziehen und sie lockern. Bis zum Abendessen hatte sie gelernt, dieses faszinierende neue Spielzeug, das ich mit nach Hause gebracht hatte, so geschickt zu bedienen, daß es meine Pfeife aufhob. Ich versenkte mich bald ebenso in das Spiel wie sie, wetteiferte mit ihr durch immer exaktere Bewegungen meiner Schulter.

Nach dem Abendessen spielte ich eine Partie Backgammon mit ihr. Sie bestand darauf, daß ich würfelte und meine Steine bewegte, ohne die linke Hand zu benützen. Als sie mich beobachtete, wie ich das immer geschickter tat, begann ich die Zärtlichkeit hinter ihrer Ermutigung zu spüren; ich hatte das gleiche Interesse in ihren Augen gesehen, wenn sie ihre Puppen auszog, die starren Glieder aus den Kleidern zwängte. Es war eines der außergewöhnlichen Dinge an ihr; im Alter von acht Jahren war sie vollkommen; kein menschliches Gefühl war ihr fremd. Mir fiel ein, wie sie nach dem Schwanz der Eidechse gestoßen hatte; Sachlichkeit, Rücksichtslosigkeit hatten damals so natürlich Besitz von ihr ergriffen wie jetzt das Einfühlungsvermögen.

Ich las ihr eine Geschichte vor, ehe ich das Licht ausschaltete. Der krampfhafte Schmerz in meinem Handgelenk war wieder da. Als ich ins Schlafzimmer ging, zog ich Jacke und Hemd aus, öffnete den Gurt und ließ die Armhülle heruntergleiten. Ich hatte sie länger als sechs Stunden getragen; der junge Therapeut wäre zufrieden, wenn er das wüßte. Ich wickelte die Schnur um die Hülle und räumte das ganze Ding in die Metallschachtel. Als ich mit geschlossenen Augen auf dem Bett lag, konnte ich spüren, wie meine Phantom-Hand sich mit Genuß der Freiheit überließ.

„Möchtest du Sophie morgen zum Abendessen ausführen oder soll ich dir etwas mitbringen?"

Ich öffnete die Augen. Ruth saß am Frisiertisch und tunkte die Finger in eine Dose Cold Cream.

„Warum? Gehst du fort?"

„Ich habe doch gesagt, daß ich mit Pierre zu Abend esse."

Auf ewig Pierre. Den ganzen Abend lang hatte ich mich bemüht, nicht an seinen Brief zu denken. Ich hatte ein plötzliches Verlangen nach meiner Pfeife; sie war in meiner Jackentasche am Fußende des Bettes. Seit Ruth nicht mehr rauchte, hatte sie mir mehrmals gesagt, wie sehr der Geruch meiner Pfeife sie störte; ich hatte schließlich eingewilligt, nur im Eßzimmer zu rauchen; ich griff trotzdem nach der Pfeife und steckte sie in den Mund. Nur wenn ich sie da hatte und daran kauen und saugen konnte, fühlte ich mich ruhig genug, um über Pierre zu sprechen.

„Hast du ein Verhältnis mit ihm?"

„Nicht ein Verhältnis." Ruth massierte Cold Cream in ihr Gesicht. „Nicht auf diese Art. Nein."

„Nicht auf welche Art?"
„Du willst immer so genau sein."
„Bist du mit ihm ins Bett gegangen?"
„Verstehst du nicht?" Ihr Gesicht, das sie mir jetzt zuwandte, hatte einen bleichen Glanz von der Creme; das ließ ihre Augen unnatürlich dunkel wirken, wie bei einem Pandabär. „Wenn du es so ausdrückst, verzerrst du alles."

Ihr wahres Ich verzerren? „Ich frag doch nur."

„Du redest in der gleichen alten Art. Als ob du mich besitzen würdest. Wie *Miguel.*"

„Was hat denn *Miguel* damit zu tun?" Wir waren ein komisch aussehendes Paar, Ruth mit ihren Panda-Augen, ich mit der leeren Pfeife im Gesicht; ich war mir dessen bewußt. Mein Elend war darum nicht geringer.

„Was hat *Miguel* mit Pierre zu tun?"

„Du mußt immer die Zügel in der Hand halten." Schmerzhaftes Echo dessen, was Karen mir gesagt hatte. „Alles muß nach deinem Willen gehen. Als ich wollte, daß sie *mit* Miguel weitermachten. Es war das einzig Vernünftige, was man tun konnte. Nein. Nein, du konntest das nicht ertragen. Du hast *Miguel* geschaffen. Er gehört dir." Sie betupfte ihr Gesicht ärgerlich mit einem Kleenex-Tüchlein.

„Nun, mich hast du nicht geschaffen."

Ich wußte, mit einem undeutlichen Gefühl, daß sie gerade das am meisten fürchtete; ich *hatte* sie geschaffen; ich hatte ihre Einstellungen und Meinungen jahrelang geformt; sie zu dem Bild, das ich von ihr hatte, geformt. Aber sie hatte nur zu bereitwillig die Rolle der Schülerin übernommen. Ich habe mich immer für Geschichte interessiert; auch sie hat dieses Interesse in sich aufgezogen; die vielen Male, als sie mich bat, ihr den Bürgerkrieg zu erklären. Ich hatte ihr nichts angetan, was sie mir übelnahm, sie hatte es sich selbst begierig angetan.

„Natürlich habe ich dich nicht geschaffen. Ich wollte

dich sogar niemals anders. Ich wollte nie, daß du etwas anderes tust als das, was du tun willst."

„Warum willst du dann wissen, ob ich mit Pierre im Bett war?"

„Ich habe nur gefragt. Warum kannst du mir nicht antworten?"

Sie wandte sich zum Spiegel zurück, wischte den Rest der Cold Cream aus ihrem Gesicht. „Ich kann nicht mit dir reden, wenn es dir soviel ausmacht."

„Natürlich macht es mir etwas aus. Ich kann nichts dagegen tun, daß es mir etwas ausmacht."

„Weil ich deine Frau bin."

Es versetzte mir einen Schock, wieviel Bitterkeit sie in diese Worte hineinlegte.

„Weil ich dich liebe." Ich sagte es langsam und bedächtig, in der Hoffnung, sie zu überzeugen, daß es stimmte. „Weil ich dich liebe", wiederholte ich.

„Du liebtest diesen Hügel hinter deinem Atelier. Das ganze Land, das wir ständig kauften."

„Mach dich nicht lächerlich."

„Du hattest immer Angst, jemand würde es dir wegnehmen."

Ich hatte keine Angst, Pierre könnte Ruth mir wegnehmen; er war zunächst einmal zehn Jahre jünger als sie, und aus dem wenigen, was ich von ihm gesehen hatte, entnahm ich, daß er ein junger Mann war, der viel zu sehr mit sich selbst beschäftigt war, um die Verantwortung für das Leben eines anderen Menschen zu übernehmen.

Ruth stand auf und streifte ihr Kleid ab. Sie war einen Augenblick lang nackt, als sie nach ihrem Nachthemd griff. Das vertraute Versprechen ihres Körpers erregte mich. Ich dachte daran, sie zu berühren, sie ans Bett zu ziehen, mit ihr zu schlafen, zärtlich, mit Überzeugungskraft. Es würde, außer für wenige Minuten, nichts ändern; sobald wir körperlich wieder getrennt waren, wäre von unserer Intimität nichts mehr vorhanden gewesen.

„Du hast Verhältnisse gehabt, seit wir verheiratet sind."

Warum war ich zu ihr so aufrichtig gewesen und hatte zugegeben, mit irgendeinem Mädchen gelegentlich eine Nacht verbracht zu haben?

„Nur wenn ich von dir fort war. Du warst nicht in der Nähe, als ich es tat." Das schien mir ein großer Unterschied zu sein. „Ich hab' sie nicht mit nach Hause gebracht."

„Was ist mit Karen?"

„Ruth. Um Gottes willen."

„Es hat mich jedesmal krank gemacht, wenn ich eines von ihren blauen Kuverts im Postkasten sah."

„Es waren Geschäftsbriefe."

„Jedesmal bist du aus dem Haus geschlichen, um sie anzurufen."

„Ich hatte niemals irgend etwas mit Karen zu tun." Ich sprach wieder langsam und bedächtig.

„Es ist mir egal, ob du mit ihr ins Bett gegangen bist oder nicht." Sie setzte sich in ihrem Nachthemd hin und begann sich das Haar zu bürsten. „Es fiel mir viel schwerer, mich mit dieser ganzen Heimlichkeit zwischen euch abzufinden."

„Sie war meine Agentin. Sonst nichts." Ich konnte niemals erklären, wie unpersönlich mir die Art, Karen als Vertraute zu benutzen, immer erschienen war.

„Du hast dich nie darum gekümmert, wie sehr es mich verunsicherte."

„Du hast es mir nie gesagt." Ich hatte nie darüber nachgedacht. „Jedenfalls lud ich Karen nie ins Haus ein. Du mußtest sie nicht sehen –"

„Ich dachte, du magst Pierre. Du hast gesagt, du magst ihn."

„Ich wußte nicht, daß du ein Verhältnis mit ihm hast."

„Ich habe kein Verhältnis. Das habe ich dir gesagt."

„Du warst doch im Bett mit ihm, nicht?"

„Welchen Unterschied macht das für dich aus? Warum kannst du das nicht einfach akzeptieren?"

Der Stumpf meines Handgelenks lag auf der Bettdecke neben mir; ich hätte ihn ihr hinhalten können, als Beweis dafür, daß ich ohnedies schon genügend Umstellungen zu überwinden hatte. Ich schob ihn unter das Kissen, versteckte ihn vor ihr, als sie auf das Bett zukam.

„Was akzeptieren?"

„Daß ich ihn auch gern habe."

Akzeptieren, daß Pierre sich ihres strahlenden Geistes bewußt war, ihres wahren Ich? Wenn sie mit ihm war, konnte sie die Spiegelung ihres eigenen Bildes, wie er es haben wollte, in seiner Reaktion auf sie sehen. Mit mir war sie nichts als dieselbe alte Ruth.

„In Ordnung." Ich stand auf und fing an, meinen Pyjama anzuziehen. „Aber ich will ihn nicht sehen. Ich will nicht, daß er hierher kommt. Ich will nicht jedesmal sein gottverdammtes Fahrrad in der Halle sehen, wenn ich nach Hause komme."

Ruth war dankbar und liebevoll im Bett, lag nahe an meinem Rücken und legte ihre Hand auf meine Brust.

Ich konnte es nicht über mich bringen, mich umzudrehen und sie zu berühren.

11

Am nächsten Tag mußte ich bis ein Uhr warten, zehn Uhr dort drüben, bevor ich Kalifornien anrief.

Mir scheint, ich habe in meinem Leben sehr wenige Entscheidungen getroffen. Ich wurde nicht durch meine Entscheidung Comic-Zeichner, ich fuhr einfach in der Richtung fort, die ich einmal eingeschlagen hatte. Es war nicht mein Entschluß, Ruth zu heiraten. Ich entdeckte allmählich, daß hier endlich jemand war, dem ich vertraute, und ich war von Tag zu Tag stärker mit ihr verbunden, bis es undenkbar war, nicht mit ihr verheiratet zu sein. Sogar mit Sophie war es so; wir hatten niemals beschlossen, ein Kind zu haben, auch das schien natürlich, unvermeidlich.

Aber ich beschloß, Lloyd Hammond am Städtischen College in Saraville, Kalifornien, anzurufen.

Ich konnte nach Ruths Geständnis über Pierre nicht schlafen. Ich lag neben ihr und hatte das Gefühl, als würde eine riesige, amorphe Spinne ihre Fäden immer enger um mich schlingen. Wenn ich nicht handelte, nicht die träge Hinnahme des Lebens, das ich jetzt führte, durchbrach, würde ich bald hilflos dastehen. Es würde zu spät sein, irgend etwas zu tun. Das bißchen Geld, das wir hatten, zerrann mir zwischen den Fingern; ich verdiente nicht einen Cent; ich machte keine realistischen Pläne, etwas zu verdienen. Ruth ging ihren eigenen Weg, immer unerreichbarer für mich. Das Schlimmste von allem, Sophie war gefährdet. Die Sicherheit, die ihr die Familie gegeben hatte, ging in Scherben, früher oder später würde es auch mit ihrer materiellen Sicherheit vorbei sein. Gegen drei

Uhr morgens begann ich mir Sorgen zu machen, ob ich als Einwohner von Vermont Anspruch auf Wohlfahrt in New York hätte.

Allein, im Tageslicht der Wohnung, nachdem Ruth Sophie zur Schule gebracht hatte, ehe sie zu ihren eigenen Kursen ging, konnte ich realistischer denken. Wir hatten das Haus in Vermont; wenn wir pleite gingen, konnten wir es so teuer verkaufen, daß wir noch drei oder vier Jahre davon leben würden. Diese Gedanken halfen mir nicht wirklich. Ich war entschlossen zu handeln, irgend etwas für mich geschehen zu lassen, aus meiner Untätigkeit auszubrechen.

Lloyd Hammond war in seinem Büro. Seine Sekretärin verband mich mit ihm, als ich meinen Namen sagte.

„Martin! Wie schön, von Ihnen zu hören, Martin.“ Ich hätte ein alter Freund sein können, mit dem er ungewollt den Kontakt verloren hatte. „Ich hoffe, dieser Anruf bedeutet das, was ich mir denke.“

„Ich bin an diesem Job interessiert –“ Erwartete er von mir, daß ich ihn Lloyd nannte? „Dieser Lehrerjob, von dem Sie mir geschrieben haben.“

„Es wird großartig sein, Sie hier bei uns in Saraville zu haben, Martin.“

„Können Sie mir ein wenig mehr darüber erzählen, was ich unterrichten soll, das Gehalt –“

„Wie bald können Sie herkommen?“

„Vielleicht nächste Woche?“

„Kommen Sie so bald wie möglich. Ich werde von hier aus alles für Sie ins Rollen bringen. Ich kann Ihnen nicht sagen, was das für uns bedeutet, Martin Trask in unserem Team zu haben.“

Er sagte tatsächlich Team. Ich versuchte wieder, ihn wegen des Gehalts festzunageln; er war optimistisch und ungenau. „Machen Sie sich darüber keine Sorgen. Es wird kein Problem sein, die Anmeldungen für Sie zu bekommen."

„Anmeldungen?"

„Wir werden sehen müssen, wieviele Studenten Ihre Vorlesungen belegen. Aber ich weiß, daß sie es tun werden, Martin. Es wird eine Flut von Anmeldungen geben."

Ebenso hoffnungsvoll war er in bezug auf eine Wohnung für uns. Wenn ich ihn wissen ließ, welchen Flug wir buchten, würde er uns in Reno treffen und alles erledigen. Es gab einige Fragen, die ich ihm trotzdem stellen wollte, hauptsächlich, wieviel ich verdienen würde, wenn die Anmeldungen so ausfielen, wie er es erwartete, wieviel Miete ich für ein möbliertes Haus zu zahlen hätte. Es war offenbar unmöglich, in einem Ferngespräch über diese Fakten aus ihm irgend etwas herauszuziehen. Alles, was ich zu tun hatte, war, hinzukommen, und alles würde großartig sein. „Wiedersehen bis nächste Woche, Martin."

Als ich aufgelegt hatte, hörte ich immer noch seine Stimme, nicht die Worte, sondern deren schmetternden Frohe-Weihnachten-Ton. Er beunruhigte mich. Aber wenigstens hatte ich gehandelt; ich hatte etwas in Gang gesetzt; ich hatte einen Job. Die Kluft der Passivität, die mein Leben seit dem Unfall beherrscht hatte, war überbrückt.

Die Entscheidung, nach Saraville zu fahren, hatte mich sofort in eine ganze Reihe von Aktionen verstrickt. Ich mußte das Material zusammenstellen, das ich für meine Vorlesungen brauchen würde, ältere Ausgaben von *Miguel*, Beispiele aus der Arbeit anderer Comic-Zeichner, Bücher über Perspektive und Anatomie; ich mußte etwas finden, um das alles zu verpacken, ich mußte die Fluglinien anrufen. Ich mußte es Ruth sagen.

Ich holte eine hölzerne Lattenkiste vom Delikatessengeschäft an der Ecke und legte sie mit dickem braunen Papier aus. Ich brachte sie ins Eßzimmer und hatte schon begonnen, sie anzufüllen, als Ruth nach Hause kam.

„Was tust du?“ Als sie im Türstock stehenblieb, sah sie bestürzt, ein wenig erschrocken drein.

„Ich packe.“

„Warum?“ Ich konnte aus ihrem zaghaften, versöhnlichen Lächeln erraten, daß sie mein Packen sofort mit Pierre in Verbindung gebracht hatte; sie dachte, ich wolle sie verlassen.

„Wir fahren nach Kalifornien. Alle drei.“ Ich legte das Buch, das ich in der Hand hielt, in die Kiste. „Ich hab' da drüben einen Job bekommen.“

„Aha.“ Sie setzte sich. Ich verließ sie nicht; sie war mit der Aussicht konfrontiert, mit mir gehen zu müssen. „Wann ist das alles passiert?“

„Heute morgen. Ich rief das College in Saraville an. Sie wollen, daß wir nächste Woche kommen.“

„Warum hast du dich plötzlich dazu entschlossen?“

„Sie werden eine Wohnung für uns finden.“ Mein eigenes Zielbewußtsein, mein geschäftiger Nachmittag, hatten mich in Schwung gebracht; ich wollte ihn nicht verlieren. „Ich habe ihnen gesagt, wir würden kommen.“

„Ich dachte, wir würden bis Weihnachten hierbleiben.“

„Ich hab' einen Job. Wir brauchen das Geld.“

„Wir haben den Kombiwagen verkauft.“ Sie klammerte sich an jeden Strohhalm.

„Wir können uns nicht weiter so treiben lassen. Ich muß einen Lebensunterhalt verdienen.“

„Ist es wegen Pierre? Ist das der Grund, warum du plötzlich New York verlassen willst?“

„Nein.“ Die Entdeckung, daß Ruth mit ihm schlief, hatte meine Entscheidung gewiß beschleunigt; es war ein Glück für uns alle, daß es so war. „Nein, es ist nicht wegen Pierre.“

„Ich verspreche dir, er wird nicht mehr herkommen.“

„Kannst du es nicht einsehen?“ Ich war nicht bereit,

mich auf weitere Diskussionen über das Ganze einzulassen. „Wir müssen etwas tun."

„Du mußt dich nicht auf den ersten Job stürzen, der sich ergibt. Wir sind nicht in einer so verzweifelten Lage."

„Ich stürze mich nicht. Ich will unterrichten." Das war eines der Dinge, das mir seit dem Telefongespräch nach Saraville Auftrieb gegeben hatte; mich erregte der Gedanke an den Kontakt mit jungen Leuten. Ich stellte mir Szenen mit einer Klasse voll Studenten vor, die mich mit Fragen bestürmten, Forderungen an mich stellten, meine Erfindungsgabe anregten, und diese Vorstellungen bereiteten mir Freude. Ihre eifrige Neugierde würde mich erfrischen. „Ich möchte gezwungen sein, wieder irgend etwas zu tun."

„Warum könntest du nicht in New York unterrichten?,"

„Man hat mir in New York keinen Job angeboten."

„Du hast nicht danach gesucht."

Das brachte mich auf. Wir mußten New York verlassen; ich mußte Ruth von ihren Gruppen und Workshops losbringen, solange noch etwas übrig war von dem Menschen, der sie gewesen war, solange es noch überhaupt ein Einvernehmen zwischen uns gab. Ich konnte ihr das nicht sagen. Sie wollte sich ändern, weiter „wachsen". Mir entwachsen.

„Was meinst du, was nach Weihnachten geschehen wird?" Meine einzige Hoffnung, sie zu überzeugen, daß wir fort mußten, war, immer wieder die praktische Seite der Dinge zu betonen. Sie war immer vernünftig in bezug auf Geld gewesen. „Was meinst du, was wir tun werden, wenn die Ryders ihre Wohnung wollen? Nach Vermont zurückgehen?"

„Nein." Es war ein spontaner Protest. „Das werde ich nicht tun. Es wäre absolut hoffnungslos."

Innerlich wußte ich, daß sie leider recht hatte. Wir

hatten einmal das Bewußtsein eines gemeinsamen Ziels, ein leidenschaftliches Interesse aneinander, das uns unsere gemeinsame Isolation suchen und damit zufrieden sein ließ. Wir hatten das verloren. Aber ich glaubte noch immer, ich war sicher, wir konnten miteinander glücklich sein, wenn wir es nur noch einmal in einer völlig neuen Lage versuchen könnten.

„Wenn wir nicht jetzt irgendeinen Plan für die Zukunft machen, irgend etwas tun", sagte ich, „kann es uns passieren, daß wir in Vermont steckenbleiben, weil wir nirgendwo anders hingehen können."

„Ich hab' hier schon einmal ein Apartment gefunden. In Brooklyn Heights." Sie erinnerte mich daran, daß sie diese Gelegenheit mir zuliebe geopfert hatte.

„Damals arbeitete ich. Wir hatten ein regelmäßiges Einkommen."

Sie stand auf und ging zum Fenster; es dunkelte; ich konnte ihr Spiegelbild im Glas sehen; ihre Augen waren geschlossen. Meditierte sie, machte sie ihren Geist vom äußeren Druck frei, „sich darauf konzentrierend, wer ich bin", wie es eines ihrer Bücher formulierte? Oder dachte sie nur sehr intensiv daran, was sie als nächstes sagen sollte, wie sie mir ausreden konnte, New York zu verlassen?

„Was haben sie dir über diesen Job in Kalifornien erzählt?" Sie begann mich darüber auszuquetschen, all die Dinge zu fragen, die ich am Telefon hatte fragen wollen. Ich war ebenso absichtlich optimistisch wie Lloyd Hammond es gewesen war. Aber ich konnte nicht vermeiden, ihr etwas von seiner Ungenauigkeit zu vermitteln.

„Meinst du nicht, du solltest erst allein hinfahren und sehen, wie es ist? Das Haus ansehen und so, und eine Schule für Sophie finden, bevor wir alle umziehen?"

Es war schwer, Argumente dagegen zu finden. In einer fremden Stadt mit einem Kind anzukommen, das Versprechen eines Fremden zu akzeptieren, daß alles großartig sein werde, war kein sehr praktisches Unterfangen. Hammond hatte nicht einmal gefragt, wieviele Kinder ich hatte. Jetzt, da Ruth nachgegeben, sich mit der Idee, nach Saraville zu ziehen, abgefunden hatte, wollte ich es ihr so leicht machen wie nur möglich. Sie würde Zeit brauchen zum Packen, zum Saubermachen der Wohnung, dafür, ihren Freunden hier Lebewohl zu sagen. Pierre. Das Wichtigste war, daß ich aus meiner Hilflosigkeit ausgebrochen war; alles andere würde sich ergeben, solange ich meinen Schwung beibehielt.

„O. k. Ich werde Montag fahren." Ich legte einen Stapel Comic-Bücher in die Kiste. „Du und Sophie, ihr könnt später kommen, sobald ich für euch ein Haus gefunden habe."

In den nächsten fünf Tagen waren wir wieder eine Familie. Ruth hörte auf, Pierre zu treffen; sie sah meine Anzüge durch, schickte Sachen in die Reinigung, half mir meine Koffer packen. Sie war sanft und liebevoll und sagte dauernd, ich würde ihr fehlen. Sophie ging nicht mehr zu ihren Freunden vom sechsten Stock, um sich mit mir in Buchläden nach alten gebundenen Ausgaben von *Pogo* und *Krazy Kat* umzusehen. Der Gedanke, nach Kalifornien zu gehen, erregte sie. Wir suchten uns Saraville auf der Landkarte heraus; es war in den Sierras, 1500 Meter über dem Meeresspiegel. Es gab mehrere Seen in dem Gebiet, und auf den Bergen würde Schnee liegen.

„Richtig hoher Schnee?" fragte Sophie. „So wie wir ihn in Vermont hatten?"

„Ja, richtig hoher Schnee, Liebling. Ich werd' dir einen Schlitten kaufen."

Die Speditionsfirma holte am Freitag die Kiste ab, um sie per Luftfracht nach Reno zu schicken. Erst nachdem ich sie an diesem Morgen sorgfältig zugenagelt hatte, bemerkte ich verstreute Spuren von Erde auf dem Teppich.

Sie überraschten mich nicht. Sophie hatte am Abend

zuvor auf der Terrasse gespielt, während ich die letzten Sachen in die Kiste packte. Ich dachte, wahrscheinlich hatte sie die Erde mitgeschleppt, als sie ins Zimmer zurückkam.

12

Wir hatten zwei Stunden Aufenthalt in Las Vegas. Der McCarran-Airport mit seinen Reihen von Glücksspielautomaten war wie ein sanfter Rippenstoß, ein Komm-doch-mit-in-die-Stadt. Ich war nie in Vegas gewesen, hatte kein Verlangen, dorthin zu fahren; ich würde es jetzt unberührt, ohne süchtig geworden zu sein, umgehen; ich schickte Sophie eine Ansichtskarte vom „Sunset Strip"; ich aß im Flughafencafé einen faden Hamburger, üppig garniert wie ein Blumenbukett.

Die Serviererin war jung, hübsch und von barscher Schroffheit. War sie nach Vegas gekommen, angezogen von seinem grellen Mythos, nur um jeden Tag zu diesem Außenposten deportiert zu werden? Wie war ihr Leben in der Stadt? Schlief sie mit irgendeinem Spieler oder Rausschmeißer der „The Sands"-Spielhalle? Verspielte sie jede Woche einen Teil ihres Verdienstes, bemüht, den großen Gewinn zu machen, der sie für immer von ihren Tabletts befreien würde? Oder ging sie zwischen den Neonlicht-Trugbildern von Glück ebenso gleichgültig umher, wie sie durch die Straßen von Cleveland oder St. Louis gegangen war? Ich würde es nie erfahren. Bis ich das Hughes-Air-West-Flugzeug nach Reno erreichte, fühlte ich mich bereits fremder als ich mich je in Europa gefühlt hatte.

Der Flughafen von Reno war ein bescheidenerer Außenposten als der McCarran-Airport. Als ich vom Flugzeug über das Rollfeld ging, erinnerte mich das flache Holzgebäude an alle kalifornischen Motels, in denen ich jemals gewesen war. Wie würde Lloyd Hammond aussehen? Seine Stimme hatte eine Weihnachtsmann-Fröhlichkeit vermuten lassen; ich prüfte die Gesichter der Fremden in der Halle nach irgendeinem Zeichen von Herzlichkeit. Einer meiner Koffer erschien auf dem Fließband; ich hob ihn auf den Boden hinunter.

„Martin Trask?" Ein Mann in einem Holzfällerhemd stand vor mir. „Ich bin Brian Mellor vom College. Von Saraville." Die Stimme paßte zum Hemd; sie klang stark nach Berg. „Der alte Hammond mußte nach Sacramento. Er bat mich, Sie zu treffen. Hatten Sie eine angenehme Reise?"

Ich blickte vom Hemd hinauf in das Gesicht. Mein erster Eindruck von Brian Mellor war, daß er aussah wie Li'l Abner mit Bart*. Er erschien mir als riesiggroßer, gutmütiger Hinterwäldler, langsam und leutselig, so augenfällig wie eine Fichte.

Ich sagte ihm, ich hätte eine sehr angenehme Reise gehabt.

„Ihre Familie mit dabei?"

„Nein, die kommt später nach. Sobald ich mich irgendwo eingerichtet habe."

Mein zweiter Koffer kam; er hob ihn für mich herunter. Wir fanden das Frachtbüro und verlangten nach der Kiste.

„Es sieht aus, als planten Sie, ein Weilchen hierzubleiben." Brian Mellor hievte die Kiste ohne viel Getue auf seine Schulter und trug einen meiner Koffer hinaus zum Parkplatz; ich ging mit dem anderen neben ihm.

„Tut mir leid wegen dem ganzen Gepäck." Ich merkte, daß ich auf ihn so reagierte wie manchmal auf Bauern in Vermont, mit einem Respekt, der eingestand, daß ich einer von diesen weichlichen Stadtmenschen war. Es war das letzte Mal, daß einer von uns etwas sagte, bis wir durch Reno fuhren.

„Das ist Harold's Club."

* Li'l Abner ist eine populäre amerikanische Comic-Figur. Anm. d. Übers.

Ich warf gehorsam einen Blick darauf.

„Sie haben von Harold's Club gehört, schätze ich."

„Klar." Guter alter Harold's Club. Mir fiel nichts ein, was ich dazu sagen konnte. Wir verließen die Stadt schweigend, am Rande der Wüste. Ich prüfte seinen Bart; er war kurz, quadratisch geschnitten, ein Pionierbart, nicht der eines Hippies. Ich überlegte, ob er vielleicht für Lloyd Hammond als Gärtner arbeitete, als „Mädchen für alles" auf dem Universitätsgelände.

„Haben Sie etwas mit dem College zu tun?" Ich war später immer froh, daß ich die Frage in dieser Form gestellt hatte.

„Ich halte Vorlesungen."

Ich sah ihn mir nochmals an; das Image des Hinterwäldlers war wie mit der Hand fortgewischt.

„Was unterrichten Sie?"

„Alles, wofür ich fünfzehn Studenten dazu kriegen kann, sich einzuschreiben." Er lächelte. „Sie werden's nicht glauben, aber ein Jahr lang unterrichtete ich Bombenschutz-Management."

Seit ich an diesem Morgen New York verlassen hatte, war es mir gelungen, in der Spannung der Bewegung, in der Heiterkeit, von einem Ort zum anderen zu fliegen, nicht über meine Zukunft in Saraville nachzudenken. Nun war ich mit ihr konfrontiert.

„Wenn Sie fünfzehn Studenten dazu kriegen können, daß sie sich einschreiben –" Ich fing an, Hammonds Ungenauigkeit bezüglich des Gehaltes zu verstehen, sein Gerede von den Anmeldungen. „Dann wird man für den Kurs bezahlt. Ist das so?"

„So ist es."

„Dann nehme ich an, ich werde es tun wie Sie. Einfach Vorlesungen halten?"

„Bei Ihnen sollte es schon klappen. Die Studenten haben von Ihnen gehört. Die haben immer Ihren Comic-

Strip gelesen." Er lächelte. „Führen Sie bloß keine Anwesenheitslisten."

„Warum nicht?"

„Also, überlegen Sie: das College verlangt zwanzig Dollar pro Woche für jeden Studenten, der sich in eine Vorlesung eingeschrieben hat. Und Sie wollen doch den Steuerzahlern nichts rückvergüten, oder? Nur weil irgendeine Puppe zu Hause im Bett besprungen wird."

„Zwanzig Dollar pro Student." Ich fing an, auch Hammonds Begeisterung zu verstehen; wenn mein Name fünfzehn Studenten in ein Klassenzimmer locken konnte, waren das dreihundert Dollar die Woche für das College. „Wieviel davon kriegen wir?"

„Fünfundvierzig Scheine."

Zwei Vorlesungen; neunzig Dollar die Woche.

„Sie müssen begreifen, daß das College eine Menge Kosten hat." Jetzt, da er seine Li'l-Abner-Zurückhaltung aufgegeben hatte, entpuppte sich Brian Mellor als bärtiger Zyniker im Holzfällerhemd. „Was die Hilfspersonal nennen. Wir Lehrer sind wie Infanteristen. Es erfordert eine Menge Hilfstruppen, um uns in der vordersten Linie zu halten. Sekretärinnen, Karteikräfte und diese ganzen Administratoren. Dann gibt es Inventar, Erhaltung und Ausrüstung. Und vergessen Sie nicht den Reservefonds. So nennen gemeinnützige Organisationen ihre Profite. So wachsen die. Aus dem Reservefonds. Saraville hat heute tausend Studenten. Vor fünf Jahren waren es weniger als sechshundert."

„Wie lange sind Sie schon da?"

„Bei mir wird es das achte Jahr."

„Es muß Ihnen gefallen."

Er beugte sich nach vorne, über das Steuer; es ließ ihn zu groß für den Wagen erscheinen. „Haben Sie jemals ein Theaterstück namens *Geschlossene Gesellschaft* gelesen?"

„Ja." Er hätte mich nicht mehr überrascht, wenn er

angefangen hätte, Aristophanes zu zitieren.

„Ich machte mir über das Stück Gedanken. Was ich mir immer sagte: diese Leute schlagen nur Schaum. Da waren sie, hatten einen bequemen Platz zum Leben. Die wurden durch nichts bedroht. Nicht einmal vom Tode. Die waren schon tot. Das einzige, was sie zu tun hatten, war, stillzusitzen." Er lehnte sich zurück, streckte die Arme. „Genauso ist es in Saraville. Schön stillsitzen – Sie werden schon durchkommen."

Wir durchquerten die Wüste, Salbei, Steine und fahler, geborstener Boden, hie und da ein überraschendes grünes Feld, wo jemand Bewässerung hingeleitet hatte. Eine ausgefranste Linie von graublauen Bergen bildete den Horizont; manche Gipfel waren mit Schnee bedeckt.

Brian wies mit dem Kopf in ihre Richtung. „Das ist der Donner-Paß dort oben, die andere Seite der Bergkette."

Er schien bewußt das Thema zu wechseln; ich ließ es freudig zu; die Möglichkeit, daß ich umsonst so weit gekommen war – wie konnten wir von neunzig Dollar pro Woche leben? –, war etwas, woran ich noch nicht denken wollte. Wir sprachen über die Donner-Gesellschaft, das Inzesttabu, das ihren Kannibalismus gemildert hatte, über den unergründlichen Deutschen Keseberg, über Tamsen Donners rätselhaften Tod.

„Eine Geschichte besagt, daß man ihren Körper skalpiert fand", erzählte mir Brian Mellor. „Aber nicht von Indianern. Die Indianer hier in der Gegend waren ein passiver Haufen. Die hatten nie was vom Skalpieren gehört, bis die Weißen hierherkamen. Sie waren entsetzt darüber. Besonders über die Art, wie wir ihre Frauen skalpierten. Wissen Sie was davon?"

Ich sagte gar nichts.

„Es war nicht immer der Kopf, von wo die Weißen ihr Haarbüschel und ihren Streifen Haut nahmen. Nicht, wenn sie ein Indianermädchen erwischten."

„Meinen Sie damit, daß Keseberg das Tamsen Donner antat?“

„Vielleicht hat er gern Geschlechtsteile gegessen.“

„Vielleicht.“ Ich kann mir nie öbszöne Geschichten dieser Art anhören, ohne mir ihrer persönlichen Drohung bewußt zu sein, einer Drohung gegenüber Ruth und jeder anderen Frau, die mir etwas bedeutet hat.

„Ich hab' oft daran gedacht, im Sommer über den ganzen Pfad zu wandern.“ Brian Mellor reagierte auf meine Zurückhaltung, indem er wieder bewußt das Thema wechselte. Er erzählte mir vom Ski-Langlauf rund um Saraville, mit Rucksack und Camping in den Bergen.

„In dieser Hinsicht ist es großartig“, gab er zu. „Es ist eine großartige Stadt, wenn man aus ihr herauskommt.“

Mittlerweile fuhren wir nach Saraville hinein, und ich konnte sehen, was er meinte. Stadt war ein irreführendes Wort dafür; Saraville war ein Streifen, eine der Landschaft entrissene Unterbrechung. Mehr als sechs Kilometer weit war die Autobahn von unregelmäßig verstreuten Industriebetrieben flankiert. Längs der ersten fünf Kilometer war die Streuung spärlich, weitgehend Ableger der Automobilindustrie: Tankstellen, Zubehör- und Reparaturwerkstätten, Gebrauchtwagenverkaufsplätze, Reifen. Handel entlang den letzten eineinhalb Kilometern, wo die Autobahn einen zunehmend steiler werdenden Hügel hinaufkletterte, war konzentrierter und persönlicheren Bedürfnissen gewidmet. Kleiderläden, Kneipen, zwei einander gegenüberliegende Juweliere, Gewehre und Sportartikel, eine Pizzastube. Hier war für mehrere Häuserblocks ein Gehsteig gelegt worden; er sah aus wie ein unnötiger nachträglicher Einfall, ein symbolischer Abstand zwischen der Autobahn und den Gebäuden. Die einzigen Fußgänger, die ich sah, stiegen in oder aus parkenden Autos.

Es war offensichtlich, daß keiner Saraville jemals geplant hatte; was mir sofort auffiel, war, daß es nicht den Eindruck machte, es sei gewachsen oder hätte sich zumindest entwickelt; es sah aus, als hätte es sich bloß dort angesammelt, als zufälliges Nebenprodukt des Verkehrs entlang dieser Autobahnstrecke.

Brian fuhr bei einem Hotel vor, einem dreistöckigen, roten Ziegelgebäude mit blinden Fenstern.

„Erwartet Hammond, daß ich hier wohne?"

„Es ist das beste von dem ganzen miesen Haufen."

„Er sagte, er würde ein Haus für mich finden."

„Vielleicht wird Goody etwas für Sie arrangieren." Er stieg aus dem Wagen. Ich gesellte mich zu ihm.

„Wer ist Goody?"

„Sekretärin vom alten Hammond." Er öffnete den Kofferraum und hob die Kiste heraus. „Sie hält in der Schule so ziemlich alles in Schwung." Er hatte nicht Ausdrücke wie „so ziemlich" benutzt, als er von Sartre sprach; er zog sich schon wieder auf sein Li'l-Abner-Äußeres zurück. Ich nahm den kleineren Koffer und folgte ihm ins Hotel.

Die Hotelhalle war kahl wie eine Amtsstube; ältliche Männer saßen in hölzernen Armstühlen herum, ihre Westernstiefel vor sich ausgestreckt. Sie redeten nicht miteinander, sie lasen keine Zeitungen; sie taten überhaupt nichts; sie waren einfach da. Brian Mellor stellte die Kiste und den Koffer neben das Pult.

„Danke, daß Sie mich abholen gekommen sind." Ich meinte es ehrlich; ich wollte ihm dafür danken, daß er mir vom College erzählt hatte; sein Gesichtsausdruck hielt mich davon ab. Er blickte auf meine künstliche Hand, nicht mit Neugier, sondern mit einer Andeutung von Spott, als wäre sie ein vertraulicher Scherz zwischen uns. Ich fühlte mich gezwungen, irgendeine Bemerkung darüber zu machen. „Ich weiß nicht, wie ich das viele Gepäck ohne Sie hergebracht hätte."

„Yeah, also –" Als er zögerte, lächelte, bemerkte ich,

wie asymmetrisch sein Gesicht war; hätte man die Hälften paarweise zusammengefügt, so wären zwei verschiedene Menschen herausgekommen. „Sie wären wohl nicht hier in Saraville, wenn Sie beide Hände hätten, oder?"

Er wartete nicht auf meine Antwort; er mußte sich ein wenig bücken, als er zur Türe hinausging.

Als ich mich anmeldete, reichte mir der Portier ein Kuvert mit meinem Schlüssel. Darin war eine Nachricht von Lloyd Hammond; er entschuldigte sich für seine Reise nach Sacramento; er freute sich ungeheuer darauf, mich morgen früh um elf Uhr in seinem Büro zu begrüßen. Ich gab die Kiste und den größeren Koffer am Empfangspult ab. Es gab keinen Hotelpagen, keinen Lift; ich trug den zweiten Koffer die Treppen hinauf.

Mein Zimmer war im zweiten Stock am Ende eines kahlen Korridors, nach einem Emailschild, „Bad", und einem anderen, „Toilette". Der altmodische Schlüssel drehte sich schwerfällig im Schloß; zwei Betten, getrennt durch ein lackiertes Gestell mit einem Aschenbecher und einer Bibel darauf; ein Waschbecken; ein Wandschrank; eine heruntergezogene Jalousie über dem Fenster. Ich war froh, daß ich allein gekommen war; ich hatte mich auf nichts anderes eingelassen als ein Retourticket. Ich konnte immer noch zurück.

Zurück zu wem? Zu Ruth und ihren Gruppen, zu ihrem neuen Ich und zu Pierre, zu einer Situation, in der ich mich unerwünscht und hilflos fühlte, von der ich wußte, daß ich ihr entfliehen mußte. Meine ganze Identität, mein Überleben als Individuum hing davon ab, daß ich nicht dorthin zurückging.

Ich stellte meinen Koffer ab und setzte mich auf das Bett. Mein Schwung war fort. Hier, in diesem Zimmer, war ich auf dem toten Punkt angelangt.

13

„Ha'm Sie die ‚Biene' gesehen, Mr. Trask?"

Der Angestellte in der Rezeption schenkte mir ein freundliches Lächeln, als ich am nächsten Morgen auf dem Weg zum Café meinen Schlüssel ablieferte.

„Ob ich was gesehen habe?"

„Sie sind in der Zeitung."

Ich hatte meinen alten Witz mit Karen vergessen, daß ich weltbekannt in der *Sacramento Bee* sei; der Angestellte schob die Zeitung über das Pult und deutete auf die Schlagzeile im Blattinneren. „Schöpfer von *Miguel* soll in Saraville unterrichten." Ich lieh sie mir, um sie beim Frühstück zu lesen.

Es waren zwei Spalten: die langjährige Popularität von *Miguel*, die diversen Preise, die er gewonnen hatte, die Geschichte vom Unfall. „Überwindet Handicap" hieß der Zwischentitel. Lloyd Hammond hatte beinahe soviel Raum bekommen wie ich: sein guter Ruf wegen der Neuerungen im College; sein Interesse an Geisteswissenschaften. Ich entdeckte, „seine enge persönliche Freundschaft mit dem Comic-Zeichner" habe zu der Schaffung eines speziellen Lehrerpostens für mich geführt. Für mich? Ich konnte mich mit nichts von alledem identifizieren; die Gründe dafür, daß ich an jenem Morgen in dem Café saß, hatten nichts mit diesem Martin Trask zu tun, dessen „Prestige, das er in seinem Beruf erwarb, nun unser College bereichern wird". Die pochierten Eier, als sie kamen, waren lauwarm und leimig; ich aß sie nicht zu Ende.

„Klar doch", sagte der Angestellte, als ich mich bedankte, daß er mir die Zeitung geliehen hatte. Er erklärte mir, wie ich das College finden könne.

„Klar doch", wiederholte er, als ich ihm noch einmal dankte.

Klar. Doch. Ich merkte, daß ich im Rhythmus der Worte ging, während ich die Autobahn überquerte und die Nebenstraße zum Campus einschlug. Wie viele Leute aus dem Osten hatte ich das Gehabe des Westens nie ernst nehmen können. Stetson-Hüte, Cowboystiefel, Schleife statt Schlips waren mir immer weniger wie Dinge als solche erschienen, sondern wie Imitationen von etwas anderem. Klar doch. Als nächstes würden sie zu mir noch „Howdy" sagen.

Ich war etwa eineinhalb Kilometer gegangen, als ich ein wenig weiter unten etwas entdeckte, das wie eine Großbaustelle aussah; ein riesiges, ebenes Stück Land war in unregelmäßigen Abständen von Gruppen von Fertigteilhäusern, Baracken, asphaltierten Parkplätzen und einem Flechtwerk von Betonwegen durchbrochen. Erst als ich die Tennisplätze sah, die H-förmigen Torpfosten, wurde mir klar, das war es. Das war das Städtische College von Saraville.

Ich wußte nicht, wie ich Hammonds Büro finden sollte; es schien kein klares Zentrum in diesem Labyrinth zu geben; die einzigen Schilder, auf denen etwas stand, lauteten Parken verboten. Es gab keinen, den ich fragen konnte. Ich hörte den Klang von Stimmen aus einigen der Fertigteilhäuser, an denen ich vorbeikam; einmal blieb ich stehen und lauschte. „Piniennachwuchs", sagte eine Mädchenstimme. Ich ging weiter.

Endlich sah ich eine Bewegung auf einem der Parkplätze. Zwei junge Männer in Jeans und großkarierten Hemden saßen nebeneinander auf der vorderen Stoßstange eines Autos; keiner von beiden sah mich an, als ich näherkam.

„Entschuldigung." Ich blieb einige Schritte von ihnen

entfernt stehen.

Die einzige Antwort war eine rosa Blase, die langsam aus dem Mund von einem der beiden quoll.

„Ich suche Lloyd Hammond."

Die Blase platzte und wurde in Fasern wieder von den Lippen eingesaugt.

„Wie schafften Sie es, ihn zu verlieren?" wollte der andere junge Mann wissen; in seiner Stimme lag keine Feindseligkeit, nur versonnene Neugierde.

„Ich soll ihn in seinem Büro treffen und ich weiß nicht, wo es ist."

„Ich könnte es sagen." Der mit dem Kaugummi stand auf. „Aber zuerst müßten Sie mir etwas versprechen."

„Gerne."

„Wenn Sie ihn finden, erzählen Sie Goody nicht, daß Sie uns gesehen haben."

„Wir haben Arbeitsunterricht", erklärte der andere.

„Forstwirtschaft."

„Und sie könnte vorbeischauen, damit ein paar Blätter zusammengerecht werden."

„Und das würden wir doch nicht wollen, oder?"

„Ich glaube nicht." Ich mochte die beiden jungen Männer, ich konnte nicht anders; in ihrer Lässigkeit war eine Erfahrungsqualität, eine Gleichgültigkeit, wie sie ein Soldat durch Ausdauer erreicht. Kaugummi zeigte auf ein Fachwerkhaus mit einem Pagodendach, ein wenig abseits von den anderen Gebäuden. „Das ist der Maulwurfsbau", sagte er mir.

Eine Frau mittleren Alters mit dicht gekräuseltem, blondem Haar tippte im äußeren Büro auf einer Schreibmaschine. Sie lächelte mich an, ohne ihre ungeduldigen Fingerbewegungen zu verlangsamen; ich wartete, während sie eine Karteikarte aus der Maschine zog und sie in eine Metallschachtel neben sich einordnete.

„Sie müssen Martin Trask sein, willkommen in Saraville.“ Ihre Stimme hatte den gleichen eiligen Rhythmus, als wäre jemand hinter ihr her, wie ihr Tippen. „Ich bin Jean Goodwell, Mr. Hammond telefoniert gerade mit Sacramento, aber er wird gleich wieder da sein, setzen Sie sich, Martin, Himmel, wir sind froh, daß wir Sie hierhaben, Mr. Hammond hat so lange versucht, eine Berühmtheit wie Sie ans College zu locken, haben Sie die ‚Biene‘ gesehen?“

„Ja.“ Ich setzte mich und nahm die zusammengefaltete Zeitung entgegen, die sie mir reichte.

„Haben Sie schon einen Platz zum Wohnen gefunden, Himmel, Sie können nicht in diesem furchtbaren Hotel bleiben, Sie sind doch verheiratet, nicht wahr, haben Sie Kinder?“

Nach dieser letzten Frage machte sie schließlich doch eine Pause. Ich nickte rasch. „Eins.“

„Es gibt da ein hübsches kleines Häuschen auf der Pine Street, drei Schlafzimmer möbliert mit rustikaler Täfelung im Wohnzimmer, natürlich ist es ein wenig weit, Pine Street, aber ich nehme an, Sie werden ein Auto haben.“ Sie blickte munter zu ihrem Telephon, als das Lämpchen darauf blinkte. „Sie können jetzt hineingehen, Mr. Hammond erwartet Sie.“

Sie kurbelte eine weitere Karteikarte in ihre Maschine, ehe ich die Türe erreichte. Ich betrat ein größeres Büro mit einem Schreibtisch am anderen Ende. Ein kleiner, grauhaariger Mann im Straßenanzug eilte auf mich zu; seine Arme waren ausgebreitet wie die eines Stürmers beim Football.

„Martin!“

Ich schloß die Türe hinter mir und stand reglos da. Falls Hammond mich umarmte, war ich entschlossen, seine Umarmung nicht zu erwidern. Er tat es nicht; er umklammerte meine Schultern und schaukelte mich einen Augenblick lang wie eine Wiege, dann ging er zurück zu seinem Schreibtisch.

„Willkommen in Saraville. Es ist großartig, Sie hier bei

uns zu haben, Martin. Setzen Sie sich. Haben Sie die ‚Biene' gesehen?"

„Ja. Ja, das hab' ich." Ich hielt Jean Goodwells Exemplar hoch. Er reichte mir schon ein weiteres; ich nahm es und setzte mich, mit Blick zum Schreibtisch. Hammond stand dahinter. Ich konnte verstehen, warum der junge Mann auf dem Parkplatz ihn Maulwurf genannt hatte. Sein Gesicht mit der fliehenden Stirn, der eifrigen Nase, erreichte den vorspringendsten Punkt in einem glänzenden schwarzen Schnurrbart; darunter wich alles wieder zurück, ein halbverdeckter Mund, ein nichtssagendes Kinn; die Ähnlichkeit mit einem Maulwurf wurde durch die kleinen Schlitzaugen hinter dick umrandeten Brillen noch betont.

„Die Reaktion war verblüffend." Er machte eine Kunstpause und beugte sich nach vorne über den Tisch. „Ich meine nicht, daß es mich erstaunte, Martin. Mich nicht. Ich war seit einiger Zeit der Ansicht, daß städtische Colleges paraprofessionelle Kurse über die Geisteswissenschaften bieten müssen, die mit dem Besten konkurrieren können, das die bundesstaatlichen Universitäten zu bieten haben. Hier in Saraville gibt es eine Chance für die Geisteswissenschaften." Er ließ sich eine Zeitlang darüber aus, wieviele Möglichkeiten es da gab; er beabsichtige keineswegs, das Büchsenmachen herabzusetzen; auch dafür gebe es Möglichkeiten. „Aber wir sind keine Berufsschule, Martin. Wir sind ein College. Wir verwenden hier nicht einmal das Wort ‚beruflich'." Er benutzte wieder das Wort „paraprofessionell"; er ließ sich des langen und breiten über seine Bedeutung aus.

Ich lehnte mich zurück, umklammerte beide Exemplare der „Biene"; Königin Viktorias Beschwerde über Gladstone kam mir in den Sinn: „Er wendet sich an mich, als wäre ich eine öffentliche Versammlung." Ich wartete darauf, daß Hammond zum Thema komme; endlich machte er wieder eine Kunstpause.

„Wieviele Vorlesungen erwarten Sie von mir?"

„Vier." Er hätte ebensogut die Gewinnzahl in einer Lotterie verkünden können. „Ich habe in Sacramento Hilfs-Beglaubigungsschreiben für Sie organisiert. Ich habe volle Studentenanmeldungen für vier Vorlesungen."

Sollte ich das gleiche Fach viermal in der Woche unterrichten, oder die Vorlesungen variieren? Ich hatte nie die Chance, zu fragen.

„Sie sehen also, Sie brauchen sich über das Gehalt keine Sorgen zu machen." Hammond wandte sich wieder an mich. „Wenn Sie bereit sind, zusätzliche Arbeit in den Abendklassen anzunehmen, werden Sie weit mehr als eine fünfstellige Summe verdienen." Er ging um den Schreibtisch herum und baute sich vor mir auf. „Sie sind doch froh, daß Sie hierhergekommen sind, Martin. Denn ich bin es. Ich schon."

Von unten gesehen hatte sein spitzes Gesicht einen räuberischen Ausdruck. Aufgrund dessen, was Brian mir erzählt hatte, konnte ich verstehen, warum Hammond sich freute, daß ich gekommen war; Comic-Zeichnen erforderte weniger Geräte als Büchsenschmieden; es würde mehr Geld von den Steuerzahlern für den Reservefonds übrigbleiben.

„Es wird Ihnen hier gefallen, Martin. Sie werden großartige Arbeit leisten. Jean wird Ihnen Ihren Stundenplan geben."

Ich stand auf und ließ mich wieder vorwärts- und rückwärtsschaukeln. Der Stundenplan, den Jean Goodwell mir gab, war ein hektographiertes Blatt, das durch Vorlesungen und Wochentage in Quadrate eingeteilt war. Mein Name war in vier Quadrate hineingetippt; darunter standen die Worte „kommerzielle Kunst – paraprofessionell", und die Nummer meines Klassenzimmers, 23.

„Es ist neben die Versammlungshalle hineingezwängt", sagte sie noch. „Wissen Sie, wo das ist, und hier ist der Immobilienmakler, der das hübsche Haus in der Pine Street hat, und Sie werden das ausfüllen, nicht wahr, vor Montag, wenn Ihre Vorlesungen anfangen?" Sie reichte mir ein gedrucktes Formular, das nach meiner Sozialversicherungsnummer fragte, verheiratet oder ledig, Anzahl der Angehörigen. Es würden von meinen hundertachtzig Dollar pro Woche Steuern einbehalten. Ich ließ die beiden Ausgaben der „Biene" auf ihrem Schreibtisch zurück.

Draußen fand ich die Versammlungshalle, und jenseits des Betonweges, vis-à-vis davon, ein Fertigteilhaus mit einem Teerpappedach und dem metallenen Nummernschild „23" an der Tür. Ich ging hinein, um mir das Klassenzimmer anzusehen, wo ich die Möglichkeiten für die Geisteswissenschaften liefern sollte; der Klang einer Stimme hielt mich zurück.

„Potassium oder Pottasche", sagte ein Mann.

Ich ging zur Autobahn zurück; als ich über sie zum Hotel ging, blickte ich den Hügel hinauf. Zweihundert Meter weiter hörten die Geschäftsfassaden auf, die Autobahn gabelte sich um eine Siedlung von Fachwerkhäusern; ich hatte sie vorher nicht bemerkt, und ich betrachtete sie genau, dankbar. Mit ihren leicht absurden Türmchen, ihren langen, schattigen Veranden und verschnörkelten Dachrinnen waren sie die ersten Gebäude, die ich in Saraville gesehen hatte, die irgendeine beabsichtigte Anmut oder eine Atmosphäre von Dauerhaftigkeit besaßen.

Damals, in den neunziger Jahren, mußte Saraville wie die Städte gewesen sein, die ich in Vermont kannte. Ein Platz mit Würde und Charme. Oder vielleicht nicht. Vielleicht bestand zu jener Zeit dieser Streifen aus Zelten, Hütten, Häuschen, Kneipen, ein verstreut liegendes Wohnlager, das dem halben Dutzend Familien gehörte, die jene Häuser auf dem Hügel darüber gebaut hatten.

14

„Howdy."

Der junge Mann im großkarierten Hemd, der im Sierra hinter der Bar arbeitete, grüßte mich, als ich hereinkam. Ich nickte und bestellte einen Whisky mit Wasser. Nach vier Tagen in Saraville hatte ich noch immer Angst, daß er, wenn ich „Howdy" erwiderte, glauben könnte, ich machte mich über ihn lustig. Ich hatte das Sierra an meinem ersten Abend entdeckt; bestrebt, den Geschmack des Hotelabendessens loszuwerden, ging ich in die erste Bar, auf die ich stieß; seither hatte ich jeden Abend dort verbracht.

Von außen war das Sierra so zurechtgemacht, daß es wie eine Blockhütte aussah; innen war es so funktionell wie ein Warenlager; der einzige Versuch, es zu schmücken, bestand in einem billigen 22er-Gewehr, das an der Wand hinter einer langen Theke hing, und einer Menge Rinderbrandzeichen, die auf Sperrholzstücken, rund um das Gewehr, eingebrannt waren. Was mir an dem Lokal gefiel, war der Billardtisch; ich konnte auf einem Hocker sitzen, meine Pfeife rauchen, mich an die Bar lehnen und zusehen, wie die Kugeln über den grünen Filz rollten, in die Löcher fielen. Ihre Bewegung lenkte mich gerade genug ab, um mich nicht an etwas anderes denken zu lassen. Es gab bei mir eine ganze Menge Dinge, über die ich nicht nachdenken wollte. Ich hatte Schritte unternommen, um das Haus auf der Pine Street zu mieten. Obwohl ich vereinbart hatte, am Wochenende einzuziehen, wollte ich nicht glauben, daß ich etwas Derartiges tun würde. Ich hatte Schritte unternommen und eine Testfahrt in einem gebrauchten Ford mit automatischer Schaltung gewagt. Obwohl ich vereinbart hatte, ihn am Samstag in Empfang zu nehmen, wollte ich nicht recht glauben, daß ich das tun würde. Seit meiner Unterredung mit Lloyd Hammond hatten alle meine Handlungen eine zwanghafte, tranceähnliche Qualität angenommen; sie waren wie isolierte Gesten ohne Ursachen und Folgen.

Vor allem waren sie von meinen Gedanken über Ruth isoliert. Ich hatte ihr einen kurzen, liebevollen Brief geschrieben und ihr gesagt, der Lehrerjob sei schon geregelt. Du fehlst mir so sehr, schrieb ich. Das tat sie. Wenn ich allein im Hotel erwachte, empfand ich einen körperlichen Verlust; jeden Tag rief ich mir ein Dutzend Mal ihre Gegenwart wie eine Berührung ins Gedächtnis zurück. Ich schrieb, ich wolle sie Samstag abend anrufen. Wieviel würde ich ihr dann von Saraville erzählen? Wann immer ich mir gestattete, daran zu denken, fühlte ich einen Drang, zu laufen, aus der Wirklichkeit um mich herum zu entfliehen; meine Gedanken klammerten sich an die Phantasie, daß wir drei beisammen seien, Ruth, Sophie und ich, nicht hier in Saraville, sondern in einer kleinen Stadt in der Provence: eine Villa am Meer, Weinranken auf einer sonnenweißen Terrasse, ein altes, rotes Ziegeldach.

Die Kugel schnellte über den Tisch, schlug zu hart am Rand des Loches auf und schnellte wieder zurück.

„Scheiße." Als der Spieler sich aufrichtete, blickte ich ihn zum ersten Mal an; es war Brian; er hob sein Queue zum Gruß.

„Wie geht's?" Als das Spiel vorbei war, kam er zu mir an die Bar.

„Ich sitz fest."

„Spielen Sie Billard?"

„Früher spielte ich." Ich wollte ihm einen Drink spendieren; er bestellte ein Coors.

„Sie beginnen am Montag mit Ihren Vorlesungen?"

Tat ich das? Noch etwas, woran ich nicht denken

und erinnert werden wollte.

„Was hatte Ihnen der alte Maulwurf zu sagen?“ Brian trank sein Bier aus der Flasche.

„Er sagte mir, ich erfüllte einen Bedarf.“

„Verdammt richtig, tun wir auch. Diese Kinder hier in der Gegend, wenn die nicht aufs College gingen, wären sie arbeitslos. Wieviele Vorlesungen halten Sie?“

„Vier.“

„Das ist toll.“ Er klang nicht erfreut. „Ich hab' in diesem Semester nur Anmeldungen für drei. Aber, Teufel, Sie sind doch ein großes As auf Ihrem Gebiet, nicht?“

„Was ist Ihr Gebiet?“

„Ich hab' mein Diplom in Psychologie gemacht.“ Er lehnte mit dem Steißbein gegen die Bar; er war beinahe groß genug, um auf ihr zu sitzen, ohne die Füße vom Boden zu heben. „Wer gibt denn noch einen Pfifferling für Psychologie? Die meisten von den Jungen befassen sich mit Zen.“

„Nehmen sie es ernst?“ Ich hoffte, Ruth würde etwas finden, das sie an Saraville interessierte.

„Weiß der Himmel. Das ist das einzige, was sie dir nie sagen – was sie ernst nehmen.“ Er trank sein Bier aus. „Scheiße, es war anders, als ich in Berkeley war. In den Sechzigern nahmen wir alles ernst. Viel zu scheißernst. Es konnte sich nicht halten. Keiner konnte auf dieser Höhe weiterleben.“

Er war also in den sechziger Jahren in Berkeley gewesen. Ich hatte oft überlegt, was aus der Protestgeneration geworden sei; hier war einer davon, dessen Empörung in Nostalgie verwandelt worden war, sein Zorn hinter einer Hinterwäldler-Fassade verborgen. Ich bestellte noch etwas zu trinken; er bestand darauf, zu bezahlen. Ein Mädchen ging mit einer Plastiktüte voll Wäsche an uns vorbei. Ich beobachtete sie, als sie an der Bar entlangging; sie trug die unvermeidlichen Jeans, aber statt einem karierten Hemd hatte sie eine kurze Windjacke an, die an der Taille eng anliegend war. Sie betonte die Schlankheit ihrer Hüften, die zarten Rundungen ihres Hintern. Ein dicker schwarzer Zopf hing ihr den Rücken herunter. Einige der Männer an der Bar streckten die Hände aus, versuchten, sie aufzuhalten, als sie vorbeiging; sie ignorierte sie alle. Als sie sich am Ende des langen Raumes durch die Schwingtüren schob, sah ich eine Reihe von Waschautomaten unter fluoreszierenden Lichtern; in dem tranceartigen Zustand dieser letzten wenigen Tage hatte ich nie bemerkt, daß dort hinten eine Schnellwäscherei war.

„Zu schade, daß Sie nicht Billard spielen können." Brian hatte sie auch beobachtet. „Vielleicht könnten Sie sonst in ihre Hosen greifen. Letzte Woche war sie hier und hat ihren Arsch gegen fünf Scheine pro Spiel verwettet."

Ich sagte gar nichts.

„Sie muß an die fünfzig Scheine gemacht haben. Sie nahm mir zwanzig ab, bevor irgend so ein beschissener Cowboy sie schlug, und sie fuhr alsbald ab mit ihm in irgendein Motel."

Er rechnete auf meine männliche Komplizenschaft; ich spürte den üblichen Impuls, sie ihm zu versagen. Gleichzeitig, wegen dem, was er mir über Berkeley erzählt hatte, interessierte mich seine Haltung. Es war ein wichtiger Aspekt jener Protestgeneration gewesen, daß sie Mädchen als gleichwertige Kameraden behandelten. Etwas in Brians persönlichem Leben hatte diese Kameradschaft entstellt und ihm seine gegenwärtige zornige Verachtung für Frauen hinterlassen. Irgendein Mädchen mußte ihn einmal tief verletzt haben, so daß er alle Mädchen auf das Niveau von Arsch und Möse reduzierte. Er wartete darauf, daß ich etwas sagte.

„Ist sie eine Studentin?"

„Vor drei, vier Jahren ist sie von New Mexico hierhergeraten, und seit damals hat sie Vorlesungen besucht, von der Wohlfahrt gelebt und von Teilzeitjobs." Brians Lächeln unterstrich das asymmetrische Aussehen seines Gesichts. „Voriges Jahr schrieb sie sich in meine Foto-Klasse ein. Sie konnte keine Linse von einem Lichtmesser unterscheiden. Aber, mein Gott, ich hätte ihr glatt eine Eins gegeben, hätte sie sich in der Dunkelkammer von mir die Hosen ausziehen lassen. Das Problem mit dieser – diese jungen Leute von hier kümmern sich einen Dreck um Noten. Von einem städtischen College kann man ohnehin kein Diplom kriegen. Ich dachte mir also, ich –" Einer der Billardspieler war herübergekommen und hatte ihm sein Queue gereicht. Er ging zum Spiel zurück; ich stopfte wieder meine Pfeife und rauchte sie an, beobachtete, wie die Kugeln über die grüne Fläche rollten und laut aneinanderknallten. Nach einiger Zeit kam das Mädchen in der Windjacke aus dem Hinterzimmer, die Tasche voll reiner Wäsche. Sie hatte gerade dunkle Augenbrauen und breite Backenknochen; ich dachte, sie könnte Halbblut-Indianerin sein: diese selbstbewußte Strenge in ihrem Gesicht. Ich beobachtete sie, als sie die Tür aufstieß und hinausging. Der Gegensatz zwischen ihrer sanften Zurückhaltung und Brians Geschichte über sie irritierte mich; für eine Weile, nachdem sie gegangen war, konnte ich sie mir nicht aus dem Kopf schlagen.

Am nächsten Tag holte ich den Wagen ab. An diesem Nachmittag zog ich in das hübsche Haus auf der Pine Street. Brian half mir, meine Koffer und die Kiste aus dem Hotel abzuholen, und folgte mir mit seinem eigenen Wagen dorthin. Obwohl mich der Makler durch das Haus geführt hatte, sah ich es jetzt wie zum ersten Mal, und ich sah es sofort mit Ruths Augen.

Sie, die gegen Vermont rebelliert hatte, mußte von der Isoliertheit dieses Hauses entsetzt sein. Eineinhalb Kilometer von der Autobahn entfernt, war es das letzte Haus an einer Serpetinenstraße. Dahinter war ein leeres Grundstück, und dann stieg ein langer Hang zu einem Fichtenwäldchen empor, anfangs schütter, wo die Bäume wohl achtlos hingepflanzt worden waren, dann verschmolzen sie mit den dicht bewaldeten Vorbergen. Es gab auch hinter dem Haus Fichten, die es von seinem Nachbarn trennten. Ein kleines Haus im Wald, hatte der Makler es genannt: aber man hatte nicht das Gefühl, durch die Bäume rundherum abgeschirmt zu sein; sie schienen es eher zu entfremden, wie Zaunlatten eines Grenzgebietes.

Das Haus selbst war ein braunes, verschaltes Gebilde, in den Hügel hineingebaut, das hervorspringende Vorderzimmer wurde von den Betonmauern der Garage gestützt. Eine Treppe aus ungehobeltem Holz mit nur einem Geländer führte zu einer schmalen Veranda und zur Eingangstür hinauf. Ruth hatte einmal die perfekte Symmetrie unseres Hauses in Vermont geliebt; dieses ganze Gebäude sah aus, als wäre es aus Ersatzteilen zusammengeklittert.

Brian trug die Kiste und den einen Koffer die Treppen hinauf auf die Veranda. Der Schnapper der Fliegengittertür war kaputt und mit einer Schnur geflickt worden; die mußte er aufbinden, ehe ich die Eingangstür aufschließen konnte.

„Wo wollen Sie sie haben?“ Ein paar Stufen führten uns über einen schmalen Korridor hinunter in die Küche; sie war durch eine Art von Eßpult geteilt; dahinter war der Herd, der Spülstein und der Kühlschrank. Der Rest des Raumes war mit einem Tisch und Stühlen, an eine Fensterbank gestellt, beinahe voll. Ich stellte den Koffer ab, den ich vom Wagen mitgebracht hatte, und öffnete die Türe zur Linken. Brian folgte mir ins Wohnzimmer und ließ die Kiste zu Boden sinken. Ich dankte ihm, daß er mir geholfen hatte.

„Jetzt haben Sie also alles geregelt.“

Alles geregelt. Ich hatte einen Job und ein Haus, in das

meine Familie kommen sollte. Ein Haus mit rustikaler Täfelung im Wohnzimmer, einer Couch mit schäbigem Überzug, zwei Kunstlederarmsesseln, einer Stehlampe, der Lampenschirm mit Quasten. Ich versuchte, mir vorzustellen, wie Ruth an den Abenden dort sitzen würde.

Ich durchforschte den Rest des Hauses, nachdem Brian gegangen war. Hinter der Küche war ein geräumiges Zimmer mit Doppelbett, daran anschließend das Badezimmer. Ich wollte nicht allein dort schlafen. Eines der kleineren Schlafzimmer, den Gang hinunter, hatte gleich daneben eine Dusche und eine Toilette; ich stellte es mir sofort als Sophies Zimmer vor und beschloß, es selbst zu benützen, bis sie und Ruth ankamen.

In einer halben Stunde würde es an der Zeit sein, Ruth anzurufen; ich versuchte, zu üben, was ich über das Haus sagen würde. Bücher und Bilder würden es ein wenig aufhellen, aber seine Häßlichkeit war unabänderlich. Mit seinen vulgären Möbeln hatte es eine geschmacklose Düsterkeit an sich; es schien nicht bewohnt zu sein, sondern nur benutzt. Wenigstens war ich nicht verpflichtet, hierzubleiben; ich hatte es nur auf Monatsbasis gemietet. Das war der beste Weg, es Ruth zu erklären. Ich hatte für uns einen vorübergehenden Platz zum Wohnen gefunden; sie konnte sicher etwas Anziehenderes finden, wenn sie hierherkam.

Von draußen drang kein Laut herein. Die Stille besaß einen zeitlosen Ernst; es schien unmöglich, daß jemals eine halbe Stunde vergehen würde. Ich dachte daran, die Kiste auszupacken; der Gedanke verflüchtigte sich, ehe er zu einem Ziel führte; ich war zu sehr damit beschäftigt, auf vier Uhr zu warten, um irgendetwas zu tun. Während ich auf und ab ging, aus dem Fenster starrte, mußte ich mich zwingen, nicht schon früher anzurufen.

Zwei Minuten vor vier wählte ich die Nummer in New York. Das Wohnzimmer der Ryders, das Telefon am

Kaffeetischchen, schien näher zu sein als der Lampenschirm mit den Fransen neben mir, als ich dem Klingeln lauschte.

„Hallo."

„Hallo Liebling, hier spricht Martin."

„Ja, ich weiß. Ich hab' erwartet, daß du anrufst. Wie geht es dir? Ist alles in Ordnung?"

„Ja, alles bestens." Ich begann von dem Haus zu erzählen. „Es ist groß genug für uns alle, bis wir etwas Besseres finden, und ich hab' ein Auto –" Aber ich wußte es bereits. Ich hatte es an dem argwöhnischen, gefaßten Klang jenes Hallo erkannt. Ich sprach trotzdem weiter. „Das Land ist herrlich. Sophie wird es mögen. In den Bergen gibt es schon hie und da Schnee." Die Worte waren so automatisch wie ein Gebet; ich wartete, daß Ruth es unterbrechen und beenden würde.

„Martin."

Hatte sie sich entschlossen, bevor ich New York verließ? Mich ermuntert, allein hierherzufahren, weil das der leichteste, am wenigsten schmerzhafte Weg war? Sie konnte sicher sein, daß ich nicht zurückkam. Sie brauchte mir nur einmal in einem Ferngespräch entgegenzutreten. Oder hatte sie sich anders entschlossen, seit ich fort war? Wegen Pierre?

„Es kommt mir so dumm vor, wenn wir diese freie Wohnung haben."

„Wann?" Das war das einzig Wichtige für mich. „Wann kommst du mit Sophie hierher?"

„Wir müssen die Wohnung ohnehin zu Weihnachten aufgeben."

„Das sind drei Monate."

„Es ist so eine herrliche Gelegenheit, zu tun, worauf wir uns geeinigt haben, daß nämlich jeder von uns eine Zeitlang allein bleibt."

Sie hatte nie die Absicht gehabt, sofort zu mir zu kommen.

Ich hätte versuchen können, ihr begreiflich zu machen, wie unerträglich diese drei Monate für mich hier allein sein würden. Kein Appell würde sie berühren. Ihr eigenes Leben in New York war voller Interesse und Verheißung; es war meine eigene Schuld, wenn meines nicht so war. Zum ersten Mal verstand ich die schreckliche Machtlosigkeit des Zurückgewiesenen.

„Versuch, auszugehen und mit Leuten zusammenzukommen." Ihre einzige Sorge war, sich selbst von jedem Rest des Schuldgefühls wegen meiner Einsamkeit zu befreien. „Willst du mit Sophie sprechen?"

„Hallo Daddy." Sie kam sofort, ihre Stimme klang unnatürlich laut und schrill am Telefon.

„Hallo, Liebling. Wie geht's dir?"

„Gut."

„Du fehlst mir."

„Du fehlst mir auch."

„Ich liebe dich."

Sie sagte irgend etwas zu Ruth.

„Möchtest du wieder mit Mammi reden?"

Ich wollte nein sagen. Ich wollte Ruth verletzen. Es würde sie nicht verletzen. Sie würde einen Augenblick über meinen kindischen Zorn verärgert sein. Sonst nichts. Die schreckliche Macht des Gleichgültigen. Sie konnte sogar mir die Schuld daran geben, daß sie sich abgewiesen fühlte.

„In Ordnung. Gib deiner Mutter wieder den Hörer. Wiedersehen, Liebling."

„Wiedersehen. Hier ist Mammi."

„Du wirst doch auf dich aufpassen, nicht wahr, Martin?"

„Ich komm schon zurecht, keine Sorge." Sie würde beruhigt sein, nicht verstört durch meine zur Schau getragene Gleichgültigkeit. „Ich werd' schon zurechtkommen."

„Du fehlst uns wirklich. Sophie spricht sehr viel von

dir." Jetzt, da sie hatte, was sie wollte, mich für drei Monate los war, klammerte sie sich ein wenig an mich.

„Gib ihr von mir einen Kuß."

„Sie schickt dir alles Liebe. Wir beide."

„Laß es dir gut gehen in New York." Es gelang mir sogar, das ohne Bitterkeit zu sagen.

In dem Augenblick, da ich auflegte, waren das Wohnzimmer der Ryders, Ruth und Sophie verschwunden. Ich war allein mit den Kunstlederarmsesseln, der rustikalen Täfelung. Dies waren die Gegebenheiten meines Lebens. Ich konnte nicht mit ihnen dort in dem geräuschlosen Zimmer bleiben. Bewegung, jede Art von Bewegung, war wesentlich. Bis ich den Wagen erreichte, hatte ich einen Vorwand für meine Flucht gefunden: es gab weder Essen noch Alkohol im Haus.

Gibt es irgendeinen Platz auf der Welt, der so öde ist wie ein leerer Supermarkt? All die ungewollte Üppigkeit. Als ich einen Wagen durch den Mittelgang schob, verließ mich jedes Gefühl von Zweckmäßigkeit; wie konnte ich zum Haus zurückkehren, mit diesen in Cellophan verpackten Lammkotelettes, der Dose mit Löskaffee? Endlich zwang ich mich, nicht über mein Tun nachzudenken, jede Erwerbung als sinnlosen Akt zu betrachten. Das Roggenbrot in Scheiben, das ich in meinen Wagen legte, war etwas, was ich niemals essen würde. Es gehörte nicht mir.

Der Parkplatz war düster von der Dämmerung, als ich die Sachen, die ich gekauft hatte, zum Auto hinaustrug. Der Ford hatte einen Knopf, der die Türschnalle blokkierte. Während ich die schweren Papiertüten gegen meine Brust drückte, konnte ich nicht nach unten blicken, um ihn ausfindig zu machen. Aber ich wußte genau, wo er war, gleich unter dem rechten Ende des Türgriffs. Ich tastete mit meiner künstlichen Hand danach; selbstverständlich spürte ich nichts. Ich verdrehte mir den Hals, um über die Lebensmitteltüten schauen zu können. Da war er. Ich versuchte, auf ihn zu drücken. Sowie ich den Arm ausstreckte, ballte sich die Hand zu einer Faust. Ich riß die Schulter zurück, um die Sperrklinke zu öffnen. Die Finger streckten sich ein wenig, aber sie blieben gegen den Daumen gepreßt; sie wollten sich nicht von ihm trennen. Ich stieß mit halb gekrümmten Fingern nach dem Knopf; ich konnte sie gegen den Griff schlagen hören. Ich konnte sie nicht darunter bekommen.

Dann erlebte ich einen Augenblick absoluter Hoffnungslosigkeit. Ich gab auf. Ich stand da, bewegungslos, sah nichts, alles Denken von Verzweiflung zum Schweigen gebracht.

Allmählich trat Zorn an ihre Stelle. Ruth wollte nicht hierher nach Saraville kommen; ich konnte hier allein verrotten. Sie erwartete noch immer, daß ich sie in New York aushalten würde; sie erwartete, daß ich ihr jeden Monat einen Scheißscheck schicken würde.

Sie konnte zur Hölle gehen; ich würde es nicht tun. Warum sollte ich für sie bezahlen, damit sie mit dem kleinen französischen Bastard bumste? Sie würde hierherkommen *müssen,* wenn ich ihr kein Geld schickte.

Der Zorn half. Er brachte mich wieder zu Bewußtsein, zu meinem eigenen Bewußtsein. Ich, mit meinen eigenen Augen schauend, mit meinen Sinnen fühlend, nicht länger verzweifelnd. Ich wußte natürlich, daß ich Ruth weiter Geld schicken würde. Ich empfand zuviel Zärtlichkeit für sie und Sophie, um den Gedanken zu ertragen, daß es ihnen an etwas fehlte.

Ich stellte die Lebensmitteltüten auf das Autodach und öffnete die Tür mit der linken Hand. Das Handikap war überwunden. Ich fuhr zum Haus zurück.

Sobald ich die Dinge in der Küche verstaut hatte, machte ich mir einen Drink und nahm ihn mit ins Wohnzimmer. Ich wußte, das Schlimmste, was ich tun konnte, war, herumzusitzen und nichts zu tun. Die Aussicht auf die nächsten drei Monate allein an diesem Ort würde aufhören, eine vage Angst zu sein, würde zu einer konzentrierten, beinahe unerträglichen Realität werden. Ich beschloß, die Kiste auszupacken und die Bücher und Zeichnungen auszuwählen, die ich für meine erste Vorlesung am Montag brauchen würde.

Die Kiste stand aufrecht auf dem ausgefransten Teppich, wo Brian sie hingeworfen hatte. Ich legte sie flach hin. Sie war während der Reise nicht gerade sanft behandelt worden, zwischen zwei Latten war ein Loch in das dicke braune Papierfutter gerissen worden.

Es war ein ziemlich großes Loch, ungefähr so groß wie meine Faust.

15

Neunzehn Studenten erschienen in meiner ersten Vorlesung.

Ich saß hinter dem langen Tisch unter der Tafel, beobachtete, wie sie sich versammelten. Die zuerst Angekommenen füllten die hinteren Reihen; die später Eintreffenden waren gezwungen, immer näher heranzurücken. Wie die meisten Studenten, die ich in der Stadt gesehen hatte, war nichts Jugendliches an ihnen; viele von ihnen sahen aus wie Mitte zwanzig, und selbst den wenigen, die noch im Teenager-Alter waren, merkte man eine Vorsicht an, die auf reife Erfahrung schließen ließ. Dies galt auch für das halbe Dutzend Mädchen in der Klasse. In ihren Jeansuniformen sahen sie aus wie eine Gruppe arbeitender Mütter, die zu einem Gewerkschaftstreffen zusammengepfercht worden waren; sie hatten zu Hause Wichtigeres zu tun, deutete ihr mürrisches Wesen an.

Es gab nur eine Ausnahme von dieser Schwerfälligkeit. Sie kam mit der gleichen selbstbeherrschten Zurückhaltung herein, die ich im Sierra bemerkt hatte, und wählte ein Pult auf der Seite, nahe der vordersten Reihe. Ihr Haar war an diesem Morgen zu zwei Zöpfen geflochten und hing vor ihren Schultern herunter. Sie sah dadurch nur noch indianischer aus. Ihr Anblick irritierte mich ebenso wie damals in der Bar; ihre Schlankheit hatte etwas sexuell Verletzliches: sie erinnerte mich an ein Bild, das ich irgendwo gesehen hatte, ein nacktes, kaum halbwüchsiges Mädchen zu Pferde. Ich bemühte mich, sie nicht anzusehen, während ich darauf wartete, daß es zehn Uhr werde.

Lloyd Hammond kam eine Minute vor zehn eilig

herein. Ich stand auf, als er zu mir hinter den Tisch trat. Er zeigte nichts von der überschwenglichen Herzlichkeit unserer ersten Zusammenkunft. Er begrüßte mich mit einem geistesabwesenden Nicken.

„Ich bin gekommen, um die Einschreibung zu überprüfen." Er hatte einen Stapel Karteikarten in den Händen, hielt sie weit unten vor sich hin, wie ein Zauberer, der sich auf einen schwierigen Trick vorbereitet.

„Möchte bitte jemand die Türe schließen?"

Ein bärtiger junger Mann in der hinteren Reihe stieß sie mit seinem Holzfällerstiefel zu, ohne sich von seinem Pult zu erheben.

„Boyd, Walter." Hammond begann, die Namen auf den Karten aufzurufen. „Clark, Thomas."

„Yeah", antworteten die Studenten, oder „Das bin ich".

Einige nickten nur.

„Roche, Stella."

Es gab eine knisternde Bewegung, als der Name aufgerufen wurde. Sie saß mit verschränkten Beinen da, blickte geradeaus, ihre Entferntheit umhüllte sie wie eine Decke.

„Yeah." Es war das erste Mal, daß ich ihre Stimme gehört hatte; sie war von herausfordernder Direktheit. Stella Roche. Ich war froh, daß ich ihren Namen kannte.

„Zweiundzwanzig." Hammond war zur letzten seiner Karten gekommen. „Neunzehn anwesend, drei fehlen aus Krankheitsgründen. Das ist eine sehr befriedigende Anmeldung." Er wandte sich wieder der Klasse zu, wartete auf Aufmerksamkeit. Nicht einer der Studenten sah ihn an; ihre Augen waren in den nächstgelegenen Gegenstand geheftet, die Oberfläche des Pults, ihre eigenen Hände. Sie schienen ihn nicht absichtlich zu ignorieren: sie schienen nicht irgend etwas zu tun; sie waren einfach da, wie jene Männer in der Hotelhalle.

„Es ist nicht notwendig, euch Martin Trask vorzustellen.“ Hammond tat es trotzdem. „Wenn ihr nicht seinen guten Ruf auf diesem Gebiet schon kennen würdet, hättet ihr euch nicht für seinen Kurs angemeldet. Ihr wäret heute morgen nicht hier.“ Er sah sie durch seine Brillen an, als ob er sich vergewissern wollte, daß sie wirklich da seien. „Ich weiß, daß viele von euch Transportprobleme haben. Es ist nicht leicht für euch, Morgenvorlesungen zu besuchen. Manchmal, wenn das Wetter nicht –.“ Er versuchte, das richtige Wort zu finden. „Wenn es schneit, ist es für viele von euch unmöglich. Also –“

„Also –.“ Er echote zum Klang seiner eigenen Stimme, wandte sich wieder zu mir. „Ich überlasse es Ihnen, weiterzumachen.“

Die Worte erinnerten mich an das, was Brian auf der Fahrt von Reno gesagt hatte; sie waren der letzten Zeile von *Geschlossene Gesellschaft* sehr ähnlich. Also, dann, laßt uns weitermachen, beschloß ich, als die Türe hinter Hammond zuging und ich mit der Klasse allein blieb.

Es war leichter, als ich erwartet hatte. Das Tolle war, als ich über die Geschichte des Comic-Zeichnens vom Anbeginn, von den Felszeichnungen an, zu sprechen begann, daß ich mich nicht kümmern brauchte, ob mir jemand zuhörte oder nicht. Es war zu schwierig, sicher zu sein. Manche Studenten sahen mich an, als ich sprach, aber ihre Augen waren so ausdruckslos, daß sie an alles in der Welt gedacht haben mochten oder an nichts. Es gab kein äußeres Zeichen der Unachtsamkeit; sie husteten nicht und flüsterten nicht miteinander; die Mädchen spielten mit ihrem Haar oder mit den Knöpfen ihrer karierten Hemden, aber die meisten der männlichen Studenten waren bemerkenswert ruhig. Sie hatten die erstaunlichen Fähigkeit, eine Position einzunehmen – ein Fuß im schweren Stiefel, der auf einem Knie ruhte – und sie manchmal minutenlang nicht zu ändern.

Ich traf auf keinen offenen Widerstand, bis ich meine Rede beendete und versuchte, eine Diskussion zu beginnen.

„Lesen Sie Comic-Strips?" Ich wählte einen jungen Mann mit schmalem Gesicht in einer der vordersten Reihen.

„Kann sein. Manchmal."

„Welchen mögen Sie am liebsten?"

Keine Antwort.

„Haben Sie einen Lieblings-Comic-Strip?"

„Nein." Ich sah das Aufblitzen von Ärger in seinen Augen. Mir fiel ein, ich könnte vielleicht den Misanthropen der Klasse erwischt haben. Ich probierte es bei einigen anderen; ihre Reaktion war die gleiche. Sie waren nicht da, um zu beantworten, was sie offensichtlich als persönliche Fragen betrachteten: Name, Alter, Sozialversicherungsnummer, das stand in dem Buch, und sie hatten diese Information gegeben, als sie sich in die Vorlesung einschrieben.

Also dann, laßt uns weitermachen, beschloß ich nochmals. Ich begann, über die Entwicklung der populären Presse zu sprechen, Hearst, das goldene Zeitalter des Comic-Strip, Krazy Kat, die Katzenjammer Kids. Ich hatte gebundene Ausgaben von diesen Strips mitgebracht: ich las Teile davon laut vor, beschrieb die Handlung und die Figuren. Meine Studenten lümmelten auf ihren Pulten; mir zuzuhören schien sie zu beruhigen.

Um elf Uhr dreißig war eine Pause. Ich fand das Buffet und trank eine Tasse Kaffee. Es war leicht, die Fakultätsmitglieder von den Studenten zu unterscheiden; sie waren ebenso zwanglos gekleidet, aber ihre Jeans sahen sauberer aus, und sie wirkten weniger erfahren, weniger reif, mit ihren munteren Jungengesichtern.

Vierzehn meiner Studenten waren um zehn vor zwölf ins Klassenzimmer zurückgekehrt. Vielleicht hatten die anderen fünf Transportprobleme; der junge Mann mit dem schmalen Gesicht, der aufgemuckt hatte, als er gefragt wurde, ob er Comic-Strips lese, gehörte zu den Abwesenden. Ich unternahm einen weiteren Versuch, die übrigen zur aktiven Teilnahme zu bringen; nach einem kurzen Vortrag über die Anatomie des Gesichtsausdrucks versuchte ich, sie zu überreden, zu lächeln, traurig auszusehen oder zornig, damit sie ihre Gesichter gegenseitig beobachten konnten. Es war hoffnungslos; sie blieben so ausdruckslos wie Steine, sie sahen nicht einmal verlegen aus. Nach ein paar Minuten gab ich auf und zeichnete eine Reihe von Ovalen an die Tafel. Als ich sie mit Augen, Brauen, Mündern verzierte, sie lächelnd, erschrocken oder zornig aussehen ließ, war ich mir Stella Roches zunehmend bewußt. Die abwesenden Studenten hatten im hinteren Teil des Raumes freie Plätze hinterlassen, die von den anderen eifrig ausgefüllt wurden; ihre Isoliertheit im vorderen Teil war jetzt deutlicher erkennbar. Jedesmal, wenn ich mich von der Tafel abwandte, sah ich sie als erste. Welches Interesse konnte sie an meinem Tun haben? „Sie ist vor drei oder vier Jahren von Mexico hier heraufgeraten, und seither hat sie Vorlesungen belegt, ist irgendwie durchgekommen." Vielleicht waren ihr einfach andere Vorlesungen ausgegangen, in die sie sich einschreiben konnte.

Als ich alle Ovale an der Tafel ausgefüllt hatte, war ich müde vom Stehen. Ich setzte mich und las die restliche Zeit über Dick Tracy vor. Um ein Uhr war es vorbei. Ich beobachtete, wie die Studenten sich davonmachten; sie zeigten keine Erleichterung darüber, daß sie befreit worden waren. Vielleicht hatten sie, so wie ich, keinen Ort, an den sie hingehen konnten.

Ich fuhr zurück in die Pine Street. Die Lammkotelettes, die ich gekauft hatte, waren noch im Kühlschrank. Ich hatte mich nicht dazu zwingen können, sie am Wochenende zu essen; meine Einsamkeit wurde weniger beansprucht, wenn ich in die Stadt ging, um einen Hamburger in einem Restaurant zu essen. Ich nahm sie heraus und legte sie auf den Tisch; wie sie dalagen, rosig und eisig, betrügerisch verpackt, so daß das Preisschild das wächserne Fett verbarg, waren sie für mich eine Herausforderung. Die nächsten drei Monate würde ich Essen kaufen und es für niemanden außer mir zu kochen brauchen; ich würde es allein essen müssen. Ich konnte ebensogut jetzt damit anfangen.

Als ich bei Tisch saß, bedächtig das widerstrebende Fleisch kaute und schluckte, wurde mir ein Gefühl der Erwartung bewußt. Erst als ich fertig war, den Teller und die Bratpfanne abwusch, erkannte ich, was ich fortwährend erwartete. Ich wartete jede Sekunde darauf, daß das Telefon klingelte; daß Ruth mich anrief und mir sagte, sie habe es sich anders überlegt; sie werde in ein paar Tagen hierherkommen. Minute um Minute dauerte die Stille an, und mein Warten auf das plötzliche Klingeln des Telefons wurde immer lebhafter, bis ich es beinahe läuten hören konnte. Es hielt mich gefangen, ich hatte Angst, ins Badezimmer zu gehen, für den Fall, daß ich es überhörte. In New York war es fünf Uhr; Ruth ging ins Wohnzimmer, wählte meine Nummer.

Ich stand auf und ging ins Badezimmer. Ruth kannte meine Nummer nicht, sie konnte sie auch nicht über die Vermittlung bekommen; das Telefon war noch nicht auf meinen Namen eingetragen worden.

Das brachte mich wieder ein wenig zur Vernunft. Ich war in diesem geräuschlosen Haus völlig im Stich gelassen; nichts würde von außen meine ziellose Einsamkeit erleichtern. Ich konnte mich nackt ausziehen, zusammengerollt wie ein Fötus auf dem Boden liegen; niemand würde mein verrücktes Verhalten bemerken außer mir. Es war ein erschreckender, aber belebender Gedanke. Als ich vor meiner Heirat allein in New York gelebt hatte, gab es Parties, Bars, eine Reihe flüchtiger Beziehungen, und wie viele junge Männer lebte ich zum Teil in der Zukunft, versuchte, meinen eigenen Comic-Strip zu entwickeln, der Werbung zu entfliehen: das Gefühl, daß ich alles vor mir hatte, war anregend. Jetzt, mit sechsundvierzig, hatte ich der Tatsache ins Auge zu blicken, daß alle Dinge, auf die ich mich damals gefreut hatte, Unabhängigkeit in meiner Arbeit, Anerkennung, bereits hinter mir lagen. Ich konnte nicht glauben, daß sie unwiderruflich vorbei waren; *Miguel* war zu Ende, aber ich würde schließlich lernen, mit meiner linken Hand gut genug zu zeichnen, um als Comic-Zeichner neu anzufangen.

Den restlichen Nachmittag über saß ich beim Küchentisch, gab einer Idee für einen Witz, die mir eingefallen war, die erste Form. Ein Geschäftsmann, der vom Büro nach Hause kommt und an der Tür seine achtjährige Tochter trifft. „Pssst, pssst, Mutter meditiert." Ich konnte seinen Ausdruck nicht richtig hinkriegen.

Um sechs Uhr machte ich mir einen Drink, wärmte ein Paar Frankfurter und tiefgekühlte Gartenbohnen. Ich aß sie am Tisch und las ein Buch über amerikanische Indianer.

„Versuch, auszugehen und mit Leute zusammenzukommen." Wie? Was erwartete Ruth von mir? Daß ich meine Kollegen besuchte? Ich wußte nicht, wo sie wohnten, nicht einmal ihre Namen.

Es war unmöglich, noch länger im Haus zu bleiben. Jetzt, da ich zu arbeiten aufgehört hatte, ertappte ich mich wieder beim Warten – nicht darauf, daß das Telefon klingelte; nicht einmal darauf, daß es Zeit zum Zubettgehen war – auf nichts, das ich definieren konnte. Warten war einfach der unvermeidliche Zustand meines Alleinseins hier; es war undenkbar, daß diese schweigende Einsamkeit weiter dauerte; sie mußte, wie ein Schrei, jeden Augenblick aufhören.

Brian stand im Sierra an der Mitte der Bar; ich war froh, ihn zu sehen, er ließ sich von mir ein Coors spendieren.

„Wieviele haben Sie bekommen?" Er sah nicht betrunken aus, aber in der Art, wie er sich zurücklehnte und die Flasche in seinen Mund kippte, lag etwas Hemmungsloses.

„Neunzehn."

„Wieviele haben sich eingeschrieben?"

„Zweiundzwanzig."

„Und neunzehn sind gekommen. Das ist eine Art Rekord."

„Nur vierzehn kamen nach der Pause wieder."

„Die müssen Sie mögen." Er stellte die leere Flasche auf die Theke. „Sie haben soeben dem städtischen College von Saraville vierhundert Mäuse eingebracht."

Das hatte ich mir bereits selbst ausgerechnet. „Meinen Sie, die würden etwas davon für Ausrüstung ausgeben?"

„Was zum Teufel brauchen Sie, um paraprofessionelle Kunst zu unterrichten?"

„Einen Projektor." Mit einem Kontrastprojektor würde ich Dick Tracy nicht laut vorlesen müssen.

„Fragen Sie Goody."

„Wird sie lang genug mit dem Reden aufhören, um zuzuhören?"

„Nein." Er lächelte sein asymmetrisches Lächeln. „Aber sie wird Sie sowieso hören. Wenn sie Lust hat, könnte sie Ihnen sogar besorgen, was Sie wollen."

Er ließ sich von mir auf einen weiteren Drink einladen; es gab noch etwas, das ich ihn fragen wollte.

„Sie müssen mittlerweile schon eine Menge Freunde hier haben." Es erschien taktvoller, eine Feststellung daraus zu machen.

„Die Jungen fraternisieren sich nicht gern mit den Lehrern."

„Wie steht's mit den anderen Fakultätsmitgliedern?"

„Die bleiben auch unter sich."

„Sie sind nicht einer von ihnen, oder?"

„Scheiße, nein. Ich bin nicht im Club. Ich bin bloß ein Teilzeit-Ersatzlehrer. Ich habe keine fixe Anstellung. Und dazu kommt, sie werden verdammt gut dafür sorgen, daß ich keine bekomme." Er drehte die Bierflasche in seiner riesigen Hand, untersuchte das Etikett, als ob er es nie zuvor gesehen hätte. „Die mögen Leute wie uns nicht. Wir sind so 'ne Art Bedrohung für die. Scheißamateure. Teufel, die haben sich vom Anfang an vorgenommen, College-Professoren zu sein. Sie schuften sich ab, bis sie ihre Verträge haben. Die finden nicht, daß wir ein Recht dazu haben, überhaupt zu unterrichten."

Diese knabenhaften jungen Männer im Buffet; sie hatten vermutlich an meiner künstlichen Hand erkannt, wer ich war; es hatte keine „Howdies", kein Willkommen in Saraville von ihnen gegeben.

„Es ist komisch." Brian hatte aufgehört, die Bierflasche anzustarren; er sah mich an. „Als ich in Berkeley war, waren Sie für mich damals ein großer Mann. Viele von uns haben damals Ihren Strip gelesen. Dieser Mexikaner, *Miguel,* bedeutete uns etwas, so eine Art, die Dinge ohne Tricks zu betrachten. Und nun sind Sie hier, Martin Trask persönlich, in dem gleichen Scheißloch wie ich."

„Tja." Er hatte recht. Für ihn war es komisch. Vielleicht für jeden außer mir. Wenige Minuten später spazierte er davon, um Billard zu spielen. Ich war froh, allein zu sein. Ich saß da und beobachtete die Kugeln, wie sie über den Tisch rollten. Um zehn Uhr fuhr ich nach Hause.

War ich für immer in dem Loch hängengeblieben? Würde ich jemals wieder als Comic-Zeichner gut genug sein, um eine neue Karriere zu starten? Bevor ich zu Bett ging, beschloß ich, mir die Zeichnung anzusehen, an der ich am Nachmittag gearbeitet hatte. Der erste Blick darauf verblüffte mich; einen Moment lang schien etwas daran verändert. Dann erkannte ich, daß mir vorher, nachdem ich die gleichen Linien immer wieder überarbeitet hatte, die Fähigkeit abhanden gekommen war, zu beurteilen, ja auch nur klar zu sehen, was ich gemacht hatte.

Der Ausdruck leichter Irritiertheit auf dem Gesicht des Geschäftsmannes, als er seiner kleinen Tochter gegenüberstand, war genau richtig.

16

Bis zur Mitte der folgenden Woche hatte sich bei meinen Vorlesungen Routine herausgebildet.

Als ich Jean Goodwell sagte, ich wolle einen Projektor, kam sie mir dafür mit einer Story von ihrer Cousine in Sacramento, die Ronald Reagan gekannt hatte. Am nächsten Tag fand ich genau jenes Instrument, das ich brauchte, in meinem Klassenzimmer auf mich wartend vor. Danach konnte ich Bilder von Comic-Strips auf eine Leinwand projizieren, und jene, die Lust dazu hatten, ließ ich sie in ihren Skizzenblöcken abzeichnen. Anfangs versuchte ich zu helfen, ging herum, machte Vorschläge, zeigte den Studenten, was sie falsch gemacht hatten; das nahmen sie übel, so wie sie meine Fragen übelgenommen hatten. Ich begann statt dessen mit der Praxis, ihre Skizzenhefte am Ende jeder Vorlesung einzusammeln, sie mit nach Hause zu nehmen, um sie zu korrigieren und zu kommentieren. Es klappte viel besser; sie entfalteten ein dankbares Interesse an allem, was ich neben ihre Zeichnungen schrieb, lasen meine Kommentare immer wieder, zeigten sie einander. Jene, die keinen Hang zum Zeichnen hatten, forderte ich auf, ihre eigenen Comic-Hefte zu den Vorlesungen zu bringen; sie saßen an ihren Pulten und lasen sie. Gelegentlich drehte ich den Projektor ab und hielt einen kurzen Vortrag über irgendeinen Aspekt des Comic-Zeichnens; der Aspekt, der sie am meisten interessierte, war die geschäftliche Seite. Sie befragten mich darüber; sie wollten etwas über Agenten wissen, Veröffentlichungsrechte, Tantiemen; sie wollten wissen, wieviel ich an *Miguel* verdient hatte, wieviel Al Capp an *Li'l Abner* verdiente. Es gab einen Studenten namens Pulham, ein zu klein geratener junger Mann, Büschel von Barthaar wuchsen aus seinem Gesicht, der *wußte,* daß man mit Pornographie Geld machen konnte; er saß stundenlang da und produzierte Zeichnungen von Paaren, die in zahlreichen Positionen kopulierten. Das Auffallende an seinen Bemühungen war, daß sie nichts mit Erotik zu tun hatten. Er lernte nach einiger Zeit, wie man ein Bein, eine Brust, einen Penis zeichnet, so daß sie erkennbar waren; sie blieben so leblos wie die Teile einer Maschine. Es gelang mir, ihm die Grundlagen der Anatomie beizubringen. Ich konnte nicht hoffen, ihm beizubringen, daß am Geschlechtsakt etwas Aufregendes war; er würde das vermutlich selbst herausfinden müssen.

Die Zahl der Studenten meiner Klasse variierte mit dem Wetter; an trüben, aber trockenen Tagen waren es bis zu fünfzehn; an sonnigen oder regnerischen Tagen nur sieben. Ich führte keine Anwesenheitslisten; Lloyd Hammond fragte mich nie danach. Stella Roche kam pünktlich zweimal die Woche, montags und donnerstags. An diesen Tagen freute ich mich beim Aufwachen darauf, sie zu sehen; der Anblick, wie sie über ihrem Skizzenblock saß, erregte mich. Wie absurd es mir auch mit sechsundvierzig vorkommen mochte, für mich besaß sie ein körperliches Geheimnis, das mich daran erinnerte, was ich in der High School bei Mädchen empfunden hatte, in dem Alter, in dem ich ständig versuchte, sie in Gedanken auszuziehen. Äußerlich konnte ich keinen Kontakt zu ihr anknüpfen; wenn sie mich ansah, war in ihren Augen keine Erwiderung auf meine Blicke. Sie sprach nie, außer wenn sie eine Frage beantwortete, und auch dann war es nur ein herausforderndes Ja oder Nein. Ihre Zeichnungen faszinierten mich; sie erinnerten mich an die von Sophie. Sie zeichnete wie ein Kind, mit der gleichen großzügigen Mißachtung der Proportionen, dem inneren Selbstvertrauen, daß ihre erbsenköpfigen Riesen oder ballonköpfigen Zwerge die Essenz ihrer eigenen, drängenden Vision waren.

Ich zwängte mein Leben außerhalb des Unterrichts auch in eine Routine; ich saß jeden Nachmittag drei oder vier Stunden lang in der Küche, korrigierte die Skizzenblöcke der Studenten und arbeitete danach an meinen eigenen Zeichnungen. Langsam, hartnäckig, machte ich Fortschritte mit der linken Hand, die Linien wurden flüssiger und ausdrucksvoller. Neben der „Mutter meditiert"-Karikatur machte ich ein halbes Dutzend, die mir gut genug schienen, um sie einem Agenten, einem Freund von Charlie Ryder, zu schicken. Ich hatte nicht viel Zuversicht, daß er sie verkaufen konnte; ich hoffte, er würde sie wenigstens vielversprechend genug finden, um mich als Kunden anzunehmen.

Nach der Arbeit spazierte ich für gewöhnlich hinauf in den Wald, bevor ich mich dazu zwang, das zu kochen und zu essen, was ich mich gerade gezwungen hatte, zum Abendessen einzukaufen. An den meisten Abenden fuhr ich hinunter zum Sierra, saß da und beobachtete die Kugeln auf dem Billardtisch, bis ich müde genug war, um nach Hause und schlafen zu gehen. Oft war Brian dort. Nun, da er mich als seinen Pleitebruder anerkannt hatte, behandelte er mich mit liebenswürdiger Vertraulichkeit; ich sagte ihm nicht, daß ich versuchte, unserer hoffnungslosen Existenz zu entrinnen; ich akzeptierte die Rolle des lebenslänglich Mitgefangenen. Er war der einzige Mensch in der ganzen Gegend, den ich gut genug kannte, um über etwas Persönlicheres zu sprechen als über die Möglichkeit, daß es schneite.

Die ganze Zeit hatte ich das Gefühl, auf etwas zu warten; die Empfindung von freudloser Erwartung überwältigte mich jeden Tag ein Dutzend Mal. Es war nicht speziell Weihnachten, Ruth und Sophie, worauf ich wartete. Ich hatte einfach absichtlich mein Bewußtsein der

Gegenwart blockiert; nur in diesem Zustand, abgestumpft und abwesend, während ich eher auf das Ende des „Jetzt" als auf den Anfang irgendeines „Dann" wartete, konnte ich die Leere meines Alltagslebens ertragen: das Zölibat, das wie ein physischer Verlust war; das Verlangen nach gebotener und erwiderter Zärtlichkeit, nach jener emotionalen Sicherheit und Zuneigung, die ich in meiner Familie gefunden hatte. Zum ersten Mal seit über zehn Jahren hatte ich niemanden, den ich an mir teilhaben lassen konnte. Allein war ich nicht mehr vollkommen lebendig.

Eines Nachmittags gegen Ende meines ersten Monats in Saraville arbeitete ich gerade in der Küche, als ich draußen auf der Holztreppe Schritte hörte. Ich stand nicht auf; ich dachte, es sei vermutlich Brian, niemand sonst war jemals ins Haus gekommen. Der Klang der Türglocke überraschte mich; Brian klopfte immer und kam sofort herein. Ich ging zur Tür und schob den schäbigen Vorhang beiseite, der die Glasscheibe verdeckte.

Stella Roche stand auf der Veranda.

Ich hantierte am Knauf herum; ich brauchte einen Augenblick, um mich zu erinnern, in welche Richtung ich ihn drehen mußte.

„Tag."

„Hallo." Ich war ihrer Nachlässigkeit nicht gewachsen. „Kommen Sie herein." Ich trat auf die Veranda und hielt die Fliegengittertür für sie auf; sie schlüpfte an mir vorbei ins Haus.

Ich folgte ihr in die Küche; sie stand neben dem Küchentisch und reichte mir ihr Skizzenheft. „Ich dachte, Sie wollten das vielleicht wiederhaben." Sie lächelte, als teilte sie irgendeinen intimen Scherz mit mir.

„Sicher, ich würde es gern sehen." Ich öffnete es wahllos, eine Seite mit *Orphan Annies,* mit Spinnenbeinen und Stäbchenfingern. „Haben Sie das jetzt gemacht?"

„Nein. In Ihrer Vorlesung. Die haben Sie schon alle

gesehen."

„Oh." Was wollte sie hier? Es war, als ob ich plötzlich entdeckte, daß die Jacke, die ich trug, mir nicht gehörte; am Ende würde ich vielleicht herausfinden können, wo ich sie bekommen hatte. Ich dachte daran, sie zu bitten, sich zu setzen; sie war bereits auf einen der Hocker am Küchentisch gerutscht.

„Möchten Sie was zu trinken oder so? Kaffee?"

„Haben Sie ein Coors?"

Im Kühlschrank waren ein paar Dosen; ich sah mich nach einem sauberen Glas um.

„Ich mag es aus der Dose."

Man mußte an einem Ring ziehen, um sie zu öffnen; ich war bereits geschickt genug, um einfache Dinge dieser Art zu tun, ohne zu denken. Als Stella Roche mich beobachtete, war ich zu befangen, um irgend etwas automatisch zu tun. Ich reichte ihr die ungeöffnete Dose.

Sie trank wie Brian, warf ihren Kopf nach hinten. Es war leichter, sie mit dem Tisch zwischen uns zu betrachten, der ihre Beine verbarg. Wenn ich an sie dachte, war das zierliche Zusammentreffen ihrer Oberschenkel immer im Mittelpunkt meiner Vorstellung.

Sie setzte die Dose ab und schüttelte sie, um sicherzugehen, daß sie leer war, bevor sie sie abstellte.

„Meinen Sie, daß ich jemals Comic-Zeichnerin werden könnte?" Sie lächelte wieder wie über einen intimen Scherz.

„Schon möglich."

„Ja?" Wieder ein Lächeln; es war wie ein Zwinkern. „Ich zeichne doch miserabel, nicht?"

„Nein." Ich wollte ihr sagen, in ihren Zeichnungen sei eine Unschuld, die kostbar und reizend war; aber nur der Stella Roche meiner Phantasie konnte ich solche Dinge sagen.

„Von allen Kursen, die ich besucht habe, war ich nur in

einem einzigen gut, in Buchhaltung."

Ich nickte, ermutigte sie, weiterzureden; ich fand es angenehm verwirrend, dieser offenen, leicht heiseren Stimme zuzuhören: sie konnte mir am Ende noch erzählen, was sie hier wollte.

„Wer möchte schon Buchhalter sein?"

„Was möchten Sie sein?"

„Alles beschissen."

„Immer?"

„Ich schätze, deswegen hab' ich mir diesen Platz ausgesucht. Man braucht hier überhaupt nichts wollen. Nichts von diesem Scheiß, daß man versucht, sein Diplom zu machen."

„Sie können doch nicht Ihr ganzes Leben lang Vorlesungen belegen, oder?" Ich gab ihr noch eine Dose Bier und mixte mir einen Drink.

„Ich will mein ganzes Leben lang überhaupt nichts tun."

„Ich weiß. Daß wollen sie im Grunde alle nicht."

„Pferde mag ich gern."

„Sie meinen, reiten?"

„Ich schätze, Sie wissen schon alles über mich, oder?"

„Nein."

„Ich hab' Sie mit Brian gesehen. Hat er Ihnen nicht von diesem Cowboy erzählt?" Sie öffnete die Dose und trank. „Eins, möcht' ich wetten, hat er Ihnen nicht erzählt. Dieser Cowboy war ein miserabler Billardspieler. Hat er Ihnen das erzählt?"

„Nein."

„Ich wollte mich nicht von Brian bumsen lassen. Das wäre schlimmer, als es mit diesem verrückten Pulham zu treiben. Ich steh nicht auf diesen Scheiß."

„Welchen Scheiß?" Es war, wie wenn man in einen Regenschauer gerät. Es gab keinen Mittelpunkt bei ihr.

„Diese ganzen großen Schwänze, die der immer wieder

zeichnet.“

„Er meint, da ist Geld drin.“

„Yeah? Das ist seine Story.“ Sie trank wieder. „An diesem Abend, als ich mit Brian Billard spielte, zog er immer seine Hosen hoch, um mir zu zeigen, wie groß sein Ding war. Der hat sich nicht mal meinen Arsch angesehen. Wenn ein Typ ganz auf sich selber abgefahren ist, warum wichst er dann nicht?“

Obwohl alles, was sie sagte, auf ihre Weise vernünftig war, konnte ich mich des Gedankens nicht erwehren, ob sie nicht wirklich verrückt war. Ich nippte an meinem Glas, wartete darauf, daß sie fortfuhr.

„Zumindest weiß ich bei *Ihnen,* daß Sie an meinen Arsch denken. Nicht an Ihren eigenen Schwanz.“ Sie lächelte, während sie den Reißverschluß ihrer Windjacke öffnete. Sie zog sie über den Kopf, ihr Gesicht tauchte stirnrunzelnd wieder auf; einer ihrer langen schwarzen Zöpfe hatte sich im Reißverschluß verfangen. Sie brauchte eine Minute, um ihn zu befreien.

„Ich mach's gern im Bett. O. k.?“

Sie *war* verrückt. Ich wollte es ihr sagen; ich wollte sie dazu bringen, einen Augenblick lang stillzuhalten und vom Anfang an zu erklären, warum sie gekommen war, was zum Teufel das alles bedeutete. Sie hatte sich bereits auf den Weg zum hinteren Teil des Hauses gemacht. Ich folgte ihr ins Doppelzimmer, das ich beschlossen hatte, nicht zu benutzen, bis Ruth kam. Sie trug einen lockeren Pullover, den sie auch auszog; sogar bevor sie noch ihr Jeanshemd öffnete, konnte ich sehen, daß sie erstaunlich große Brüste hatte.

„Großer Busen.“ Sie schob ihren BH herunter und zeigte ihn mir, bedauernd, ohne Stolz. „Wenn Typen wissen, du hast einen großen Busen wie ich, dann grapschen sie immer danach. Deswegen trag' ich diese Windjacke.“

Sie faltete das Jeanshemd über einem Stuhl zusammen. Als sie niederkniete, um ihre Turnschuhe aufzuknüpfen, hoben sich ihre Brüste und schwangen sanft gegen ihr Gesicht, als würden sie durch Wasser hindurch auftauchen. Sie schob sie ungeduldig aus dem Weg, ihre Ungeduld rührte mich; die Jungen hatten vermutlich nach diesem Busen gegrapscht, seit sie zwölf Jahre alt war.

Ihre Jeans und Höschen wurden gemeinsam ausgezogen; sie behielt ihre Socken an; ich beobachtete sie, wie sie auf Händen und Knien über das Bett kroch; in dieser Position war ihr Hintern absurd klein. Sein Weiß ließ ihn gegen die Bräune ihrer Beine und ihres Rückens wie abgeschält aussehen. Ich dachte, ich hätte noch nie jemanden gesehen, der so nackt war.

„Wo sind die Bettücher?"

„Ich habe dieses Zimmer nicht benützt."

„Wenigstens hast du Decken." Sie zog sie hoch und krabbelte darunter.

Sie lag auf dem Rücken und wartete auf mich.

Es gibt einen Bericht von einem Gefängnisaufseher, den ich irgendwo gelesen hatte, über das Erhängen einer jungen Frau in England. Während ich meinen Pullover auszog, tauchte unerklärlicherweise in meinen Gedanken eine Zeile davon auf. „Man konnte unmöglich glauben, daß wir da waren, um zu tun, wozu wir an diesen Ort gekommen waren." Die Erinnerung, die Assoziation, war schwer zu erklären, weil ich ja schließlich nicht dazu da war, um diesem Mädchen etwas Böses anzutun. Ich zog mein Hemd aus, und als ich dann an meinem Gürtel zog, bemerkte ich, daß sie die glatte, rosige Hülle auf meinem Unterarm betrachtete.

„Das solltest du lieber auch ausziehen."

Sie hatte recht; es wäre obszön, sie mit diesen leblosen Fingern zu berühren. Ich legte den Gurt ab und schlüpfte aus der Hülle; der Stumpf meines Handgelenks stand plötzlich ab wie ein übler Scherz. Ich versuchte, ihn nicht vor ihr zu verbergen, als ich um das Bett herumging und auf der anderen Seite hineinkletterte, so daß ich sie mit meiner linken Hand erreichen konnte.

Ich berührte nicht ihre Brüste; ich streichelte ihre Hüfte, ihren kühlen, flachen Bauch. Ihre Haut war schön, glänzend wie Bernstein, aber sie erweckte kein Verlangen in mir; ich war zu verwirrt, um etwas anderes zu empfinden als Unsicherheit. Sie war nicht das Mädchen, das ich in meinen Phantasien ausgezogen hatte; es bestand keine Verbindung zwischen der erotischen Verheißung jener imaginären Wehrlosigkeit und dieser wartenden Unbekannten. Ich wartete nicht einmal darauf, daß irgend etwas passierte; ich wußte, daß letztlich ein Augenblick kommen würde, in dem auch sie das erkannte. Der Augenblick würde beschämend sein, ein rasches, wortloses Akzeptieren würde ihm folgen, wenn wir uns beide wieder anzogen. Ich küßte sie auf die Wange; ich fuhr fort, ihre Hüfte zu streicheln.

Sie packte mein Handgelenk; ich dachte, sie wollte, daß ich meine Hand zurückziehe: sie drängte sie nach unten, zwischen ihre Schenkel. Dort packte ich sie, eine Handvoll Haare und Schleimhäute; ich reagierte sofort darauf mit einer unbekümmerten Spontaneität, die ein neues und verblüffendes Erlebnis für mich war. Wenn ich mit Ruth schlief, war es immer sie als Ganzes, die ich wollte, die totale weibliche Mischung aus nicht unterscheidbaren Dingen; Ruth als Ganzes: konkret und persönlich; ganz und gar; gleichzeitig. Bei Stella war ich mir nicht eines Ganzen bewußt; ich kümmerte mich nicht um den Rest ihres Körpers; ich wollte nur diesen einen Teil davon. Ich wollte ihn mit einer zielstrebigen Intensität, die mehrere Minuten lang unersättlich zu sein schien.

Sie war überraschend passiv. Ich hatte mehr oder weniger eine gierige Offenheit erwartet; sie unterwarf sich ohne Widerstand, aber auch ohne Leidenschaft. Einmal reagierte sie doch laut. „Mach weiter, mach weiter", drängte sie mich. „Halte es nicht zurück."

Ich hielt es nicht zurück. Ich konnte nicht.

Erschöpft und atemlos empfand ich ein klein wenig Schuldgefühl. Ich behielt sie in meinem Arm, drückte meine linke Hand gegen ihren Rücken. Es war, als ob ich Sophie umarmte, nachdem sie gefallen war und sich wehgetan hatte; ich hatte das gleiche Verlangen, sie mit Beruhigung aus einer in mir angespeicherten Zärtlichkeit zu versorgen.

„O. k.?" Sie setzte sich auf und beugte sich über mich; ihre Brust berührte mein Gesicht – sie lächelte, mit sich selbst zufrieden.

Ich küßte ihre Schulter. Sie schlüpfte aus dem Bett und zog ihr Hemd an; ich folgte ihr, und bevor sie ihre Jeans auflesen konnte, hob ich ihr Hemd vorne bis zu ihrer Taille hoch. Noch während ich nach dem weichen Jeansstoff griff und ihn hochzog, staunte ich über mich; es schien eine Trennung zwischen dem sofort befolgten Impuls und dem zu geben, was ich immer für mein eigenes rationales Bewußtsein gehalten hatte. Ich blickte auf ihre Möse. Ich betrachtete sie, als ob sie eine dringende Bedeutung für mich hätte. Wenn ja, hatte ich keine Ahnung, was es war. Ich brachte ihr Hemd wieder in seine ursprüngliche Lage.

Sie war vor mir angezogen. „O. k., wenn ich mir noch ein Coors hole?"

Ich bat sie, sich zu bedienen, froh, ein paar Minuten allein zu sein; ich brauchte Zeit, um genauer über sie nachzudenken. Nichts an ihrem Verhalten ergab in meinen Augen irgendeinen Sinn. Es genügte nicht als Erklärung, daß ich für sie, ebenso wie dieser Cowboy, der ein miserabler Billardspieler war, so anziehend war, daß sie mit mir ins Bett gehen wollte. Es erklärte nicht ihre Komplizenschaft. Von dem Augenblick an, als sie hereinkam, verhielt sie sich, als ob es ein stillschweigendes Einverständnis zwischen uns gäbe. Als ich meine Hand einpaßte und den Gurt anlegte, begriff ich, daß mir die Erklärung ihres Verhaltens egal war; ich war belustigt, in meiner Belustigung war etwas Neues. Zum ersten Mal in Saraville war mir bewußt, daß ich glücklich war.

Ich war immer noch glücklich, nachdem Stella fort war.

Sie wollte sich nicht von mir in die Stadt fahren lassen. „Möchtest du, daß ich irgendwann wiederkomme?" fragte sie, als ich mit ihr an der Tür stand.

„Morgen?"

„O. k."

Ich beobachtete, wie sie die Holztreppe hinunterhüpfte; beobachtete sie, bis sie auf der Straße außer Sicht war. Als ich in die Küche zurückging, sah ich mein halbleeres Glas neben ihren leeren Bierdosen. Ich goß den Whisky mit Wasser in den Ausguß; mir schien, er würde mein Glück verfälschen, wenn ich ihn trank.

Ihr Skizzenblock lag auf dem Tisch. Ich begann, ihn durchzublättern; diese kindlichen Zeichnungen hatten jetzt einen neuen Zauber für mich. Sie waren schwer mit der Art, in der sie redete, in Einklang zu bringen; aber nicht unmöglich; sogar wenn sie Brian vorwarf, von seinem eigenen Schwanz besessen zu sein, lag eine gewisse Unschuld in ihrer Direktheit.

Manchmal sieht man die Dinge nur mit den eigenen Augen. Ich mußte die Zeichnung mehrere Sekunden lang betrachtet haben, bevor sie irgendeinen Eindruck auf mich machte. Später, als ich daran dachte, erschien mir diese verzögerte Wahrnehmung bezeichnend. Vielleicht erwartete ich so halb und halb, was ich sah.

Die Zeichnung war so unterschiedlich von den anderen in dem Zeichenblock wie Worte von Geräusch. Ein Mädchen, ein lobenswert ähnliches Ebenbild von Stella, saß nackt, mit gespreizten Beinen, auf einem Stuhl. Miguel, ebenfalls nackt, kniete vor ihr. Er berührte sie nicht; er starrte sie mit einer Bewunderung an, die an Vergötterung grenzte.

Es war nicht Stellas Werk. Es war eine gekonnte, absolut professionelle Zeichnung, so gut wie alles andere, was ich je gemacht hatte. Es bestand kein Zweifel, daß sie von mir war. Ich hatte meinen Namen darauf geschrieben.

Ich betrachtete die Unterschrift mit dem gleichen widerstrebenden Begreifen, mit dem ich die Zeichnung betrachtet hatte. Sie schien mir gleichzeitig vertraut und fremd, wie ein Brief, der vor langer Zeit abgeschickt und schließlich mit „Empfänger unbekannt" zurückgeschickt worden war.

Das war nicht die Art, wie ich meine Unterschrift jetzt machte. Es war die Art, wie ich vor dem Unfall signiert hatte.

17

An diesem Abend war ich zeitig im Sierra. Eine langsame Stunde verging, ehe Brian hereinkam.

Ich versuchte, ihn so beiläufig wie üblich zu begrüßen. Wir saßen nebeneinander, mit dem Rücken zur Bar, beobachteten zwei Frauen in Lockenwicklern, die sich über den Billardtisch streckten und nach der Billardkugel stachen, als hätten sie Angst, sie würde auf sie losgehen. Sie warteten vermutlich nur darauf, daß ihre Wäsche trockengeschleudert wurde. Ich war nicht sicher, worauf ich wartete; ich hatte geübt, was ich Brian fragen wollte, seitdem ich meine Unterschrift auf der Zeichnung in Stellas Skizzenblock gesehen hatte.

Das *Lexikon des Teufels* sagt, um Rat fragen heißt, Bestätigung für ein Vorgehen suchen, für das man sich schon entschieden hat. Um die Wahrheit zu sagen, das war es, was ich von Brian wollte, Bestätigung. Ich war bereits, was die Erklärung dieser Unterschrift betraf, zu einem Schluß gekommen. Ich brauchte jemanden, der mir sagte, daß ich recht hatte.

„Sie haben Ihren Magistertitel in Psychologie gemacht, nicht wahr?“ begann ich schließlich.

„Bloß das Bakkalaureat.“

„Wissen Sie irgend etwas über Gedächtnisschwund?“

„Welche Art von Gedächtnisschwund?“

Die Antwort darauf war eine von denen, die ich eingeübt hatte. „Ich hab' in der Zeitung von einer Frau gelesen.“ Erst als ich es laut sagte, erkannte ich, wie abgedroschen es klang, wie ein Mädchen, das sagt, sie hätte eine Freundin, die eine Abtreibung brauchte. „Sie entdeckte oft plötzlich, daß sie irgendwas getan hatte, die Vorhänge in die Wäscherei geschickt, einen Brief geschrieben, und sie konnte sich überhaupt nicht daran erinnern."

„Irgendwer meint, sie leidet an Gedächtnisschwund?"

„Ja."

„Das war alles, was sie tat? Solche scheißlangweiligen Dinger?"

„Meinen Sie nicht, daß es möglich ist?"

„Alles ist möglich. Besonders in der Psychologie." Sein Pionierbart sollte einmal gestutzt werden. „Sie werden es nicht glauben, aber in einer meiner Vorlesungen in Berkeley war ein Junge, der einen Orgasmus dadurch kriegen konnte, daß er an seinem Ohrläppchen zog. Der saß immer da, sein Schwanz explodierte fast durch die Hosen."

„Ihr passierten verschiedene Dinge. Dinge verschwanden." Ich versuchte, ihn wieder auf dieses Thema zu bringen. Mein Thema. „Sie bekam Briefe beantwortet, von denen sie nicht wußte, daß sie sie geschrieben hatte."

„Die Frau in der Zeitung?"

„Ja."

„Warum machen Sie sich so viel daraus?"

„Es hat mich interessiert."

„Haben Sie Gedächtnisschwund?" Er legte mit gekünstelter Sorge die Hand auf meine Schulter.

„Die ganze Zeit." Ich gab vor, auf den Witz einzusteigen. „Im Unterricht weiß ich nicht, was ich sage, und nachher habe ich nicht die leiseste Idee, was ich gesagt habe."

„Jemals versucht, an Ihrem Ohrläppchen zu ziehen?"

„Was könnte eine solche Sache auslösen?" Ich begriff ihn gut genug, um zu wissen, daß er, wenn ich darauf beharrte, ihn auszufragen, mich seinem Wissen zu beugen, schließlich aufhören würde mit dem Witzeln und genug interessiert wäre, um mir zu antworten. „Sie war eine ganz normale Frau. Verheiratet. Zwei Kinder."

„Mit einer ganzen Garnitur sauberer Vorhänge?"

„Die Vorhänge fehlten. Sie fand immer die Wäschereizettel."

Er nahm seine Hand von meiner Schulter und machte dem Barmann ein Zeichen, daß er ein weiteres Bier wolle. „Trauma. Schock irgendwelcher Art könnte es verursachen. Man erlebt den gleichen Gedächtnisverlust-Effekt bei Gehirnerschütterung." Er war jetzt endlich ernst. „Ein Hockeyspieler erhält einen Schlag auf den Kopf. Er geht in den Umkleideraum, duscht sich, zieht sich um, ißt einen Hamburger, und dann findet er sich plötzlich beim Nachhausefahren wieder, und er kann sich nicht dran erinnern, das Spiel verlassen zu haben."

Wenn ich Gehirnerschütterung gehabt hätte, wäre das in den Untersuchungen aufgetaucht, die sie unmittelbar nach dem Unfall gemacht hatten.

„Was für ein Trauma?"

Er hob sein Bier von der Theke, ohne sich von mir abzuwenden; er sah auf meine rechte Hand. „So eine Sache könnte es auslösen."

„Sie hatte nichts dieser Art."

„Sind Sie immer noch bei dieser Frau in der Zeitung?"

„Ja."

„Sind Sie sicher?"

„Ganz sicher." Ich lächelte, überlegte, ob er wußte, wie unsympathisch er mir in diesem Augenblick war. Warum saß ich hier mit ihm, ließ mir seinen spielerischen Sarkasmus gefallen? Weil ich mit jemandem reden mußte, und es gab sonst niemanden.

Er erwiderte das Lächeln nicht; diesmal sah die Sorge in seinen Augen echt aus.

„Was haben Sie in Momenten dieses Gedächtnisschwunds getan?"

„Gezeichnet." Es war nicht seine Beharrlichkeit, es war

sein unerwartetes Mitgefühl, das mich schwach machte; das brachte mich soweit, ihm zumindest einen Teil der Wahrheit zu sagen. „Ich fand ein paar Skizzen, die ich gemacht hatte, und ich erinnere mich nicht daran, sie gemacht zu haben."

„Waren sie obszön?"

„Nein." Sein schneller Stimmungswechsel zurück zur Spöttelei brachte mich in Wut. „Können Sie nie an was anderes als ans Bumsen denken?"

„O. k., o. k., was für Zeichnungen waren es?"

Meine Pfeife war ausgegangen; ich griff in die Tasche nach Streichhölzern.

„Eine davon war eine Karikatur, an der ich gearbeitet hatte. Ich konnte sie nicht richtig hinkriegen. Und als ich sie dann das nächste Mal ansah, war die Zeichnung fertig und ich hatte sie gut hingekriegt."

„Warum unterdrücken Sie es?"

„Es ist irgendwie irre."

„Sie meinen, Sie haben Angst?"

„Nein." Seit ich auf die Erklärungen dieser Zeichnungen gekommen war, hatte ich mich beruhigt gefühlt. „Es gab nichts, wovor ich Angst zu haben brauchte. Ich war nur müde, versuchte, die Karikatur fertigzuzeichnen, und so eine Art automatischer Führer übernahm das. Was mich dabei interessierte –." Ich dachte an diese Signatur. „Es war wie die Arbeit, die ich vor dem Unfall machte. Absichtlich, bewußt, könnte ich jetzt mit meiner linken Hand nichts so Gutes zusammenbringen."

„Man weiß nie, was man anrichten kann."

„Wie?"

„Wir machten in Berkeley ein paar Experimente. Typen unter Hypnose. Eine Versuchsperson konnte fließend deutsch sprechen. Seine Großeltern sprachen deutsch, als er ein Kind war, und das Ganze war irgendwie noch da. Im Normalzustand konnte er kein Wort Deutsch."

Es war die Bestätigung, die ich wollte. Mein Wissen darüber, mit meinem Namen so zu signieren, wie ich es mit meiner rechten Hand getan hatte, war noch da. Ich hatte die automatische Verbindung zwischen meinem Gehirn und meinen Fingern verloren, die den Akt des Schreibens oder Zeichnens vorher so spontan gemacht hatte. Wenn mein Bewußtsein abgeschaltet war, entdeckte ich diese Verbindung wieder.

„Ich hätte eine Scheißangst, wenn ich Sie wäre."

„Warum?"

„Mit Gedächtnisschwund kann man nicht spielen."

„Es war nur wenige Minuten lang, und ich habe nichts anderes gemacht als eine Zeichnung fertiggestellt." Zwei Zeichnungen. Zu verschiedenen Zeiten.

„Woher wissen Sie, daß Sie nur das getan haben? Sie können nächstes Mal so ziemlich alles tun."

Ich hatte versucht, zu glauben, daß es Sophie war, die David Maddows Arbeit beschädigt hatte. Viel wahrscheinlicher hatte ich selbst es getan, hatte der Gedächtnisschwund vor so langer Zeit angefangen. Es war sogar gut möglich, daß ich mein eigenes Atelier in Brand gesteckt hatte. Ein sehr langsamer Zündstoff, hatte dieser Versicherungsmann, Best, gesagt. Ich hatte eine Menge über Zündstoff gewußt, als ich zehn Jahre alt war und mit meinem Vater Feuerwerke abbrannte.

„Ich würde nichts tun, was ich nicht tun wollte."

„Woher wissen Sie, was Sie wollen?"

„Worauf wollen Sie hinaus?"

„Nicht nur das Wissen baut sich im Unterbewußten auf. Alles, was Sie jemals gedacht haben, ist immer noch da, Ihre ganzen Halbwüchsigenphantasien und -begierden."

„Sie meinen, ich könnte das Gedächtnis verlieren und jemanden vergewaltigen?" Ich kannte mich dazu viel zu gut.

„Sie könnten alles tun, was Sie jemals tun wollten – wenn auch nur eine Sekunde lang."

Es war mir ziemlich bewußt gewesen, daß ich Stella wollte; ich war wochenlang von ihrer Sexualität gelinde gesagt besessen gewesen. Die Rolle, die mein Unbewußtes gespielt hatte, war, sie zu verstehen, zu versuchen, was sie über Männer und über sich selbst dachte. „Wenigstens weiß ich, es ist mein Arsch, an den *du* denkst, nicht dein eigener Schwanz." Diese Zeichnung war der perfekte, direkte Weg gewesen, um ihr das mitzuteilen. Wann hatte ich sie gemacht? Vermutlich eines Abends, nachdem ich vom Sierra nach Hause fuhr. Ich war in die Küche gegangen und hatte ihren Skizzenblock auf dem Tisch gesehen, dann plötzlich, ohne zu denken, setzte ich mich nieder und zeichnete sie nackt, wie sie ihre Möse dem bewundernden Miguel zeigte. Bis ich ihr den Skizzenblock am nächsten Tag zurückgab, hatte ich jede Erinnerung an diese Tat verloren. Ich fand diese Erklärung immer noch beruhigend.

„In Berkeley gab es ein Mädchen –," Brians Finger, die am Markenschild seiner Bierflasche zupften, sahen so geschwollen und übertrieben aus, wie etwas, das man im Zerrspiegel anschaut. „Ich war total scharf auf sie. Aber ich war mir sicher, ich würd's nie schaffen. Sie war was ganz Großes, eine der ersten Aktivistinnen in der Protestszene. Ich dachte immer an sie. Ich schätze, ich glaubte, daß ich in sie verliebt war." War sie es gewesen, die ihn so verletzt hatte, daß sie seine ganze Einstellung zu Frauen nachhaltig beeinflußt hatte? „Wie sich dann herausstellte, war es leicht. Ich fragte sie ganz einfach. Wir schliefen monatelang miteinander. Das Komische war, ich bumste nie so gern mit ihr. Im Bett war sie eine beschissene Turnlehrerin. Tu dies. Tu das. Auch außerhalb vom Bett. Sie war eine kastrierende Hure, wenn Sie's wissen wollen. Die brauchte nichts anderes als einen Schwanz, der in ihre Scheide paßte." Er hatte fast das ganze Markenschild von der Bierflasche heruntergezupft. „Ich träume immer noch von diesem Mädchen. Regelmäßig wiederkehrende Träume. Und ich bin immer ganz am Anfang und habe Angst, sie werde sich nie von mir bumsen lassen. Das ist die Geschichte mit dem Unbewußten, es verändert sich nicht. Die Dinge, die wir tun, verändern es nicht. Es sortiert sich nicht aus. Es wächst einfach, Schicht für Schicht."

Ich hatte noch immer bedrückende Träume davon, wieder in einer Werbeagentur zu arbeiten, die ich vor zwölf Jahren verlassen hatte; ich begriff nicht, was das mit meinem Gedächtnisschwund zu tun hatte.

„Also, seien Sie lieber vorsichtig."

„Warum?"

„Ich sag es Ihnen doch, um Himmels willen. Sie wissen nicht, was Sie anrichten können, wenn Sie Gedächtnisschwund haben. Alles, was Sie jemals eine Sekunde lang tun wollten."

Ich glaubte ihm nicht. Ich dachte an Stella. Ihr Eintreten in mein Leben hatte ich in meinem einsamen Zölibat am meisten gewollt und gebraucht. Ich konnte diesem unbewußten Prozeß, was immer es auch war, der sie an jenem Nachmittag zu meiner Türe, in mein Bett gebracht hatte, nur dankbar sein.

18

Stella kam fast jeden Nachmittag in mein Haus. Ihre Gegenwart hier wurde ein Teil meiner Existenz und verwandelte sie völlig. Ich starrte nicht mehr aus einem lautlosen Raum nach draußen, abgeschnitten von allem, außer von meinen eigenen Wahrnehmungen. Ich verlor dieses schmerzhafte Gefühl der Einsamkeit.

Sie war erstaunlich häuslich: sie kochte für mich; wir räumten alle Zimmer im Haus gemeinsam auf; sie half mir, das Wohnzimmer mit bunten Teppichen und einigen Plakaten im *Art-Nouveau*-Stil aufzuhellen, die ich in der Stadt fand und die sie für mich auf Hartfaserplatten anbrachte.

Sie machte gern Dinge mit den Händen. Sie hatte in New Mexico gelernt, Leder zu bearbeiten, und sie verbrachte Stunden damit, Geldtaschen und Gürtel zu stanzen und zu nähen, die ein Laden in Santa Fé gelegentlich für sie verkaufte. Wir saßen immer beim Küchentisch, sprachen kaum, während sie mit ihrem Messer, das eine dünne Klinge hatte, peinlich genau das Leder schnitt und zurechtstutzte, und ich mit meinen Karikaturen beschäftigt war. Sie interessierte sich für meine Arbeit; ich zeigte ihr die Zeichnungen, an denen ich gerade arbeitete. Sie sagte mir ehrlich, ob sie sie lustig fand. Ihre Urteile waren völlig persönlich; ihr fehlte die Vorstellungskraft, irgend etwas anders zu sehen als mit Bezug auf sich selbst. Ich akzeptierte das bei ihr, so wie ich alles andere akzeptierte, weil ich von Anfang an erkannte, daß jede Kritik oder alle Vorbehalte gegen Stella den Genuß und das Glück zerstören würde, das sie mir schenkte.

Solange ich nicht versuchte, sie zu analysieren, überraschte sie mich immer wieder. Sie hatte viele Eigenschaften eines Außenseiters; sie schien sich um nichts Sorgen zu machen, wenn sie nur von einem Tag zum anderen durchkam; aber sie haßte Unordnung oder Schlamperei. Sie war pünktlich und gewissenhaft bei ihren Teilzeitjobs; sie wusch ihr Haar mehrere Male in der Woche; ihre Blusen und Jeans und ihre Unterwäsche wanderten immer schnell in die Wäscherei.

Ihre Direktheit war ein Symptom von Ehrlichkeit. Obwohl ihre Sprache mit „Scheiße" und „ficken" gewürzt war, und sie sich ohne diese Worte nicht ausdrücken konnte, vermied sie mit ihrer Sprechweise nie die Wahrheit. Sie sprach nicht darüber, „womit sie beschäftigt war"; sie sagte, „ich denke", „ich habe das Gefühl". Es gab keine „argen Stellen" in ihrem Leben, nur Dinge, die ihr daran gefielen, und Dinge, die ihr nicht gefielen. Sie interessierte sich nicht für Zen oder Yoga oder für ihr eigenes inneres Sein. Ihre Haltung zu den Studenten, die das taten, war die des amerikanischen Mittelstands: sie waren Wichser. Sie war auch in manchen anderen Dingen konventionell. Sie hing sentimental an Souvenirs: sie bat mich, ihr die Zeichnung zu geben, die ich von ihr zusammen mit Miguel gemacht hatte; sie verpackte sie sorgfältig und nahm sie mit nach Hause. Trotz ihrer ganzen impulsiven Bereitwilligkeit, mit mir zu schlafen, war ihr sexueller Geschmack engstirnig und bürgerlich; sie machte es gern im Bett und auf dem Rücken liegend, kein Cunnilingus, keine Fellatio, keine Tricks, nichts Ausgefallenes. Sie war bescheiden. Sie zog sich im hinteren Schlafzimmer jedesmal splitternackt aus, wenn ich es vorschlug, aber sie saß nie so im Haus herum und gab damit an; sobald sie aus dem Bett stieg, zog sie ihre Kleider wieder an.

Ich schlief immer wieder mit ihr. Ihre Möse erregte mich wie einen sechzehnjährigen Jungen; wenn ich nur daran dachte, bekam ich schon eine Erektion. Wir saßen am Küchentisch, Lederreste und halbfertige Zeichnungen zwischen uns verstreut, und dann kam mir plötzlich zu Bewußtsein, daß sie *da* war, unter dem glatten engen Jeansstoff zwischen ihren Beinen. Drei Minuten später lagen wir schon unter den Decken; ich durchbohrte sie, während sie mich drängte: „Mach weiter. Mach weiter. Halte es nicht zurück."

Anfangs beunruhigte es mich, daß sie niemals kam. Ich war immer so bedacht darauf gewesen, Lust zu spenden. Ruths Orgasmen waren für mich befriedigender gewesen als meine eigenen. Ich versuchte mit Gewalt und Geschick, mit Zärtlichkeit, Stella zu einem Höhepunkt zu bringen. Nichts klappte; bis auf ihre gestammelten Ermunterungen blieb sie unterwürfig und passiv. Nach einiger Zeit erkannte ich, daß die Möglichkeit der Erfüllung jenseits ihrer Phantasie lag. Ihre Vorstellung von Befriedigung lag darin, begehrt zu werden. Was ich für Zurückhaltung gehalten hatte, war ein erschreckendes Gefühl der Isoliertheit. Nur wenn ich in meiner unbekümmerten Lust nach ihr verloren, unerreichbar war, konnte sie sich mit mir verbunden fühlen.

Wir hatten als Paar kein gesellschaftliches Leben. Ohne darüber reden zu müssen, vermieden wir es, zusammen gesehen zu werden. In der Klasse trafen wir uns als Fremde. Ich bin nicht sicher, ob Stella fürchtete, daß irgend jemand Besonderer von unserem Verhältnis erfuhr: vielleicht war es einfach ein Teil ihrer Selbstgenügsamkeit, verschwiegen zu sein. Was mich anging, hütete ich mich vor irgendwelchen unbestimmten „sie", die Ruth von uns erzählen könnten, wenn sie zu Weihnachten zu mir kam.

Ich hatte keine Angst, daß Ruth eifersüchtig sein würde; da sie sich in New York mit Pierre vergnügte, hatte sie jeden Anspruch auf Eifersucht verloren. Aber ich wollte nicht, daß sie von meiner Beziehung zu Stella wußte. Ich konnte mir zu deutlich vorstellen, wie es in ihren Augen aussehen würde. Sie würde mein Bedürfnis nach einer Gefährtin verstehen, aber was war mit Stellas Bedürfnissen? Ruth würde sie sofort mit ihren eigenen identifizieren. Nutzte ich Stella nicht einfach egoistisch aus? Sie kocht und putzt für dich, und du fickst sie, wann immer du Lust dazu hast. Meinst du nicht, daß das ein wenig entwürdigend ist? Für sie. Für euch beide.

Dazu brauchte ich nicht Ruth, um mir das zu sagen. Ich sagte es mir ununterbrochen selbst. Es gab Zeiten, normalerweise gleich nachdem wir miteinander im Bett gewesen waren, in denen ich mich niedergedrückt fühlte, die Erkenntnis, wie erniedrigend ich Stella ausnutzte, jagte mir Angst ein. Mit ihr war ich der Verwirklichung jener Halbwüchsigen-Phantasien gefährlich nahe, die mich rückblickend mit solcher Scham erfüllten. Sie war in vieler Hinsicht die Personifizierung jenes Bauernmädchens des neunzehnten Jahrhunderts, das den Begierden des Herrn so unterwürfig gehorchte. Hier bin ich. Schlaf mit mir.

Ich konnte Ausreden für mich finden. Ich hatte Stella nicht in diese Rolle hineingedrängt; sie hatte sie gewählt; es lag in ihrem Wesen, sich als Sexualobjekt zu betrachten. „Großer Busen." Ihn ungeduldig aus dem Weg zu schieben, wenn sie niederkniete, um ihre Turnschuhe aufzuknüpfen. Sie hatte vermutlich mehr Zärtlichkeit und Rücksicht mit mir erlebt als mit den anderen, die nach diesem großen Busen gegriffen hatten, seit sie zwölf Jahre alt gewesen war. Mit diesem Cowboy zum Beispiel.

Der Gedanke an diesen Cowboy verfolgte mich manchmal. Begehrte sie ihn noch immer? Dachte sie manchmal an ihn, während ich mit ihr schlief?

Eines Abends, als Stella nicht sicher war, um wieviel Uhr sie mit ihrer Arbeit im Supermarkt fertig sein würde, richtete ich es so ein, daß ich sie in der Sierra-Bar anrief. Sie brauchte lange, bis sie zum Telefon kam. Ich bot ihr an, sie in der Stadt abzuholen. Sie sagte, sie werde ein Taxi nehmen. Es war fast Mitternacht, als sie ankam. „Ich hab' Billard gespielt", sagte sie beiläufig. Es gelang mir, einen Scherz daraus zu machen, ich sagte, ich hoffte, daß sie gewonnen habe. Aber nachher im Bett ließ ich mich mit einer wilden Wut gehen, als wollte ich sie bestrafen.

Stella war begeistert. „O Gott", sagte sie, als ich sie schuldbewußt tröstend umarmte, bevor wir einschliefen. „Diesmal warst du wirklich scharf auf meinen Arsch."

Am nächsten Tag, allein, dachte ich weiter darüber nach. Mein Verhalten, meine Gefühle kamen mir so fremd vor. Ich habe mich immer von jenen Kulturen abgestoßen gefühlt, von den Sizilianern, den Arabern, die rasend besitzergreifend und eifersüchtig auf ihre Frauen sind, weil sie immer diejenigen sind, die ihre Frauen als Individuen am geringsten schätzen. Ein bis zwei Tage lang vermied ich es, mit Stella ins Bett zu gehen. Es machte uns nur beide nervös.

Der Dezember kam, ohne daß es schneite. Charlie Ryders Freund, der Agent, verkaufte den Meditations-Comic-Strip. Er machte mir Hoffnungen auf andere und war interessiert, alles zu sehen, was ich ihm schicken wolle. Ich war immer noch weit entfernt davon, mir mein Brot als Comic-Strip-Zeichner zu verdienen, aber ich hatte einen Anfang gemacht. Früher oder später würde ich mir einen neuen Strip ausdenken, dorthin zurückkehren, wo ich gewesen war. Was die Gegenwart betraf, würde ich weiter unterrichten müssen.

Die Gegenwart; das war Stellas großes Geschenk für mich. Wenn sie da war, gab es keinen Grund, vorauszudenken. Wir hatten keine Zukunft miteinander; das wußten wir beide. Mit Stella lebte ich wie sie, von einem Tag auf den anderen.

Ich hatte keine Momente des Gedächtnisschwunds mehr; vermutlich, dachte ich, weil ich keine Phantasien mehr hatte; es gab nichts, was ich wollte. Solange ich Stella akzeptierte, ohne sie in Frage zu stellen, konnte ich die Illusion genießen, daß ich nicht länger allein war. Wir teilten miteinander die Zeit, die verging, die gemeinsame Anwesenheit im gleichen Zimmer, den ungleichartigen Lohn unserer beiden Körper, so wie ich einmal empfunden hatte, daß ich mein ganzes Sein mit Ruth teilte.

Es genügt nicht, zu sagen, daß ich Stella nicht verstand. Ich erkannte erst später, als es zu spät war, wie verborgen, wie uneingestanden meine eigenen Emotionen waren.

19

„Wann kommt sie denn?"

„Morgen."

„Für wie lange?"

„Ich weiß es nicht." Darauf hatte es keinen Hinweis gegeben in irgendeinem von Ruths fröhlichen, mit sich selbst beschäftigten Briefen. Ich sah Stella an, die neben mir auf ihren Absätzen kauerte. „Was wirst du zu Weihnachten tun?"

„Scheißweihnachten."

Wir schmückten miteinander den Baum im Wohnzimmer. Wir hatten ihn bereits mit bunten Lichtern behängt. Stella zerriß Watte in kleinen Büscheln und legte sie über die Äste, um Schnee nachzuahmen. Draußen war der Schnee, der letzte Woche gefallen war, zu zerklüfteten Böschungen und Furchen mit schmutzigem Eis gefroren, die die Auffahrt und die Straße säumten. Ich war froh gewesen, daß es so gekommen war; eines meiner Geschenke für Sophie war ein Schlitten; Stella hatte ihn in rotes Papier verpackt, mit einer kunstvollen Schleife aus grünem Band. Ihre Haltung zu meiner Frau und meinem Kind war so ambivalent wie viele andere Äußerungen ihrer Persönlichkeit; sie mochten ein interessanter, aber unpersönlicher Umstand gewesen sein, wie Reichtum. Wir hatten meine Zeichensachen aus der Küche in das Zimmer neben dem von Sophie am Ende des Korridors getragen; sie hatte mir geholfen, das Hinterzimmer sauberzumachen und das Doppelbett mit sauberen Bettüchern für Ruth zu beziehen. Mit der Frage, wie lange Ruth bleiben würde, war sie näher daran als je zuvor, anzudeuten, daß die

Existenz meiner Familie ihr eigenes Leben beeinflussen könnte.

Aus meinen persönlichen Gründen war mein Vorgefühl vor Ruths Ankunft stumm und verschwommen; ich hatte nicht vergessen, wie sehr Ruth mich verletzen konnte. Ich konnte mich nicht darauf freuen, wieder mit ihr zusammen zu sein, ohne mich noch einmal einer Zurückweisung auszuliefern. Trotz aller Bemühungen, das Haus aufzuhellen, wußte ich, daß sie es hassen würde. Ich sah es jetzt mit ihren Augen um so deutlicher, da sie so bald eintreffen würde. Seine Häßlichkeit lag nicht an auswechselbaren Vorhängen, Teppichen oder Möbeln, sondern an der Kitschigkeit des ganzen Gebäudes; die rustikale Täfelung im Wohnzimmer war so achtlos zusammengefügt worden, daß es mehrere Spalten zwischen den Brettern und dem Plafond gab, groß genug, daß eine Hand hindurchgreifen konnte.

Stella hatte aufgehört, Wattebäusche auf den Baum zu tun; sie schaltete die Lichter an, und, auf ihren Absätzen sitzend, bewunderte sie den Effekt. Der Glanz des Baumes machte ihr Gesicht weich. Sie saß mit leicht gespreizten Knien da, ihre Jeans umspannten den sanften Hügel zwischen ihren Schenkeln, so knapp, daß sich die Spalte dazwischen zeigte. Ich wußte, wenn ich meine hohle Hand über diesen Hügel legte, würde er sich warm auf meiner Haut anfühlen. Wir waren an diesem Nachmittag schon früher im Bett gewesen; das schreckte mich nicht ab, ich wollte sie wieder. Es war ein irrationales, undefinierbares Gefühl, das mich meine Hand in Zaum halten ließ: diese sauberen Bettücher, die wir auf das Bett gelegt hatten, nachdem wir darin gelegen waren; obwohl sie nie darin geschlafen hatte, war es jetzt Ruths Bett geworden.

Ich rückte eines der Lichter auf dem Baum zurecht. „Fährst du über die Feiertage fort?“

„Ich fahre vielleicht nach Los Angeles.“

„Hast du dort Freunde?“

„Ja. Freunde.“ Sie ließ das Wort wie eine Beschuldigung klingen. „Ich geh' jetzt lieber.“ Sie stand auf.

„Warum?“ Ich hatte es für selbstverständlich gehalten, daß sie bleiben und mit mir zu Abend essen würde. Unsere letzte Nacht.

„Ich muß im Supermarkt sein.“

„Heute Abend?“ Es war keiner ihrer üblichen Arbeitsabende. „Es ist Mittwoch.“

„Sie haben mir wegen Weihnachten einen anderen Tag gegeben.“ Sie zögerte, und dann ergänzte sie das mit der Wahrheit. „Damit ich morgen wegfahren kann.“

Sie ging in die Küche. Ich schaltete die Lichter des Baumes ab und folgte ihr. Sie zog ihre Windjacke an und machte den Reißverschluß zu. Es kam mir zu Bewußtsein, daß es Wochen dauern konnte, bevor ich sie wiedersah. Wenn Ruth hierblieb, dann würde ich sie nur mehr bei den Vorlesungen sehen können.

Ich wußte, daß ich Stella nicht liebte. Was dem am nächsten gekommen war, war meine Dankbarkeit dafür, daß sie meine Einsamkeit linderte. Meine Gefühle für sie waren primitiv, unerklärlich und durch und durch egoistisch. Ich war besessen von ihrer Möse. Ein Haarbüschel und eine Vagina; ihre: mein Verlangen, sie in diesem Augenblick zu berühren, war so heftig wie Zorn. Ich fand es beinahe unerträglich, daß ich sie vielleicht nicht mehr wiedersehen würde, daß sie *da* sein würde, aber nicht für mich. Die kalte Ehrlichkeit, mit der ich das begriff, beschämte mich ein wenig. Mir fiel ein, ich hatte zumindest eine aufmerksame, nicht egoistische Bemühung für Stella erbracht; ich hatte ihr ein Geschenk gekauft. Es war hinter dem Küchentisch, ich holte es und gab es ihr.

„Was ist es?“ Sie betrachtete die flache weiße Schachtel, die mit einem blauen Band zusammengebunden war. Ich hatte ihren Namen darauf geschrieben. „In Liebe von

Martin.“ Sie drehte sie um und betrachtete die andere Seite.

„Es ist für dich. Es ist für –,“ Ich erinnerte mich, wie sie Scheißweihnachten gesagt hatte. „Es ist für dich“, wiederholte ich.

„Klar. Aber was ist es?“ Sie drehte die Schachtel wie ein Rad, besah ihre Kanten.

Es war ein Nachthemd. Ich wollte ihr das nicht sagen; ich hatte einige Zeit damit verbracht, es in Reno zu kaufen, eines auszusuchen, von dem ich meinte, es werde ihr gefallen: ich wollte, daß sie selbst entdeckte, was es war, daß es sie überraschte und erfreute. „Warum öffnest du es nicht?“

„Yeah.“ Aber das tat sie nicht; sie drehte die Schachtel weiter in ihren Händen. „Du meinst, es ist ein Geschenk?“

Die Sinnlosigkeit ihrer wiederholten Fragen ärgerte mich. Und dann blickte ich in ihre Augen. Den gleichen Ausdruck hatte ich schon früher in ihnen gesehen, flüchtig, wenn ich zwischen ihren Beinen war und sie mich drängte, weiterzumachen, mich gehen zu lassen. Es war ein flehender Blick, der dem Ausbrechen aus der Isolation, in der sie lebte, näher kam, als es ihr je möglich gewesen war. Ich legte meine Arme um sie und küßte ihre Wangen. „Es ist nur ein Geschenk“, sagte ich ihr. „Es ist nur ein Weihnachtsgeschenk. Das ist alles.“

Sie sagte nicht Scheißweihnachten; sie küßte mich auf den Mund und drückte sich an meinen Hals. Außer im Bett waren wir körperlich nie gefühlvoll miteinander gewesen; ihre plötzliche Zuneigung berührte mich.

„Stella. Liebling.“ Ich hatte ihr noch nie vorher dieses Wort gesagt.

„Ich werde später zurückkommen, wenn du magst.“

„Kannst du?“

Es war wie ein Aufschub. Was zum Teufel machte es aus, wenn es Ruths Bett war? Ich war plötzlich überzeugt, daß ich jetzt in einer ganz anderen Weise mit Stella schlafen konnte; ich konnte ihr das Gefühl geben, daß man sich um sie kümmerte und sie als Mensch gern hatte; ich konnte sie aus ihrer Vereinzelung befreien. Heute nacht zumindest konnte ich sie an mir teilhaben lassen.

„Um wieviel Uhr bist du fertig?"

„Neun."

„Ich werde dich abholen."

„Nein." Sie entschlüpfte mir. „Ich muß nach der Arbeit nach Hause gehen. Ich werde gegen zehn hierherkommen." Sie legte mein Geschenk auf den Tisch. „Ich mach' es auf, wenn ich zurückkomme. O. k.?"

„Klar."

Draußen waren die Stufen von Eis überkrustet; ich hielt ihre Hand, als wir über sie zum Wagen hinunterbalancierten. Nachdem ich sie am Parkplatz des Supermarkts abgesetzt hatte, hatte ich keine Lust, nach Hause zurückzufahren, allein zu kochen und zu essen. Ich aß einen Hamburger in einem Café und ging dann ins Sierra. Ich war in gehobener Stimmung, fühlte mich frei, fürchtete nicht mehr, von Ruth verletzt zu werden.

Um halb neun würde ich nach Hause gehen und auf Stella warten.

Es war kurz nach acht, als Brian hereinkam. Ich bot ihm etwas zu trinken an.

„Ich bin an der Reihe. Nebenbei bin ich am Feiern." Er zahlte von einem Bündel neuer Zwanzigdollarscheine.

„Was wird gefeiert? Weihnachten?"

„Scheißweihnachten." Er hob seine Flasche, als ob die Worte ein Trinkspruch wären. „Ich komme für ein paar Wochen aus diesem Loch heraus."

„Wohin fahren Sie?"

„L. A."

„Haben Sie dort Freunde?" Warum fragte ich? Ich kannte die Antwort.

„Ich habe einen Traum", sagte Brian. „Ich habe ihn seit Jahren. Ein Hotelzimmer. Eines dieser Apartments, die sie da unten haben, mit einer Küche. Jede Menge Essen und Bier einlagern und zwei Wochen lang zusammenleben und ficken. Ihre Möse bumsen, wann immer ich Lust darauf habe."

Ich konnte nicht einmal trinken, aus Angst, ich würde es wieder auskotzen.

„Ich werd' ihre Hosen runter- und raufholen wie eine Flagge auf einem Fahnenmast. Was ich so höre, ist sie in der Beziehung irre. Sie fickt gern nackt, aber sobald es vorbei ist, zippt sie wieder ihre Hosen zu."

„Wer?"

„Dieses Stück Arsch, das ich nach L. A. mitnehme."

„Wer ist sie?" Es war, als ob ich mein Gesicht hinhalten und darauf bestehen würde, geschlagen zu werden.

„Diese Billard spielende Närrin, die sich von dem Cowboy bumsen ließ. Zum Teufel, Sie kennen sie. Stella Roche."

Irgendwie vermochte ich es, sitzenzubleiben, während Brian weiterredete und seinen Traum ausschmückte. Er nannte nie wieder Stellas Namen; es war immer diese Möse, dieses Stück Arsch; sie war ein Objekt, eine Funktion, kein Mensch für ihn. In seinem Eifer, von ihr Gebrauch zu machen, war ein Anflug von Haß.

Um halb zehn sagte ich ihm, ich hoffte, er werde schöne Weihnachten haben; ich sagte ihm gute Nacht und verließ das Sierra. Es hatte zu schneien begonnen, ein beständiges, senkrechtes Fallen, das auf dem Boden dreißig Zentimeter frischen Schnee vor dem Morgen anhäufen würde. Mein Wagen war wenige Meter weiter geparkt; ich stieg hinein und startete den Motor. In einer halben Stunde würde Stella beim Haus eintreffen, die Stufen hinaufklettern, die Glocke läuten, wie immer.

Wenn ich nicht ins Sierra gegangen wäre, wenn ich

Brian nicht getroffen hätte, hätte ich ihr die Tür geöffnet, ihr ein Coors gegeben, wäre mit ihr in der Küche gesessen, während sie ihr Geschenk auspackte, bis das Bewußtsein von ihrem so leicht zu habenden Sex sich meiner bemächtigte, zu einem unwiderstehlichen Impuls wurde, für meinen Willen so irrelevant wie die Schwerkraft.

Später würde ich sie das Nachthemd anziehen lassen, das ich ihr gekauft hatte. Es würde ihren mir so vertrauten Körper in faszinierende Fremdheit hüllen. Mit ihr darin zu vögeln würde so sein wie das erste Mal mit ihr zu schlafen.

Ich brauchte nur zu vergessen, zu ignorieren, daß Brian morgen nacht an meiner Stelle sein würde.

Ich konnte es nicht. Ich wußte, ich konnte nicht. Ich traute mir nicht zu, es zu versuchen. Stella war meinem Verlangen nach ihr so gehorsam gewesen, daß ich das Gefühl bekommen hatte, sie gehöre in einer Weise zu mir, wie Ruth mir nie gehört hatte. Ob Ruth es glaubte oder nicht, ich hatte ihre Unabhängigkeit von mir, ihre individuelle Freiheit, immer anerkannt. Wie sehr es auch schmerzte, ich hatte es zustande gebracht, mich mit Pierre abzufinden. Ich konnte mich nicht mit Brian abfinden. Es war, als ob Stella, indem sie sich einem anderen Mann hingab, irgendeinen wesentlichen Teil von mir zerstören würde, irgendein Bild, das ich in den Monaten unserer Beziehung von mir geformt hatte, ein Bild, bei dessen Entstehung sie mir eifrig geholfen hatte. Als ich im Auto saß – es schneite noch immer – verstand ich die sizilianische Raserei bei sexuellem Betrug und fühlte mit ihr. Ich verstand den Wahnsinn Othellos.

Ich hätte zurück nach Hause fahren und mit Stella sprechen können. Ich hätte versuchen können, sie zu überreden, nicht nach Los Angeles zu fahren. Ich konnte sie nicht so sehr bitten. Meine Empörung, meine Eifersucht konnte ich ihr nicht gestehen. Sie konnten nur darin Befreiung finden, das ich ihr ebenso wehtat, wie sie mir wehgetan hatte. Ich wollte sie anschreien, sie schlagen, sie völlig unterwerfen. Ich rannte aus Angst vor meiner eigenen Gewalttätigkeit davon, als ich über die Autobahn Richtung Reno losfuhr.

Autofahren half: die Schneeflocken zu beobachten, wie sie aus der Dunkelheit in das Strahlen der Scheinwerfer stürzten wie wirbelnde Funken, hielt mich davon ab, an Stella mit Brian in einem Hotelzimmer zu denken. Plötzlich und unerwartet sprang ein Schatten ins Licht und ich wich so scharf aus, um ihm zu entgehen, daß ich in den Wiesenrand hineinfuhr. Eine Sekunde lang war der Wagen außer Kontrolle, bevor ich ihn auf harten Boden zurückbekommen konnte. Ich war nicht sicher, ob die Erleichterung, die ich empfand, als ich weiterfuhr, davon kam, daß ich der Gefahr entronnen war, oder davon, daß ich sie erlebt hatte.

Nach einer Stunde war das Schneien vorüber, ich konnte Gas geben; eine Stunde später war ich in Reno. Um halb zwölf war dort Hochbetrieb. Ich schlenderte durch Bars und Casinos. Ich wollte nicht spielen, aber ich fand etwas Ablenkung im Umdrehen von Karten, im Drehen von Rouletterädern. Irgendwann gegen zwei war ich in einer Kneipe; eine Frau saß auf einem Hocker neben mir. Ihr Gesicht ohne Züge im beabsichtigten Halbdunkel des Lokals. Sie trug einen engen schwarzen Hosenanzug aus irgendeinem glitzernden Material; sein Kunststoffglanz lenkte meine Aufmerksamkeit auf ihre gekreuzten Schenkel. Sie fragte mich, ob ich sie auf einen Drink einladen wolle. Ich sagte ihr, es würde mir nichts ausmachen, solange es nicht „Cold Duck“ war. Nach dem, was ich aus ihrem Gesicht erkennen konnte, schien sie das komisch zu finden; ihre Schenkel schimmerten, als sie sie aus der Kreuzlage brachte; ihre Plumpheit war unregelmäßig; ausgezogen würde sie schwammig aussehen. Sie trank „Alexanders Brandy.“ Nach dem zweiten fragte sie, ob ich ein bißchen Spaß haben wolle.

„Spaß? Wozu?“ Die Frage war mehr an mich als an sie gerichtet. Die Vorstellung, mit dieser Nutte ins Bett zu gehen, schien für den Schmerz meiner Gedanken über Stella so belanglos wie ein Heftpflaster.

„Du weißt schon, zum ... Vergnügen.“ Sie war entweder betrunken oder buchstabengläubig genug, um mich ernst zu nehmen. „Du und ich, wir könnten –“ Sie zögerte; Jahre von widerlichen Erfahrungen kämpften mit der späten Stunde, mit der Notwendigkeit, sich etwas zu angeln, bevor die Bar zusperrte. Erfahrung war gegen sie; hatte sie mit zu geringer Selbstachtung ausgestattet, einem matten Akzeptieren der Erniedrigung. „Alles ist drin“, erzählte sie mit einer schrecklichen, widerstrebenden Fröhlichkeit. „Ich meine, ich tu alles, was Sie wollen, Mister.“

Ich wollte sie bemitleiden; ihr etwas Freundliches sagen. Ich konnte mich nicht darauf konzentrieren; meine Gedanken wechselten zu schnell, glitten in Assoziationen hinein, die ich nicht kontrollieren konnte.

„Kennst du die Geschichte von dem Mann im Schlafwagen?“ fragte ich sie.

„Nein.“

„Er schaute der Frau in dem Bett unter dem seinen beim Ausziehen zu. Erst zog sie ihre Perücke aus, dann die Zähne, dann den ausgestopften Busen. Dann sah sie, daß er sie beobachtete. ‚Was wollen Sie?‘ fragte sie ihn. Kennst du die Geschichte?“

„Nein.“ Ihr Gesicht war noch immer verschwommen und sie sprach verwirrt. „Nein, glaub' ich nicht.“

„‚Sie wissen, was ich will‘, sagte der Mann zu ihr. ‚Ziehen Sie's aus und werfen Sie's hier herauf.‘“

„Oh ja, Oh, ja.“ Sie kicherte verlegen und schlug wieder die Beine übereinander. „Das ist eine hübsche Geschichte.“

„Das Problem ist, es funktioniert nicht auf diese Art.“ Ich war angeekelt von mir selbst, aber ich mußte es sagen. „Mösen sind nicht abnehmbar. Ich hatte ein Mädchen – ich war ganz verrückt nach ihrer Scheide. Sie haute mit einem anderen Typ ab. Und sie nahm ihre Scheißmöse mit.“

Sie saß immer noch mit ihren übereinandergeschlagenen Beinen da, als ich von der Tür her zurückblickte. Zum ersten Mal sah ich ihr Gesicht deutlicher, als sie sich eine Zigarette anzündete; es war so ungerührt wie Wachs. Sie hatte vermutlich eine Menge Verrückter in ihrem Leben getroffen.

Mittlerweile fühlte ich mich müde genug, um zu schlafen. Ich fuhr herum, bis ich ein Motel mit einem „Zimmer frei“ fand. Das *Sunshine Inn;* ein Witz, der beinahe genügte, um mich weiterfahren zu lassen. Ein Mann in Pyjamahosen und einer gestreiften Strickweste kam aus dem Büro.

„Haben Sie ein Zimmer?“

„Ja.“ Er spähte in meinen Wagen. „Sie sind allein?“ Es schien ihn zu überraschen.

„Natürlich bin ich allein.“

Ich folgte ihm ins Büro und trug mich ein. Er bat mich, meine Autonummer auf die Karte zu schreiben; Leute, die ein Bett wollten, nur um darin zu schlafen, waren offenbar nicht vertrauenswürdig für ihn.

In dem Augenblick, als ich die Nachttischlampe abschaltete, war ich hellwach. Ich lag mit offenen Augen auf dem Rücken. Von draußen kam ein weit entferntes Wirrwarr von Musik, Radios und Musikboxen kämpften in klagendem Schmerz miteinander, selbstmitleidige Stimmen, die jemand beschuldigten und begehrten. Quälende Erinnerungen an Stellas Nacktheit brachen immer wieder durch die Dunkelheit; ihre kleinen, wie geschält aussehenden Hinterbacken, als sie über das Bett kroch; Stella mit

Brian; weiter, weiter, halte es nicht zurück. Warum war ich nicht zum Haus zurückgefahren und ihr entgegengetreten, warum hatte ich sie nicht angeschrien, geschlagen? War es nicht das, was ich wollte? Die Befreiung von Zorn, gedankenlose unbeherrschte Raserei . . .

Ich hatte Angst, meine Vorstellungskraft weiter als bis hierher gehen zu lassen. Ich drehte das Licht auf und versuchte mich zu beruhigen. Warum sollte ich Stella wehtun wollen? In all den Stunden, die ich mit ihr verbrachte, hatte sie niemals etwas anderes als Dankbarkeit und Zuneigung von mir verdient. Warum sollte sie nicht mit Brian nach Los Angeles gehen? Was konnte ich von ihr erwarten? Ruth und Sophie kamen, um ihren Platz einzunehmen. Ich wollte, daß sie ihren Platz einnahmen. Ich wollte sie, nicht Stella. Ich hoffte, sie würden bis zum Ende meines Lebens bei mir bleiben.

Es war das erste Mal, daß ich mir das ehrlich eingestanden hatte; es erfüllte mich mit einer plötzlichen Beklemmung, die mich sogar noch mehr hellwach machte.

Ich mußte Ruth jetzt bei mir haben. Ohne Ruth und Sophie hatte ich niemanden, nichts.

20

Ich sah Sophie als erste. Sie kam die Stufen des Flugzeugs herunter und sah wie ein verpacktes Geschenk aus in ihrem grünen Mantel und der roten Strumpfhose. Sie trug eine Flugtasche, die sie an die Brust drückte. Zwei andere Passagiere folgten ihr, bevor Ruth auftauchte. Ich beobachtete vom Eingang der Halle aus, wie Sophie auf Ruth wartete und sie gemeinsam auf mich zugingen.

In der Minute, die sie brauchten, um mich zu erreichen, wechselten Vergangenheit und Gegenwart in meinen Gedanken wie Schnappschüsse auf den eilig umgeblätterten Seiten eines Albums ab. In einem Augenblick erschienen mir diese beiden Gestalten so vertraut wie meine eigenen Sinne, im nächsten schien sogar Sophie eine Fremde zu sein, jemand, von dem ich nur gehört hatte und den ich nun zum ersten Mal sehen sollte.

Sie erblickte mich und fing zu laufen an; sie klammerte sich an meine Beine. Die Flugtasche rutschte zu Boden; ich sah die Puppe, die Steppdecke, die Spielzeug-Registrierkasse, ihre unzertrennlichen Vertrauten. Ich kniete mich nicht nieder, um sie zu umarmen, ich blickte Ruth an; sie durfte nicht das Gefühl haben, daß ich sie nur Sophies wegen wieder willkommen hieß. Ich umarmte sie ungeschickt, während Sophie, zwischen uns eingeschlossen, ungeduldig zappelte.

„Daddy, ich hab' zwei Dollar gewonnen." Sie zog an meiner Jacke. „Ich hab' in einem Spielautomaten zwei Dollar gewonnen." Für Sophie waren die Wochen der Trennung vergessen; nur ihr allerneuestes Erlebnis zählte.

Andere Passagiere versuchten, sich an uns vorbeizudrängen, ich war gezwungen, Ruth loszulassen; der Augenblick der Begegnung war vorbei; ich hatte sie nicht einmal geküßt.

Schweigen trennte uns noch mehr, als wir auf das Gepäck warteten. Ich war fest entschlossen, Ruth nicht zu fragen, ob sie eine gute Reise gehabt hatte; sie war nicht irgendeine Fremde, die zu treffen man mich hierhergeschickt hatte.

„Seid ihr hungrig? Haben sie euch im Flugzeug was zu essen serviert?"

„Wir haben im Café in Las Vegas einen fürchterlichen Sandwich gegessen."

„Ich auch." Ich versuchte, eine Kameradschaft geteilter Erfahrung herzustellen; die schroffe Kellnerin fiel mir ein, die mich bedient hatte; sollte ich Ruth von ihr erzählen?

„Wir hatten dort zwei Stunden Zwischenlandung."

Ich konnte nicht schon wieder „Ich auch" sagen.

„Ich hab' zwei Dollar gewonnen."

„Wirklich, Liebling?" Es war leicht, mit Sophie zu sprechen. Ich beugte mich hinunter und umarmte sie. Sie erzählte mir vom Flugplatz in Las Vegas, von den Spielautomaten, dem Weihnachtsbaum. „Da hingen Geschenke dran. Sie waren alle in Goldpapier eingewickelt. Mammi sagte, wahrscheinlich war gar nichts drin." Ich brauchte ihr nur ab und zu mit einer Frage das Stichwort zu geben, bis das Gepäck ankam.

Ruth hatte drei große Koffer für sich mitgebracht, zwei kleinere für Sophie; es war wie ein gutes Zeichen. Sie hatte einen Träger gefunden, während ich mit Sophie sprach. Ich führte den Marsch zum Wagen an, Sophie hielt sich an meiner Hand fest; Ruth folgte.

„Ist es ein neues Auto?" Für Sophie war alles aufregend.

„Es ist neu aus zweiter Hand." Ich gab dem Träger zu viel Trinkgeld.

Wir hatten alle drei auf dem Vordersitz Platz. Ich fuhr;

Sophie, die sich zwischen uns niederließ und sich unser beider gleichermaßen bewußt war, schien uns zu vereinen. Als ich aus dem Parkplatz herausfuhr, dachte ich wieder über jene drei Koffer von Ruth nach; was konnten sie anderes bedeuten, als daß sie vorhatte, zu bleiben?

„Wie geht's deiner Hand, Martin?"

Es dauerte eine Sekunde, bevor ich verstand, wovon Ruth redete, nicht von jenen verlorenen und verstreuten Knochen neben einer Autobahn in Vermont, sondern von der Vorrichtung, die das Volant umklammerte. „Gut." Ich lockerte sie. „Ich hab' mich so an sie gewöhnt, daß ich kaum mehr darüber nachdenke. Sie ist jetzt wie ein Teil von mir." Es stimmte nicht ganz. Ich war nie fähig gewesen, Stella damit zu berühren, nicht einmal, sie auf ihrer Schulter ruhen zu lassen, wenn ich ihr ins Schlafzimmer folgte. Ich redete, um Ruths Beifall zu finden. Überwinde das Handikap.

„Das ist wunderbar." Sie blickte kurz zu Harolds Club hinüber, als wir daran vorbeifuhren. „Es ist wunderbar, daß es dir gelungen ist, dich so schnell anzupassen."

„Kannst du jetzt damit zeichnen?" Wieder war ich froh, daß Sophie in das Gespräch hineingepiepst hatte. Ich erklärte ihr, daß ich nie mit ihr zeichnen könne, weil ich keine Geschmeidigkeit im Handgelenk besäße. Das veranlaßte sie zu einem Experiment mit einem imaginären Bleistift, sie zeichnete Figuren in die Luft. „Du hast recht. Siehst du? Ich bewege wirklich mein Handgelenk." Sie wollte wissen, welche neuen Dinge ich mit der rechten Hand tun könne. Ich erzählte ihr, ich könne ein Paket Spielkarten mischen, eine Banane schälen, Schnee schaufeln. Das Versprechen von Schnee erregte sie. Ich erzählte ihr von den Bergen rund um die Stadt, vom Rotwild im Nadelwald. Ich hob die Stimme, damit Ruth mich hören könne, und versuchte, es auch für sie attraktiv klingen zu lassen.

Bis wir die lange Autobahnstrecke bei Reno erreichten, wußte ich keine angenehmen Dinge mehr über Saraville zu sagen; ich fuhr schweigend weiter, Sophie schlief ein. Sie setzte sich dazu nicht zurecht wie ein Erwachsener. Natürlich und mühelos fand jeder Teil ihres Körpers seinen eigenen Ruheplatz. Sie schlief.

Als ich Ruth flüchtig anblickte, schüttelte sie lächelnd den Kopf. Ich lächelte zurück, beglückt durch unsere Komplizenschaft; es erinnerte mich an die vielen Male, die sie behutsam die Treppen heruntergekommen war, als Sophie ein Baby war. „Ps-s-s-t, sie schläft."

Sophie erwachte erst, als wir an der ersten Tankstelle vorbeifuhren, die den wenig überzeugenden Anfang der Stadt anzeigte. „Sind wir da?"

„Beinahe." Es gab nichts, worauf man hinweisen konnte, nichts, was eines Worts, eines Kommentars wert gewesen wäre, bis wir die Lebkuchenhäuschen am Gipfel des Hügels erreichten. „Sie wurden von den Leuten gebaut, denen Saraville damals gehörte. Die ersten richtigen Häuser in der Stadt." Ich hatte nie versucht, herauszufinden, wer jetzt in ihnen wohnte.

Ruth betrachtete die Berge. Sie umschlossen die Autobahn von drei Seiten, boten Aussichtsplätze am Ende der Querstraßen und hätten den Eindruck umringender Größe erwecken können; mit ihrem schäbigen, ausgeplünderten Nadelwald schienen sie nur zu dem allgemeinen unordentlichen Aussehen der Stadt beizutragen.

Ich bog in den vertrauten Weg ein, fuhr hinein und hielt an. Ich hatte diesen Augenblick so oft vorausempfunden, in dem Ruth zum ersten Mal das Haus sehen würde; jetzt, da ich ihn erlebte, schien ich keine Empfindungen mehr übrig zu haben.

„Ist das unser neues Haus?" Sophie beugte sich über meine Knie, um einen Blick darauf zu werfen.

„Es ist neu aus zweiter Hand."

Ruth sagte nichts. Ich nahm einen ihrer Koffer heraus und trug ihn die Treppen hinauf. Sophie war vor mir oben und zog an der Fliegengittertür. Stella hatte mir geholfen, sie zu reparieren; sie war nicht mehr mit einer Schnur befestigt. Ich drückte für Sophie die Klinke herunter. Die Eingangstür war versperrt; als ich nach dem Schlüssel in meiner Tasche griff, dachte ich an Stella, die in der Nacht davor hierhergekommen war, geläutet, auf mich gewartet hatte.

Mein Schuldgefühl dauerte nur einen Augenblick. Ihr Geschenk. Die weiße Schachtel, auf der ihr Name geschrieben stand. Sie hatte sie auf dem Tisch in der Küche gelassen.

Ruth begann hinter mir die Treppe hinaufzusteigen. Ich steckte den Schlüssel in das Yale-Schloß und drehte ihn herum. Sophie stieß die Tür auf und lief ins Haus. Mein Gehirn gab mir bereits Instruktionen. Laß den Koffer in der Diele fallen, nimm die Schachtel vom Tisch, dann den Gang hinunter, als würdest du ins Badezimmer gehen, versteck sie im Schrank des Gästezimmers am Ende des Ganges. Ich ließ die Fliegengittertür hinter mir zuschwingen; Ruth würde den Koffer abstellen müssen, den sie trug, um das Schnappschloß wieder zu öffnen.Ich trat in die Küche.

Es lag nichts auf dem Tisch.

Sophie stand in der Tür zum Wohnzimmer und betrachtete den Weihnachtsbaum. Stella hatte sie nicht genommen. Der gesunde Menschenverstand sagte mir, die flache Schachtel mit dem Nachthemd könne nicht vom Tisch gefallen sein. Ich beugte mich hinunter und untersuchte trotzdem den Küchenfußboden. Sie war nicht heruntergefallen. Ruth öffnete die Fliegengittertür.

„Wo möchtest du das haben?“ Ich ging zurück, um den Koffer zu holen, den ich aus dem Auto mit hereingebracht hatte.

„Im Schlafzimmer, nehme ich an. Wo immer das sein mag."

Ich führte sie hinein. Die Fichten hinter dem Haus wuchsen so nahe ans Fenster, daß das Zimmer bereits dunkel war. Ich knipste das Licht an. Ruth blickte kurz auf die Vorhänge, auf die zerknitterte Tapete, und hatte einen schnellen Blick für die häßlichsten Züge des Zimmers. Ich öffnete die Tür des geräumigen Schranks; sie nickte wie eine Touristin, die man durch eine Fabrik führt.

„Ich werde die anderen Sachen aus dem Auto hereinbringen." Ich wollte fort von ihr, um nachzudenken; gab es irgendeinen Weg, wie Stella ins Haus hereingekommen sein konnte und ihr Geschenk genommen hatte? Ich probierte die Tür am oberen Ende der inneren Treppe aus, die in die Garage hinunterführte. Sie war versperrt; der Schlüssel war auf meiner Seite. Ich ging zum Wagen zurück und zerrte noch einen Koffer heraus.

„Tut mir leid, daß er so schwer ist." Ruth war mir die Treppe hinuntergefolgt.

„Ist schon gut."

Sie betrachtete das Haus, wieder eine gleichgültige Touristin.

„Ich weiß, daß es furchtbar ist." Ich hatte es so oft mit ihren Augen gesehen. „Aber ich hab' es nur auf Monatsbasis gemietet. Wir können etwas Besseres finden, jetzt bist du ja da."

Sie schien mich nicht gehört zu haben.

„Sogar der Schnee sieht irgendwie wie aus zweiter Hand aus." Sie ging an mir vorbei und zog Sophies Sachen vom Rücksitz hervor.

Ich beschloß, den Wagen in der Garage zu verstauen, ehe ich Ruths letzten Koffer hineintrug. Der Schnee, der über Nacht gefallen war, mußte zuerst aus der Einfahrt geräumt werden. Ich hatte niemals erwartet, daß ihr das Haus gefalle, sagte ich mir selbst, als ich mit der breiten

Schaufel hineinstieß und die dreißig Zentimeter Schnee zu beiden Seiten der kurzen Einfahrt zu Wällen aufhäufte. Ich hatte immer gewußt, daß es scheußlich war. Bis ich den Koffer im Schlafzimmer neben die anderen stellte, war ich nicht mehr ärgerlich; ich wollte mit Ruth fühlen, darüber sprechen, was für ein Haus wir gemeinsam zu finden versuchen sollten.

Sie saß vornübergebeugt auf dem Bett, in irgend etwas versunken, das auf dem Kissen lag.

„Ist das für mich?"

Ich konnte nicht sehen, was sie anschaute.

„Das." Sie hielt es mit beiden Händen hoch; ein Streifen weißer Gaze, der langsam länger wurde, als er sich durch sein Eigengewicht entfaltete; sie breitete es auf dem Bett aus. Das Spitzenoberteil, der lange weite Rock. Es war das Nachthemd, das ich für Stella gekauft hatte.

„Selbstverständlich." Ich konnte sie nicht ansehen, aber meine Stimme klang natürlich genug. „Selbstverständlich ist es für dich." Wo war die Schachtel? „Gefällt es dir? Ich habe es in Reno für dich gekauft."

„Es ist sehr hübsch." Sie faltete es wieder über dem Kissen zusammen.

Wo war die Schachtel mit Stellas Namen? Ich drehte mich so, daß ich den Fußboden auf der anderen Seite des Bettes sehen konnte. Nichts da. „Es ist eine Art von Willkommens-Geschenk." Ich stellte mir vor, wie Stella das Haus betrat. Wie? Sie wartete. Sie packte ihr Geschenk aus. Sie wartete, bis sie wußte, ich würde nicht kommen. Sie ließ das Nachthemd auf Ruths Bett zurück: eine Leck-mich-am-Arsch-Geste. Was hatte sie mit der Schachtel getan?

Ruth räumte die zwei größeren Koffer in den Schrank; sie öffnete den kleineren. Hatte Stella die Schachtel und das Band in den Abfalleimer in der Küche geworfen?

Das hatte sie nicht getan. Ich sah im Wohnzimmer

nach. Sophie stand neben dem Baum. Sie hatte die Weihnachtslichter eingeschaltet, sortierte die Geschenke aus und machte aus denen, die ihren Namen trugen, einen separaten Stapel. Der Abfallkorb war leer.

„Was ist es?“ Sophie spielte mit dem Band, das Stella um den Schlitten gebunden hatte, und hoffte, es könnte durch einen absichtlichen Irrtum aufgehen. „Was *ist* es?“

„Es ist für Weihnachten, Liebling.“

„Ist es ein Schlitten?“

„Liebling, du wirst bis Weihnachten warten müssen.“ Ich fühlte mich ihr sehr nahe, als sie ihn wieder unter den Baum zurücklegte; dieses scherzhafte Einverständnis zwischen uns war so vertraut, so tief verwurzelt: unsere Trennung hatte es nicht geändert.

„Ich habe ein Geschenk für dich.“

„Ich warte bis Weihnachten.“

„Es ist kein richtiges Geschenk.“ Sie hatte ihre Hand in der Tasche und umklammerte etwas darin. „Rate, was es ist.“

„Das Geld, das du im Spielautomaten gewonnen hast.“

„Nein.“ Die Aufregung über ihr Geheimnis zog an ihren Lippen, bis ihr ganzes Gesicht ein Lächeln geworden war.

„Tier, Stein oder Pflanze?“

„Das.“ Sie konnte es nicht mehr für sich behalten. Ihre zusammengeballte Hand kam aus der Tasche. Sie streckte sie mir hin, öffnete die Faust und zeigte mir, was auf ihrer offenen Handfläche lag.

Ich sah, was es war, erkannte es sofort; mein Wiedererkennen schien in einer anderen Zeitdimension stattzufinden, so wie eine plötzlich durch die Sinne stimulierte Erinnerung.

„Woher hast du das, Sophie?“

„Ich hab’ es in meinem Zimmer gefunden.“

„In New York?“ Es war absolut unbegreiflich.

„Nein.“ Sie hatte erwartet, daß ich mich freuen würde; meine Fragen beunruhigten sie. „In meinem neuen Zimmer hier, am Ende des Korridors.“

Ich griff danach und nahm es in die Hand. Diese einfache Handlung war wie ein Zugeständnis an all das, was meine Vernunft immer zurückgewiesen hatte, der Übergang einer Reihe von Glaubenssätzen, einer Denkungsart in eine andere.

Ich hielt ihn in meiner Hand, klein, schwer, endgültig. Den goldenen Ring, den Ruth mir an dem Tag, als wir heirateten, geschenkt hatte, und den ich bei dem Unfall an meiner rechten Hand getragen hatte.

21

„Hast du den Wagen abgestellt?“

Ruth war hinter mir hereingekommen. Ich ließ den Ring in meine Tasche gleiten.

„Werden wir ihn nicht brauchen?“

„Was?“ Die Bedeutung dieses Ringes, der Tatsache, daß Sophie ihn hier gefunden hatte, fast fünftausend Kilometer von einer Autobahn in Vermont entfernt, explodierte ständig in meinem Kopf wie eine Reihe von Röhrenblitzen.

„Den Wagen.“

„Ich hab' ihn in die Garage gestellt. Ich dachte, es könnte wieder schneien.“

„Sollten wir nicht in die Stadt fahren und ein paar Sachen kaufen?“

„Ich habe alles.“ Die Explosionen verlangsamten sich, sie hörten auf; ich versuchte, mich darauf zu konzentrieren, wo ich war, daß ich mit Ruth sprach, was ich sagte. „Es ist alles in der Küche. Im Kühlschrank sind Steaks.“

„Ich esse kein Fleisch mehr.“

„Es gibt auch Fisch. Lachs. Ich fürchte, er ist gefroren.“

„Ich nehme nicht an, daß du hier braunen Reis finden könntest.“

„Doch.“ Ich ging in die Küche, um ihr zu zeigen, wo er war. Sophie folgte mir. Ich reichte Ruth die Packung. „Ist das die richtige Sorte?“

„Ja, das ist in Ordnung.“

„Ist das alles, was du jetzt ißt, brauner Reis?“ Die Explosionen fingen wieder an. Ich hörte Ruth über rohes Gemüse und Mandeln oder Obst sprechen, ohne daß ich irgendeine Verbindung zwischen den Worten herstellen konnte.

„Es ist viel besser für dich."

Ich nehme an, sie redete immer noch über fleischlose Nahrung; ich versuchte, mich zu einem Interesse an dem Thema zu zwingen. Später würde Zeit genug sein, an diesen Ring zu denken; mehr Zeit, als ich durchstehen konnte, glaubte ich. Konzentriere dich auf die Gegenwart; bewältige sie Sekunde für Sekunde.

Ich glaubte, ich könnte es. Es ist eine der barmherzigen Tatsachen der Existenz, daß Menschen sich dazu bringen können, fast alles zu ignorieren. Schritt für Schritt, den Geist verschlossen vor dem Platz, wohin jeder Schritt ihn führt, kann ein Mann zu seinem eigenen Schafott gehen. Vor mir hing keine Henkersschlinge, kein festgelegter Augenblick; wenn die Falle sich öffnete, würde ich stürzen. Die Tatsache, daß Sophie meinen Ring hier gefunden hatte, mochte das bedeuten, was ich glaubte. Es bedeutete nicht, daß ich unmittelbar bedroht war. Oder daß es irgend jemand anderer war.

„Brauchst du kein Protein?" fragte ich Ruth.

„Es gibt eine Menge Protein in Linsen. Und im Käse. Und in Sojabohnen."

„Einige afrikanische Stämme haben zwei Worte für Hunger." Ich stellte keine perfekte Nachahmung eines Mannes dar, der in einer normalen Welt von Ursache und Wirkung lebt, aber ich tat mein Bestes. „Eins davon heißt Fleisch-Hunger."

„Willst du ein Spiel mit mir spielen?" Sophie stand auf einem Bein beim Fenster; sie versuchte, das andere über ihren Hinterkopf zu ziehen.

„Sicher. Was würdest du gern spielen?"

„Was können wir spielen?" Sie konnte den Fuß nicht höher als bis zur Schulter heben; sie setzte ihn wieder auf den Boden.

„Hast du irgendwelche Spiele mitgebracht?"
„Karten."
„O. k."
Sie wandte sich zum Gang. Ich hielt sie zurück, schroffer als ich gewollt hatte.
„Wo sind sie?"
„In meinem Koffer."
„In deinem Zimmer?"
„Ja."
„Ich hol' sie dir."
Der Koffer stand offen auf dem Stuhl. Nachdem ich die Karten gefunden hatte, ließ ich mich auf Hände und Knie nieder und schaute unter das Bett. Ich kroch herum und suchte den ganzen Fußboden ab; ich fand nichts. Aber ich machte mir nicht vor, daß ich nicht wisse, was ich suchte.
Während Sophie die Karten aus der Schachtel nahm und die Joker beiseite legte, schenkte ich mir etwas zu trinken ein. Ruth beobachtete mich, als ich Wasser aus dem Wasserhahn dazutat.
„Hättest du gern einen?"
„Nein, danke."
„Du trinkst noch immer nicht?"
„Es verzerrt die Dinge nur."
Ich nahm meinen Drink mit zum Tisch. Wir spielten Poker und verwendeten Streichhölzer anstelle von Chips. Es war ein langweiliges Spiel zu zweit; ich hatte das Gefühl, daß auch Sophie es immer so empfunden hatte. Sie versuchte es mit zahlreichen eingeschummelten Karten zu beleben und steigerte die Chancen auf einen reichen Triumph eines Royal Flush. Kein Royal Flush konnte an diesem Abend für mich spannend genug sein, um mich davon abzulenken, was der goldene Ring bedeutete. Ich begann zu mogeln, stahl heimlich Karten aus dem Spiel, wenn Sophie nicht zusah. Es war jämmerlich: ein Mann,

der seine achtjährige Tochter beim Pokern betrog. Mein Wissen darüber, die empörende Absurdität dessen, was ich tat, half mir so, wie mir laut Ruths Warnung das Trinken geholfen hätte: es verzerrte die Dinge. Ich brauchte sie verzerrt; die Wirklichkeit war unerträglich.

„Was willst du essen, Sophie?"

Ruths Frage bewirkte einen raschen Blick auf mich. Sophies zarte Augenbrauen waren auf die halbe Höhe ihrer Stirn hochgezogen; sie wandte sich um Unterstützung an mich. Sie wollte ein Steak; sie fürchtete sich vor dem Tadel ihrer Mutter, wenn sie das aussprach.

„Oh, also, ich nehme an, das eine Mal wird es dir nicht schaden." Ruth hatte den Blick aufgefangen und sich entschlossen, aus Sophies Unlust am Vegetarismus kein Problem zu machen.

Als Kompromiß aßen wir alle etwas von dem braunen Reis. Sophie und ich hatten uns dazu Lendenstücke gegrillt, Ruth aß rohen Blumenkohl und geschabte Karotten; sie aß mit zwei hölzernen Eßstäbchen, die sie von New York mitgebracht hatte. Als wir alle fertig waren, ging sie ins Schlafzimmer und kam mit einem kleinen Metallkegel an einer Kette zurück. Sie schlang die Kette um ihren Finger; Sophie streckte mit einem raschen Lächeln ihre Hand aus; es war offensichtlich ein Spiel, das sie schon früher miteinander gespielt hatten.

Ruth ließ den Metallkegel über Sophies Handfläche baumeln, bis er zum Stillstand kam.

„Braucht Sophie heute abend Vitamin B?"

Sie schien sich an den Kegel zu wenden; ich beobachtete ihr Gesicht. Es war von überzeugter Andächtigkeit. Langsam begann der Kegel hin- und herzuschwingen; das Schwingen wurde zu einer kreisenden Bewegung.

„Nein, braucht sie nicht."

„Vitamin C?" schlug Sophie hoffnungsvoll vor; sie wollte nicht, daß das Spiel aufhörte.

Ruth wartete, bis der Kegel wieder zur Ruhe kam. „Braucht Sophie heute abend Vitamin C?“ Diesmal schwang der Kegel rascher, immer rundherum.

„Er sagt ja.“ Sophie war entzückt. „Ich brauche Vitamin C.“

„Es ist auf der Kommode im hinteren Zimmer.“

„Wer hat sich das ausgedacht?“ Ich betrachtete Ruth, wie sie die dünne Kette um den Kegel wickelte.

„Was meinst du?“

„Dieses Spiel, um Sophie zum Vitaminenehmen zu bringen.“

„Es ist kein Spiel. Viele Ärzte benützen diese Pendel heute zur Diagnose.“

„Du glaubst wirklich –.“ Es war so absurd, daß sie es nicht ernst meinen konnte. „Du glaubst wirklich, ein Stück Metall kann dich hören, kann deine Fragen beantworten?“

„Es hat nichts damit zu tun, daß Metall irgend etwas hören kann.“ Ruth meinte es wirklich ernst, ihre Stimme klang entrüstet, tadelnd. „Sophies Körper weiß intuitiv, was sie braucht. Das Energiefeld in ihrer Hand lenkt die Bewegungen des Pendels. Schwingt es im Uhrzeigersinn, dann ja. Gegen den Uhrzeigersinn, dann nein.“ Mein Erstaunen brachte sie zum Lächeln; sie hatte in den Wochen, die wir getrennt waren, ein neues Lächeln entwickelt: es erinnerte mich an mittelalterliche Gemälde von Heiligen, die Heiterkeit des Glaubens konfrontiert mit Ketzerei.

„Ich hab' zwei genommen.“ Sophie war zurück. Ruth umarmte sie und sagte ihr, sie solle zu Bett gehen. „Weißt du, wie spät es jetzt in New York ist?“ Sophie wollte bleiben und raten. Ich versprach, ihr vorzulesen, nahm das Buch, das ich für sie aufgehoben hatte, und führte sie den Gang hinunter.

Während sie duschte und die Zähne putzte, durchsuchte

ich wieder das Zimmer, sorgfältiger. Die inneren Wände waren mit bemalten Holzfaserplatten verschalt; im Gegensatz zur rustikalen Täfelung des Wohnzimmers reichten sie gleichmäßig bis zum Plafond: es war unmöglich, daß ich etwas sehen konnte, wenn es dahinter war. Ich schaute unter das Bett und unter die Kommode; das Drahtgitter draußen vor dem Fenster saß fest an seinem Platz. Ich schüttelte die Vorhänge, bevor ich sie zuzog. Das ließ nur das Bett übrig; ich zog Laken und Decken zurück und hob das Kissen.

Das Geräusch von fließendem Wasser im Badezimmer hatte aufgehört. Bis Sophie im Pyjama hereinkam, hatte ich das Bett wieder in Ordnung gebracht.

Ich hatte eine Sammlung italienischer Märchen in der Collegebücherei gefunden; ihr frivoler Zynismus, niederträchtige Hexen und spitzbübische Helden begeisterten Sophie. Ich las ihr zwei davon vor, bevor ich ihr einen Gutenachtkuß gab.

„Läßt du die Tür offen, damit ich das Licht in der Diele sehen kann?“

„Nein.“ Es gelang mir zu lächeln. „Du wirst besser schlafen, wenn ich die Türe schließe, Liebling.“

„Bitte, ich will das Licht sehen.“

Ich stellte die Nachttischlampe auf die Kommode. „Ich laß das für dich brennen.“

„Es ist zu hell.“

Ich öffnete das Märchenbuch, stellte es aufrecht vor die Lampe, so daß es das Licht vom Bett abschirmte.

„Kannst du Mammi bitten, daß sie hereinkommt?“

„Sie hat dir bereits gute Nacht gesagt, Liebling.“ Ruth würde die Lampe ausschalten und die Tür offenlassen, wenn Sophie sie darum bat. „Sie will wahrscheinlich auch zu Bett gehen.“ Ich küßte Sophie auf die Wange. „Schlaf jetzt ein. Wir sehen einander morgen früh.“

Sie drehte sich zur Seite, ihre Augen waren argwöhnisch,

nachdenklich. Ich wartete, bis sie die Augen zumachte, bevor ich ging. Ich schloß die Tür fest hinter mir.

„Will sie nicht, daß ich hineingehe?" Ruth wusch das Geschirr.

„Sie schläft." Ich bot Ruth an, ihr zu helfen.

„Es gibt nicht viel zu tun." Sie legte einen Teller auf das Gestell. „Ich muß sagen, du hast alles sehr sauber gehalten. Hast du ein Mädchen hier gehabt?"

„Nein." Ich schüttelte vage den Kopf. Hatte sie irgend etwas von Stella gefunden? Eine Brosche, eine Haarspange? Die Schachtel mit Stellas Namen darauf?

„Ich dachte, daß eine deiner Studentinnen vielleicht für dich saubergemacht hat."

„Nein." Ich setzte mich ihr gegenüber an die Küchentheke. „Ich habe alles selber gemacht. Ich habe eine Menge Zeit gehabt." Ich begann, ihr von meinen Vorlesungen zu erzählen, von meinen Fortschritten im Zeichnen. Sie beugte sich zu mir und hörte zu. Das rundliche Kinn, die zarte, gebogene Nase, die feinen, noch immer ein wenig scheuen Augen glitten immer wieder von mir ab, wie ein Gesicht, das man mehr in Erinnerung hat als sieht. Einfach da beisammenzusein, in diesem gewöhnlichen, schäbigen Zimmer, über alltägliche Dinge zu reden, über die Umstände meiner Alltagsexistenz, war grotesk. Vor zwei Stunden, als Sophie mir diesen Ring reichte, hatte sie das Alltägliche für immer zerstört.

Wir gingen früh zu Bett. Während Ruth im Badezimmer war, versuchte ich zu lesen. Ich war zur Hälfte mit dem Leben von Emerson fertig; wie ich ihn um seine normale Welt in Neu-England beneidete. „Denn schließlich ist das Beste, was man tun kann, wenn es regnet, es regnen zu lassen."

„Du solltest nicht im Bett lesen." Ruth trug Stellas Nachthemd.

„Warum nicht?"

„Es stimuliert die Beta-Wellen. Du wirst nicht einschlafen können.“

„Wer hat dir das erzählt?“

„Ich las ein Buch darüber.“

„Hast du es im Bett gelesen?“

„Nein.“ Aber sie lächelte, als sie neben mir ins Bett kletterte. Ich drehte das Licht ab; wir lagen auf dem Rücken, berührten einander nicht. Nach all den Jahren konnte ich immer spüren, wann sie wollte, daß ich mit ihr schlafe. Sollte ich? Es erschien mir so weit hergeholt. Dann streckte sie die Hand aus und berührte meinen Schenkel, und ich reagierte aus einer alten Gewohnheit heraus. Meine Reaktion, die als stillschweigendes Hinnehmen begann, wurde zu einem verzweifelten Drang. Wenn ich nur diese ganze starre Abwehr ihrer neuen Identität durchbrechen könnte, diese kultivierte Mißbilligung, dieses maskenhafte Lächeln, diesen Rückzug in den Dogmatismus, und sie wiederfinden könnte, von Angesicht zu Angesicht, Ruth, könnten wir unser Leben immer noch miteinander teilen. Dann könnte ich ihr von der Kiste erzählen, die ich von New York abgeschickt hatte, von dem Loch, das in die braune Papiereinfassung gerissen worden war, von dem Ring.

Ich schlief mit ihr, wie ich nie zuvor mit jemandem geschlafen hatte, mit einer Zärtlichkeit und Achtung vor ihr, die wie ein primitiver Akt der Anbetung waren, mit einer Intimität, die aus all den Jahren, die ich sie geliebt hatte, gewachsen war.

Es schien, als hätte ich Erfolg. Sie kam mir willig entgegen; sie hieß mich mit jenen sanften, verwunderten Schreien willkommen, die ihr vertrauter Ausdruck von Hingabe waren.

Wir lagen wieder auf dem Rücken und hielten uns an den Händen. In einem Augenblick würde ich anfangen, es ihr zu erzählen. Ich würde mit dem Brand in meinem

Atelier in Vermont beginnen, mit den versperrten unterteilten Fenstern, die diesen Versicherungsmann Best so verblüfft hatten.

Ruth sprach als erste.

„Ich habe unseren körperlichen Kontakt vermißt, Martin."

Ihre Stimme war gleichmäßig, so objektiv wie die einer Turnlehrerin.

„Wirklich." Sie lehnte sich mit dem Rücken an mich; sie führte meine Hand zu ihrer Brust. Ich hielt sie fest, bis ich fühlen konnte, daß sie eingeschlafen war, dann befreite ich langsam meine Finger von ihrem Arm.

Mein Frotteeschlafrock hing über einem Stuhl. Draußen vor der Tür zog ich ihn an und eilte leise in die Küche, rund um die Theke, bis ich über den Gang zur Tür von Sophies Zimmer blicken konnte. Sie war geschlossen, ein schwacher Lichtstreifen schimmerte darunter.

Ich öffnete ganz leicht die Tür und schaute hinein. Sophie schlief auf dem Rücken, die locker geballten Hände neben dem Kopf erhoben. Das Atemgeräusch in ihrer Kehle war mehr ein Schnurren als ein Schnarchen; im Schlaf hatte ihr Gesicht nichts von der leeren Schlaffheit eines Erwachsenen: seine Ruhe war von einer latenten Munterkeit, als ob es jeden Augenblick in einen lebhaften Ausdruck ausbrechen könnte. Als ich die Türe hinter mir schloß und wieder den Korridor hinunterging, fühlte ich mich wie damals in Sophies Alter, wenn ich am Sonntagmorgen die Kirche verließ. Alles war in Ordnung; ich hatte das Unbekannte besänftigt. Zumindest für heute nacht.

Schlafen war unmöglich. Ich mixte mir einen Drink und setzte mich an den Küchentisch.

„Ich habe unseren körperlichen Kontakt vermißt, Martin." Die Worte waren wie das endgültige Knirschen von hart werdendem Eis. Die ganze Zärtlichkeit, die ich für Ruth empfand, hatte nicht einmal die Oberfläche gekratzt.

Dieser frostige Jargon, den sie sich da angeeignet hatte, um ihre Identität vor mir zu schützen, hatte unsere Umarmung zu einer therapeutischen Übung eingefroren. Der Metallkegel lag auf dem Tisch. Ich hob ihn auf, und nachdem ich ihn abgespult hatte, ließ ich ihn von meinem Finger baumeln. Ich konnte ihn im Uhrzeigersinn schwingen lassen, gegen den Uhrzeigersinn, vor und zurück, in jede Richtung, ohne irgendeine Hilfe von Sophies Energiefeld.

Glaubte Ruth wirklich an diesen ganzen Unsinn?

Ich begriff, was ich mich fragte.

Was ich glaubte, was ich nun gezwungen war zu glauben, weil ich keine andere Erklärung für all die Dinge finden konnte, die geschehen waren, seit ich meine rechte Hand verloren hatte, ließen Ruths Aberglauben über die Energiefelder so rational erschienen wie die Regeln des Schachspiels.

22

„Liebling, es ist entzückend."

„Gefällt es dir wirklich?"

„Ist es auch für mich?"

„Du kannst es umtauschen, wenn es nicht sitzt."

Der Weihnachtsrummel wiederholte sich jedes Jahr. Wir überstanden ihn, indem wir unsere Aufmerksamkeit auf Sophie konzentrierten. Sie liebte das alles. In einem Alter, in dem sie nicht mehr an den Weihnachtsmann glaubte, aber ohne Verlegenheit so tun konnte als ob, war sie darauf bedacht, zwischen den Gaben des Weihnachtsmannes zu unterscheiden, dem Sack mit Bonbons und kleinen Spielsachen, den sie am Fußende ihres Bettes fand, wenn sie am Weihnachtsmorgen aufwachte, und den Geschenken, die wir ihr später unter dem Weihnachtsbaum überreichten. Sie war begeistert von dem Schlitten, den sie von mir bekam. „Du hast ihn schön eingepackt", sagte mir Ruth. Am frühen Nachmittag aßen wir uns durch das Weihnachtsfestmahl; Ruth verzichtete auf ihre Prinzipien und nahm ein Stück Truthahn. Nach der Obsttorte, wie betäubt vom Essen, brachte ich Sophie zu einem Schneehang auf dem Hügel und sah ihr beim Hinunterrodeln zu. Ich hatte ständig Angst, ihre Erregung könnte abklingen und sie plötzlich leer und voll Tränen zurücklassen. Es geschah nicht; es blieb so, bis es Zeit für sie war, zu Bett zu gehen, und sie einschlief, die neue Puppe an sich gedrückt, die Ruth ihr geschenkt hatte.

Nachdem ich Sophies Zimmer durchsucht hatte, nun schon eine allabendliche Zwangshandlung, und ihre Türe geschlossen war, ging ich direkt zu Ruth. Sie war im

Wohnzimmer und schrieb einen Brief. An Pierre? Sie beugte sich vor und bedeckte die obere Seite mit dem Unterarm.

„Meinst du nicht, wir sollten anfangen, uns ein anderes Haus zu suchen?" Ich versuchte, zwanglos und überzeugend zu sprechen.

„Das hängt von dir ab."

„Wir könnten morgen früh ein paar Grundstückmakler aufsuchen."

„Wir haben einen wunderschönen Tag gehabt, Martin, wir alle zusammen." Ihre Stimme hatte jenen sanften, geistesabwesenden Ton, den ich als Ausdruck ihres wahren Geistes zu erkennen gelernt hatte. „Wir wollen ihn jetzt nicht mit einem Haufen von praktischen Plänen verderben."

Sie sprach wie ein Kind; tun wir, als ob.

Ich durfte meinen Zorn nicht zeigen. Ich hatte die Ferien durchlebt, wie ein Mann, der über ein Minenfeld geht. Nun mußte ich uns alle aus diesem Haus herausholen. Sofort. Und diesmal würde ich jedes Gepäckstück, jeden Winkel des Wagens durchsuchen, bevor wir abfuhren. Was das Ganze um so quälender machte, war, daß ich Ruth nicht sagen konnte, warum wir fort mußten. In den vier Tagen, seit sie wieder bei mir war, hatte ich eine Menge über diese neue, sich selbst erkennende Ruth gelernt: sie war wie jemand, der eine religiöse Bekehrung erlebt hatte; ihre Einstellung zu allem, zu jeder Facette des Lebens, war dadurch verwandelt worden. Sogar wenn ich ihr jemals nahe genug kommen konnte, um sie dazu zu bringen, mich anzuhören, würde sie sich weigern, irgend etwas zu akzeptieren, das nicht in ihre neuen Konzepte hineinpaßte. Ihr Geist würde keine Widersprüche zu ihren eigenen Überzeugungen zulassen; er warf sie wie ein Spiegel in die Welt zurück. Hätte ich ihr gesagt, wie meiner Meinung nach der Brand im Atelier ausgebrochen war, dann würde sie es nur als Ausdruck meines falschen Denkens aufnehmen. Würde ich darauf beharren, sie fragen, „wie sonst kannst du dir erklären, daß dieser Ring hierherkam?" würde sie sofort anfangen, über die Notwendigkeit an mir zu arbeiten zu reden. „Du mußt lernen, dieses ganze üble Zeug zu entladen, Martin. Du darfst dich nicht davon auffressen lassen."

Ich versuchte es noch einmal. „Es gibt mehrere recht angenehme Häuser auf der Südseite der Stadt. Du hast den Teil nicht gesehen . . ."

Sie hatte ihre Schreibfeder wieder aufgehoben. „Laß uns beim Heute bleiben. Ich weiß, daß wir es tun sollten. Es ist wichtig für uns beide." Ihre Augen baten mich schüchtern. „Kannst du das nicht spüren? Wir werden morgen darüber sprechen, was wir tun werden."

„In Ordnung." Morgen würde es früh genug sein müssen; ich hatte mich nicht einmal niedergesetzt. „Ich gehe ein wenig fort." Sophies Türe war sicher verschlossen; ich konnte ein bis zwei Stunden von meinem Minenfeld fort, ohne allzuviel Schuldgefühl oder Besorgnis.

Ich erwartete, das Sierra menschenleer zu finden; aber Saraville war eine Gemeinde von Leuten, die zu Weihnachten nirgends hinzugehen hatten. Studenten tranken in Dreierreihen ihr Bier an der Bar; sie sahen aus, als wären sie den ganzen Tag dagewesen. Eine gewisse Atmosphäre hing über dem Lokal, so wahrnehmbar wie Rauch, so bedrohlich wie Feuer. Ich nahm meinen Drink mit zu einer Bank an der Wand, von der aus ich den Billardtisch beobachten konnte. Ein junger Mann mit hochhackigen Stiefeln und in einem breitschultrigen Texashemd rieb sein Queue mit Kreide ein, ein breiter Ledergürtel mit silberner Schnalle; er war wie ein Cowboy in einer Alamo-Parade ausstaffiert; vielleicht war er tatsächlich ein Cowboy. Ein Point-Ball lag über dem Eckloch, er versuchte, ihn hineinzutreiben, und verfehlte ihn.

Meine Aufmerksamkeit verlagerte sich langsam nach innen, fort von ihm, wie ein schrumpfender, heller werdender Lichtkreis. Ich konnte meine Angst nicht länger wegschieben. Ich ertappte mich plötzlich dabei, wie ich „daran“ dachte.

„Es“.

Damit kam ich so nahe wie nur möglich an das Eingeständnis seiner Existenz in einem Wort heran, doch konnte ich es mir ganz deutlich ausmalen. Obszön, krabbenartig, vernarbt von seinen Begegnungen mit anderen räuberischen Kreaturen, seine Haut verfärbt, schmutzverkrustet, den Stumpf des Handgelenks hinter sich herschleifend, während es dahinkroch, und mit seinen Krallen den Weg über den Fußboden von Sophies Zimmer bezwang. Waren seine Nägel weitergewachsen, mittlerweile zu schwarz gewordenen Klauen verhärtet? Wie ernährte es sich? Indem es, wie manche Pflanzen, aus der Feuchtigkeit und dem Stickstoff der Luft Nahrung bezog? Es war offenbar stark, es hatte sich seinen Weg durch die feste Verkleidung dieser Kiste gebahnt, sich gegen eine ausgewachsene Katze verteidigt. Es war geschickt, rechtshändig; es konnte schreiben, zeichnen. Es war verschlagen, konnte sich rasch verstecken; in all diesen Monaten hatte ich es nie auch nur flüchtig erblickt. Was trieb es an, was motivierte es?

Ich?

Gab es immer noch irgendeine Verbindung zwischen „ihm“ und meinem eigenen Gehirn? Offenbar besaß es einen wilden, primitiven Selbsterhaltungsinstinkt. Es hatte ihn bewiesen, als es der Katze das Genick brach. Aber in all seinen anderen Handlungen, dem Niederbrennen des Ateliers, der Verunstaltung von Maddows Arbeit, der Zeichnung in Stellas Skizzenblock, die ihr so eindrucksvoll vermittelt hatte, wie sehr ich sie begehrte, hatte es da meinem Willen gehorcht, meine eigenen uneingestandenen Wünsche ausgeführt?

„Hali-Halo."

Ich blickte auf. Brian stand über mich gebeugt.

„Was ist geschehen?" Es war wie die Rückkehr von einer langen Reise, um festzustellen, daß es immer noch vorige Woche war. „Ich dachte Sie wären in L. A."

„Ich bin hier." Es setzte sich auf die Bank, streckte seine massiven Beine aus, trank aus der Bierflasche, die er in der Hand hielt. „Im gleichen beschissenen Loch."

„Warum sind Sie nicht gefahren?"

„Scheiße. Darum."

Ich wartete. Er hatte offensichtlich seit Stunden getrunken, vermutlich den ganzen Tag; die ganze Geschichte würde aus ihm hervorquellen, wenn ich wartete.

„Ich werd's Ihnen sagen, warum ich nicht gefahren bin." Er besah sich die Flasche in seiner Hand; sie war leer; er drehte sie nach unten, um sicherzugehen. „Ich erzähl's Ihnen, sobald ich noch was zu trinken hab'." Er stand auf. „Wollen Sie einen?"

„Danke." Ich reichte ihm mein Glas. Während er fort war, schweifte mein Blick über die Menge der Studenten an der Bar, halb hoffte, halb fürchtete ich, Stella unter ihnen zu sehen.

„Hier." Brian reichte mir meinen Drink und setzte sich wieder. „Wo waren wir?"

„Wir waren hier. Sie sind nicht nach L. A. gefahren."

„Das stimmt. Sie ist gefahren, aber ich nicht."

„Sie ist allein nach L. A. gefahren?" Warum fühlte ich mich so erleichtert?

„Zum Teufel, was weiß ich, wohin sie gefahren ist. Scheißfotze."

Ich erinnerte mich an die Bilder, die mich in jener Nacht in Reno verfolgt hatten, Bilder, so deutlich wie die Großaufnahmen in einem pornographischen Film. Warum empfand ich diese Dankbarkeit, diesen Triumph, daß sie nie Wirklichkeit geworden waren?

„Ich hatte einen Traum. Zum Teufel, damals in Berkeley war mein ganzes Leben ein Traum. Wir dachten, wir könnten die Dinge verändern. Wir sahen sie uns gar nicht an. Wir sahen nur, was wir sehen wollten. Wir starrten nur in einen Spiegel und dachten, wie großartig wir wären. Ich hab' lange gebraucht, um das zu verstehen. Dann wurde ich erwachsen. Ich gab auf." Er blickte mich flehend an; verschwommen und von Trunkenheit verzerrt waren seine Vorstellungen, er versuchte mir etwas zu sagen, was für ihn wahr und wichtig war. „Ich glaubte, dieser Ort, dieses Saraville, dieses Loch, sei das, womit ich mich begnügen müsse. O. k., ich begnügte mich damit. Also alles, was ich wollte, Scheiße, ich wußte alles, worauf ich hoffen konnte, war eine gute Tasse Kaffee genießen, einen guten Stoß Billard machen, einen guten Fick haben. Naja, man kann's nicht, ich konnte es nicht. Nicht einmal das."

Er hatte sich mit der Enttäuschung abgefunden, seine Sehnsüchte auf Trivialitäten eingeengt, auf Spielzeuge, und sogar seine Spielzeuge hatte man ihm weggenommen.

„Hat sie sich's anders überlegt mit dem Wegfahren?"

„Ich schätze, ja." Er nahm vor der Zurückweisung Zuflucht zu seiner Hillibilly-Rolle. „Ich schätze, irgend etwas passierte, was dieses Mädchen dazu brachte, es sich einfach anders zu überlegen."

„Was sagte sie?"

„Sie sagte gar nichts. Ich sollte sie am Donnerstagmorgen abholen und nach L. A. fahren. Teufel, es war alles abgemacht. Sie freute sich schon darauf." Ich hätte ihm sagen können, daß sie sich nicht freute. Hast du Freunde dort? Yeah. Freunde. Die trostlose Bitterkeit in ihrer Stimme. „Sie war nicht zu Hause. Ich wartete in der Nähe. Ihre Zimmerwirtin sagte, sie kam Mittwoch abend von der Arbeit nach Hause und erzählte ihr, daß sie ausgehe, sie werde am Morgen zurücksein, um ihre Sachen zu pakken . . .“

Sie dürfte gegen zehn Uhr zu meinem Haus gekommen sein und es versperrt und dunkel vorgefunden haben. Dieser senkrecht fallende schwere Schnee. Wie lange hatte sie gewartet? Ich hatte ihr Bild vor Augen, wie sie zusammengekauert unter der Veranda Schutz suchte.

„Kam sie an diesem Abend überhaupt nicht mehr in ihr Zimmer zurück?“

„Ich hab's Ihnen doch gerade erzählt.“ Er zupfte mit seinem großen, quadratischen Daumennagel am Etikett seiner Bierflasche. „Ihre Vermieterin hörte sie hinausgehen und das ist das letzte, was sie von ihr gesehen hat.“

Als ich nicht zurückkam, war sie da einfach impulsiv weggelaufen, auf den ersten Wagen oder Lastwagen gestiegen, der ihretwegen stehenblieb?

„Was zum Teufel macht es Ihnen aus?“

„Was?“

„Was mit ihr geschah?“ Er sah mich mit der gleichen zornigen Intensität an, die er dem Bierflaschenetikett gewidmet hatte.

„Haben Sie's je mit ihr getrieben?“

„Nein.“ Ich war sicher, Stella hatte nie mit irgendwem über mich gesprochen. „Ich hab kaum je mit ihr geredet, außer in der Vorlesung.“

„Wenn ich ihre kleine Möse nur ein einziges Mal hätte ficken können. Ich hab ihr nie auch nur die gottverdammten Hosen runtergezogen.“ Sein Zorn war jetzt auf den Billardtisch gerichtet. Der Cowboy reihte die Kugeln für ein neues Spiel auf. Ein dünner junger Mann mit einem schmächtigen Bart schlängelte sich um den Tisch herum auf ihn zu; es war Pulham, der unermüdliche Illustrator lebloser Kopulationen, der Student, der wußte, daß mit Pornographie Geld zu machen war. Ich erinnerte mich an Stellas Verachtung für seine Zeichnungen.

Es geschah so plötzlich, wie wenn eine Glasscheibe zerspringt. Es gab keine erhobenen Stimmen; keine drohenden Gesten. Pulham wurde mit dem Rücken gegen den Billardtisch gedrängt, seine Hände hilflos, flehend hochgehoben. Seine Brille war hinuntergefallen. Die Fäuste des Cowboys waren so unkörperlich wie Licht, als sie an den flehenden Händen vorbeiflogen, und dann waren sie plötzlich knochenhart, als sie auf die blassen, zerbrechlichen Gesichtszüge einschlugen. Er versuchte nicht, Pulham niederzuschlagen; er fügte ihm systematisch Schmerz zu.

Brian stellte seine Bierflasche neben mich auf die Bank; er stand auf; ich hörte ihn etwas in der Art sagen, daß er schon seit Monaten darauf gewartet habe: seine Stimme war verzerrt von freudiger Erregung. Der Cowboy stand mit dem Rücken zu ihm, sein breiter Rücken bewegte sich mit mechanischer Präzision, während er in Pulhams Gesicht hämmerte. Brian legte beide Hände auf die Schultern des Cowboys. Seine Bewegungen hatten die solide Bedächtigkeit eines Drehkrans, als er ihn hochhob, umdrehte und ihn erneut an den Armen packte. Beinahe zärtlich, mit furchtbarer Sanftheit, hob er den Cowboy hoch und warf ihn gegen die Wand. Der Cowboy schien dort wie an einem Haken zu hängen, bis Brian ihn wieder an den Armen zusammenpreßte. Diesmal, als er ihn gegen die Wand warf, ließ er ihn nicht los; er knallte ihn immer wieder zurück, immer wieder; es sah aus, als wolle er ihn durch die Wand durchquetschen – es sah aus, als würde ihm das gelingen.

Ich hatte mich nicht entschlossen zu gehen – ich stand auf; ich entfernte mich von der ekelhaften Idiotie, der Vergeudung und Direktheit und Sinnlosigkeit von Gewalt. Ich hatte nicht die Absicht, von der Tür zurückzublicken; ich war durch ein Gefühl dazu genötigt, das mich überraschte – Mitgefühl. Der Körper des Cowboys hatte das gewichtlose Aussehen eines Anzugs an einem Kleiderhaken; sein Kopf pendelte, wie an den Schultern eingehängt, vor und zurück und prallte von der Wand ab. Nicht mit dem Cowboy identifizierte ich mich. Es war Brian. Ich wußte genau, wie ihm zumute war. Ich verstand seinen Zorn. Ich selbst hatte die gleiche Wut empfunden bei dem Gedanken an ihn und Stella.

Eine Nachricht erwartete mich auf dem Küchentisch, als ich nach Hause zurückkam.

Ich schlafe in dem Zimmer am Ende des Gangs – falls Du lesen möchtest. Alles Liebe, Ruth.

Ich ließ die Nachricht liegen, ging in das hintere Schlafzimmer und zog mich aus. Als ich meine Jacke in den Schrank hängte, sah ich die zwei größeren Koffer von Ruth unterhalb ihrer Kleider, die dort hingen. Ich beugte mich hinunter und betrachtete sie, prüfte die Schlösser.

Ich hob jeden einzeln hoch, eine Sekunde lang, bevor ich den Kasten schloß.

Sie hatte nicht ausgepackt; sie hatte keinen von ihnen auch nur aufgesperrt.

23

„Ich hab dir über die Versammlung geschrieben, bei der ich war.“

Ich nahm an, daß sie das getan hatte, sie hatte mir über so viele Workshops, Seminare, Zusammenkünfte geschrieben; ihre Briefe hatten sich mit fast nichts anderem beschäftigt. Ich nickte, sah zurück, zum Hügel, wo Sophie mit einer Gruppe von Kindern Schlitten fuhr. Sie beendete ihre Fahrt in einem Wirbel von zappelnden Beinen und Schnee und begann, ihren Schlitten wieder den Hang hinaufzuziehen. Ich winkte ihr; sie winkte nicht zurück; vielleicht hatte sie mich nicht gesehen.

„ – sind auf ein paar ganz schön starke Sachen gekommen. Ich möchte, daß du teilhast an dem, was wir erarbeitet haben.“ Ruth sprach immer noch über ihre Versammlung. Als sie vorgeschlagen hatte, daß wir spazierengehen sollten, hatte ich zugestimmt. Die zwei unausgepackten Koffer machten klar, daß sie, als sie in Reno aus dem Flugzeug gestiegen war, bereits über die Zukunft entschieden hatte. Sie hatte ihre Absicht vor mir verborgen, damit wir Weihnachten als Familienfest feiern konnten, Truthahn und Geschenke und körperlichen Kontakt, ohne jegliches sachliches Gespräch über Pläne, das die Stimmung verderben könnte. Bei Sophie hatte es geklappt. Das mußte ich Ruth zugestehen. Wir konnten nicht länger heucheln.

„ . . . gingen auf die ganze Frage der Zweierbeziehungen ein.“

„Du hattest doch nie die Absicht, hier zu bleiben, nicht wahr?“

„Bitte, laß es mich dir auf meine eigene Art sagen, Martin."

„Mir was sagen?"

„Ich versuche es. Wir können nicht darüber sprechen, wenn du einen so anklagenden Ton anschlägst."

Sie meinte, wir könnten nur darüber sprechen, wenn sie ganz allein redete. Ich ging neben ihr weiter auf die Bäume zu. Sie trug Skihosen und einen gerippten Pullover, den ich ihr zu Weihnachten geschenkt hatte; er hatte einen hohen Rollkragen, der das perfekte Oval ihres Gesichts betonte wie ein Rahmen rund um ein Bild. Er ließ sie fremd und auffallend hübsch aussehen.

„Solange zwei Menschen eine Beziehung zueinander haben, müssen sie sich zwangsläufig in ihrer Entwicklung gegenseitig hemmen. Sie behindern gegenseitig ihr Wachstum. Sie können ihre vollen potentiellen Fähigkeiten nicht erkennen. Weil niemals zwei Menschen zur gleichen Zeit am gleichen Punkt sind."

„Was meinst du mit – Punkt?"

„Die gleiche Stufe in ihrer Entwicklung. Wir alle machen andauernd verschiedene Stadien durch. Manche dieser Stadien sind ganz schön schwierig. Wir können nur über sie hinaus zu einer anderen Bewußtseinsebene gelangen, wenn wir zuerst den Bezug zu unserem Ich begriffen haben . . ."

Nicht ein Wort von dem, was sie sagte, war in ihrem eigenen Ich entstanden. Es war alles etwas, das sie gelesen oder gehört hatte. Ich konnte sie auf ihrem Klappstuhl sitzen sehen, wie sie sich Notizen machte, sie später studierte, diese Jargonphrasen auswendig lernte. Warum? Was war mit ihr geschehen? Was gab es in unserem Zusammenleben, das sie dazu gebracht hatte, zu dem Bedürfnis, ihre spontanen Gefühle, sogar ihre Gefühle des Protests, durch nachgeplapperte Dogmen zu ersetzen? Ich hatte immer versucht, ihr Bedürfnis zu verstehen, jemand zu sein, etwas selbst zu tun. Ich konnte die Monotonie nachempfinden, die das Führen eines Haushalts mit sich bringt, die Sinnlosigkeit, etwas zu tun, um dann das Gegenteil zu tun, sauberzumachen, um es wieder schmutzig zu machen, zu kochen, um zu essen, und ich hatte mein Bestes getan, ihr dabei zu helfen. Wir hatten immer mindestens einmal in der Woche eine Putzfrau gehabt. Und das Leben hatte nicht nur aus Schinderei bestanden. Es hatte Freunde gegeben, Reisen, Abende, an denen man ausging. Und was war mit der Monotonie meines eigenen Lebens, mit dem Druck, *Miguel* Woche für Woche, Jahr für Jahr produzieren zu müssen? Ich war dabei geblieben, weil es das wert war, weil ich Ruth und Sophie hatte, und für uns drei einen Lebensunterhalt zu verdienen, erschien mir als ein ausreichendes Ziel.

„Deswegen unterdrücken Zweierbeziehungen die Identität, bis die Beziehung aufhört, eine Stütze zu sein –"

„Wer hat dir das alles erzählt?" Ich konnte nicht länger schweigen. „Diesen ganzen ..." Ich wollte Mist sagen. „Wer war es, wer hat euch das alles erzählt auf der Versammlung?"

„Niemand erzählte uns irgend etwas. Ich hab doch versucht, es dir zu erklären. Es war keine Vorlesung. Es war ein Gruppentreffen. Wir saßen alle auf dem Fußboden." Ich hatte mich in bezug auf den Klappsessel also geirrt. „Und wir ließen einen Stein herumgehen. Er war aus einem ganz speziellen Harz gemacht, das die Maoris verwenden, und jeder, der den Stein hatte, sprach für die anderen. Genau das war das Phantastische daran. Die ganze Gruppe kam sich so unglaublich nahe. Niemand widersprach jemandem. Wir bestärkten jeder des anderen Ideen. Du kannst dir nicht vorstellen, wie es ist, solang du es nicht erlebt hast. Die Gruppenenergie. Sie ist so hilfreich. Dadurch habe ich verstanden ..." Wir hatten die ersten vereinzelt abgesägten Baumstümpfe erreicht; sie fegte den

Schnee von einem der Stümpfe ab und begriff dann, daß er zu naß war, um sich darauf zu setzen.

„Was habt ihr verstanden?"

Sie schüttelte den Kopf; sie sammelte sich, bevor sie darlegte, was die Gruppe entdeckt hatte.

„Die Kleinfamilie funktioniert nicht."

Sie stand da: eine attraktive Frau in den Dreißigern, die Skihose, die um die Hüften ein wenig zu eng war, betonte ihre Schenkel, ihr Geschlecht, in einer Weise, die mich an all die intimen, miteinander verbrachten Jahre erinnerte. Für sich selbst war sie nicht mehr diese Frau, sie war Galilei, der verkündete, daß die Erde sich bewegt. *E pur si muove.* Die Kleinfamilie funktioniert nicht.

„Du hast das auf eurer Versammlung beschlossen?"

„Ich hab' es nicht beschlossen. Das ist so, als wüßte man etwas über eine Sache, statt sie zu kennen."

An dieser vereinfachten Phrase war etwas sehr Arrogantes, die Implikation, daß das, was sie wußte, die Wahrheit war. Egal. Egal, daß sie eine attraktive, nicht sehr intelligente Frau war, die dachte, sie sei Galilei. Es gab etwas Wichtigeres, das ich versuchen mußte, ihr begreiflich zu machen; wir hatten Sophie gemeinsam zur Welt gebracht; wir hatten die Verantwortung, dafür zu sorgen, daß sie eine sichere, glückliche Kindheit hatte.

„Vielleicht glaubst du nicht an Kleinfamilien, wie du sie nennst. Aber Sophie tut es. Sie glaubt daran, daß sie eine Mutter und einen Vater hat, und sie glaubt daran, daß sie beide zusammen hat."

„Nur weil wir ihr unsere Werte aufgezwungen haben. Es ist ebenso mein Fehler wie deiner. Wir haben Sophie mit der Idee der Familie großgezogen. Wir haben ihr das Gefühl gegeben, daß es keine Alternative gibt."

Alternative. Das neue Modewort; in den letzten Jahren ist es an die Stelle von „irrelevant" gesetzt worden.

„Jetzt willst du ihr also deine neuen Werte aufzwingen.

Alle diese – diese neuen Ideen, die du aufgeschnappt hast."

„Du klagst schon wieder an."

„Hast du Sophie gefragt, was *sie* denkt – ob sie ihre Werte ändern will?"

„Kinder sind von Natur aus sippenbezogen." Sie war wieder auf sicherem Boden, konnte wieder zitieren. „Sie sind ebenso unterdrückt wie wir, wir Erwachsenen es sind, durch unsere strukturellen Konzepte."

„Woher weißt du das?"

„Ich habe es dir gesagt, es offenbarte sich uns allen in der Versammlung."

Mir kam der Gedanke, daß sie nicht mehr ganz zurechnungsfähig sei. Unter dem Einfluß dieser alles begründenden Gruppenenergie war sie in eine Phantasiesphäre aufgestiegen, wo Worte, wie Offenbarungen, eine magische Kraft für sie hatten; sie ersetzten jeden rationalen Gedanken.

Wer war ich denn, daß ich über Zurechnungsfähigkeit streiten konnte? Durchsuchte ich doch jeden Abend Sophies Zimmer, besessen von dem Verlangen, aus diesem Haus wegzukommen und sicherzustellen, daß „es" sich nicht im Auto verbarg und mit uns mitging.

Jetzt war nicht die Zeit, darüber nachzudenken; ich mußte weiter versuchen, um Sophie zu kämpfen.

„Glaubst du ehrlich, Sophie wäre ohne mich glücklicher? Daß sie keinen Vater, keine Familie mehr braucht?"

„Natürlich nicht. Es geht nicht um dich, Martin. Nicht um dich persönlich. Es ist einfach so, daß Kinder intuitiv auf Gruppenleben orientiert sind."

Sophie nicht. Bis sie der Gruppenlärm von New York erschreckt hatte, hatte sie das Alleinsein oder Mit-uns-Sein der Gesellschaft von anderen Kindern vorgezogen.

„Sobald wir das auf der Versammlung begriffen hatten, es als Teil unseres Bewußtseins verstanden, begannen wir, die Alternative der Gemeinschaftsstrukturen zu erforschen und zu erkennen."

Kam sie endlich zur Sache?

„Du meinst, du möchtest irgendwohin gehen und dich einer Kommune anschließen?"

„Wir werden unser eigenes Zentrum einrichten." Sie fing an, mir davon zu erzählen. Die Führer ihrer Gruppe – sie nannte sie *focalizers* – waren bereits in San Francisco; sie hatten dort ein Haus gemietet. „Wir werden am Anfang zwölf sein, acht Erwachsene und vier Kinder. Wir werden die Hausarbeit und die Versorgung der Kinder aufteilen, und wir werden Gruppentherapie und gegenseitige Abstimmung anwenden, um die schwierigen Probleme zu lösen, die auf uns zukommen, aber es ist nicht das gesellschaftliche Erlebnis, das wir miteinander teilen wollen. Es ist das spirituelle."

„Wovon werdet ihr denn alle leben?"

„Organische Ernährung. Wir glauben alle . . ."

„Ich meine Geld. Wer wird die Miete zahlen, den Strom, und den braunen Reis kaufen?"

„Wir alle. Wir werden alle unseren Anteil zahlen."

Anstelle von Galilei war Columbus getreten. Sie stand neben dem Baumstumpf, eifrig und bereit, in die neue Welt aufzubrechen. Alles, was sie brauchte, war, daß ihr jemand die Reise finanzierte. Mich.

„Ich will nicht, daß Sophie von einem Haufen von Spinnern erzogen wird."

Ich erwartete, daß sie das wütend machen würde; sie lächelte immer noch ihr gelassenes Lächeln. „Du darfst nicht so von ihr sprechen, als ob sie dir gehörte."

„Sie ist doch mein Kind, oder nicht?"

„Menschen gehören niemanden, außer sich selbst."

Eine weitere vereinfachende Ausflucht; Sophie mochte sich selbst gehören, aber sie war in einer ganz hilflosen Weise von uns abhängig; was immer wir in den nächsten Jahren taten, würde ihr ganzes späteres Leben bestimmen.

Ich hatte mehrere unstete, suchende Mädchen in New York gekannt, die für einen verlorenen Vater sich selber die Schuld gaben, versuchten, seinen imaginären Erwartungen zu entsprechen, dafür zu büßen, daß er sie verlassen hatte. Ich würde nicht zulassen, daß Sophie das gleiche widerfuhr. Ich versuchte, mich selbst in Ruths Gemeinschaft vorzustellen. Diese scheinheilig lächelnden, selbstgerechten Leute. Dinge kennen; niemals etwas über sie zu wissen. Die Dinge, die sie so kennen würden, daß es Ketzerei wäre, sie anzuzweifeln, Veden und Feen und Gespenster und Astrologie, der ganze Weg zurück zu den Prophezeiungen des Nostradamus und der historischen Tatsache von Atlantis. Ihre gemeinsame Hypothese, daß alle gewöhnlichen Interessen, Geschichte, Politik, Filme, Theaterstücke, Bücher, außer den Propagandisten des neuen Zeitalters, völlig bedeutungslos seien, nicht der Rede wert. Mit Stäbchen essen. Getreidekaffee und Kräutertee trinken. Wenn ich rauchen wollte, würde ich nach draußen gehen müssen. Ich würde akzeptieren müssen, daß ich mit der Hausarbeit an der Reihe war, und ich müßte braunen Reis kochen lernen. Und ihn essen. Was wäre mit meiner eigenen Arbeit? Ich war jetzt wieder so nahe daran, mir damit meinen Lebensunterhalt zu verdienen. Vielleicht konnte ich einen Arbeitsraum in der Nähe finden, wo ich ein paar Stunden täglich mit meinen Zeichnungen weitermachen könnte.

Zumindest würde ich bei Sophie sein. Ich könnte mich um sie kümmern, mich gegen diese vegetarischen Verrückten auf ihre Seite stellen, wenn sie sich dem hilfreichen Druck widersetzte.

Und San Francisco war mehr als dreihundert Kilometer entfernt. „Es“ konnte uns niemals dorthin folgen.

„In Ordnung.“ Ich hatte es satt, diese verkümmerten Bäume zu betrachten. Ich nahm Ruths Arm und begann mit ihr den Hang hinunterzugehen. „Ich habe nichts dagegen, es für eine Weile zu versuchen und zu sehen, wie es funktioniert."

„Du wirst uns doch besuchen kommen, nicht wahr, Martin? So oft du kannst."

Sie hatte meine Einwilligung mißverstanden. Absichtlich?

„Ich werde mit dir kommen", erklärte ich ihr. „Du brauchst dir keine Sorgen zu machen. Ich werde alles tun, was ich kann, um mich euren Ideen anzupassen und mich in eure Gemeinschaft einzufügen. Ich werde mich ihr nicht widersetzen. Ich will es wirklich versuchen."

Fünf, sechs schlitternde Schritte den Abhang hinunter und sie hatte noch immer nicht geantwortet. Wir gelangten zu einer ebenen Stelle mit einem anderen Baumstumpf. Sie löste sich von mir und zwang mich, ihr in die Augen zu sehen.

„Wir würden dich nicht akzeptieren, Martin."

Es hätte nicht so weh getan, wenn sie „sie" gesagt hätte statt „wir".

„Warum nicht?"

„Deine ganze Einstellung."

„Was ist mit meiner Einstellung nicht in Ordnung?"

„Du willst nicht, daß Sophie von einem Haufen von Spinnern erzogen wird. Wenn du dich selbst gesehen hättest, als du das sagtest. Die Voreingenommenheit und der Zorn in deinem Gesicht. Du hast deinen Geist vor jeder Möglichkeit, dein Bewußtsein zu erweitern, verschlossen."

Sie streifte mich, als sie sich zum Weitergehen anschickte. Ich wollte sie packen und schütteln. Sie beeilte sich nun, hüpfte und rutschte. Ich holte sie hundert Meter weiter unten ein. Sie blieb wieder stehen, als ich sie erreichte. Ihre Augen waren vernebelt. Worüber, zum Teufel, hatte *sie* zu weinen?

„Ich liebe dich, Martin. Du mußt versuchen, das zu

glauben und einzusehen."

Noch mehr Worte. Vielleicht glaubte sie. Ich nicht.

„Das letzte, was ich will, ist ein endgültiger Bruch zwischen uns."

Des Geldes wegen? Ich fragte nicht; es hätte für sie anklagend geklungen.

„Deswegen habe ich das Gefühl, daß es so wichtig für uns ist, eine Weile getrennt zu sein."

„Wir *sind* drei Monate getrennt gewesen."

„Damit wir unsere Liebe füreinander wiederfinden und auf anderer Ebene wieder zusammenkommen können."

Es kostete mich physische Anstrengung, meinen Zorn zu beherrschen, ruhig und vernünftig zu sprechen.

„Was erwartest du von mir? Daß ich hier allein bleibe?"

Sie wußte die Antwort darauf; sie stand in einem ihrer Notizbücher.

„Niemand kann dein Leben für dich leben, Martin. Du mußt tun, was immer du tun willst."

„Du erwartest, daß ich weiterhin für deinen Lebensunterhalt aufkomme, nicht wahr? Daß ich dir jeden Monat einen Scheck schicke?"

„Du warst vorher einverstanden damit – als ich dieses Apartment in Brooklyn Heights nehmen wollte. Es wird viel billiger sein, in der Gemeinschaft in San Francisco zu leben."

„Ich habe dich drei Monate lang in New York erhalten. Du hast deinen . . ."

„Mammi." Sophie kam, ihren Schlitten hinter sich herziehend, den Hügel hinauf auf uns zugelaufen. „Mammi, kann ich mit Melanie nach Hause gehen?"

„Wer ist Melanie, Liebling?" Ich beugte mich hinunter, um sie zu begrüßen. Ihre erhitzte, japsende Anwesenheit war eine Bestätigung dafür, daß es doch noch Licht, Farbe und natürliche Wahrheit auf der Welt gab.

„Kann ich, Mammi?" Sie eilte weiter zu Ruth. „Sie

will, daß ich mit ihr nach Hause gehe, und ich kann dort essen." Sie hatte ein kleines Stück Papier in der Hand. „Ihre Mutter sagt, es ist in Ordnung und du kannst mich später von ihrem Haus abholen. Hier."

„Natürlich, Sophie." Ruth nahm ihr den Zettel ab. „Um wieviel Uhr, sagt sie, soll ich dich abholen?"

„Um fünf." Sophie rodelte wieder den Abhang hinunter. „Nicht vor fünf", rief sie uns beiden zu.

Ruth schob Melanies Adresse in die Tasche ihrer Skihose. Ich wußte, was sie dachte, bevor sie es sagte.

„In der Gemeinschaft wird es Kinder geben, mit denen Sophie die ganze Zeit beisammen sein kann."

Ich schritt schnell fort von ihr, zurück zum Haus. Ich hatte Angst, daß ich, würde ich bleiben, etwas Unwiderrufliches tun könnte, sie schlagen, sie ein dummes Weib nennen. Kein einziges Mal hatte sie in unserem Gespräch einen Hinweis gegeben, daß sie sich meiner als Menschen bewußt war, ganz zu schweigen als des Mannes, der sie geliebt und zwölf Jahre lang mit ihr gelebt hatte. Durch Gruppentherapie, Workshops und Meditation war sie so auf sich selbst zentriert worden, daß sie halb blind war, sie konnte nur nach innen schauen. Ich. Ich. Ich. Alles, was sie tun wollte, mußte richtig sein, weil es der Ausdruck ihres eigenen inneren Seins war. Niemand sonst war wichtig; niemand sonst existierte für sie.

Das dachte ich, als ich das untere Ende der Auffahrt erreichte. Die Klappe des Postkastens stand offen. Es lag nur ein Brief drin. Für Ruth. Ich erkannte sofort Pierres Handschrift nach der Notiz, die ich in der Wohnung in New York gefunden hatte.

Als ich den Brief die Stufen zum Haus hinauftrug, sah ich den Poststempel. San Francisco.

24

Mein Verlangen, allein zu sein, war überwältigend wie ein plötzliches Erschrecken. Ich ließ Pierres Brief an Ruth auf dem Küchentisch liegen und schloß mich in dem Zimmer am Ende des Korridors ein.

Ich saß beim Tisch, umgeben von meinen Farbtöpfen, meinen Tintenflaschen, meinen Pinseln, Federn und Bleistiften, einen Skizzenblock vor mir. Ich schob diese Dinge hin und her, hob sie auf und legte sie wieder hin. In meinem Bleistiftbehälter fand ich Stellas Messer; ich mußte es mit meinen eigenen Sachen hierhergebracht haben, an dem Nachmittag vor Ruths Ankunft. Obwohl ich Stella so oft dabei beobachtet hatte, wie sie es verwendete, hatte ich es nie zuvor in der Hand gehalten. Es schien irgendeine vertraute Bedeutung für mich zu haben; ich untersuchte es sorgfältig; es war geschliffen worden, bis es dünn wie ein Stilett war; die Klinge war mit einer dunkelbraunen Substanz verklebt, die wie erstarrter Leim aussah. Sie hatte den Griff mit einer einfachen Schnur zusammengebunden, um ihn besser zu befestigen. Ich stellte den Krug zurück.

Nach einiger Zeit öffnete ich den Skizzenblock. Ich zeichnete Linien, Kreise, Spiralen, mit peinlich genauer Sorgfalt, wobei ich verschiedenfarbige Tuschen verwendete. Es war keine Absicht dahinter; wie das Hin- und Herschieben der Farbtöpfe waren es kleine, stille Protestschreie.

Wie war ich dazu gekommen? Was hatte ich getan? Vor einem Jahr war ich im absoluten Zentrum meines Lebens gestanden: ein Heim, eine Familie, ein Beruf, Freunde, Kollegen, die mich wie beschützende Kreise umgaben.

Alles war jetzt verloren, zerstückelt. Das Zentrum hatte nicht standgehalten. Warum? Weil ich ein egoistischer, gemeiner Hurensohn war? Ich konnte mich an so viele Scheißer erinnern, absolute, zu nichts taugende Pimmel, brutale Typen, Säufer, supermännliche Angeber, verlogene Langweiler, die bis ans Ende ihres Lebens von Loyalität und Zuneigung umgeben sein würden. Ich wußte, es war lächerlich, so zu denken; der Protest eines Kindes; es ist nicht fair. Das Rennen gehört nicht dem Schnellen, der Kampf nicht dem Starken, irgend etwas von Zeit und Zufall widerfährt allen. Nachmittags fand ich in Zitaten Trost; sie waren ein weiterer Ersatz für Gedanken. Eine Zeile aus Pirandellos Tagebüchern klang immer wieder in meinem Kopf. Irgend jemand lebt mein Leben und ich weiß nichts von ihm.

Gegen vier Uhr klopfte Ruth an meine Tür. „Möchtest du nicht essen?" Ich wollte nicht. Ich wollte auch nicht, daß sie hereinkomme. Ich wollte sie nicht sehen. Die Tür ging auf. Sie lächelte, nun nicht gelassen, sondern zaghaft, ein Kundschafter, der die feindliche Linien überquert und um einen Waffenstillstand bittet. Sie stellte sich hinter mich und legte ihre Hände auf meine Schultern. Sie fühlten sich wie Lasten an, die sie mir auferlegte; ich schob sie fort.

„Was willst du? Ich versuche zu arbeiten."

Wir konnten beide die sinnlosen Kreise und Spiralen vor mir sehen.

„Ich hatte das Gefühl, wir sollten miteinander sprechen."

„Schon wieder?"

„Wir haben nichts wirklich geregelt."

Wir? Was hatte ich damit zu tun? Sie hatte alles geregelt, bevor sie New York verließ. Mit Pierre.

„Ich weiß, daß die Dinge für dich schwierig sind, Martin."

Ich klappte meinen Skizzenblock zu, verbarg diese in

Linien ausgedrückten Schreie.

„Ich werde nicht viel zum Leben brauchen."

Es überraschte mich, daß ich weiter hier sitzen konnte, daß die Empörung mich nicht zu gewalttätigen Schritten trieb.

„Erwartest du von mir, daß ich Pierre auch aushalte?"

„Pierre hat nichts damit zu tun, Liebling."

„Du wirst mit ihm in San Francisco leben."

„Nicht so, wie du meinst."

Die gleiche Ausflucht, zu der sie in New York gegriffen hatte, als ich sie fragte, ob sie miteinander ins Bett gingen; es war ein Lehrsatz jener neuen Welt, die sie betreten hatte, daß Handlungen keine objektive Realität besaßen.

„Bitte, sieh mich an, Martin."

Sie preßte ihre Finger gegen meine Schläfen, versuchte, meinen Kopf zu sich zu drehen. Ich stieß beinahe den Tisch um, als ich mich von ihr losriß und aufstand. Ein Element der Angst war dem Abscheu beigemischt, den ich bei ihrer Berührung empfand. Ich hatte ein Bild von uns beiden, wie unsere Willenskräfte, nicht unsere Körper, wie wilde Bestien miteinander rangen und jeder den anderen zu zerstören suchte.

„Pierre wird ein Teil von eurer Gemeinschaft sein." Pierre, aber nicht ich. „Du wirst ihn dort akzeptieren."

„Er ist einer unserer *focalizer.* Meine Gefühle für ihn, die Art, in der ich ihn mag – es ist genau dieselbe wie bei allen anderen Gruppenmitgliedern. Ich sagte dir doch, wir glauben nicht . . ."

Sie sprach wieder über Zweierbeziehungen. Ich hörte nicht zu. Es ging mir auf wie eine Entdeckung, wie Land durch Wolken gesichtet, daß ich keine körperliche Eifersucht mehr auf Ruth empfand, nichts von diesem unerhörten Verrat, wie ich es bei Stella gespürt hatte. Es war mir egal, ob Ruth mit Pierre schlief. Sollten sie doch ihren körperlichen Kontakt haben. Was ich nicht ertragen konnte, war, daß Pierre meinen Platz bei Sophie einnahm. Daß er die kleinen Entscheidungen traf, die mir gehörten, ihr Bücher zu lesen gab und Gute-Nacht-Küsse. Daß Sophie ihn als einen Teil ihrer Familie ansah. Daß Sophie ihn an meiner Stelle akzeptierte.

„Hat Pierre in der Wohnung in New York mit dir gewohnt?"

„Nein. Nicht gewohnt . . ."

„Willst du mir einmal einfach eine Frage beantworten. Hat er dort geschlafen?"

„Nur ein- oder zweimal."

„Wußte Sophie das?"

„Natürlich wußte sie es. Du weißt, wie sie immer am Morgen ins Schlafzimmer kommt. Es wäre das Allerschlimmste gewesen, ihr zu sagen, sie dürfe nicht kommen, sie auszuschließen. Sie dachte sich nichts dabei. Kinder sind so, wenn wir ihnen nicht unsere eigenen Schuldgefühle aufbürden."

Es gibt Zeiten, da sind emotionale Reaktionen so heftig, daß man überhaupt nichts empfindet, vielleicht ist es so, wie wenn man vor Schmerz in Ohnmacht fällt. Ich sah sie schließlich an, diese Fremde in geripptem Pullover und Skihose. Ich empfand nicht einmal Feindseligkeit ihr gegenüber, nur eine ruhige Entschlossenheit, mich nicht von ihr zerstören zu lassen.

Denn, ob sie es nun wußte oder nicht, dazu war sie entschlossen. Sie konnte nichts dagegen tun. Sie mußte mich zerstören. Als sie mir in jener Nacht in New York gesagt hatte, ich hätte sie nicht erschaffen, wußte sie, daß sie sich selbst belog. Sie konnte mir das nie verzeihen, diesen Zorn, den sie deswegen gegen sich selbst empfand. Sie mußte mich immer wieder verletzen, auf meinen emotionalen Sicherheiten herumhacken, bis das einzige, was mir übrigblieb, flehende, hilflose Ratlosigkeit war.

„Ich werde nicht zulassen, daß du mir Sophie wegnimmst. Für immer wegnimmst."

„Du brauchst uns kein Geld zu schicken, wenn du nicht willst. Du mußt tun, was du für richtig hältst . . ."

„Wirst du jetzt machen, daß du hier rauskommst?"

„Siehst du, ich glaube, was immer wir brauchen, wenn wir richtig darüber nachdenken, wird sich zeigen . . ."

„Mach doch, daß du rauskommst."

Ich hielt ihr die Türe auf. Sie wollte an mir vorbei, zögerte, blieb stehen. Sie hielt einen Zettel in der Hand.

„Wo ist die Spruce Street?"

„Bitte."

„Sag mir nur, wo die Spruce Street Nr. 25 ist, damit ich Sophie abholen kann."

„Eine Seitengasse der Hauptstraße. Nach dem Hotel."

Ich schloß die Tür hinter ihr, ging zum Tisch zurück, setzte mich nieder. Es war totenstill. Ich wartete. Der Schmerz würde jetzt sogleich kommen. Sophie, die mit ihrer morgendlichen Lebhaftigkeit ins Schlafzimmer stürmte. Pierre und Ruth im Bett. Pierre auf meiner Seite des Bettes. Auf dem Platz ihres Vaters. Ich empfand noch immer nichts. Weil ich endlich einen Entschluß gefaßt hatte? Ich werde nicht zulassen, daß du mir Sophie wegnimmst. Wie sollte ich sie aufhalten? Indem ich gerichtliche Schritte unternahm? Irgendein verschmitzt lächelnder hiesiger Richter, der Sophie ausfragte? Nichts, nicht einmal die Gefahr, sie niemals wiederzusehen, konnte mich dazu bringen, Sophie dem auszusetzen. Ich wußte, wenn es dazu kam, würde ich Ruth weiterhin jeden Monat einen Scheck schicken. Wenn nicht, könnte ich meine letzte schwache Verbindung zu meiner Familie verlieren.

Warum also, um Himmels willen, empfand ich statt ohnmächtiger Wut immer noch diese kühle Zuversicht?

Irgend jemand lebt mein Leben und ich weiß nichts von ihm.

„Entschuldige, daß ich dich wieder störe." Ruth hatte

die Tür geöffnet. „Ich kann den Wagen nicht starten."

„Du mußt das Schalterding auf P lassen."

„Das hab ich versucht."

Ich ging an ihr vorbei, den Gang hinunter. Die Tür der Innentreppe zur Garage war offen. Ebenso die Autotüre. Als ich mich hinter das Lenkrad setzte, spürte ich eine kalte Feuchtigkeit durch mein Hosenbein sickern; eine Schneeflocke auf dem Sitz; ich dachte nicht weiter darüber nach. Der Schalthebel war locker; ich mußte ihn nach oben drücken, hielt ihn fest in der Stellung zum Parken, bis der Motor ansprang. Ich ließ ihn laufen und rückte auf den Nebensitz, um Ruth Platz zu machen, als sie auf der Fahrerseite einstieg.

„Der Sitz ist naß." Sie zuckte protestierend zusammen.

„Leg den Rückwärtsgang ein und er wird jetzt ohne Schwierigkeiten laufen."

Sie bewegte den Hebel, als würde er sich heiß anfühlen, und fuhr mit dem Wagen im Rückwärtsgang die Auffahrt hinunter. Ich stieg aus. Als ich mich umdrehte, um die Tür zu schließen, blickte ich auf den Rücksitz.

Ich sah sie sofort. Die helle Bespannung der Sitze bestand aus irgendeinem Kunststoff, wasserabstoßend, und sie hatte sie nicht absorbiert. Fünf kleine feuchte Flecken. Vier davon waren fast rund, in Halbkreis gruppiert, zwei bis drei Zentimeter voneinander entfernt. Der fünfte war tiefer, ein wenig links von den anderen, oval in der Form. Hätte ich eine rechte Hand gehabt, dann hätte ich mich hinunterbeugen können, und meine Fingerspitzen und der Daumenballen hätten draufgepaßt.

Ich stand da und hielt die Wagentür offen.

Vorsichtig. Ich wußte sofort, was ich zu tun hatte. Verstör sie nicht. Sag ihr, sie soll aus dem Auto steigen. Sag, daß du Sophie abholen wirst. Fahr auf irgendeinen ruhigen Platz an der Straße und fang an zu suchen. Reiß den ganzen verdammten Wagen in Stücke, wenn es sein muß und wenn's nicht anders geht.

„Liebling." Ruth sah mich an, senkte den Kopf, um mein Gesicht zu sehen." Bitte, mach dir keine Sorgen um Sophie. Ich will sie dir nicht wegnehmen."

Sag ihr, sie soll aus dem Wagen steigen.

„Ich will nur sehen, daß sie mit teilnahmsvollen, hilfreichen Leuten aufwächst, damit sie sich zu einem freien menschlichen Wesen entwickeln kann."

Du *kannst* sie nicht losfahren lassen. „Es" wartete vielleicht oder war handlungsunfähig oder tat das, wozu es in diesem Wagen gekrochen war, wenn Ruth Sophie abgeholt hatte, wenn sie gemeinsam auf dem Weg nach Hause waren.

Nein. Das war nicht zu befürchten. Bei allem, was „es" getan hatte, sogar bei der Brandlegung in meinem Atelier, hatte es einen verborgenen Wunsch von mir ausgeführt. Es würde Sophie niemals etwas zuleide tun. Ich liebte sie. Ich hatte ihr in keinem Augenblick ihres Lebens etwas Böses gewünscht.

„Sie mag Pierre. Er ist nett zu ihr. Aber er wird sie dir nicht *wegnehmen.*"

Ich schlug die Wagentür zu.

Sie richtete sich auf, setzte eine Miene geduldiger Gutgelauntheit auf, eine Lehrerin, die am Ende die ermüdende Widerspenstigkeit eines Schülers brechen wird.

Ruhig, zuversichtlich beobachtete ich, wie sie die Straße hinunterfuhr.

25

Was kann der Angeklagte tun, wenn das Gericht abwesend ist? Jede Entscheidung ist ihm genommen. Keine seiner Handlungen kann jetzt irgend etwas ändern. Wie verbringt er die Wartezeit?

Ruth hatte schmutziges Geschirr im Spülbecken zurückgelassen; ich wusch es; trocknete es ab; räumte es fort. Als ich den Küchentisch wischte, sah ich ein Buch, das sie von New York mitgebracht hatte. Es war ihr von einer ihrer Gruppen empfohlen worden. Sie hatte jeden Tag hingebungsvoll und gehorsam ein Kapitel daraus gelesen. Ich schlug wahllos irgendeine Stelle auf.

> In der Verwirklichung ist das absolute Bewußtsein von der inneren Gegenwart des Wunderbaren. Verwirklichung enthüllt die Wahrheit, daß in der Gegenwart alle Dinge sind. Verwirklichung ist der Weg der Vollendeten Freiheit in der Gegenwart, in der es weder Mangel noch Grenzen gibt. Verwirklichung weiß, und weiß, daß sie weiß; und damit gestattet sie dem Gesegneten, in die Absolute Gewißheit gehoben zu werden . . .

Ich klappte das Buch zu. Die Worte bedeuteten mir absolut nichts; sie waren leere Worte. Ich wußte, wenn ich sie jeden Tag bis zum Ende meines Lebens lesen würde, würden sie dennoch keinen Sinn für mich ergeben. Für Ruth waren sie offenkundig eine magische Beschwörung. Genügend oft wiederholt, würden sie Ruth mit spirituellem Verständnis erfüllen; Spirituelles Verständnis; warum waren Spinner von Großbuchstaben so hingerissen? Es war sonderbar, daß Ruths Glauben an Zauberei mir nicht das Gefühl gegeben hatte, ihr seit der Entdeckung des Goldringes irgendwie nähergekommen zu sein. Er erschien mir nur wie eine zusätzliche Bedrohung, die den Sprung in meiner eigenen rationalen, kausalen Denkweise immer mehr vergrößerte, bis nirgends mehr zuverlässige, solide Vernunft und Zurechnungsfähigkeit übrig waren.

Ich machte mir einen Drink. Ich saß damit auf der Fensterbank, nippte sorgfältig und rational daran und rauchte meine Pfeife. Ruth würde nicht gern sehen, daß ich in der Küche rauchte. Der Gedanke hatte die Leere eines Echos; alle meine Gedanken waren so, ohne Bedeutung.

Das Telefon klingelte. Es hatte in diesem Haus so selten geklingelt, daß ich mich nicht sofort erinnern konnte, wo es stand; ich mußte dem Klang ins Wohnzimmer nachgehen.

„Daddy.“ Sophies Stimme war am Telefon immer unnatürlich schrill. „Ist Mammi da?“

„Hallo Liebling. Geht's dir gut?“

„Ist Mammi da?“

„Sie ist dich abholen gefahren, Sophie.“ Sie schien nicht zu verstehen. „Sie ist mit dem Auto weggefahren, um dich nach Hause zu bringen.“

„Sie ist hier nicht angekommen.“

Empfand ich Triumph? Mitleid? Schuld? Vielleicht alles auf einmal. Gefühle sind manchmal undefinierbar; sie verlieren jegliche Beziehung zu den Worten, die wir bei ihrer Beschreibung verwenden.

„Sophie, du solltest es Melanies Mutter sagen – Sophie?“

Keine Antwort, ein wirres, schlingerndes Geräusch, unverständliches Gemurmel.

„Hallo.“ Eine Frauenstimme, lebhaft, streng. „Kommt

Mrs. Trask ihr Kind abholen?"

Wie außergewöhnlich, daß sie eine so vernünftige Frage stellen konnte. Wenn alle Toten als modernde Leichen zurückkehrten, würde irgend jemand irgendwo fragen, was sie wünschten.

Ich erklärte, daß Ruth unterwegs sei.

„Sie hätte um fünf Uhr hier sein sollen. Ich habe sie extra gebeten, nicht nach fünf zu kommen."

Ich blickte auf meine Uhr; es war kurz nach halb sechs. „Meine Frau fuhr vor mehr als einer halben Stunde von hier fort. Sie fuhr geradewegs zu Ihrem Haus. Sie sollte jetzt schon dort sein."

Sollte sie? Ich mußte vorgeben, daß ich an Ursache und Wirkung glaubte.

„Ich muß Melanie zum Gitarreunterricht bringen." Die Frau ließ sich weiter darüber aus; es war jetzt schon spät für den Unterricht; sie würde für die volle Stunde zahlen müssen. Ich wartete, bis die jammernde Stimme verstummte.

„Könnten Sie Sophie mit einem Taxi nach Hause schicken?"

Widerwillig gab sie zu, daß sie das konnte. Ich versicherte ihr, ich würde es bezahlen, und gab ihr meine Adresse; ich mußte langsam wiederholen, während sie notierte. Sie fing wieder damit an, daß sie die volle Stunde bezahlen müsse, als ich den Hörer einhängte.

Wieder warten. Das Gericht war noch draußen. Wie würde mir der Urteilsspruch überbracht werden? Gab es etwas in Ruths Handtasche, wo diese Adresse draufstand? Pierres Brief? Die Autoversicherung war im Handschuhfach. Sobald Ruth gefunden war, würde die Polizei mich anrufen oder ins Haus kommen. Was würden sie mir sagen? Was wollte ich von ihnen hören? Wünschte ich mir, daß Ruth tot sei? Nicht insgeheim, sondern zugegebenermaßen. Was würde ihr Tod für mich bedeuten?

Ich würde mit Sophie allein sein. Es gab nichts, das uns in Saraville halten würde. Sophie und ich konnten mit dem Geld auskommen, das ich noch hatte, bis ich wieder anfing, mir als Comic-Zeichner meinen Lebensunterhalt zu verdienen. Wir konnten irgendwohin gehen, überall hin. Zurück nach Vermont? Die Winter dort: gegen den Schnee kämpfen, um sie morgens zur Schule zu fahren, ein paar Stunden Arbeit zwischendurch hineinzwängen, dann am Nachmittag wieder hinaus, um sie abzuholen und Essen für uns einzukaufen. Diese Abende: durch die Dunkelheit draußen im Haus eingesperrt, für sie kochen, sauber machen, aufpassen, daß sie sich die Zähne putzte und zu Bett ging. Mir hatte das alles nichts ausgemacht, als ich es mit Ruth teilte, aber diese Isoliertheit im Winter, allein mit Sophie, wäre eine unnötige, zusätzliche Last. Ich konnte das Haus in Vermont verkaufen. Irgendeine Stadt an der kalifornischen Küste finden, wo ein Leben in der Sonne leichter wäre; vielleicht konnte ich diese Phantasie verwirklichen, in die ich früher einmal flüchten wollte. Sophie und ich in einer Villa am Meer, Weinreben auf einer sonnenhellen Terrasse, ein altes, rotes Ziegeldach.

Ein Mann in mittleren Jahren und sein Kind, die sich unter Fremden ansiedelten; Sophie, die mich brauchte, mich von Jahr zu Jahr weniger duldete, bis ich schließlich um die fünfzig allein war.

Warum dann mit Sophie allein bleiben? Sie würde mit der Zeit bereit sein, eine Stiefmutter zu akzeptieren. Kalifornien war voll von einsamen, alleingelassenen Frauen, attraktiv, intelligent, immer klüger bei der Wahl, wenn sie sich den Vierzigern näherten. Sich aus beiderseitiger Notwendigkeit paaren? War das nicht das gleiche, was ich mit Stella getan hatte? Was hatten Stella und ich je geteilt außer unserer Einsamkeit und ihrem Körper? Und wohin hatte das geführt? Was hatte ich je für sie empfunden außer Verlangen und dann besitzergreifende Eifersucht, diesen wütenden und ausschließlichen Anspruch auf ihre passive Sexualität?

Von draußen war ein Auto zu hören. Ein Taxi blieb an der Einfahrt stehen. Als ich die Treppe hinunter eilte, öffnete Sophie die Tür des Fonds; sie sah sehr klein und wichtig aus, als sie so allein aus dem Taxi stieg. Ich bezahlte den Fahrer.

„Wo ist Mammi?"

„Es ist alles in Ordnung, Liebling." Ich folgte ihr in die Diele und half ihr aus dem Mantel. „Du mußt sie gerade verpaßt haben."

„Was ist geschehen?"

„Nichts." Versuchte ich, sowohl mich selbst als auch Sophie zu beruhigen? „Der Wagen wollte nicht starten. Ich nehme an, er ist in der Stadt steckengeblieben und sie mußte zu einer Werkstatt gehen. Hast du Hunger? Hast du bei Melanie etwas zu essen bekommen? Möchtest du Milch?"

„Wir haben Hot-Dogs gekocht."

„Hast du dich gut unterhalten?"

„Sie nimmt Gitarreunterricht."

„Ich weiß."

„Kann ich Gitarreunterricht nehmen?"

„Warum denn nicht? Irgendwann, Liebling."

„Wann?"

„Wenn wir wissen, wo wir sein werden, wo wir wohnen werden."

„Geh ich nicht mit Mammi nach San Francisco?"

Mit Ruth? Diese nassen Abdrücke auf dem Rücksitz des Wagens waren da, jede Sekunde, wie etwas, das ich aus dem Augenwinkel flüchtig sehen konnte.

„Ich nehme es an. Ja. Natürlich gehst du."

„Willst du mit mir spielen?"

Ein Spiel? Konnte ich da sitzen und Poker zu zweit spielen, während ich auf das Klingeln des Telefons wartete, darauf, daß die Polizei kam und mir sagte – mir was sagte? Sophie brachte die Karten und eine Schachtel Küchenstreichhölzer. Ich teilte die Streichhölzer in zwei Haufen, für jeden vierundzwanzig, und beobachtete Sophie, wie sie die Karten mischte und ausgab.

„Fünf Karten ziehen.“ Wir nahmen beide unser Blatt auf. „Neun wild“, fügte sie hastig hinzu.

„Du kannst jetzt nicht wild machen.“

„Ich kann. Ich hab ausgeteilt.“

„Es ist zu spät. Du hast deine Karten schon angeschaut.“

Ich sagte das. Als ob es mir wichtig wäre. Ich war bereit, darauf zu bestehen. Es ist erstaunlich, auf wievielen verschiedenen Spannungsebenen ein Mensch gleichzeitig handeln kann. Ich hatte drei Könige; ich setzte ein Streichholz und legte zwei Karten ab.

„Mammi.“

Sophie sprang auf; sie zwängte sich um das Tischende herum und versuchte, aus dem Fenster zu sehen.

„Setz dich, Sophie.“

„Ich hab den Wagen gehört.“

„Setz dich.“ Ich hatte ihn auch gehört. Ich hatte ihn gesehen, ein Polizeiauto, das die Straße herauffuhr. Sophie versuchte noch immer, das Fenster zu erreichen. „Setz dich.“

„Es ist Mammi.“

„Sie ist es nicht.“

Sophie kümmerte sich nicht um mich; sie war an der Tür, drehte am Knauf. Was immer ihrer Mutter passiert war, sie durfte es nicht hören, plötzlich, unerbittlich, von einem Fremden. Ich erwischte sie, bevor sie die Tür aufbringen konnte.

„Es ist nicht deine Mutter.“

„Ich hab sie gesehen.“ Sie weinte, empört, daß ich ihr nicht glauben wollte. „Ja, doch. Ich hab sie gesehen.“

Ich hielt sie fest, streichelte ihren Rücken und versuchte, sie darauf vorzubereiten, was die Polizei uns zu sagen gekommen war, als Ruth hereintrat.

„Was ist denn mit euch beiden?"

„Er sagte, das wärst nicht du." Sophie lief zu ihr. Ich richtete mich auf, stolperte ein wenig.

„Gott sei Dank, daß du o. k. bist." Ich fühlte mich körperlich schwach, erschöpft vor Erleichterung.

„Warum?"

„Wo warst du? Ich glaubte, dir wäre etwas zugestoßen."

„Der Wagen blieb stecken, gleich als ich in die Stadt kam. Bei der ersten Ampel." Sie strich über Sophies Haar. „Ich konnte ihn nicht mehr starten."

„Ich hab dir gezeigt, wie man's macht."

„Das tat ich. Ich tat genau das, was du mir gesagt hast. Ich hab dauernd diesen Hebel hinaufgeschoben." Es klang abwehrend, sie war verärgert durch meine Aufregung. „Ein Polizist kam vorbei. Er konnte ihn auch nicht starten."

„Wo ist er jetzt?"

Ich dachte nicht an den Wagen.

„Er hat ihn auf den Parkplatz neben dem Drugstore geschoben." Sie strich immer noch Sophies Haar glatt. „Er war reizend. Er brachte mich nach Hause."

An diesem Abend durchsuchte ich nicht Sophies Zimmer. Ruth hatte den Wagen mehr als drei Kilometer entfernt stehen lassen. Trotz seiner ganzen Kraft und List würde „es" lange brauchen, um mehr als drei Kilometer Autostraße, die auf beiden Seiten von Schnee umsäumt war, den Weg zurück zu mir zu kriechen. Ich fühlte mich endlich sicher davor, zumindest für heute nacht, vielleicht für immer.

Ruth schlief wieder in dem Zimmer am Ende des Ganges. Ich versuchte zu lesen. Meine Gedanken waren wie laute Stimmen, die Aufmerksamkeit von mir forderten. Gott sei Dank, daß du o. k. bist. Ich meinte es so.

Ich wußte in dem Augenblick, als Ruth hereinkam, daß ich ihr nicht den Tod wünschte. Gott sei Dank, daß Ruth gerettet war. Ich wiederholte die Worte wie eine rituelle Beschwörung, bis sie, wie Ruths Beschwörungen, nur noch Formeln waren und ich es vor mir nicht länger verbergen konnte, daß meine Erleichterung nichts verändert hatte.

Gerettet wozu? Um Sophie nach San Francisco mitzunehmen. Zu Pierre. Um mich hier wie lästiges Gepäck zurückzulassen. Vor Jahren einmal, als ich einen Fragebogen für einen Job ausfüllte, wurde ich gebeten, so kurz wie möglich hinzuschreiben, wovor ich die größte Angst hätte. Ich schrieb ein einziges Wort hin: Leere. Ich bin nicht sicher, was ich damals damit meinte. Gleichgültigkeit? Hoffnungslosigkeit? Langeweile? Jetzt schien es mir, daß diese Antwort eine Vorahnung gewesen war. Mein Leben hatte mich so weit gebracht; jetzt stand ich ihr gegenüber, Aug in Aug: der Leere.

Ich werde dich nicht gehen lassen; ich versuchte nicht, Pläne zu machen; ich hatte eine neue Beschwörung gefunden. Ich wünschte Ruth nicht den Tod. Ich wollte sie so wiederhaben, daß sie mich brauchte, so wie sie mich vor zwei Jahren gebraucht hatte, vor dieser Reise nach Europa; bevor sie angefangen hatte, sich in diese Fremde zu verwandeln, neben dem Baumstumpf, die sagte: „Wir werden dich nicht akzeptieren."

Ich werde dich nicht gehen lassen. Ich wiederholte es immer wieder, bis meine Gedanken sich zu überschneiden begannen, ziellos wurden und schließlich mit den Schlaf verschmolzen.

Ich fand später heraus, daß ich nur eine halbe Stunde geschlafen hatte, bevor Ruths Schreie mich weckten.

26

Die Schreie hatten aufgehört, als ich die verschlossene Tür am Ende des Ganges erreichte. Hastig öffnete ich die Tür und fand den Lichtschalter.

Das plötzliche Licht war wie eine Explosion im Raum, enthüllte und beendete gleichzeitig alles. Ich sah zuerst das Blut; es schien lebendig zu sein, breitete sich über den Rücken von Ruths weißem Nachthemd aus. Sie lag mit dem Gesicht nach unten, den Kopf in das Kissen gedrückt, die halb geballten Hände zum Kopfende des Bettes ausgestreckt. Bett-Tuch und -Decke waren bis zu ihrer Taille heruntergezogen. Neben ihrer linken Hand lag Stellas Messer, die Klinge blutbefleckt.

Eine verzettelte Sekunde lang war ich wieder in der Kindheit, starrte auf irgendein geliebtes, zerbrochenes Ding aus meinem Besitz und wünschte mir verzweifelt, ich könnte die Zeit zurückdrehen, ungeschehen machen, was geschehen war. Dann beugte ich mich über sie, aus dem Zwang heraus, etwas zu tun, hilflos, nicht wissend, was ich tun sollte. Sie lebte noch. Ich konnte ihren mühsamen Atem hören. Ich hatte Angst, sie zu berühren; jeder Druck oder jede Bewegung konnte die Blutung verschlimmern. Ich hob ihren Kopf, versuchte, ihren Mund vom Kissen zu befreien. Es war, als bewegte man den Hals einer Puppe; der Widerstand darin war wie künstlich.

„Laß Mammi in Ruhe.“

Sophie stand in der Tür.

Mein einziger Gedanke war, ihr mit meinem Körper den Blick auf Ruth zu verstellen; sie durfte dieses Blut nicht sehen. Ich beugte mich tiefer über Ruths Rücken.

„Nicht.“ Sophie rannte zu mir. „Hör auf.“ Verwirrte Gefühle verzerrten ihr Gesicht, Angst, der Impuls, ihre Mutter zu schützen und die Weigerung, zu sehen, was ihre Augen sahen. „Hör auf, Mammi wehzutun.“

„Das tu ich nicht.“ Ich trat zur Seite. „Ich tu ihr nicht weh, Liebling. Ich hab sie schreien gehört.“ Es war mir gelungen, Sophie zu erreichen, sie an meine Beine zu ziehen. „Ich bin gekommen, um Mammi zu helfen.“ Ich mußte sie davon überzeugen; wenn nicht, konnten Zweifel, Verdacht den Rest ihres Lebens zerstören. „Ich war es nicht, Sophie. Ich war es nicht, der ihr weh getan hat.“

Wie war es „ihm“ gelungen, so schnell wieder herzukommen, drei Kilometer durch den Schnee zu krabbeln und zu kriechen? Wovon gezogen, gelenkt? War es noch hier im Zimmer? Wo?

Ich spürte das Frösteln wie eine hinterhältige, stumme Antwort. Das Fenster war offen. Ich sah Spritzer auf dem weißen Fensterbrett. Der Daumen und vier Finger. Blutspritzer diesmal.

Ich streichelte den kleinen, runden Kopf, der sich an meine Beine drückte. „Komm schon, Sophie. Wir müssen den Doktor anrufen. Komm doch.“

Sie zögerte zwischen Angst und Vertrauen. Ich drehte sie sanft zur Tür.

„Komm schon.“

Ich fühlte, wie sie nachgab. Sie glaubte mir. Sie ließ sich von mir an der Hand nehmen, als wir den Korridor hinunter zum Telefon eilten.

„Du hältst den Hörer.“

Ich reichte ihn ihr, statt ihn auf den Tisch zu legen, während ich mit der linken Hand wählte. Ich wollte sie in das einbeziehen, was ich tat.

„Halt ihn an mein Ohr.“

Sie gehorchte mir sofort. Ich kannte den Notruf nicht; es hatte nie ein Telefonbuch im Haus gegeben; ich wählte die Vermittlung.

Der sanfte Ton des Rufzeichens schien sich endlos zu wiederholen. Ich konnte ein gesichtsloses Mädchen schlafend an einem Schaltbrett sitzen sehen. Wach auf, wach auf, du gottverdammte Hure. Ich blickte Sophie an. Ihr Gesicht war verschlossen, ihre Lider verbargen die Augen vor mir.

„Vermittlung!“ Das gesichtslose Mädchen war endlich eine Stimme.

„Bitte verbinden Sie mich mit der Polizei.“

„Wählen Sie die Nummer . . .“

„Bitte, verständigen Sie sie für mich. Es ist ein Notfall.“

„Ich verbinde Sie.“ Ihre Stimme enthielt gemessene Entrüstung. Wie die Stimme von Melanies Mutter. Ich hörte das Rufzeichen wieder.

Die Polizei hob nach dem dritten Klingeln ab. „Sheriffbüro.“ Der westliche Akzent ließ die Worte sogar noch fremder klingen. Vielleicht gibt es in allen Krisenmomenten so etwas Irreales, als würde man auf eine zu hell beleuchtete Bühne gestoßen. Ich empfand mich auf unpersönliche Art dramatisch, als ich meinen Namen und meine Adresse angab. Ich sagte, meine Frau sei überfallen worden. „Von einem Herumtreiber überfallen“, improvisierte ich, und sagte, ihr Zustand sei kritisch. „Bitte, schicken Sie sofort einen Ambulanzwagen.“

Die Western-Stimme diskutierte nicht mit mir; stellte erstaunlicherweise keine Fragen. Die Leitung war unterbrochen. Als ich Sophie sagte, sie solle den Hörer wieder auflegen, war ich sicher, daß das Sheriffbüro kein Wort von dem, was ich gesagt hatte, gehört hatte, meine Adresse ganz gewiß nicht niedergeschrieben hatte.

„Du hast gesagt, du würdest den Doktor anrufen.“

Sophies Anschuldigung war wie ein Scheinwerfer, der auf mich gerichtet wurde, mich bei der Ausübung eines Verbrechens überraschte. Warum hatte ich zuerst die

Polizei angerufen? Weil ich wußte, daß ich schuldig war? Weil ich wollte, daß die Polizei mit ihrem irdischen Menschenverstand, mit ihrer unerschütterlichen Beziehung zum Erklärbaren, Sophie überzeugte, daß ich es nicht war? Sie wartete auf meine Antwort.

„Sie werden einen Doktor schicken, Liebling. Die tun das schneller, als ich es könnte."

Dies war nicht die Zeit, meine Motive zu prüfen. Ich mußte zurück zu Ruth. Nachsehen, ob ich irgend etwas tun konnte, um die Blutung zu stoppen.

Ich machte mich auf den Weg in die Küche. Sophie folgte mir. Sie würde mir bis zu Ruth folgen. Ich konnte ihr nicht sagen, sie möge im Wohnzimmer bleiben. Das erneuerte vielleicht ihre Zweifel, ihre Angst, ich könnte ihrer Mutter wehtun. Wie zerbrechlich das Vertrauen zwischen uns doch war!

Ich würde Sophie als abstraktes Problem betrachten müssen, sie ablenken. Ich nahm sie mit mir ins Schlafzimmer und zog Schlafrock und Pantoffeln an.

„Liebling, nun zieh dir lieber etwas an."

Sie folgte mir zu ihrer Zimmertür.

„Zieh dir auch Socken an, Sophie."

Das gab mir eine Minute mit Ruth allein. Sie atmete immer noch in der gleichen, angestrengten Weise. Ein Handtuch hing über einer Stuhllehne. War es sauber? Würde es die Wunde infizieren? Hilflos in meiner Unwissenheit faltete ich es zusammen und drückte es auf Ruths Rücken. Ich zog das Bettuch hoch und schlug es mit der linken Hand ungeschickt auf beiden Seiten unter ihrer Brust ein, band es so fest um sie herum, als ich nur konnte.

„Ich hab' ein Handtuch auf Mammis Rücken getan."

Ich hatte Sophie nicht hereinkommen gesehen oder gehört. Ich wußte, daß sie hinter mir stand.

„Ich hab' eine Art von Verband gemacht." Zumindest

verbarg er das Blut.

Sie antwortete nicht. Ihre Augen zwangen mich, weiterzureden, zu erklären.

„Irgend jemand muß hier eingebrochen sein, Sophie. Durch das Fenster. Ein Einbrecher.“ Es war die Geschichte, die ich vor den Männern vom Sheriffbüro wiederholen mußte. „Deshalb habe ich die Polizei angerufen.“

„Warum hat er Mammi verletzt?“

„Ich weiß es nicht. Vielleicht hat er etwas gestohlen und Mammi wachte auf und sah ihn und erschreckte ihn.“ Der eingebildete Einbrecher wurde für mich so deutlich wie eine Erinnerung.

Wie konnte er sie in den Rücken gestoßen haben, wenn sie erwacht war und ihn gesehen hatte? Hätte sie sich nicht aufgesetzt? Ihn angesehen? Er hatte sie umgedreht, ihr Gesicht in das Kissen gepreßt, um ihr Schreien zu erstikken.

„Wir sollten lieber wieder in die Küche gehen, Liebling. Wir werden dort auf den Krankenwagen warten.“

Ich wollte sie von dem gequälten Klang dieses Atems wegbekommen. O mein Gott, er konnte vielleicht plötzlich aufhören, während sie dastand. Halb schob ich sie, halb führte ich sie wieder den Korridor hinunter. In der Küche setzte ich sie auf meine Knie und hielt sie an mich gedrückt, während ich auf der Fensterbank saß. Ich wünschte mir, sie würde etwas sagen, weitere Fragen stellen. Nur indem ich antwortete, konnte ich Sophie dazu bringen, mir zu glauben. Sie steckte den Daumen in den Mund. Sie saugte mit kleinen, krampfhaften Bewegungen des Kopfes an ihm. Sie hatte seit Jahren nicht mehr Daumen gelutscht.

Die Polizei traf in einem grellen Glanz kreisender Lichter ein: zwei Männer in Uniform, die unten auf der Straße aus dem Auto stiegen. Sophie und ich gingen ihnen zum Treppenabsatz entgegen.

„Sind Sie der Mann, der angerufen hat?"
„Worum handelt es sich?"
Keiner von beiden wartete auf eine Antwort, sie drängten an uns vorbei ins Haus. Ich folgte ihnen in die Küche und behielt meinen Arm auf Sophies Schulter. Als sie herumwirbelten, wachsam, wie auf einen Angriff vorbereitet, sah ich sie nur als zwei sich bewegende Uniformen. Kurze Lederjacken, Koppel und Pistolenhalfter, Hüte wie Smoky, der Bär.*

„Was ist geschehen, Mister?" fragte eine der Uniformen.

„Meine Frau wurde überfallen. Ein Einbrecher stieg ein –"

„Wo ist sie?"

Ich wollte sie zum Korridor führen, Sophie an mich geschmiegt. Ich zeigte auf die Tür am Ende des Korridors, aus der Licht drang.

Sobald die Uniformen an mir vorbeigeeilt waren, kehrte ich zum Fenster zurück. Wo war dieser Krankenwagen? Warum brauchte er so lange?

Hatte die Polizei einen gerufen?

Worum handelt es sich? Was ist geschehen, Mister? Ein Dutzend vage erinnerter Filme ließ annehmen, daß diese Männer in ihrem Auto herumgekreuzt waren und einen Funkspruch erhalten hatten, der ihnen befahl, zu dieser Adresse zu kommen. Das war alles, was man ihnen gesagt hatte. Ruf dir doch den Krankenwagen selber. Jetzt, sofort. Ich rührte mich nicht vom Fenster weg. Die Polizei wird einen schicken, Sophie. Sie mußte glauben, daß ich sie belogen hatte.

„Haben Sie sie berührt?" Die Uniformen waren wieder da.

„Ja." Vor *ihnen* hatte ich nichts zu verbergen. Die

* Amerikanische Comic-Strip-Figur.

Wahrheit lag jenseits ihrer Vorstellungskraft. „Ihr Gesicht war in das Kissen gedrückt. Ich bewegte ihren Kopf, damit sie leichter atmen könne. Und ich legte ihr ein Handtuch auf den Rücken und wickelte das Bettuch um sie herum." Ich blickte kurz zu Sophie; sie beobachtete mich. „Wo ist der Krankenwagen? Haben Sie einen gerufen?"

„Lassen Sie uns beim Anfang beginnen." Eine der Uniformen hatte nun einen zusammengekniffenen Mund, eine Miene gut einstudierter Bestürzung.

„Haben Sie einen Krankenwagen gerufen?" brüllte ich.

Die bestürzten Augen bewegten sich wie ein in Gang gesetzter Mechanismus.

„Wo ist das Telefon?" Es war der andere, der fragte.

Ich öffnete die Tür zum Wohnzimmer; die Uniform flitzte an mir vorbei.

„Lassen Sie uns beim Anfang beginnen", wiederholte der zusammengekniffene Mund.

„Meine Frau schlief allein in diesem Zimmer." Sollte ich erklären, warum? „Sie war müde und wollte früh zu Bett gehen. Ich schlief dort hinten in unserem Schlafzimmer." Um wieviel Uhr war es geschehen? Ich blickte auf meine Uhr. „Kurz nach Mitternacht hörte ich sie schreien. Dadurch wachte ich auf. Ich lief zu ihrem Zimmer. Ich drehte das Licht an und da war sie. Da habe ich sie nicht berührt, nur ihren Kopf bewegt. Ich rief sofort die Polizei."

„Haben Sie jemanden gesehen?"

„Nein."

„Die Schreie deiner Mutter haben auch dich aufgeweckt?"

„Ja." Ich antwortete für Sophie.

„Wie alt bist du, Kleine?"

„Sie ist achteinhalb."

„Lassen Sie sie für sich selbst sprechen."

„Sprich nur, Liebling."

„Achteinhalb."

„Du hast deine Mutter schreien gehört, nicht?"

„Ja."

„Was hast du getan?"

„‚Bin in Mammis Zimmer gegangen."

„Was hast du gesehen, als du da ankamst?"

Sie antwortete nicht. Entsetzt drückte ich sie fester an mich. Ich hatte keine Angst, daß die Polizei glauben würde, ich hätte Ruth mit diesem Messer erstochen, nur daß Sophie glauben könnte, ich hätte es getan.

„Was hast du gesehen, Kleine?" Der verkniffene Mund vermochte zu lächeln. Die geheuchelte Freundlichkeit täuschte sie nicht; ich spürte, wie ihr Körper seiner Falschheit widerstand.

„Daddy versuchte, Mammi zu helfen."

Es kam zu fließend heraus; sie wiederholte etwas, das man ihr gesagt hatte. Die perplexen Augen schienen es nicht zu bemerken.

„Hast du sonst noch wen da drin gesehen?"

„Nein."

„Er ist unterwegs." Die andere Uniform war wieder da. Jetzt gab es auch ein Gesicht darüber: gutaussehend, rötlichgelb, jung, eifrig.

„Irgendeine Idee, wie er hereinkam?" Der ältere Polizist hatte seine Aufmerksamkeit wieder mir zugewandt.

„Mein Gott, das Fenster war weit offen." Der Jüngere berührte Sophies Kopf mit seiner sommersprossigen Hand; die natürliche Art, in der er es tat, ließ vermuten, daß er selbst Kinder hatte. „Er ließ auf dem ganzen Fensterbrett Blut zurück, als er hinauskletterte." Er sah mich an. „Haben Sie das Messer auf dem Kissen gesehen."

„Ja."

„Ist es Ihres?"

Konnten sie es bis zu Stella zurückverfolgen?

„Ja, es ist meines."

„Hatten Sie es in diesem Zimmer?"

„Ja." Wie konnte es irgendein Einbrecher im Dunkeln in jenem Bleistiftkrug gefunden haben? „Es lag wahrscheinlich auf dem Tisch."

„Yeah." Er streichelte immer noch sanft Sophies Kopf. „Ihre Familie ist noch nicht lange hier, oder?"

„Nein. Sie kamen kurz vor Weihnachten zu mir."

„Ich hab' Ihre Frau heute nachmittag in der Stadt mitgenommen. Sie sagte, sie sei noch nicht lange hier. Sie hatte Schwierigkeiten mit dem Auto. Ich hab' sie hierher zurückgefahren."

„Sie erzählte es mir. Danke. Das war sehr nett von Ihnen."

„Hatte sie vor, zu bleiben?"

„Ich weiß nicht." Ich konnte vor Sophie nicht lügen. „Sie wollte nach San Francisco weiterfahren. Wir sprachen darüber."

„Ihr wolltet euch trennen, meinen Sie?"

Was konnte Ruth ihm gesagt haben? Es war unmöglich, daß sie ihm, einem Fremden, einem Polizisten, in den wenigen Minuten, die sie miteinander verbracht hatten, etwas über unsere Entfremdung erzählt hatte. Sie konnte höchstens zugegeben haben, daß sie nicht vorhatte, in Saraville zu bleiben. Ich wußte, daß es zu lange gedauert hatte, bis ich antwortete. Es war nicht Eifer, was ich in diesem rötlichgelben Gesicht gesehen hatte; es war lebhafte Intelligenz.

„Nein. Es handelte sich nicht um Trennung. Es gab keine Meinungsverschiedenheiten zwischen uns." Warum redete ich in der Vergangenheit? „Meine Frau will in der Stadt leben. Um einige Kurse fortzusetzen, die sie in New York besucht hat. Ich werde hier noch mindestens ein Semester unterrichten. Wir haben versucht, den besten Weg für uns beide herauszufinden. Deshalb dachten wir an San Francisco. Ich könnte dort die Wochenenden mit ihr verbringen."

„Klar." In seinen Augen war kein Glauben.

„Lassen Sie mich mal Ihre rechte Hand ansehen, ja?"

Wie immer, wenn ich meine Prothese nicht trug, hatte ich mein Gebrechen verborgen gehalten. Ich zog den Ärmel aus der Tasche meines Schlafrocks und streckte den Stumpf meines Handgelenks aus.

Er war ein Mann, der seine Reaktionen sorgfältig unter Kontrolle hatte. „Wie haben Sie das abbekommen?" Er schüttelte den Kopf in verlegenem Mitgefühl, ein nachträglicher Einfall.

„Bei einem Autounfall."

„Auf dem Fensterbrett im Schlafzimmer ist ein blutiger Abdruck." Er sprach zu seinem Kollegen, als belehrte er einen schwerfälligen Studenten. „Daumen und vier Finger, so deutlich wie nur möglich. Es ist ein Abdruck einer rechten Hand."

„Stimmt." Der ältere Polizist nickte gleichgültig. Er holte eine Zigarette aus seiner Jackentasche und zündete sie an. Als er sie angezündet hatte, merkte ich, wie er seine Aufmerksamkeit wieder mir zuwandte. Ich beneidete ihn. Seine Gedanken konnten sich nur auf eine einzige Sache konzentrieren. Meine waren seit Tagen so geteilt wie Stengel einer Efeupflanze, und jeder versuchte, auf seine eigene Art zu überleben. Der Polizist begann mich zu fragen, ob ich jemanden draußen vor dem Haus herumstreunen gesehen hatte, jemanden, der langsam vorbeifuhr, irgendwelche unbekannten Autos, die auf der anderen Straßenseite parkten. Er interessierte sich nicht für meine Antworten; wir spielten ein Ritual durch. Der jüngere Polizist war in Ruths Zimmer zurückgekehrt. Ich saß auf der Fensterbank, hielt Sophie auf meinem Schoß und wartete auf den Krankenwagen. Sie hatte wieder begonnen, Daumen zu lutschen.

Sie hörte die Sirene früher als ich, machte sich von mir

los, um aus dem Fenster zu schauen, als der Krankenwagen jaulend haltmachte.

Sie waren zu dritt, zwei Männer in karierten Jacken mit einer zusammengefalteten Tragbahre und ein jüngerer Mann in weißer Hose und einem Schaffellmantel, der eine kleine Tasche trug. Sie füllten den Raum mit ihrem wichtigtuerischen Durcheinander. Der gleichmütige Polizist führte sie den Korridor hinunter. Ihre Abwesenheit schuf ein weiteres Vakuum des Wartens. Ich sprach sanft zu Sophie, sagte ihr, mit Mammi werde alles gut werden. Sophies schnelle Kopfbewegungen, während sie Daumen lutschte, mochten ein zustimmendes Nicken gewesen sein.

Sie waren wieder da. Ruth war mit dem Gesicht nach unten an die Tragbahre geschnallt, wie etwas, das sie zwischen sich balancierten. Sophie strampelte in meinen Armen. Sie waren schon an uns vorbei, im Korridor.

„Ich will mit Mammi gehen."

Sie riß sich von mir los. Ich versuchte, ihren Arm zu erwischen.

„Nein, Sophie."

Ich mußte sie aufhalten. Warum? Sie trug noch immer ihren Pyjama und einen Schlafrock. Das war nicht der Grund für mich. Die kahle, grell erleuchtete Bedrohlichkeit eines Krankenhauswartesaals; ich wollte sie davor bewahren. Nein, auch das war nicht der Grund. Die Wahrheit war, daß ich sie nicht allein gehen lassen konnte, und ich wollte im Haus bleiben. Es gab noch etwas Unerledigtes hier.

Ich erwischte sie, bevor sie den Korridor erreichte.

„Ich will gehen." Sie wehrte sich gegen mich. „Ich will gehen."

„Hör zu, Sophie. Hör zu. Wir können jetzt nichts anderes tun als warten. Hör mir zu." Sie war ein sich windender blauer Schlafrock, ein Wille, zu entkommen. Ich wußte, daß sie mich nicht hören konnte.

„Dein Papa hat recht.“ Der junge Mann in der weißen Hose beugte sich über sie. „Du solltest lieber hier bleiben.“ Er hatte einen breiten Mund mit vollen Lippen und hervorstehenden Zähnen. „Du willst doch nicht die ganze Nacht im Krankenhaus warten.“

Der unpersönlichen Stimme gelang, was ich nicht erreicht hatte. Sie hörte ihm zu. „Du brauchst dir gar keine Sorgen zu machen. Gar keine. Deine Mutter wird bald wieder gesund. Dein Papa wird mir deine Telefonnummer geben, und wir werden dich anrufen, sobald Mutter sich wohl genug fühlt, um mit dir zu sprechen.“

„Sie ist doch in Ordnung, nicht wahr?“ Ich wollte, daß er Sophie noch weiter beruhige.

„Es ist nur eine oberflächliche Wunde.“

„Ist sie bei Bewußtsein?“

„Nein.“ Das schien ihn zu verwirren. „Ich hab’ ihr eine Spritze gegeben, also wird sie eine Zeitlang ohnehin nicht wieder zu sich kommen.“ Er blickte wieder Sophie an und ging darüber hinweg, was auch immer ihn verwirrt hatte.

„Du kannst deine Mutter morgen früh besuchen, o. k.?“ Er holte ein Notizbuch aus seiner Tasche. Ich gab ihm meine Telefonnummer. Sophie lief zum Fenster, um den Krankenwagen abfahren zu sehen. Nach der schlaffen Art, in der sie dastand, das Gesicht gegen das Glas gedrückt, schien er jede Hoffnung ihres Lebens mit sich genommen zu haben.

„Es ist merkwürdig.“

Der jüngere Polizist stand neben mir. Ich hatte ihn nicht aus Ruths Zimmer zurückkommen gesehen.

„Es ist merkwürdig, wenn er aus diesem Fenster gestiegen ist.“

„Warum?“

„Auf dem Pfad darunter ist eine Menge Schnee. Eine Menge Schnee und keine Fußspuren.“

Ich sagte nichts. Sollte er doch selber die Erklärung

dafür finden. Er würde sie nie finden. Nur ich konnte mir vorstellen, wie „es“ in der Dunkelheit über Ruths Bett kroch und Stellas Messer hinter sich herschleifte, eine Pause machte, den Griff packte, auf dem Stummel seines Handgelenks balancierte, und dann brutal, entschlossen die dünne Klinge in Ruths Rücken stieß. Wie mein Schuldgefühl gehörte dieses Wesen nur mir allein.

„Rühren Sie nichts in diesem Zimmer dort hinten an, bitte.“

„Natürlich.“

„Die Männer vom Labor werden sich diese Abdrücke am Fensterbrett morgen ansehen wollen.“

„Ich lasse die Tür für sie offen, falls ich ins Krankenhaus fahre, bevor sie eintreffen.“

„Gut.“

Endlich ging er fort. Sein Kollege folgte ihm in die Diele. Ich hörte die Türe auf und zu gehen, Schritte draußen auf der Treppe, ein Wagen startete, das Knirschen von Schnee, als die Reifen drüberfuhren.

Sophie und ich waren mit „ihm“ allein.

27

Sie stand noch immer am Fenster. Ich kniete hinter ihr nieder.

„Du solltest lieber wieder zu Bett gehen, Liebling. Ich bleib' bei dir, bis du eingeschlafen bist."

Sie antwortete nicht; mir schien es, als schüttelte sie den Kopf; es mochte eine unwillkürliche Bewegung gewesen sein. Ich versuchte, sie an mich zu ziehen. Sie fiel schnell zurück, mit dem Rücken zum Fenster. Ich sah ihr Gesicht, die unbeherrschte Heftigkeit darin.

„Geh weg." Sie schrie. „Geh weg. Wir wollen dich nicht. Geh weg."

Sie war einer Panik erlegen, mit jener hervorbrechenden Hemmungslosigkeit, die bei Kindern so natürlich ist. Ich versuchte, das zu glauben. Das war nicht ich, den sie attackierte. Sie ließ nur den Ängsten und Zweifeln der vergangenen Stunden freien Lauf. Wenn ich sie nur in meine Arme schließen könnte. Sie umarmen könnte. Ich rückte unbeholfen auf den Knien über den Linoleumboden vorwärts. Sie stand da, mit dem Rücken ans Fenster gepreßt; sie konnte nicht weiter zurückweichen. Meine ausgestreckte linke Hand streifte den Ärmel ihres Schlafrocks.

Mit einer raschen, ruckartigen Bewegung war sie hinter mir. Als ich auf die Beine kam, war sie am anderen Ende der Küche; sie schien von der Lade abzuprallen, dann lief sie weiter, ein kleiner verschwommener Fleck von Entschlossenheit, den Korridor hinunter zu der offenen, erhellten Türöffnung an seinem Ende.

Als ich dort ankam, war sie auf das Bett geklettert. Die

Bettücher waren abgezogen worden. Auf Händen und Knien, unbeweglich, starrte sie auf das fleckige Laken. Ich griff mit dem linken Arm unter sie und riß sie von dort weg. Sie trat, krümmte sich, drosch mit den Armen, als ich sie auf den Gang zurücktrug. Die Tür zu ihrem Zimmer war offen. Ich trug sie hinein und stieß die Tür mit der Schulter hinter mir zu. Ich ließ sie auf das Bett fallen, sie wand sich noch immer.

„Sophie."

„Geh weg." Sie rollte auf den Rücken. Ihre Füße bewegten sich in kurzen, schnellen Stößen, traten nach mir, um mich nicht herankommen zu lassen. Einer ihrer Pantoffeln fiel herunter. Die spasmischen Bewegungen ihrer Beine gingen unermüdlich weiter.

„Geh weg. Geh weg. Geh weg."

„Hör auf, Sophie." Ich brüllte sie an. „Halt den Mund."

Ich trat zurück, lehnte mich an die Wand, gequält, erschrocken, beschämt von meinem eigenen Zorn. Ich war nie zuvor wütend auf Sophie gewesen. Nie? Jedes Gefühl, das ich jemals für sie empfunden hatte, besaß nun eine direkte, bedrohliche Bedeutung. Ich konnte mich nicht erinnern, daß ich je wütend auf sie gewesen war.

Mein Zorn hatte sie erreicht. Ihre Beine wurden ruhiger. Sie starrte mich mit unerschütterlicher Feindseligkeit an.

„Du wolltest mich nicht mit Mammi gehen lassen."

„Geh ins Bett, Sophie. Leg dich unter die Decke."

„Mammi und ich gehen weg. Du kommst nicht mit uns. Wir wollen dich nicht."

„Geh ins Bett."

„Wir wollen dich nicht."

Aber sie tat, was ich ihr gesagt hatte, zog ihren zweiten Pantoffel aus, warf ihn auf den Boden und verkroch sich unter der Decke. Die Lampe war eingeschaltet, durch das Märchenbuch abgeschirmt. Ich drehte das Deckenlicht ab.

„Gute Nacht, Liebling.“

Sie antwortete nicht.

Ich schloß die Tür zu ihrem Zimmer und blieb auf dem Gang stehen.

Ich empfand nichts. Ich durfte es nicht zulassen, etwas zu empfinden. Dieser Augenblick des Zorns hatte mir das bewußt gemacht. Ich war wie ein Mann, der an eine Bombe angeschlossen war. Schon die allerwinzigste Bewegung konnte sie hochgehen lassen. Ich mußte mich in einem Zustand ruhiger Neutralität, im Gleichgewicht halten. Wir wollen dich nicht. Sie hatte das nicht so gemeint. Es hatte nicht mehr Bedeutung als die kleinliche Gehässigkeit, die Kinder so oft aneinander auslassen. Du kannst nicht mit uns spielen. Geh weg. Ich war Sophie nicht böse.

Geh weg. Wir wollen dich nicht. Ruth, wie sie neben dem Baumstumpf stand. Wir würden dich nicht akzeptieren. Sie hatte ihren subtilen, boshaften Einfluß auf Sophie ausgeübt. Sie ließ sich von Sophie mit Pierre im Bett finden. Verführte sie dazu, daß auch sie mich ablehnte.

Was zum Teufel hatte ich getan? Was hatte ich jemals einer von ihnen getan? Warum? Warum wollten sie mich loswerden, mir das Gefühl geben, unnütz, unnötig zu sein?

Ich wußte, was ich getan hatte. Ich hatte mich ihnen gegeben, mich an sie gebunden, erst an Ruth, dann an Sophie. Jeder verachtet früher oder später einen, der das tut. Sie beginnen, die Bindung als Forderung anzusehen, als Abhängigkeit von ihnen. Hätte ich Ruth mit derselben egoistischen Gleichgültigkeit behandelt, die ich allen den Mädchen vor ihr gezeigt hatte, würde sie sich noch heute an mich klammern. Und versuchen, mich durch Ergebenheit, Gehorsam zufriedenzustellen. Die absoluten Schweine dieser Welt haben recht. Sie kümmern sich um niemanden außer sich selbst und zwingen andere, sich um sie zu kümmern. Für Frauen ist Schwäche das einzige

Verbrechen. Die Schwäche, die darin besteht, daß man sie braucht. Wir verstehen das in Amerika. Mein Mann war ein Bedürftiger, hatte mir die geschiedene Frau im Flugzeug erzählt. Es war ein Wort der Verachtung.

Ich hatte sogar angefangen, diesen Fehler bei Stella zu machen. An dem letzten Abend, den wir miteinander verbrachten, begann ich, meinen Ehegewohnheiten nachzugeben, ihr gegenüber sanfte, zärtliche Gefühle zu hegen. Gott sei Dank hatte ich nicht jene letzte Nacht mit ihr verbracht. Gott weiß, welche Gefühle, welchen Teil meines Selbst ich ihr dann preisgegeben hätte. Nach *ihrer* Treue und Zuneigung würde ich mich wenigstens jetzt nicht mehr sehnen. Das einzige, was ich jemals an Stella vermissen würde, war ihre Möse.

Ich stand immer noch im Korridor. Die Ruhe, die ich verspürte, als ich in Ruths Zimmer hineinging, hatte die Reinheit einer Katharsis. In all den Jahren mit Ruth hatte ich meine Natur unterdrückt, meine Freiheit für den trügerischen Lohn der Zuneigung aufgegeben. Vertrautheit war zu einer Sucht geworden. Jetzt hatte ich endlich mein wahres Wesen, ein isoliertes, ungebundenes Wesen wiedergewonnen. Ich fühlte mich leicht, hoffnungsvoll, zuversichtlich, als ich den großen roten Fleck auf Ruths Bett betrachtete.

Stellas Messer war fort. Dieser junge Polizist mußte es genommen haben. Ich ging zum Fensterbrett hinüber. Die Blutflecken darauf sahen immer noch feucht aus, vier von ihnen in einem annähernden Halbkreis, und der fünfte, der Daumenabdruck, wenige Zentimeter weiter unten links. Auf der weißbemalten Holzfläche waren keine anderen Spuren. Ich konnte sehen, daß es ein Irrtum gewesen war, „es" mir kriechend vorzustellen; es konnte sich in Sprüngen bewegen.

So war es vom Auto hierher zurückgekommen. Es hatte keine drei Kilometer lange Reise unternehmen müssen.

Es war nicht im Wagen gewesen, als Ruth losgefahren war. Es war durch die offene Tür herausgesprungen, als sie kam und mich bat, den Motor zu starten. Warum? Weil es wußte, daß ich in die Garage kommen würde?

Das wußte es? Wie konnte es irgend etwas *wissen?* Es hatte kein Gehirn.

Bis auf meines. Es war mit meinem Geist, meinen Impulsen ebenso direkt und gehorsam verbunden wie damals, als es noch an meinem Handgelenk, als Teil meines Körpers, befestigt war.

Dann konnte ich es kontrollieren. Konnte ich das? Ich hatte es damals kontrolliert. Wirklich? Sicher nicht bewußt oder nur sehr selten. Ich erinnerte mich, wie es immer eine eigenständige Energie zu haben schien, wenn ich arbeitete, die Linien zeichnete, die Miguel schufen. Die Instruktionen, die es von mir erhalten hatte, schienen nie aus irgendeinem bewußten Bereich meines Geistes zu stammen. Galt das nicht für den Großteil unserer Handlungen? Der Wille war es, der sie lenkte, und der Wille war nicht gedacht – war Reaktion oder ein Impuls. Auch das Verlangen, auf das „es" reagierte, war häufiger unbewußt als bewußt. Wir greifen nach einer Zigarette, stecken sie in den Mund, finden ein Streichholz, zünden es an. Ist uns bewußt, daß wir diese ganze Reihe von Bewegungen ausführen wollten? Sie hinterlassen nicht einmal ihre Spur in unserem Gedächtnis. Wo habe ich meine Brille hingelegt? Habe ich die Haustür zugesperrt?

Montaigne beklagte sich über den Körperteil eines Mannes, der ihm nie gehorchen wollte, er konnte niemals lernen, ihn auf Befehl zu erwecken oder zu besänftigen. Mir fiel meine Reaktion auf den flüchtigen Gedanken an Stellas Möse ein. An dieser Reaktion war mehr als nur mein Penis beteiligt gewesen. Mein ganzer Körper war unkontrollierbar stimuliert gewesen. Galt das nicht ebenso für Angst oder Zorn, wie es für Lust galt? Manifestierte sich nicht jede vorübergehende Emotion in unseren Körpern? Wußten wir denn nicht allein durch unseren Körper, was wir fühlten?

Oder wir wußten, was wir wollten.

Gott sei Dank, daß es dir gut geht. Nur durch diese überwältigende körperliche Schwäche, diese Erschöpfung, die ich fühlte, als ich sie erblickte, wußte ich, daß ich Ruth nicht tot sehen wollte.

„Es" hatte trotzdem versucht, sie zu töten.

Warum? Wieso hatte ich das gewollt? Wie konnte ich dieser Dunkelheit entrinnen, wenn ich nur wußte, daß ich nicht wußte, was ich wollte, bis . . . Bis „es" meinen Willen offenbarte? Bewußtseinserweiterung. Ruths Allheilmittel. Es war schon zu spät für mich. Mein Wille war die Synthese ungezählter Erlebnisse, Phantasien, Triebe, Frustrationen, Sehnsüchte. Das bedeutete nicht, daß ich abnormal, anders als die anderen war. Ich war nicht der einzige, dessen Leben von jemandem gelebt wurde, von dem ich nichts wußte. Vielleicht stimmte das für uns alle.

Ich beugte mich aus dem Fenster. Das Licht aus dem Zimmer war zu undeutlich, der schneebedeckte Weg zu dunkel für mich, um zu sehen, ob „es" dort irgendwelche Spuren hinterlassen hatte. Ich blieb in der Diele stehen, um eine Taschenlampe mitzunehmen und meine Pantoffeln gegen Wildlederstiefel zu vertauschen, die ich am Morgen bei dem Spaziergang mit Ruth getragen hatte. Der Schnee auf den Stufen hatte sich zu Eis verhärtet. Ich mußte mich am Geländer festhalten, um nicht auszurutschen und zu fallen. Unten machte ich einen Bogen um die Garage und ging zum hinteren Teil des Hauses. Ich paßte auf, um keine Fußspuren auf dem Weg zu hinterlassen, und stolperte durch den seitlichen tiefen Schnee, bis ich gegenüber dem erleuchteten Fenster von Ruths Zimmer stand. Ich kauerte mich dort nieder und ließ den Strahl der

Taschenlampe über den Pfad unter dem Fensterbrett gleiten. Die Oberfläche des Schnees war rauh und kristallin, aber bald fand ich die Stelle, wo „es" nach seinem Sprung durch das Fenster gelandet war, vier zartrose Eindrücke, im gleichen Abstand wie die Blutflecken auf dem Fensterbrett verteilt. Ich bewegte den Lichtkegel langsam nach links. War es rund um diese Ecke des Hauses weiter zu dem Hügel gegangen? Ich durchsuchte den Schnee mit wachsender Verzweiflung.

Ich wollte, daß es diesen Weg gegangen sei. Daß es der Schuld an der grausamen Tat entfloh. Meiner Schuld? Meiner Tat? Widerstrebend, mit einer Ahnung, die wie Wissen war, schwenkte ich den Lichtkegel nach rechts, wieder auf den Pfad, auf dem ich gekommen war.

Ich brauchte nicht weit zu suchen. Weniger als dreißig Zentimeter von der Stelle, wo „es" gelandet war, befand sich eine weitere deutliche Garnitur von Eindrücken im Schnee.

Ich kauerte dort, studierte sie, versuchte noch immer zu leugnen, daß „es" ins Haus zurückgegangen sei, als ich Sophie schreien hörte.

Zum Teufel mit Fußspuren auf dem Pfad. Ich war weit davon entfernt, an etwas so Flüchtiges zu denken. Ich dachte überhaupt nichts. All die fragwürdigen Auseinandersetzungen, die ich vorher mit mir selbst gehabt hatte, waren sofort entschieden. Mein ganzes Sein war in einem einzigen Drang konzentriert. Zu Sophie zu eilen. Sie zu beschützen.

Ich rutschte den Pfad hinunter und griff nach dem Fensterbrett. Es war dreißig Zentimeter über meinem Kopf. Ich sprang und bekam mit der linken Hand den Fensterrahmen zu fassen. Mich seitwärts emporschwingend, kam ich mit der rechten Schulter hoch und stieß den Ellenbogen ins Zimmer.

Sophie schrie noch immer. Die hilflosen, unbeherrschten Schreie eines entsetzten Kindes.

Ich hatte jetzt eine Art von Hebel. Ich stemmte mich vorwärts, bis ich mit beiden Schultern oben war und über das innere Fensterbrett hineinkriechen konnte. Die untere Hälfte meines Schlafrocks war naß vom Schnee. Er verfing sich im Fensterrahmen. Ich mußte rückwärts greifen und ihn hinter mir herziehen, als ich mich weiter vorankämpfte und zu Boden fallen ließ.

Sophies Schreie hatten aufgehört., Ich krabbelte auf die Beine und lief zu ihrem Zimmer.

Die Tür war noch immer geschlossen. Ich drehte am Knauf und stieß sie auf. Die Lampe hinter dem abschirmenden Buch brannte noch immer. Sophies Pantoffel lag neben dem Bett, wo sie ihn so trotzig hingeworfen hatte. Eine kleine Delle in dem Kissen, die der Druck ihres Kopfes hinterlassen hatte. Darunter die Umrisse ihres Körpers im Bettzeug abgedrückt. Alles in dem Zimmer schien so unberührt, wie ich es verlassen hatte. Alles bis auf die Stille.

Stille kann so unumstößlich sein wie Entsetzen. Ich trat ans Bett und raffte die Decke mit der Hand zusammen. Sie fühlte sich in meinen gekrümmten Fingern warm an. Ich konnte mich nicht dazu zwingen, sie loszulassen. Das Bild dessen, was ich unter ihr finden könnte, war zu deutlich. Die zerfleischte Rohheit dessen, was unter unserer Haut verborgen ist.

Dann rührte Sophie sich und ich zog die Decke herunter. Sophie wirbelte mit einer zuckenden Bewegung herum und klammerte sich an mich. Ich spürte sie, streichelte sie, hob ihr Kinn und blickte in ihre Augen. Sie war unverletzt.

„Warum? Warum? Warum?“

Sie kam über dieses einzige Wort nicht hinaus. Sie wiederholte es immer wieder. Es war keine Frage, sondern eine Forderung. Die Erleichterung darüber, daß sie gerettet war, hatte sie noch nicht beruhigt. Sie erlebte noch das

Entsetzen der vorangegangenen Minute. Allmählich, während ich sie im Arm hielt, begann sie zu fühlen, zu sehen und schließlich zu verstehen, daß ich da war. Die Forderung verwandelte sich in Anklage. Nur indem sie mir vorwarf, was sie durchgemacht hatte, konnte sie eine Möglichkeit finden, darüber zu sprechen, aus ihrer Panik herauskommen, indem sie erzählte.

„Du hast mich allein gelassen. Ich habe dich gerufen, und du hast nicht geantwortet."

„Ich habe dich nicht gehört. Du weißt, ich wäre sofort gekommen."

„Du hast mich allein gelassen und hast draußen vor der Tür herumgescharrt."

Ich durfte ihr nicht zeigen, wie sehr mich das erschreckte.

„Ich hörte dich schreien, Liebling. Ich kam sofort, als ich dich schreien hörte."

„Warum hast du mich allein gelassen? Warum hast du nicht geantwortet? Warum hast du herumgescharrt?"

„Sei nicht bös." Sollte sie doch mir die Schuld geben. Alles würde weniger schlimm für sie sein als die Wahrheit. „Ich wollte dich nicht erschrecken."

„Du hast nicht geantwortet." Sie klammerte sich an diese Worte. Da sie ihr eine so vernünftige Entschuldigung für ihre Panik gaben, beruhigten sie ihre Vernunft; alles wurde verständlich.

Ich saß da und hielt Sophie an mich gedrückt. Ihre Arme waren um meinen Hals. Ihr Ellbogen war mit winzigen braunen Sommersprossen besprenkelt; ich hatte das nie vorher bemerkt. Diese Sommersprossen würden mich überleben. Wenn ich tot war, würden sie immer noch da sein, eine Fortsetzung meines Seins.

Dann sah ich, wie verhängnisvoll meine gehobene Stimmung war. Ich hatte, was ich wollte. Sophies Vertrauen und Abhängigkeit. Das „Herumscharren" draußen vor ihrer Tür hatte das wirkungsvoller zustande gebracht als alles, was ich geplant und durchgeführt haben könnte. Wenn ich meine Gefühle nur als eine Folge von Reaktionen interpretierte – Verlust, Zorn über Zurückweisung, Empörung über die Ungerechtigkeit, die ich darin sah –, hatte „es" meinem unausgesprochenen Willen gehorcht. Es hatte Sophie dazu gebracht, mich zu brauchen.

Was wollte ich jetzt? Das erschien mir als die beängstigendste Frage, mit der ich je konfrontiert gewesen war. Die schlimmste Angst von allen ist die Angst vor sich selbst. Ich erinnerte mich daran, wie ich auf dem Korridor gestanden war, an meine wilden Schlußfolgerungen. Schwäche ist das einzige Verbrechen. Wie heftig hatte ich die trügerischen Belohnungen der Zuneigung abgelehnt. Wie ruhig und selbstsicher hatte ich mich danach gefühlt. Die Freiheit und Kraft, wieder im Mittelpunkt meines eigenen Lebens zu sein.

Wollte ich das immer noch in irgendeinem dunklen Winkel meines Geistes? Diese ungebundene Freiheit. Hatte ich mich deshalb geweigert, Sophie zum Krankenhaus zu bringen? War hier noch immer etwas Unvollendetes? Wartete „es" darauf, nach irgendeinem endgültigen Entschluß meines Willens zu handeln?

Ich mußte „es" finden und zerstören. Ich würde das ganze Haus danach absuchen. Jetzt.

Das war nicht mehr als eine kurze Phantasie. Ich würde „es" niemals finden. Es konnte sich überall vor mir verstekken. Es konnte durch die Spalten in der rustikalen Täfelung im Wohnzimmer schlüpfen. Es konnte von dort offensichtlich zur Garage hinunterklettern. Es konnte sich in den hohlen Wänden des Hauses sogar von einem Zimmer ins andere bewegen. Es war zu schlau, zu unvorhersehbar für mich, um eine Konfrontation damit zu erzwingen.

Ich war sicher, daß ich das glaubte. Weil ich das wollte? Ich wußte es nicht.

Es war wie in dem Augenblick vor einigen Wochen auf dem Parkplatz des Supermarkts. Meine eigene Hilflosigkeit überwältigte mich. Ich gab ihr nach. Ich unterwarf mich ihr so vollständig, überließ mich so passiv der Trägheit, als ob ich nicht mehr existierte. Ich hatte nicht den Willen, zu existieren, nicht einmal den Willen, zu sterben, nur den Willen, nichts, nirgendwo zu sein.

Vielleicht war das die Antwort. In der Untätigkeit selbst sah ich eine schwache Hoffnung.

„Zieh dir etwas an, Sophie."

„Warum?"

„Wir fahren ins Krankenhaus."

„Warum?"

„Weil du es wolltest."

Ich konnte meinen eigenen Impulsen nicht trauen. Aber ich konnte denen von Sophie vertrauen. „Es" würde auf *ihren* Willen nicht reagieren. Indem ich tat, was sie wollte, konnte ich mich selbst besiegen. Jenen Bereich meines Geistes enttäuschen, in dem Gedanken und Gefühle zusammenhanglos miteinander verschmolzen zu der Forderung, die „es" fähig war, so schnell zu erkennen und zu befolgen.

„Zieh dich jetzt an, Liebling."

„Wie werden wir dorthin kommen? Das können wir nicht." Sie wollte nicht mehr fahren. „Wir haben den Wagen nicht." Erschöpft, wollte sie nur mit mir dableiben, warm und sicher. Sie wollte schlafen.

„Zieh dich an. Ich werde ein Taxi rufen."

Ich war entschlossen, sie ihren Willen haben zu lassen. Die Absurdität dessen, die ihm innewohnende Gefahr, kam mir plötzlich in den Sinn. Mein eigener Wille setzte sich wieder durch.

„Können wir Mammi sehen, wenn wir ins Krankenhaus fahren?"

Sie zog ihren Pyjama aus, beeilte sich, ihr Hemd und

ihre Jeans zu finden. Ich sah ihr untätig zu, während sie sich anzog. Als ich mit ihr in mein Zimmer ging, versuchte ich mich von ihr führen zu lassen. Ich legte meine künstliche Hand an, zog mich an, handelte, als ob Sophie mich dazu aufgefordert hätte.

Ich fand die Nummer des Taxifahrers auf der Liste in der Zellophanhülle, die neben dem Telefon gelegen war, als ich einzog. Installateur, Spirituosenladen. Taxi. Diesmal ließ ich Sophie wählen, während ich den Hörer hielt. Das Klingelzeichen ertönte immer wieder, höhnischer, als jeder menschliche Klang sein konnte, unversöhnlicher in seiner Weigerung, aufzuhören.

„Ich nehme an, er ist zu Bett gegangen." Für Sophie war der Taxifahrer eine Person; er hatte sie am Nachmittag von Melanie nach Hause gefahren. „Ich nehme an, er schläft." Die Energie, die sie beim Anziehen in Gang gehalten hatte, war erschöpft. Als ich den Hörer wieder auflegte, waren ihre Augen halb geschlossen. Sie lehnte sich gegen mich.

„Wir fahren ins Krankenhaus."

Ich wollte sie wachrütteln. Sie verließ mich jetzt, da ich sie am meisten brauchte, brauchte, um mich zu führen.

Hör auf. Hör auf, Forderungen an sie zu stellen. Forderungen konnten nur von meinem eigenen flackernden Willen kommen. „Es" könnte auf sie reagieren. Es könnte diesmal nicht beim „Scharren" haltmachen. Es könnte sich zeigen. Sophie in die Flucht schlagen, die ich ihr aufdrängte.

Ich wußte, ich war dem Wahnsinn nahe, als ich das dachte. Das unaufhörliche, unentrinnbare Kreisen meiner Ängste hatte jede Logik sinnlos gemacht. Im Kampf gegen diese Sinnlosigkeit, gegen das Chaos in meinem Geist, sah ich mehr Hoffnung als in der Trägheit. Es nützte nichts, zu versuchen, meinen Willen in Sophies Willen umzusetzen. Ich hatte mich zu einem unmittelbaren Ziel zu entschließen und all meine Emotionen, jeden Zufallsgedanken darauf zu konzentrieren.

Sophie aus diesem Haus fortbringen. Aus seiner Reichweite. Sie dorthin bringen, was ich nun für die Zufluchtsstätte hielt, ins Krankenhaus.

Wie? Das Krankenhaus lag außerhalb des Campus, mehr als sechseinhalb Kilometer entfernt. Konnte sie überhaupt so weit gehen? Wenn wir zu Fuß gingen, wenn ich sie stützte und trug, wie konnte ich „es" davon abhalten, uns zu folgen?

Ich mußte Hilfe holen. Gab es niemanden in dieser Stadt, in der ich drei Monate lang gewohnt und gearbeitet hatte, den ich bitten konnte, mich zum Krankenhaus zu fahren? Die Antwort stand auf der zellophanumhüllten Liste. Ich hatte sie selbst an dem Abend niedergekritzelt, als ich verabredet hatte, Stella dort anzurufen. Die Sierra-Bar. Ich blickte auf meine Uhr. Es war zwanzig vor zwei. Er konnte vielleicht noch dort sein.

Eine undeutliche Stimme vermutete, daß er da war. Ich hörte, wie sein Name wiederholt wurde, weit entfernt, gleichgültig; wer immer abgehoben hatte, rief ihn nun zum Telefon.

„Hallo."

„Brian?"

„Yeah."

„Hier spricht Martin."

„Yeah."

„Können Sie hierherkommen?"

„Wozu?"

„Es ist etwas geschehen. Ich muß Sophie ins Krankenhaus bringen."

„Wer ist Sophie?"

„Meine Tochter."

„Was ist mit ihr?"

Die Feindseligkeit in seiner Stimme, vielleicht war es

nur die Widerspenstigkeit des Betrunkenen, warnte mich, ihm am Telefon nicht allzuviel zu erklären. Mein Drängen würde wirksamer sein, wenn ich ihn überreden konnte, zu mir herauszukommen.

„Ich muß sie sofort ins Krankenhaus bringen."

„Rufen Sie ein Taxi."

„Die antworten nicht."

Sein Schweigen war so lang, daß ich sagte: „Hallo. Hallo, Brian?"

„O. k., ich komme."

„So schnell Sie können?"

Ich bekam keine Antwort. Ich konnte die Geräusche des Sierra noch ein paar Sekunden lang hören, sich überschneidende Stimmen, Schritte, dann war es still. Er hatte eingehängt.

Sophie lehnte immer noch an mir, mit geschlossenen Augen. Sie ergab sich nicht länger ihrer Schläfrigkeit, sie suchte ihr zu entkommen. Ich hob sie auf und trug sie in die Küche. Als ich sie auf die Fensterbank setzte, fiel ihr Kopf so schwer darauf, wie er einst auf die Matratze ihres Kinderbettchens gefallen war, als sie wenige Wochen alt war. Ich hatte Angst, sie allein zu lassen, als ich aus ihrem Zimmer eine Decke holte. Ihr grüner Mantel hing in der Diele. Ich breitete ihn über sie aus und schob ihr ein Kissen unter den Kopf. Ich hatte die Tür zum Wohnzimmer offengelassen. Ich schloß sie, bevor ich mich neben Sophie setzte und wartete.

Warten. Die vergangenen acht Stunden schienen aufgeteilt durch die Zeiten, in denen ich neben diesem Fenster gesessen war und auf das Geräusch eines Wagens von draußen gelauscht hatte. Sophies Taxi, die Polizei, der Krankenwagen. Bis Brian ankam, hatte ich aufgehört, ihn zu erwarten. Warten war zu einer Tätigkeit an sich geworden.

„Was ist los mit Ihrem Kind?" Als er in die Küche

trat, sah er Sophie auf der Fensterbank. „Ist sie krank?“

„Nein. Heute abend –“

„Warum wollen Sie dann, daß ich sie ins Krankenhaus bringe?“

„Heute abend – meine Frau schlief im Hinterzimmer . . .“ Ich wiederholte die Geschichte, die ich der Polizei erzählt hatte; irgend jemand war ins Haus eingebrochen und hatte sie überfallen. Brian stand neben der Theke; er kaute irgend etwas. Die gleichmäßige Bewegung seiner Kiefer war seine einzige Reaktion auf meine Stimme. Er hörte mir nicht zu. Er war nicht zum Zuhören hierhergekommen. Er hatte mir etwas zu sagen. Er wartete nur darauf, daß ich zu sprechen aufhörte, um es zu sagen.

„Sie haben sie doch herumgekriegt, nicht wahr?“

Seine Worte waren mir unbegreiflich. Wen hatte ich wozu herumgekriegt? Ich schüttelte den Kopf, um ihm zu sagen, daß ich nichts verstand.

„Sie und Stella. Sie haben's doch mit ihr getrieben.“

Stella? Was hatte sie damit zu tun? Was hatte sie jetzt überhaupt mit irgendwas zu tun?

„Ich war ein blödes Arschloch, nicht? Ich dachte, es wäre dieser Cowboy, auf den sie scharf war. Sie waren es, der sie gefickt hat.“

„Um Himmels willen. Sehen Sie, ich muß Sophie zu ihrer Mutter bringen.“

„Wo ist sie hingegangen? Was haben Sie getan? Ihr Geld gegeben, damit sie irgendwo hingehe, bis Ihre Frau abreiste?“

„Ich hab' ihr überhaupt nichts gegeben. Ich weiß nicht, wohin sie gegangen ist.“ In meinem Leugnen war kein Schuldgefühl; ich empfand nichts als Ungeduld bei diesem ganzen Gerede über Stella. „Ich weiß gar nichts von ihr.“

„Ich hab' den ganzen Tag darüber nachgedacht.“ Er kaute immer noch gleichmäßig. „Ich ging heute morgen in ihr Zimmer, um nachzusehen, ob sie zurückgekommen sei, und ich sah diese Zeichnung, die Sie von ihr gemacht haben." Seine Schultern bewegten sich, als versuchte er, seinen Zorn abzuschütteln. „O. k., Scheiße. Sie hatte einen tollen Arsch, und Sie haben sie gebumst. Wer würde das nicht tun. Aber das genügt Ihnen nicht, oder?"

„Hören Sie, Brian. Bringen Sie uns doch zum Krankenhaus . . ."

„Sie wollten nicht, daß sie ein anderer haben sollte. Sie haben ihr ausgeredet, mit mir nach L. A. zu fahren." Er schüttelte seinen Zorn jetzt nicht mehr ab; er zeigte ihn mir. „Ihre Frau sollte zu Weihnachten zu Ihnen kommen. Aber sie ließen es nicht zu, daß ich Stella fickte, wenn Sie es nicht konnten. Sie wollten ihre Möse ganz für sich allein haben."

„Ich wußte nicht einmal, daß sie mit Ihnen wegfuhr . . ."

„Sie sind ein Scheißlügner. Ich hab' es Ihnen selbst gesagt."

„Sie haben es mir im Sierra gesagt. Das war am Abend vor Ruths Ankunft. Bis dahin wußte ich gar nichts davon. Und danach sah ich Stella nie wieder."

Er glaubte mir nicht. Es war mir egal; aber ich mußte ihn überzeugen; ich brauchte seine Hilfe. Ich brauchte seinen verdammten Wagen.

„Als ich an diesem Abend von Ihnen fortging, fuhr ich direkt nach Reno."

„Das haben Sie also getan. Sie haben Stella mitgenommen."

„Ich fuhr allein." Wie konnte ich ihn dazu bringen, das zu glauben? „Ich ging in ein Motel." Wie hieß der verdammte Laden? Es überraschte mich, daß ich mich erinnerte. „Das *Sunshine In*. Es war niemand bei mir. Sie können dort anrufen und fragen, wenn Sie wollen. Es war in der Nacht von Mittwoch auf Donnerstag. Ich hab' mich mit meinem eigenen Namen eingetragen."

Das überzeugte ihn nur einen Augenblick lang; er war zu fest entschlossen, zu glauben, es sei jemand anderer, nicht Stella, gewesen, der ihn um seinen Traum betrogen hatte, seine Woche, die er zusammen mit einem tollen Arsch in einem Hotelzimmer leben wollte.

„Scheiße." Er zog den Kaugummi aus dem Mund und drückte ihn mit dem Daumen flach unter die Leiste einer Küchenlade, ließ ihn dort kleben. Es war ein Akt der Verachtung, der Provokation; wenn er zwanzig Jahre jünger gewesen wäre, hätte er auf den Boden gespuckt. „Natürlich hat Stella Ihnen erzählt, daß sie mit mir wegfahren wollte. Zum Teufel, wenn sie es nicht getan hat. Sie haben sie seit Wochen gebumst. Ihr müßt über irgend etwas geredet haben, wenn Sie nicht gerade auf ihr lagen. Sie wollen mir erzählen, Sie hätten sie nicht gefragt, was zum Teufel sie zu Weihnachten vorhabe?"

„Um Gottes willen, lassen Sie das, ja?" Ich hatte Angst, er könnte Sophie aufwecken. „Sie hat mir nie erzählt, daß sie mit Ihnen irgendwohin fährt. Wenn ja, hätte ich nicht versucht, sie aufzuhalten." Ich hätte sie anschreien, sie schlagen wollen, als ich es erfuhr; mein eigener Zorn hatte mich erschreckt. „Warum sollte es mir etwas ausmachen?"

„Wo ist sie?"

„Ich weiß es nicht."

Er starrte mich an, riesig, unzerstörbar; Li'l Abner, umgewandelt durch einen Alptraum. Es gab keine Möglichkeit, ihm jemals seine Autoschlüssel abzunehmen.

„Ich weiß es nicht", wiederholte ich geduldig. Ein unmittelbares Ziel; laß dich durch nichts davon abbringen. Überzeuge ihn. Überrede ihn. „Sie war an jenem Nachmittag hier, am Mittwoch vor Weihnachten. Wir hatten eine Verabredung. Sie sollte am Abend wiederkommen. Dann sah ich Sie im Sierra, und Sie erzählten mir von Ihnen und Stella und was Sie in L. A. tun würden, und ich fühlte . . ." Ich würde nie vergessen, was ich gefühlt hatte.

„Ich dachte, o. k. Ich wollte sie einfach nicht sehen. Also stieg ich ins Auto und fuhr direkt nach Reno. Allein."

„Scheiße, das taten Sie nicht. Sie waren fuchsteufelswild. Ich seh' das an der Art, wie Sie jetzt darüber reden. Sie kamen hierher zurück und warteten auf sie, und als sie auftauchte – wie zum Teufel soll ich wissen, was Sie mit ihr getrieben haben, aber Sie sorgten verdammt gut dafür, daß sie nicht mit mir nach L. A. fuhr . . ."

„Ich kam nicht hierher zurück, Brian."

Er wollte nicht hören. Er ging an mir vorbei auf die Diele zu. Ich packte ihn am Arm. Seine Größe und Massivität, die ich durch den Ärmel seiner karierten Jacke spürte, erschreckte mich.

„Brian, hören Sie, Sie sind jetzt hier. Bringen Sie uns ins Krankenhaus, bitte."

Er löste sich sanft von mir; diese furchtbare Sanftheit, die ich in seinen Bewegungen gesehen hatte, als er den Cowboy hochhob und ihn gegen die Wand warf. Wenn er mich schlagen wollte, konnte ich nur darauf warten. Statt dessen ergriff er meine künstliche Hand. Spielerisch, als wäre sie ein interessantes Spielzeug, bog er die Finger gerade und legte sie an die seinen. Immer noch spielerisch, um meine Hilflosigkeit zu verhöhnen, schüttelte er mir die Hand.

„Ich scheiß auf dich, Martin Trask."

Er ließ meine Hand los; sie fiel langsam seitlich an mir herunter. Ich beobachtete ihn, wie er in die Diele ging, die Tür öffnete. Sophie bewegte sich auf der Fensterbank. Es war nur so eine abwehrende Bewegung, wie sie Kinder im Schlaf machen, aber es war, als ob sie sich an mich gedrückt und um meine Hilfe gebeten hätte.

Ich konnte ihr nicht helfen. Ich war wieder allein mit ihr, konfrontiert mit meiner eigenen quälenden Ungewissheit, über jenen anderen, der mein Leben lebte. Ich hatte versucht, meinen Willen auf ein einziges Ziel einzuengen.

Es war mir nicht gelungen. Weil ich das nicht wollte? Nein. Ich weigerte mich, das zu akzeptieren. Worauf wartete ich dann jetzt, als ich zum Fenster hinaus auf Brians Wagen starrte? In der Garage war eine Axt. Wenn ich die Innentreppe hinunterlief, konnte ich sie ergreifen, ihn noch aufhalten, bevor er losfuhr, ihn töten, wenn es sein mußte. Weiß Gott, ich haßte ihn genügend.

Ich hatte die Tür geöffnet, die zur Garage hinunterführte, als ich Brian fallen hörte.

Es war kein einzelnes Geräusch. Es war wie eine Spirale von Klängen, schnelle heftige Fußtritte, dreschende Schläge auf Holz, und mitten drin, ein langer, tierischer Angstschrei.

Ich lief auf die Veranda hinaus. Er lag unten beim Treppenabsatz auf dem Rücken im Schnee. Er hatte sich im Fallen umgedreht, die Arme ausgebreitet, ausgestreckt, wie in einem Akt der Kapitulation, mit den Handflächen nach oben.

Bis ich ihn erreichte, hatte er sich nicht gerührt. Ich kauerte mich neben ihm hin. Es war nicht nötig, nach seinem Puls zu fühlen oder nach seinem Herzen. Ich konnte im Lichtschein des Küchenfensters den Nebel seines Atems sehen, wie kleine, schnelle Rauchwölkchen. Wo waren seine Autoschlüssel? Ich griff in die rechte Tasche seiner karierten Jacke; fand ein zusammengerolltes Kleenex-Tuch, ein paar Münzen, ein Päckchen Kaugummi. Ich wollte über ihn hinweg zur anderen Tasche greifen. Irgend etwas glitzerte auf seiner Brust. Ich hob es auf. Ein Metallring, ein Plastikanhänger, zwei Schlüssel.

Er hatte sie vielleicht aus der Tasche genommen, als er auf den vereisten Stufen ausrutschte. Er hatte sie vielleicht im Fallen verloren.

Ich glaubte das nicht. Ich glaubte nicht, daß er ausgerutscht war. Es war kein Zufall, daß die Schlüssel zu seinem Wagen hier auf seiner Brust lagen. Sie waren aus seiner Tasche genommen worden. Sie waren für mich dort hingelegt worden.

Es war wie ein Zeichen, wie eine Rettung. In meiner Absicht, meinem Willen, hatte es keine Ambivalenz gegeben. Ich hatte nur das eine gewollt. Ich hatte es mit einer unveränderlichen und klaren Entschlossenheit gewollt. Um Sophie zu schützen. Um sicherzugehen, daß der Rest der Nacht, die ganzen Jahre, die wir vor uns hatten, keinen weiteren Schrecken für sie enthielten. Kein Blut, keine Schreie, keine Panik, alleingelassen worden zu sein. Vor allem keine Gegenüberstellung mit *ihm.* Ich hatte gewollt, was sie wollte: sie sicher zu Ruth zu bringen. Und „es“ hatte mir gehorcht.

Meine Augen überflogen rasch die Schneeoberfläche um mich herum. Sie war von zu vielen Füßen durcheinandergetrampelt worden. Es bestand keine Chance, „seine“ feinen Spuren hier zu finden. Es hatte mir gehorcht und sich zurückgezogen. Es war nicht mehr mein Feind. Ich konnte ihm gegenüber Dankbarkeit empfinden.

Brian war nun mein einziger Feind. Er konnte sich jede Sekunde bewegen. Ich eilte in die Garage, die inneren Treppen hinauf. Ich packte Sophie in ihren grünen Mantel und trug sie auf dem gleichen Weg wieder hinunter. Als ich sie in den Vordersitz von Brians Wagen hob, sah ich, daß seine Arme nicht mehr ausgebreitet waren; er hatte sich zur Seite gedreht; ein Knie war hochgezogen. Die nächste Bewegung würde ihn auf die Beine bringen.

Ich kletterte hinter Sophie hinein und knallte die Tür hinter mir zu. Als ich den Wagen im Rückwärtsgang fuhr, um auf der Straße zu wenden, strichen die Scheinwerfer über das Haus, über Brian hinweg, der wie ein riesiger, regloser Bär unten am Stiegenaufgang stand.

Dann verschwand alles hinter mir im Dunkel, als ich weiter in Richtung Autobahn, Stadt, Krankenhaus fuhr.

28

Der Arzt war ein vorsichtiger Mann, mit schmalem Gesicht, um die Vierzig. Seine Vorsicht zeigte sich in seinen tastenden Bewegungen, der leisen Stimme.

Es war früher Nachmittag. Mein stundenlanges Warten fand schließlich ein Ende. Wir standen im Gang des Krankenhauses, bemüht, einander nicht in die Augen zu sehen. Durch die offene Tür der Intensivstation konnte ich Ruth in dem Bett liegen sehen, das einer Maschine glich. Sophie stand hinter ihr, in nachdenkliche Betrachtung von Ruths schlafender Gegenwart versunken. An einem Fenstertisch entfernte eine Schwester ein Handtuch von einem Glas- und Chromgegenstand. Als sie ihn aufdeckte, sah ich, daß es ein Apparat für künstliche Ernährung war.

„Bei Rückgratverletzungen . . .“ Der Arzt sprach zu mir. „In den Anfangsstadien ist es immer schwer zu beurteilen, ob es ein dauernder Schaden ist.“ Er fuhr fort, leise über das Zentralnervensystem zu sprechen, die Auswirkungen von Verletzungen der Wirbelsäule, die manchmal einem Schock ähnelten. Ich nahm mehr den Sinn als die einzelnen Worte auf. Er wollte nicht *niemals* sagen. Er wollte auch keine hoffnungsvollen Voraussagen machen.

Ich beobachtete, wie Sophie sich über das Bett beugte. Ungeschickt griff sie nach Ruths Hand. Sie hob sie hoch, so wie Brian gestern nacht die meine hochgehoben hatte. Als sie losließ, fiel die Hand mit der gleichen leblosen Schwere zurück.

„Die Chancen für eine vollständige Genesung . . .“ Der Arzt glättete die Aufschläge seines weißen Mantels. „Man kann keine Möglichkeit ausschließen, aber, natürlich, nach dem Röntgenbild zu urteilen . . ."

Ich wartete, bis er zu Ende gesprochen hatte. Ich dankte ihm. Die Schwester zog Sophie vom Bett fort. „Morgen wieder", hörte ich sie im professionellen neutralen Ton versprechen.

Wir gingen den Korridor hinunter, vorbei am Wartezimmer, in dem wir so viele Stunden verbracht hatten.

„Wann kann Mammi nach Hause kommen?"

„Bald, Liebling."

„Morgen?"

„Nein. Morgen nicht."

Wie in vielen Krankenhäusern, schien die Eingangshalle der einzig bewohnte Teil des Gebäudes zu sein. An den Wänden hingen Bilder, ein Teppich war da, Leute in Straßenkleidern. Ihr Anblick schien etwas in mir zu lösen. Als ich mit dem Arzt sprach, hatte ich meine Gefühle sogar vor mir selbst verborgen. Jetzt war ich wieder in der Welt, in der ich zu leben haben würde. Mir schien, ich konnte ihr mit Hoffnung und Zuversicht entgegentreten.

Ich führte Sophie zu einem kattunbezogenen Sofa an der Wand.

„Setz dich, Liebling."

„Gehn wir nicht nach Hause?"

„Ich möchte zuerst über etwas mit dir sprechen." Wie sollte ich anfangen? Meine Zuversicht, meine optimistische Stimmung drang durch mein Zögern hindurch. „Würdest du gern nach Vermont zurückgehen, Sophie? Wieder zu Hause wohnen?"

„Gehen Mammi und ich nicht nach San Francisco?"

„Nicht jetzt, Liebling."

„Warum nicht?"

„Deine Mutter wird noch nicht so gesund sein, daß sie sich dort um dich kümmern könnte. Sie wird eine gute Weile, lange Zeit, nicht für sich selbst sorgen können.

Vielleicht . . ." Wie der vorsichtige Arzt vermied ich das Wort *niemals*. „Vielleicht erst, wenn du viel älter bist. Wir werden jetzt alle zusammenbleiben und auf deine Mutter aufpassen müssen."

Der Gedanke an jene Morgenstunden im Winter, an denen ich Sophie zur Schule fahren müßte, bedrückte mich nicht mehr. Ich hatte wieder ein Lebensziel, eine Familie, die auf mich angewiesen war, auf meine Entschlossenheit und Energie.

„Würdest du gerne nach Vermont zurückgehen, Sophie?"

Sie antwortete nicht sofort. Machte sie sich Sorgen um ihre Mutter?

„Kann ich meinen neuen Schlitten mitnehmen?"

„Natürlich."

Sie hob die Hand zum Gesicht, ich dachte, sie würde den Daumen in den Mund stecken; stattdessen befühlte sie nachdenklich ihr Kinn. Es war eine merkwürdig erwachsene Geste; in ein, zwei Jahren würde ihr Kinn voll und rundlich sein wie das von Ruth. Sie nickte.

Ich zog sie an mich und umarmte sie. Meine Hoffnung und Zuversicht waren bestätigt worden. Ich hatte jetzt alles, was ich wollte.

Ich hatte Brians Wagen auf dem Parkplatz vor dem Krankenhaus gelassen. Als Sophie und ich durch die Schwingtür hinausgingen, sah ich den Mann, der neben dem Wagen stand. Ich bemerkte die kurze Lederjacke, die er trug, ohne überrascht zu sein, ohne ihn wiederzuerkennen. Erst als ich wenige Meter von ihm entfernt war, sah ich den „Smoky the Bear"-Hut, den er in der Hand hielt. Es war der jüngere der beiden Polizisten, die zu uns ins Haus gekommen waren.

„Ist das Ihr Wagen?"

Seine gute Laune war ebenso gekünstelt wie die Frage. Er wußte, daß es nicht mein Auto war. Er war wie ein Mann, der in einem schwierigen Spiel seinen Gegner anlächelt.

„Es gehört einem Freund, der auf dem College unterrichtet."

„Brian Mellor?"

„Ich habe ihn mir gestern nacht von ihm geliehen."

„Richtig." Darüber wußte er auch Bescheid. Er hielt die Tür auf der Beifahrerseite für mich auf. Ich ließ Sophie zuerst einsteigen. Als ich zögerte, ihr zu folgen, sah ich das rasche Aufblitzen von Wachsamkeit in seinen Augen.

„Ich bringe Sie nur zu Ihrem Haus zurück, Mr. Trask."

Er behielt mich weiter im Auge, als er die Tür schloß und vorne um den Wagen herumging. Sobald er sich auf den Fahrersitz niedergelassen hatte, kehrte seine gute Laune zurück, wie eine Kunstfertigkeit, an die er sich erinnerte. Er lächelte Sophie an.

„Ich weiß, wie du heißt."

„Wirklich?"

„Sophie. Stimmt's?"

„Ja."

„Magst du gerne Sahnebonbons, Sophie?"

Sie reagierte darauf gar nicht. Er bog auf der Autobahn links ab.

„Wohin fahren wir?" Mein Haus lag rechts.

„Ich meine, wir setzen zuerst Sophie ab."

„Wo? Wozu?"

Er blickte flüchtig in den Rückspiegel. Als ich zurückblickte, sah ich einen Streifenwagen hinter uns.

„Wo wollen Sie Sophie absetzen? Warum? Was treiben Sie . . ."

„Es ist so, wie ich's Ihnen vorausgesagt habe, Mr. Trask." Seine Hände rückten ein wenig auf dem Volant herum. „Diese Leute vom Labor aus Sacramento sind jetzt in Ihrem Haus. Meine Frau würde gerne auf Ihre Kleine aufpassen, bis wir die Dinge dort geklärt haben."

Er blieb vor einem ebenerdigen Fachwerkhaus stehen. Mit seinen Weihnachtsgirlanden an den Fenstern, der Rauchfahne, die aus dem Kamin kam, sah es aus, als stünde es als Bild für etwas da. Ein Mädchen kam sofort auf dem von Schnee freigeschaufelten Pfad zum Gehsteig heraus: ausgebleichte Jeans und ein flauschiger blauer Pullover; schulterlanges Haar, breite Backenknochen. Ebenso wie das Haus schien sie eher die Verkörperung eines Typs als real zu sein; die personifizierte Robustheit, Zuverlässigkeit. Ich stieg aus dem Wagen. Mit abrupter, linkischer Befangenheit vermied sie es, mich anzusehen, als sie sich in den Wagen hineinbeugte.

„Ich hab einen kleinen Jungen, ungefähr in deinem Alter, Sophie. Wir machen Sahnebonbons. Würdest du hereinkommen und uns helfen?"

Sophie sah mich fragend an und wartete, daß ich für sie entschied.

„Das ist meine Frau, Marie." Der junge Polizist sprach zu Sophie; ich war in die Vorstellung nicht einbezogen.

„Komm und mach mit uns Sahnebonbons, Sophie." Ihre Stimme, die Art, wie sie die Hand ausstreckte, hatten etwas Gezwungenes, Eingeübtes an sich; wie die gute Laune ihres Mannes schien ihre Freundlichkeit Teil einer schwierigen Rolle zu sein, die sie spielte.

„Geh nur, Liebling. Es wird dir Spaß machen." Auch mich hatte man in das Spiel hineingezwungen; es war der einzige Weg, wie ich Sophie heraushalten konnte. Sie zwängte sich widerstrebend aus dem Auto.

„Ich hol dich ab, sobald es geht."

Wir klammerten uns aneinander. Warum wurden wir auf diese Weise getrennt? Welchen Zweck hatte dieser Vorwand? Hatte Brian Anzeige gegen mich erstattet? Daß ich sein Auto gestohlen, ihn die Treppe hinuntergestoßen, versucht hätte, ihn zu töten?

„Ich bin in ein, zwei Stunden wieder zurück, Liebling."

Der Gedanke an die Zukunft erfüllte mich immer noch mit ruhiger Heiterkeit. Ich hatte in den vergangenen Monaten so viele Dinge geschehen lassen. Jetzt, da ich alles hatte, was ich wollte, meine Familie, dieses Gefühl, daß ich selbst wieder im Mittelpunkt meines Lebens stand, war ich zuversichtlich, daß nichts meine Sicherheit bedrohen könne.

„Gut." Meine Zuversicht hatte sich auf Sophie übertragen und sie beruhigt. Ich beobachtete sie, wie sie mit Marie zur Haustür ging. Sie blickte zurück und hob rasch ihre Hand. Sie lächelte, freute sich schon darauf, mit Maries kleinem Jungen zu spielen. Als ich wieder auf meinen Sitz rutschte, sah ich den Streifenwagen, der an der Ecke des Häuserblocks geparkt war.

„Keine Sorge, wir werden gut auf sie aufpassen, Mr. Trask."

Er fuhr jetzt schneller, als wäre das Schlimmste vorbei; er war bestrebt, den Rest rasch hinter sich zu bringen. Zum ersten Mal bemerkte ich eine gewisse Achtung in seiner Stimme; es war nicht Respekt. Ich versuchte noch immer, diese ganze gezwungene Haltung mir gegenüber zu verstehen, als mein Haus in Sicht kam.

Es war umstellt. Das war mein unmittelbarer Eindruck. Überall waren Männer, manche in Uniform, andere in Regenmänteln und Windjacken, Männer mit Kameras, mit Plastikschachteln, mit dünnen Metallruten, mit Spaten.

Wir verlangsamten zum Anhalten. Zwei uniformierte Polizisten näherten sich dem Wagen, auf jeder Seite einer. Sie bückten sich und spähten durch das Glas. Die Männer in der Einfahrt und auf dem Hügel dahinter standen ganz still da, mitten in der Bewegung, und beobachteten uns. Einer der Polizisten nickte erleichtert, verwirrt. Wir fuhren wenige Meter weiter, schlängelten uns bis zur Mitte des Labyrinths verstreuter Fahrzeuge durch.

„O. k., Mr. Trask, dann wollen wir hineingehen.“ Wieder dieses gezwungene Lächeln.

Der Polizist, der uns zugenickt hatte, hielt bereits den Schlag für mich geöffnet. Ich stieg hinaus in die Kälte, in das Schweigen, in die wachsame Stille der Gestalten rund um das Haus. Als ich zu den Stufen ging, folgten mir die beiden Polizisten. Keiner von ihnen berührte mich, aber ich wußte, daß sie mich zwangen, weiterzugehen.

Die gleiche gespannte Stille im Haus, als ich eintrat. Nur der Polizist mit dem rötlichgelben Gesicht folgte mir in die Diele. Ich konnte ihn hinter mir spüren, als die drei Männer in der Küche sich langsam umwandten und mich ansahen.

„Martin Trask?“ Einer von ihnen trat vor. Er war mittleren Alters, übergewichtig, sein dunkler Anzug und sein Überzieher wirkten wie Eindringlinge aus der Stadt.

„Ja.“

„Ich bin Leutnant Owen.“ Er bot mir keinen Händedruck an; nach dem ersten raschen Blick schien er jeden weiteren zu vermeiden. Wie Marie. „Was dagegen, wenn wir Ihnen Fragen stellen?“

„Nein. Nein, natürlich nicht.“

„Sie müssen sie nicht beantworten. Das wissen Sie?“

„Es werde Ihnen gerne alles sagen, was ich weiß.“

„Schön. Dann wollen wir bei Ihrer Frau beginnen. Was geschah gestern nacht?“

Ich warf einen Blick hinter mich. Warum hatte es der junge Polizist ihnen nicht bereits erklärt? Hatte er ihnen nicht gesagt, was er in Ruths Zimmer gefunden hatte, das offene Fenster, diese blutigen Abdrücke auf dem Fensterbrett? Er war ein wenig weggerückt. Ich bemerkte, daß auch zwei der anderen Männer weggerückt waren. Ich stand vor dem Fenster, mit dem Rücken zum Tisch, die vier Männer in einem Halbkreis um mich herum. Sie bedrängten mich nicht, sie isolierten mich.

Zum dritten Mal trug ich vor, was in der Nacht geschehen war, Ruths Schreie, meine eigenen Handlungen, als sie mich aufweckten. Sie hörten mir mit einer Aufmerksamkeit zu, die wie Erstaunen wirkte; sie hätten ebensogut Forscher sein können, die den ersten Kontakt mit einem fremden Volk aufnahmen; sie hatten noch nie jemandem wie mir zugehört.

Einer der Männer seufzte, als ich fertig war.

„Warum haben Sie die blutigen Abdrücke vom Fensterbrett im Zimmer Ihrer Frau abgewischt?"

„Das habe ich nicht getan!"

„Sie haben mit einem nassen Tuch darübergewischt."

„Nein. Das habe ich nicht. Natürlich hab ich das nicht getan."

Dann fiel mir ein, wie ich mich in meinem feuchten Schlafrock über das Fensterbrett ins Zimmer gezogen hatte.

„Ich kletterte durch das Fenster. Ich wollte die Abdrücke nicht berühren. Ich wollte sie ganz gewiß nicht abwischen."

Sie mußten doch einsehen, daß es das Allerletzte gewesen wäre, was ich getan hätte. Es war dieser Abdruck der rechten Hand auf dem Fensterbrett, der den jungen Polizisten sofort von meiner Unschuld überzeugt hatte.

„Sie sind durchs Fenster hereingeklettert?" Das gleiche Erstaunen; sie sahen mich immer noch an, nachdenklich, intensiv.

„Wann?" fragte einer von ihnen.

„Nachdem die Polizei fort war." Wie konnte ich erklären, warum ich auf den Pfad hinaus gegangen war? Die Wahrheit war nicht zu erklären. „Ich glaubte, ich hätte draußen jemanden gehört. Ich ging rundherum, zur Rückseite des Hauses. Ich war da draußen, und Sophie, meine Tochter – sie wachte auf und meinte, ich wäre fortgegangen. Sie dachte, ich hätte sie allein im Haus gelassen. Sie schrie." Würde ich lauschen, dann könnte ich noch immer die Schreie hören. „Ich dachte an nichts anderes, als auf schnellstem Wege zu ihr zu kommen. Ich kletterte durch das Fenster herein."

„Würde es Ihnen etwas ausmachen, Ihre rechte Hand herzuzeigen, Mr. Trask?"

Ich hob sie gehorsam hoch und bot sie ihnen dar.

„Die Innenseite."

Ich drehte die Handfläche nach oben. Keiner von ihnen berührte sie, aber einige Sekunden lang standen sie dicht um mich herum, besahen sie, prüften sie: sonderbares künstliches Ding aus dem unerforschten Land. Ihre Neugierde bewirkte, daß ich sie selbst wie zum ersten Male sah, diese höhnische Imitation einer lebendigen Hand, die willkürlichen Lebenslinien, diskreten Fältchen, die Fingerabdrücke, die in den Gummiüberzug eingeprägt waren.

„Danke." Der Leutnant trat ein paar Schritte zurück. Zum ersten Mal, seit ich hereingekommen war, sah ich einen Ausdruck von Bestimmtheit auf seinem ernsten Gesicht. Er war wieder auf vertrautem Boden, befaßte sich mit ihm bekannten Dingen.

„Sie haben diese Blutspuren auf dem Fensterbrett selbst gemacht, mit dieser Handprothese."

„Nein."

„Sie wußten, daß die Laborleute das prüfen konnten. Also wischten Sie sie weg."

„Nein."

„Sie fuhren mit einem nassen Tuch darüber."

„Nein." Wie konnte ich sie nur jemals davon überzeugen? „Ich kniete im Schnee. Mein Schlafrock war naß."

Es war still. Sie schienen sich von mir noch weiter zurückzuziehen, behaupteten wieder ihre Identität als Gruppe, ihr gegenseitiges Einverständnis. Draußen vor dem Haus, vom Fenster aus zu sehen, hatten sich andere Gruppen von Männern rund um eine Mulde neben der Einfahrt gesammelt. Sie photographierten, durchsiebten den Schnee, sondierten ihn mit ihren dünnen Metallruten. Was machten sie da draußen? Wonach suchten sie?

„Sie kennen Stella Roche."

„Sie ist eine meiner Studentinnen."

„Sie hatten ein Verhältnis mit ihr."

Brian war ein eifriger Informant gewesen. Er war vermutlich direkt zur Polizei gegangen, nachdem ich in seinem Wagen weggefahren war. Ich konnte mir die Gehässigkeit in seiner Stimme vorstellen, als er ihnen erzählte, daß ich es mit einer meiner Studentinnen getrieben hätte.

„Nein."

„Sie hatten ein Verhältnis mit Stella Roche."

Warum es weiter ableugnen? Ein sturer, irrationaler Drang, Stellas Privatleben zu schützen.

„Nein."

„Ihre Frau wußte davon. Sie entdeckte es. Deshalb wollte sie Sie verlassen."

„Es gab nichts zu entdecken." Ich mußte auch Ruths Privatleben schützen. „Und meine Frau wollte mich nicht verlassen."

„Gib mir diese Zeichnung."

Einer der Männer öffnete eine Aktenmappe, die auf der Lade lag. Ich sah eine weiße Schachtel daneben. Er kehrte mit einem Skizzenblatt zurück, das er behutsam hielt.

„Das haben Sie gezeichnet."

Miguel auf den Knien; Stella mit gespreizten Schenkeln; die liebevoll detaillierte Wiedergabe ihres entblößten Geschlechts. Ich wußte, daß ich es nicht gezeichnet hatte. Ebenso wie meine Gründe, den Weg draußen vor Ruths Fenster zu untersuchen, war das ein Teil der Wahrheit, die zu erklären außerhalb jeder Möglichkeit lag.

„Ja, ich habe es gezeichnet." Ich sah die Nagelstiche in den Ecken des Blatts; Stella hatte es in ihrem Zimmer mit Reißnägeln an der Wand befestigt. „Ich schenkte es ihr."

„Warum?“

„Sie bat mich darum.“

„Wann haben Sie Stella Roche zum letzten Mal gesehen?“ Die Bestimmtheit war in Selbstvertrauen umgeschlagen; derartige Fragen gehörten zu seinem Beruf.

„Vorigen Mittwoch. Vor einer Woche.“

„Um wieviel Uhr?“

„Sie kam gegen zwei Uhr her. Wir verbrachten den Nachmittag miteinander.“

„Um wieviel Uhr ging sie fort?“

„Sie mußte in den Supermarkt zur Arbeit. Ich brachte sie gegen sechs Uhr in die Stadt.“

„Sie sahen sie an diesem Abend wieder.“

„Nein.“

„Sie verabredeten mit ihr, daß sie wieder kommen solle, sobald sie mit der Arbeit fertig sei.“

Brian hatte ihnen auch das erzählt. Stella war nicht da: ich wußte, wo sie war.

„Ich verabredete mich mit ihr, aber ich hielt mich nicht daran.“

„Warum nicht?“

„Fragen Sie Brian Mellor.“

„Sie erzählen uns Ihre Geschichte.“ Wieder beobachteten sie mich alle mit dieser gespannten Neugierde.

„Ich lief in der Sierra-Bar Brian Mellor über den Weg. Er erzählte mir, Stella Roche werde mit ihm zu Weihnachten nach Los Angeles fahren. Ich fühlte mich nicht – Ich dachte, es wäre besser, sie nicht zu sehen.“

„Es machte Sie wütend.“ Sie sahen erleichtert aus; das konnten sie verstehen.

„Nicht besonders.“

„Was taten Sie?“

„Ich stieg in mein Auto und fuhr nach Reno.“

Der Leutnant nickte; er wollte, daß ich ihm mehr darüber erzählte.

„Ich ging in ein Motel und verbrachte dort die Nacht."

„Um welche Zeit verließen Sie die Sierra-Bar?"

„Neun. Halb zehn."

„Sie gingen nicht vor zwei Uhr morgen in das Sunshine Inn in Reno."

„Vorher fuhr ich herum, ging in einige Bars."

Er schüttelte den Kopf; die dicken Backen zitterten. „Sie kamen hierher zurück und warteten auf Stella."

„Nein."

„Sie leiden doch an Gedächtnisschwund, nicht wahr? Schon seit einiger Zeit?"

„Nein."

„Sie erzählten Brian Mellor, Sie hätten Momente des Gedächtnisschwunds."

„Es war ein Mißverständnis. Ich erzählte ihm von jemand anderem. Er dachte, ich redete über mich selbst."

„Sie litten in jener Nacht vielleicht an Gedächtnisschwund. Nachdem Sie das Sierra verließen. Sie kamen hierher zurück und warteten auf Stella Roche. Sie hatten einen Streit mit ihr." Er machte eine verwirrte Geste; er tastete sich seinen Weg wieder durch dieses unbekannte Land, zwischen Gründen, die über sein Verständnis hinausgingen. „Sie waren zornig. Wütend. Durchgedreht." Er schien das Gefühl zu haben, daß auch das keine ausreichenden Erklärungen waren.

„Sie haben sie umgebracht."

„Nein."

„Sie haben sie mit demselben Messer umgebracht, mit dem Sie auf Ihre Frau losgingen."

„Nein."

Er blickte an mir vorbei, zum Fenster hinaus. Ich drehte mich um und sah ebenfalls hinaus. Die Männer standen noch immer um diese Schneemulde herum. Sie hatten aufgehört, zu sieben, zu sondieren und zu photographieren. Sie schienen mit ihrer Arbeit dort fertig zu sein.

„Vielleicht hatten Sie einen Anfall von Gedächtnisschwund und wußten nicht, was Sie taten. Es mußte etwas von dieser Art sein. Sie haben sich nicht einmal bemüht, sie zu begraben. Ließen sie einfach dort draußen neben der Einfahrt liegen, damit der Schnee ihren Körper bedecke."

„Nein."

„Bring mir die Schachtel."

Einer der Männer reichte ihm die weiße Pappschachtel von der Theke. Ich sah Stellas Namen darauf. Ich hatte ihn selbst geschrieben – In Liebe von Martin.

„Gehört das Ihnen?"

„Nein."

„Sie haben sie in dem Schrank im Zimmer Ihrer Frau versteckt."

„Nein."

Er öffnete die Schachtel. Hielt sie mir hin. Zeigte mir, was drinnen lag. Hob sie wie einen Spiegel, damit ich hineinsehen könne.

Da begriff ich. Ich begriff, was ich für Achtung gehalten hatte. *Es war* etwas wie Achtung. Es war jener widerstrebende Tribut, den wir dem Unbekannten zollen, dem Unglaublichen, einer zu perversen Kreatur, jenseits menschlichen Begreifens, der man nur mit einem Gefühl protestierender und entsetzter Scheu entgegenzutreten vermochte.

Nein. Ich spürte, wie ich lautlos schrie. Nein. Es in einem lautlosen Raum hineinbrüllte. Nein.

Ich leugnete nicht. Ich protestierte gegen mich selbst, gegen jenen latenten, unzugänglichen Bereich meines Geistes, in dem sich Phantasien und Begierden und geheime Triebe aufgehäuft hatten, Schicht um Schicht, Jahr um Jahr, bis sie sich als Ausdruck meines Willens, meiner Wut manifestierten, in jener Nacht, als Stella in der Dunkelheit und im Schneefall vor meinem Haus auf mich wartete.

In der Schachtel waren Streifen getrockneter Haut, ein Büschel schwarzen Haars.

29

Ich stehe hier, starre aus dem Fenster.

Wieder geht ein Sommer zu Ende. Bald werden die Blätter auf den Ahornbäumen ihr strahlendes, rituelles Sterben beginnen. Da sie niemals gleichzeitig dieselbe Farbe haben, war ich mir nie der genauen Reihenfolge sicher, in der sie sich verfärben, ehe sie abfallen. Purpur, rot, gold, gelb, und dann schließlich braun? In diesem Oktober werde ich ein bestimmtes Blatt auf dem Baum, das dem Fenster am nächsten ist, wählen, und es jeden Tag studieren.

Ich muß gehen. Ich muß in die Stadt fahren, um die Post abzuholen. Es muß jetzt fast eine Stunde her sein, seit ich damit fertig wurde, das letzte Bild auf dem Comic-Strip mit Tusche auszuziehen. Ich habe nicht das Gefühl, etwas vollbracht zu haben. Der Comic-Strip wird in dreimal so viel Zeitungen veröffentlicht wie *Miguel* je zuvor, aber es ist nicht mein eigenes Produkt. Walter Glen, der ihn in den fünfziger Jahren erfand, schickt mir jeden Monat einen Entwurf der Geschichte und ich mache alle Zeichnungen. Ich habe gelernt, seinen Stil mittlerweile beinahe automatisch nachzuahmen; es ist ein ganz gut bezahlter Job; er hat es mir ermöglicht, dieses Atelier wieder aufzubauen; er stellt nicht allzu hohe Ansprüche an mich. Ich brauche nichts zu erfinden, jene unbewußten Zonen des Geistes nicht zu stimulieren, wo, wie Jung glaubt, alle ursprünglichen Ideen sich entwickeln.

Ich muß gehen. Ich bin in letzter Zeit immer mehr in die Gewohnheit plötzlicher Trägheit verfallen. Ruth sagt, es sei eine verspätete Reaktion auf den Streß wärend des

Prozesses. Sie irrt. Ich empfand sehr wenig Streß in jenen Wochen im Gerichtssaal von Sacramento. Ich wußte, ich war gesetzlich unschuldig. Die Beweise gegen mich waren nicht bloß Indizien, sie waren weitgehend negativ.

Die Staatsanwaltschaft konnte nicht beweisen, daß ich in der Nacht, als Stella ermordet wurde, in mein Haus an der Pine Street zurückgekehrt war. Niemand sah mich dort. Auf der groben Schnur, die Stella um den Griff ihres Messers gewickelt hatte, waren keine identifizierbaren Abdrücke. Der Staatsanwalt beharrte darauf, daß der blutige Abdruck der rechten Hand, den der junge Polizist auf dem Fensterbrett in Ruths Zimmer gesehen hatte, zu den künstlichen Linien und Windungen auf meiner Handprothese gepaßt hätten. „Sie wußten das", brüllte er mir anklagend zu. „Und weil Sie es wußten, wischten Sie ihn absichtlich ab." Er hatte keine Möglichkeit, das zu beweisen. Es war nichts als eine Mutmaßung.

Er tat sein Bestes, um mich vor Gericht als ein Monstrum an Perversion und sadistischer Gewalttätigkeit hinzustellen. Er konnte keinen einzigen Zeugen beibringen, der aussagen konnte, ich hätte jemals in meinem ganzen Leben irgendwen verletzt oder auch nur bedroht. Mein Anwalt rief ein halbes Dutzend Zeugen auf, die absolut ehrlich aussagten, daß ich ein ungewöhnlich sanfter und freundlicher Mensch sei. Mein eigenes Verhalten im Zeugenstand hatte geholfen, die Geschworenen davon zu überzeugen. Ich gab zu, daß ich ein Verhältnis mit Stella gehabt hatte. Sie war einige Wochen lang zu mir nach Hause gekommen; wir waren häufig miteinander ins Bett gegangen; unsere sexuelle Beziehung war durchwegs „normal" gewesen. Wir hatten uns keinen ungewöhnlichen Praktiken oder auch nur unüblichen Positionen hingegeben. Ich hatte nie vorgegeben, in sie verliebt zu sein; sie hatte nie irgendwelche Ansprüche an mich gestellt. Ich mochte sie gern; wir waren beide einsam; wir genossen die

Beruhigung, die uns die Gesellschaft und Zuneigung des anderen gab. Unser Verhältnis war ruhig, beinahe emotionslos. Wir stritten nie. Später, im Prozeß, bestätigte Stellas Vermieterin das meiste davon. Stella hatte ihr anvertraut, daß sie „mit einem älteren Mann schlafe". „Es ist toll", so, erinnerte sich die Vermieterin, hatte Stella gesagt, „weil, wissen Sie, er ist wie ein Freund. Es gibt keinen Ärger. Er fällt mir nicht auf den Wecker."

Ich antwortete bereitwillig auf alle Fragen meines Anwalts über Ruth. Ich war unglücklich über die Entfremdung meiner Frau von mir, aber ich hatte mich ihr gegenüber nie in einer eifersüchtigen oder besitzergreifenden Art verhalten. Ich hatte Ruths Verhältnis mit einem anderen Mann in New York geduldet, solange sie einverstanden war, ihn nicht zu uns nach Hause einzuladen; ich hatte einer zeitweiligen Trennung zugestimmt. Drei Monate lang waren meine Frau und mein Kind in New York geblieben, während ich in Saraville unterrichtete; ich hatte sie in jener Zeit finanziell ausgehalten. Als sie mich zu Weihnachten besuchten, hatten Ruth und ich wieder normale sexuelle Beziehungen aufgenommen. Mit Ausnahme von einigen Nächten, als sie müde war und ich lesen wollte, teilten wir dasselbe Zimmer. Sie plante, irgendwann im neuen Jahr mit unserem Kind nach San Francisco zu ziehen; es war kein definitives Datum festgesezt worden; wir stimmten überein, daß ich sie dort so oft wie möglich besuchen würde. Ich teilte nicht alle Ansichten meiner Frau, manches schien mir mehr auf Aberglauben als auf Vernunft begründet zu sein; aber ich hatte mich bemüht, für ihre Ideen Verständnis aufzubringen, und wir hatten nie darüber gestritten.

Ich liebte meine Tochter und sie fehlte mir, als ich von ihr getrennt war, aber ich erkannte, daß Kinder, wenn sie älter wurden, eher bereit sind, sich mit der Trennung von ihren Eltern abzufinden. Ich hatte mein Bestes getan, mich nach meinen Unfall umzustellen; ich hatte mir beigebracht, mit meiner linken Hand gut genug zu zeichnen, um wieder anzufangen, Karikaturen zu verkaufen. Ich schlief gut; ich wurde nicht von unheimlichen oder bedrohlichen Träumen sexueller Natur belästigt; ich hatte keine Phobien, deren ich mir bewußt war; ich trank mäßig; ich hatte nie Drogen genommen. Ich hatte, meines Wissens, nie an Gedächtnisschwund gelitten. Ich hatte niemals meine Frau geschlagen; ich hatte Stella niemals geschlagen. Ich hatte gewiß keine von beiden angegriffen. Ich besaß keine Theorie dafür, wer Ruth mit dem Messer attackiert haben mochte; ich besaß keine Theorie dafür, wer Stella umgebracht und zerstückelt haben mochte. Ich stimmte zu, daß beide Verbrechen „abscheulich" und, in Stellas Fall, „monströs und abnormal" seien.

Obwohl er mich mehr als sechs Stunden im Kreuzverhör hatte, konnte mich der Staatsanwalt nicht soweit reizen oder einschüchtern, daß ich irgendwelche belastenden Zugeständnisse über mich selbst gemacht hätte. Ich hielt mich an die äußerlichen Fakten, von der Sorte, wie sie Geschworene verstehen und akzeptieren konnten; er konnte das Bild eines durchschnittlichen, anständigen Menschen, das jene zwölf durchschnittlichen, anständigen Leute sich von mir gebildet hatten, nicht zerstören.

Brian war natürlich der Hauptbelastungszeuge. Sein Zorn, seine Eifersucht, sein Haß auf mich waren so kraß, daß seine Aussage gegen ihn sprach. Hier war, im Gegensatz zu mir, ein gewalttätiger, verbitterter, labiler Mensch. In seinem Kreuzverhör machte mein Anwalt deutlich, daß Brian ebensoviel Gelegenheit gehabt hätte, Stella zu töten, und ein weitaus stärkeres Motiv als ich. In seiner abschließenden Beweisführung hackte er auf diesem Punkt herum. Obwohl er Brian nicht namentlich erwähnen konnte, bezog er sich immer wieder auf „jenen anderen Mann", der plötzlich entdeckt hatte, daß das Mädchen, das ihn zurückgewiesen hatte, ein Verhältnis mit mir hatte. Dieser andere Mann, gab er zu verstehen, hatte Stella in jener Nacht bis zu meinem Haus verfolgt, während ich nach Reno fuhr. Nachdem er diesen bestialischen Mord begangen hatte, war seine eifersüchtige Wut auf mich noch immer so groß, daß er versucht hatte, den Verdacht auf mich zu lenken, indem er den abscheulichen Beweis seiner Schuld in meinem Haus versteckt hatte. Er war einige Nächte danach zu diesem Haus zurückgekehrt, in einer plötzlichen Panik, um den Beweis zurückzuholen, hatte meine Frau schlafend in dem Zimmer vorgefunden, wo er ihn versteckt hatte; und aus Angst, gesehen und erkannt zu werden, auf sie eingestochen. Mein Anwalt erinnerte die Jury dann an „jenen gewalttätigen Weihnachtsabend" in der Sierra-Bar, als ein junger Cowboy, den eine Zeitlang intime Beziehungen mit Stella Roche verbunden hatten, von demselben „anderen Mann" bewußtlos geschlagen wurde. Er erwähnte die Überraschung des jungen Polizisten, als dieser entdeckte, daß es keine Fußspuren im Schnee vor dem Fenster des Zimmers gab, wo meine Frau schlief, als sie angegriffen wurde. Er demonstrierte, daß nur ein sehr großer Mann, „ein Mann von ungewöhnlichem Körperbau", von dem Schneewall draußen durch das Fenster hereingeklettert sein konnte, ohne den Pfad zu betreten. Als er fertig war, hatte er die Geschworenen halb überzeugt, daß es, „wenn man gerecht sein wollte, jener andere Mann und nicht Martin Trask wäre, der heute in diesem Gerichtssaal wegen Mordes anzuklagen sei".

Das Gericht beriet weniger als zwei Stunden, ehe es auf „nicht schuldig" befand.

Der Prozeß war in Wirklichkeit ein Schwindel. Kaum ein Wort, das in diesem Gerichtssaal über mich gesprochen wurde, stimmte. Alles dort Gesagte war Teil einer Vorspiegelung: meine Handlungen, mein Charakter, mein ganzes

Leben, alles wurde nur in Form von Stereotypen und beobachtbaren Phänomenen dargestellt. Der Martin Trask, der bei meiner Verhandlung verhört und beurteilt wurde, besitzt so viel Ähnlichkeit mit mir wie ein Scherenschnitt.

Gesetzlich war das Urteil gerecht. Ich hatte nicht die Verbrechen begangen, deren ich angeklagt war; ich hatte mich ihrer nur schuldig gemacht. Der Angriff auf Ruth, der sie zum Krüppel gemacht hatte, die Ermordung und Verstümmelung Stellas, beides war Ausdruck meines Willens. Als ich in die flache, weiße Pappschachtel blickte, sah ich mehr als den grausigen, kläglichen körperlichen Beweis. Wut auf Stella. Ich sah mich selbst. Ich sah die besessene Eifersucht und die Besitzgier, die in meiner Beziehung zu Stella enthalten waren. Ich sah die Phantasien sexueller Aggression und Domination, von denen es in meiner Nachpubertät gewimmelt hatte; den rücksichtslosen Egoismus meiner frühen Jahre in New York, bevor ich Ruth begegnete. Auch damals *benutzte* ich Mädchen; ich gab und hielt zurück, was ich wollte, immer darauf bedacht, die Kontrolle zu behalten. Ich unterdrückte jene Arroganz bei Ruth, gezähmt durch meine Zärtlichkeit zu ihr; aber ich zwang sie, mein Leben zu teilen, statt daß ich sie ermutigt hätte, ihr eigenes zu leben.

Und die ganze Zeit, normalerweise sogar vor mir selbst verborgen, aber manchmal für einen Augenblick sichtbar – wie in jener Nacht mit dem Mädchen in der Bar für einsame Männer auf der Third Avenue – war dieses doppelte Ich da. Das Ich, das glaubte, was es nicht glauben konnte, das nicht loswerden konnte, was es verdammte.

Ich glaube nicht, daß ich grundsätzlich anders bin als die meisten anderen Männer. Ich wurde einfach in einer außergewöhnlichen, aber durchaus nicht übernatürlichen Weise mit einem Instrument ausgestattet, durch das mein unterdrücktes Ich sich ausdrücken konnte.

Das Haus in Saraville ist beinahe fünftausend Kilometer

von mir hier in Vermont entfernt. Ich habe seit jenen Klauenabdrücken dort draußen im Schnee vor dem Fenster von Ruths Zimmer keine Spur von *ihm* gesehen. Aber wie groß die Entfernung auch sein mag, die mich vom letzten Beweis *seiner* Existenz trennt, ich kann kein Risiko eingehen. Meine einzige Sicherheit liegt in ständiger Selbstbeherrschung . . .

Ich muß gehen. Ich knipse die Lichter aus und verschließe die Ateliertür hinter mir. Auf Wiedersehen bis zum Montag. Ruth liegt auf der Couch im Wohnzimmer. In ihrer Reichweite ist alles, was sie braucht, Bücher, Zeitschriften, das Telefon, eine Thermosflasche mit Kräutertee, ein Topf Joghurt, die Reste des Mittagessens, das ich für sie bereitet habe, die Klingel, die ich gebastelt habe, damit sie mich jederzeit aus dem Atelier rufen kann.

Sie blickt auf, während ich eintrete. „Wie bist du vorangekommen?"

Ich halte das gefütterte Kuvert hoch, das ich bei mir trage; es ist die ganze Antwort, die sie haben will. Ich schiebe ihren Rollstuhl aus dem Weg und setzte mich neben sie.

„Kann ich dir irgend etwas bringen, bevor ich in die Stadt fahre?"

Sie schüttelt den Kopf; sie hört nicht richtig zu. Ihre Gedanken sind noch mit dem Buch beschäftigt, das sie auf dem Schoß hält.

„Hast du einen Augenblick Zeit, Martin?"

„Natürlich."

„Hör dir das an." Sie fängt an, laut zu lesen. „Menschen sind dazu da, um Gott zu antworten, Gott zu gehorchen, nicht, um von Gott zu fordern. Ob ein Mensch Forderungen an das stellt, was er als Gott ansieht, oder ob er Forderungen an seine Frau oder seine Freunde stellt, es ist alles dasselbe, weil Menschen auf Erden da sind, um Fragen zu beantworten, um die Wahrheit zu sagen, um die

Wahrheit auszudrücken, um die Wahrheit sichtbar zu machen, um die Wahrheit zu enthüllen ..."

Ich versuche, zuzuhören, aber ich kann mich nicht auf die Worte konzentrieren. Ich denke an all die Dinge, die ich tun, die ich in der Stadt kaufen muß. Blumenkohl und Zucchini für das heutige Abendessen. Wir haben fast kein Geschirrspülmittel mehr. Ich sollte auch noch etwas Alkohol zum Einreiben kaufen; manchmal ist Ruth nach ihrer Elektrotherapie davon überzeugt, daß sie, wenn ich ihre Beinmuskeln stark genug einreibe, ein Gefühl darin spürt. Doktor Bater meint, das sei unwahrscheinlich, sie wird immer querschnittsgelähmt bleiben, wird in der unteren Körperhälfte nie mehr wieder ein Gefühl erlangen, aber er sagt, ich solle mit allen Mitteln ihre Hoffnung ermutigen ...

Ihre Stimme ist verstummt. Sie schweigt erwartungsvoll.

„Es ist schön. Es ist wirklich schön, Liebling."

Ich sehe die Enttäuschung in ihren Augen. Ich habe nicht spontan genug reagiert.

Sie hebt das Buch hoch, zeigt es mir. „Es heißt *Die richtige Antwort.*"

„Ich würde später gern mehr davon hören."

„Ich weiß, du mußt in die Stadt und rechtzeitig zur Post." Ihre Stimme ist flach, resigniert, aber es ist kein Vorwurf darin. Sie gibt mir nicht die Schuld an ihrer Hilflosigkeit. Mit jener beneidenswerten Gabe der Selbsttäuschung, die es ihr ermöglichte, ihre Beziehung zu Pierre als geistig anzusehen, hat sie die Vergangenheit verzerrt, damit sie zur Zukunft paßt. Sobald ihr klar wurde, daß Pierre nicht die Verantwortung übernehmen würde, sich um sie zu kümmern, entschied sie, daß sich ihre Gefühle zu mir nie wirklich verändert hatten, daß sie immer gewollt hatte, wir würden als Familie beisammen bleiben. Sogar noch vor dem Prozeß war sie von meiner Unschuld überzeugt. Danach war sie sicher, daß es Brian gewesen sei, der sie überfallen hatte. Sie hat mir meinen Seitensprung mit Stella verziehen.

Was empfinde ich für sie? Anteilnahme? Mitleid? Zuneigung? Es wäre unmöglich, mit ihr zu leben, wenn ich sie noch liebte. Aus Liebe könnte Begierde entstehen, Bedürfnis, ein Zwang, mich ihr anzuvertrauen, sie zu meiner Kenntnis der Wahrheit zu bekehren, und, wenn es mißlang, Ärger, Zorn.

„Soll ich Sophie mitnehmen?"

„Sie ist zu Amanda gegangen. Gleich nach dem Mittagessen."

„Zu Fuß?"

„Amandas Mutter kam sie holen."

„Ich werde sie abholen."

„Nicht vor sechs. Sie bat mich, es dir zu sagen, nicht vor sechs."

Ich werde allein einkaufen gehen, bevor ich anhalte, um Sophie zu holen. Ich stehe auf.

„Bist du sicher, daß du gar nichts brauchst?"

„Nichts."

„Irgend etwas Besonderes, das du gern aus der Stadt hättest?"

„Nein." Sie hatte bereits ihr Buch geöffnet, die richtige Stelle gefunden.

„Ich möchte wirklich, daß du mir später etwas mehr davon vorliest."

Sie schaut nicht auf, während ich das Zimmer verlasse. Sie ist wieder in *Die richtige Antwort* vertieft.

In der Stadt gibt es ein neues Einkaufszentrum. Nachdem ich den Comic-Strip abgeschickt habe, schiebe ich meinen Einkaufswagen durch die Gänge, belade ihn mit den Dingen, die wir brauchen. Das Mädchen am Kassenschalter begrüßt mich namentlich. Wie die meisten Leute in der Stadt ist sie neugierig, interessiert an dem, was geschehen ist, aber nicht ohne Anteilnahme. Viele von ihnen machen sich die Mühe, mir persönlich zu versichern, daß sie jemals geglaubt hätten, ich hätte „diese abscheuliche Sache" getan. Ich kenne dieses Mädchen seit Jahren; ich erinnere mich an sie als an ein unscheinbares, formloses Kind; sie hat sich zu einer unscheinbaren, formlosen jungen Frau entwickelt. Es ist unvorstellbar, daß sie bei mir jemals irgendeine Phantasie erregen könnte. Ich kann einen Augenblick lang mit ihr über die Sommergäste plaudern. Sie wird froh sein, wenn der „Tag der Arbeit" kommt, und sie in die Stadt zurückkehren kann.

„Es ist angenehm, wenn gerade die Leute da sind, die man kennt."

Ich stimme mit ihr überein. Ich werde auch erleichtert sein. Fremde sind unberechenbar; manchmal bemerke ich, wie ich sie flüchtig anblicke, mir Gedanken über sie mache, voll von aufflackernden Sehnsüchten, bevor ich mich wieder in der Hand habe.

Es ist knapp nach sechs Uhr, als ich vor dem Hause vorfahre, in dem Amanda wohnt. Ihre Mutter kommt zur Tür; sie lädt mich ein, hereinzukommen.

Als ich ihr danke, den Kopf schüttle, vermeide ich es sorgfältig, ihr ins Gesicht zu sehen. Sie ist eine attraktive Frau Mitte dreißig, die sich vor kurzem von ihrem Mann getrennt hat. Ich starre auf ihre Schuhe hinunter, abgenutzte Pantoffeln, unschön viereckig über den Zehen. Nichts ist an ihnen, was mein Interesse wecken könnte, meine Neugierde, womit sich meine Phantasie beschäftigen könnte. Ich sage etwas in der Art, daß ich nach Hause zu Ruth müsse.

„Ich werde Sophie herausbringen." Ihre Stimme ist ein klein wenig ärgerlich. Ich kann nicht Verständnis von ihr dafür erwarten, daß ich nur versuche, sie zu schützen.

Und dann ist Sophie da, Licht und Farbe, ihr Lachen streift mich, als sie auf Wiedersehen ruft, danke. Ich folge ihr zum Wagen. Wir steigen ein. Ich ziehe sie an mich; ich küsse ihre warme, rosige Wange.

„Daddy.“ Sie entzieht sich mir, lächelt aber, freut sich über meine liebevolle Begrüßung. Wenigstens dafür bin ich Ruth dankbar: ihr eigener Glaube an meine Unschuld hat Sophie mit der Gewißheit erfüllt, daß das alles ein Irrtum war, dort unten in Kalifornien, als sie ihren Vater verhafteten. Sie scheint diesen ganzen Abschnitt ihres Lebens vergessen zu haben; sie spricht nie davon.

Sie redet über ihren Nachmittag. „Wir spielten Tennis. Ich hab sie geschlagen. Es war so lustig.“ Sie erzählt mir von Amandas Backhand. „Sie macht es mit den Füßen falsch. Sie versucht, um den Ball herumzurennen, deshalb kann ich immer gewinnen, wenn ich nur trachte, ihn nach ihrem Backhand zu treffen.“

Sophie war im letzten Juni zehn. Wie viele Jahre wird sie noch mit mir so reden, Dinge mit mir teilen? Fünf? Sechs?

Ich will nicht daran denken. Einige Minuten lang, während wir nach Hause fahren, bin ich vollkommen glücklich. Noch wichtiger sogar, als die einfache, anspruchslose Kameradschaft, die ich immer bei ihr empfunden habe, ist die Gewißheit, daß ich bei Sophie sicher bin. Ich kann sie lieben, auf sie reagieren, Dinge für sie wollen.

Ich habe ihr niemals, in keinem Augenblick ihres Lebens, etwas Böses gewünscht.